El divorcio

El divorcio

Moa Herngren

Editado por HarperCollins Ibérica, S. A.
Avenida de Burgos, 8B - Planta 18
28036 Madrid
www.harpercollinsiberica.com

El divorcio
Título original: Skilsmässan
© Moa Herngren, 2022
© 2025, para esta edición HarperCollins Ibérica, S. A.
Publicado por Norstedts en Suecia, 2022
Publicado por primera vez en lengua castellana por HarperCollins Español,
HarperCollins Publishers, 195 Broadway, New York, NY 10007
© De la traducción del sueco, Óscar A. Unzueta Ledesma
Todos los derechos están reservados, incluidos los de reproducción total o parcial en cualquier formato o soporte.
Esta edición ha sido publicada con autorización de HarperCollins Publishers, 195 Broadway, New York, NY 10007

Diseño de cubierta: Zoe Norvell
Imágenes de cubierta: © Peter Rutherhagen/Johnér
Maquetación: MT Color & Diseño, S. L.

ISBN: 978-84-1064-421-2
Depósito Legal: M-15596-2025
Impreso en España por: Black Print

MIXTO
Papel
FSC   FSC® C159065

PRIMERA PARTE

Bea

BANÉRGATAN, ESTOCOLMO

Junio de 2016

Bea da vueltas y vueltas en la cama, con la funda del edredón enredada entre las piernas. Ya hace un mes que guardaron el edredón en el altillo del armario que está del lado de Niklas. La luz crepuscular del verano entra a través de las cortinas cerradas. Siempre le ha costado acostumbrarse a que en esta época del año no oscurezca por completo, y pasa las noches cálidas y luminosas sumergida en una especie de sopor inquieto. Se pregunta si ha podido dormir, aunque sea un poco, pues no lo parece.

Extiende el brazo para coger el teléfono. Son las 00:41. Ningún mensaje. Tal vez Niklas ya esté de camino. O al menos debe de estar empezando a dar la noche por concluida. ¿Seguirá abierto a estas horas el Daphne's? Bea empieza a escribir un mensaje de texto conciliador. ¿Quizá fue demasiado dura con su marido?

Sin embargo, a mitad del mensaje, lo deja. Piensa en lo que sucedió unas horas antes. ¿Por qué tendría ella que disculparse? Es él quien debería pedir perdón; es Bea quien debería estar enfadada. Es ella quien está enfadada. No fue ella quien se olvidó de pagar la factura del Destination Gotland, y por eso ahora les toca quedarse una semana más en la ciudad, pues en el ferri no hay huecos disponibles hasta el siguiente sábado. Ese es el primer día en el que hay plazas para coches, y solo en el ferri nocturno. Salida a la 01:10 y llegada a las 04:25.

Una semana adicional recluidos en un apartamento caliente como un horno, cuando podrían estar relajándose en el jardín de

Hogreps, o yendo en bicicleta a las dunas de Grynge en los días en que hace demasiado calor, o disfrutando de la brisa salada del mar, a solo unos pasos de la refrescante caricia del agua. Pero no, eso no va a suceder, y ahora ella se encuentra aquí acostada, sudorosa, con insomnio y atrapada en el limbo.

Bea siente que se le acelera el pulso de nuevo. ¿Cómo ha podido Niklas olvidarse de pagar la factura, a pesar de que ella se lo había recordado varias veces?

«Entonces, ¿por qué no pagaste la factura tú misma? ¿No habría sido eso más fácil, en lugar de estar fastidiándome?».

Pues porque ella había hecho todo lo demás. Porque, como de costumbre, había sido Bea quien había planeado por completo las vacaciones de verano, quien había reservado los billetes, quien les había entregado una copia de la llave del apartamento a los vecinos y les había pedido que regaran las plantas, quien se había asegurado de que la familia tuviera todo lo que necesitaba para el viaje.

Él solo tenía que hacerse cargo de una cosa. ¿Y todavía tiene el descaro de enfadarse? ¿Con ella? A Bea se le tensa el cuerpo por la irritación, y da otra vuelta en la cama. Maldito idiota. Las ventanas están abiertas de par en par, pero aun así ella está bañada en sudor. Si no se sintiera tan cansada, se levantaría, iría a la cocina, pondría hielos en una toalla y se la colocaría sobre el vientre. Demasiado exhausta como para incorporarse, demasiado acalorada como para seguir tendida en la cama. Demasiado enfadada como para poder quedarse dormida.

Un clic procedente del vestíbulo la sobresalta. Es la llave en la cerradura de la puerta principal. Ya está aquí. Seguro que viene un poco borracho después de unas cuantas cervezas de más. Quizá todavía esté enfadado. O tal vez el alcohol lo haya sumido en el arrepentimiento, y se meterá en la cama junto a ella y le susurrará una disculpa entrecortada. Como si eso pudiera compensar el hecho de haber arruinado una semana entera de las vacaciones familiares. No. Aún no está dispuesta a perdonarlo.

Bea oye pasos en el vestíbulo. La puerta del baño se abre. Aguza el oído. Pero los pasos suenan demasiado ligeros. Pies descalzos de puntillas sobre el parqué. Aun así, no puede evitar que cruja. Nada que ver con los pisotones desconsiderados de Niklas, que arma un escándalo cuando prepara un sándwich y deja correr el agua del grifo, como suele hacer cada vez que vuelve tarde a casa.

«Uy, perdón, ¿te he despertado?», le pregunta siempre.

Treinta y dos años juntos, y su marido todavía parece no entender que ella tiene el sueño ligero.

«Pero me quieres, ¿verdad?», le dice mientras ladea la cabeza y le pide perdón con la mirada. Y, sin importar lo enfadada que esté, Bea siempre le responde que por supuesto que lo quiere.

Hay ocasiones en las que se pregunta hasta qué punto ese enfado desgasta su amor por él; aun así, en este instante de verdad abriga la esperanza de que se trate de Niklas, de que, por una vez en la vida, esté caminando con sigilo por el bien de Bea, en consideración a lo que hizo, o, más bien, a lo que no hizo. Pero los pasos se desvanecen y al final cesan por completo.

La curiosidad la obliga a deslizar las piernas por el borde de la cama hasta rozar el suelo de roble con los dedos de los pies. El pasillo no tiene ventanas, está oscuro y sombrío. Aparte del murmullo que parece provenir de la habitación de Alexia, todo el apartamento se encuentra en silencio. Bea entreabre la puerta de Alexia con cuidado. Las opacas cortinas están echadas y tapan la luz del sol. La luz que ilumina el cuerpo semidesnudo de su hija proviene del iPad que hay sobre el escritorio y que reproduce el monólogo escandaloso de un *youtuber* estadounidense. Alexia se apresura a cubrirse el pecho con una falda azul clara que ha heredado de Bea.

—Por Dios, ¿no puedes llamar a la puerta?

—Lo siento.

—Mamá, en serio…

De repente, Bea toma consciencia de su propia desnudez. La expresión mortificada del rostro de su hija la hace sentirse fea y repugnante, tal y como últimamente se ve a sí misma, de manera cada vez más contundente. Allí donde antes los calambres y el sangrado menstrual se apoderaban de su cuerpo, la embestida de la menopausia ha sido implacable. Secreciones y sequedades en los lugares incorrectos. Empapada debajo de los brazos y, entre las piernas, árida como un desierto. Muchas gracias, Madre Naturaleza.

—¿Acabas de llegar a casa? —pregunta Bea, mientras intenta ocultar, por lo menos, la parte inferior de su cuerpo, detrás de la puerta.

—Sí, dijiste que volviera a la una, ¿no? —responde Alexia.

—Así es. ¿Y dónde está Alma? ¿No ibais a ir a la misma fiesta?

—¿Qué? No, para nada —contesta su hija negando con la cabeza. Entonces desvía la mirada con un gesto de repulsión—. Por favor, ¿podrías…?

En lo que concierne a su estado de ánimo, madre e hija están prácticamente en sintonía. Igual de irritables, aunque cada una en el polo opuesto del espectro de la fertilidad. Por extraño que parezca, a Alma no parece afectarle el asalto de las hormonas, sino que sigue tan sensible y dulce como siempre. Alexia y Alma. El yin y el yang. Las mellizas que nunca han sido idénticas. Ni siquiera cuando estaban en el vientre de Bea, o en todo caso así era como se sentía. Desde luego que Alma ya está dormida. Bea estaba tan sumida en sus propias reflexiones que no se había dado cuenta del momento en el que su hija se fue a la cama. Pero, ahora que lo piensa, recuerda vagamente que Alma sí le dio las buenas noches.

Bea retrocede y cierra la puerta. Se desvía un momento hacia el vestíbulo para revisar el gancho de Niklas, a sabiendas de que la chaqueta de lino de su marido no va a estar colgada ahí. Debajo del perchero, en el estante de los zapatos, se encuentran las botas de montar y las zapatillas de *ballet* de Alma, alineadas a la perfección, junto a las zapatillas de deporte que Alexia tiró ahí de forma descuidada, las sandalias Birkenstock de Bea y los mocasines de verano y las zapatillas para correr de Niklas. Un mar de chaquetas y zapatos. La familia reunida, aunque desperdigada.

12

Cuando Bea vuelve a su habitación, nota que hace aún más calor, si es que eso es posible. Aunque la puerta de la terraza está abierta, en el dormitorio no entra ni un soplo de aire. Justo al lado de esa puerta se halla el feo y costosísimo ventilador de torre que Niklas había comprado para el apartamento. Tenía que haber buscado el mando a distancia antes de irse a dormir, pero estaba demasiado exhausta.

Bea se sienta en la cama, esta vez del lado de Niklas, y abre el cajón de su mesita de noche. Solo hay un lector de libros electrónico y medicinas para la alergia, simple y minimalista. No como el cajón de Bea, atiborrado de tubos de crema de manos, libros y otras chucherías. Finalmente encuentra el mando sobre el alféizar de la ventana. Enciende el ventilador a la máxima potencia y, bajo el zumbido monótono del aparato, el aire por fin empieza a circular en la habitación.

03:31 h. Ha debido de quedarse dormida porque se despierta con un sobresalto. Aún sigue en el lado de Niklas, y ahora casi está helada de frío. Se tapa con la funda del edredón y a tientas busca su móvil al otro lado de la cama. Ningún mensaje. Ninguna llamada perdida. La irritación que se apodera de Bea espanta lo que le quedaba de sueño.

«Dde demonios estás?».

«??».

«Hola!!».

«Respdeme!».

Está empezando a enfadarse de verdad. ¿Por qué no contesta Niklas? Ni una disculpa, ni una explicación. Por el contrario, ha estado fuera toda la noche sin dar señales de vida, como un adolescente. Eso no está bien. Nada bien. Bajo las sábanas, Bea hierve de ira. El Daphne's definitivamente ya está cerrado. Coge el teléfono y lo deja a un lado. Lo empuja lejos. Lo coge de nuevo. Espera y sigue esperando. Pero ni un mensaje de Niklas. Hace ahora mucho más fresco en la habitación, pero las mejillas de Bea están ardiendo.

Son las 04:48. Bea no ha dejado de dar vueltas inquieta en la cama, y las sábanas están hechas un caos. ¿Por qué Niklas no le ha escrito? Es verdad que a veces puede ser irritante y despistado, pero sería incapaz de preocuparla a propósito. Niklas siempre le contesta, incluso cuando está de viaje por trabajo. La única excepción había ocurrido el otoño pasado; Alexia tuvo una crisis durante el rodaje de la película, y Niklas, que estaba en un congreso de Medicina en Kenia, tenía el teléfono apagado.

Gracias a la ayuda de una buena cantidad de personas, Bea al final logró contactar con él, que se encontraba a bordo de un barco en el océano Índico, más preocupado por su excursión de esnórquel que por su hija y su familia. Tras aquello, al darse cuenta de lo desconsiderado que había sido, Niklas la había llamado varias veces para disculparse. Ahora, sin embargo, es como si estuviera en una zona sin cobertura.

¿Y si le ha pasado algo? La ira de Bea se transforma en un temor que le provoca una punzada en la boca del estómago. ¿Y si se ha metido en problemas? ¿Y si iba tambaleándose por el puente Djurgårdsbron y se ha caído al agua? Últimamente, a menudo bebía de más. Era como si la madurez lo hubiera alcanzado y su tolerancia al alcohol hubiese caído por los suelos. Casi como un adolescente que todavía no ha aprendido a controlarse, a pesar de tener ya más de cincuenta años.

Bastaba con recordar la Fiesta del Cangrejo en casa de Calle y Charlotte Mörner, donde Niklas había perdido un zapato y Bea había tenido que ayudarlo a subirse a un taxi. O la última fiesta de Navidad, cuando, en la época en la que él todavía trabajaba en el Hospital de Sollentuna, la despertaron en mitad de la noche unos ruidos que no oía desde el instituto, los ruidos de un vómito gutural que

14

parecía un rugido mientras de la garganta de Niklas salían disparados trozos de salchichas de cóctel y salmón ahumado, mezclados con jugos gástricos. Al abrir la puerta del baño se lo había encontrado de rodillas, aferrado al inodoro como si fuera su tabla de salvación y llorando de vergüenza. Qué situación más patética.

No estaba bien que un pediatra de mediana edad perdiera el control de esa forma. Bea había sentido vergüenza ajena, pero también estaba enfadada. Por suerte, las niñas ya se habían dormido y no habían tenido que ver a su padre en ese estado tan lamentable, pero, si él hubiera llegado a casa más temprano, las habría encontrado despiertas, viendo una película en el salón.

Ahora que lo piensa, Bea se da cuenta de que últimamente ha estado enfadada con él a menudo. Odia esa sensación. Quiere a su marido y no le gusta estar disgustada con él. Aunque ya no sea tan apasionado como al principio, el suyo sin duda es un amor que se ha vuelto más profundo. Juntos han construido toda una vida, una familia fantástica con dos hijas maravillosas. Está bien, quizá Alexia no es ahora mismo la persona más encantadora del mundo, pero sabe que algún día la adolescencia quedará atrás. Cuando su lóbulo frontal o lo que sea termine de desarrollarse.

Desde que reformaron la cocina, su apartamento está más bonito y acogedor que nunca, y, si bien la casa de la isla de Gotlandia pertenece a la familia de Niklas, Bea también la considera suya. Como cualquier otra pareja, han pasado por fases distintas y han vivido tiempos difíciles, pero cada adversidad a la que se han enfrentado ha terminado uniéndolos más. Muchos otros matrimonios que se han encontrado en el camino se derrumbaron como un castillo de naipes en cuanto terminó la luna de miel y su amor fue puesto a prueba.

Tal vez para Bea y Niklas las cosas son distintas porque su historia juntos había empezado con una tragedia terrible: la muerte de Jacob. Por extraño que parezca, eso fue lo que los acercó. Quizá por eso está tan segura de que pueden lidiar con lo que sea. Porque se enamoraron en medio de uno de los peores momentos de sus vidas. Sin Niklas, ella no habría podido sobrevivir. Y se siente tan en deuda con su marido por todo lo que él ha hecho por ella que puede permitirle unos cuantos deslices de borrachera. ¡Lo único que le pide es que conteste a sus mensajes!

Bea da otra vuelta en la cama. Oscila entre la ira y la angustia mientras en su mente las fantasías se suceden unas detrás de otras. Imágenes de Niklas en algún bar o continuando la fiesta en casa de Freddie se alternan con las de un equipo de búsqueda que draga el río y una ambulancia rumbo al Hospital Universitario Karolinska. Bea sabe que no hay forma de que pueda volver a conciliar el sueño, de modo que se levanta de la cama y pone a calentar agua en la tetera. En la cocina, el ambiente sigue siendo sofocante; por eso sale a la terraza. Los geranios que cuelgan de la balaustrada negra están cubiertos de capullos color rosa pálido que aguardan a florecer. El hecho de que las plantas parezcan estar mejor aquí fuera, lejos de los cuidados de Bea y donde tienen que arreglárselas por sí solas, no deja de ser una gran ironía.

Aspira el aroma de las hojas, teñidas de un tono verde pistacho, y se deja caer en la silla de mimbre, que cruje bajo el peso de su cuerpo. Los muebles de la terraza ya están viejos y vencidos, así que Bea había ordenado nuevas piezas de la diseñadora Paola Navone, pero el envío desde Italia se estaba retrasando por culpa de la ola de calor que azota el sur de Europa.

En el centro de la manzana delimitada por la avenida Karlavägen y las calles Banérgatan, Wittstocksgatan y Tysta gatan, hay varios patios interiores que serpentean en medio de los edificios y conectan la manzana entera. Están separados entre sí por muros de piedra o altas verjas de hierro. Allí todo parece extrañamente silencioso y tranquilo. La luz del amanecer ya asoma por encima del edificio de enfrente cuando Bea abre el libro que le había regalado Lillis, *Tan poca vida,* de Hanya Yanagihara. Bea de verdad quiere que le guste el *best seller* del que todo mundo está hablando y que su suegra había elogiado tanto, pero le ha costado engancharse.

Lee el mismo párrafo cuatro veces sin poder asimilar ni un poco del texto, por lo que decide que es mejor cerrar el libro, y empieza a navegar en el móvil. Es como si en este momento su cerebro no pudiera centrarse en otra cosa más que en Niklas. Contempla la posibilidad de llamar a Freddie o a Calle para preguntarles si saben algo de él, aunque al final se queda en la silla de mimbre, ojerosa y sintiéndose incapaz de hacer nada, mientras el sol se eleva con parsimonia por encima de los tejados.

Cuando Niklas por fin la llama, percibe una tranquilidad absoluta en la voz de su marido. Es como si acabara de salir del trabajo y le estuviera preguntando a Bea si quiere que compre algo de camino a casa. ¿Papel higiénico, leche? Para nada suena como alguien que ha ignorado a su mujer durante las últimas diez horas.

—Soy yo —contesta él con toda ecuanimidad.

—¿Ahora me llamas?

—¿Estabas dormida?

—¿Cómo?

—¿Te he despertado?

—No he podido pegar ojo ni un solo segundo en toda la noche.

Eso no es del todo cierto en sentido estricto, pero así es como se siente.

—Entiendo.

—No, me parece que no me entiendes. ¿Dónde estás?

—En casa de Freddie.

—¿No crees que podrías haberme llamado para decírmelo?

—Te estoy llamando ahora, ¿no?

—¡Llevo horas muerta de la preocupación!

El tono indiferente de Niklas alimenta la ira de Bea. Su marido no suena para nada arrepentido; al contrario, es como si todo esto fuera algo completamente normal, como si tan solo se hubiera esfumado un rato, nada del otro mundo.

—Estuvimos bebiendo unas cervezas, luego fuimos a su casa y nos pusimos a hablar.

—Pero ¿por qué no has contestado a ninguno de mis mensajes? —Bea se impacienta cada vez más. Levanta la voz, como si eso fuera a facilitarle la comunicación con él—. ¿Hola? ¿Hola? ¡¿Me escuchas?!

—Te oigo muy bien. No hace falta que grites.

—Entonces, ¿me puedes explicar por qué no has contestado a ninguno de mis mensajes?

—Creo que no tenía muchas ganas de responderte.

Las palabras de Niklas provocan un cortocircuito en el cerebro de Bea. No se puede creer lo que le acaba de decir.

—¡¿Que no tenías ganas de responderme?! ¿Qué coño te pasa? —le suelta ella. Niklas no le contesta. Es como si estuviera esperando a que Bea diga algo más—. Supongo que puedes entender por qué estaba preocupada, ¿no? ¡Creí que te había pasado algo! —Debería estar pidiéndole perdón. Debería haberle pedido perdón hace un buen rato. Pero sigue sin disculparse—. ¿Todavía estás borracho? —le pregunta Bea.

—No.

—¡Entonces, respóndeme!

—¿Qué quieres que te diga?

—¡Quiero una explicación, Niklas! ¡Y una disculpa! Primero metes la pata con los billetes para Gotlandia, luego desapareces toda la…

De pronto, la línea se corta.

Bea se queda mirando el teléfono. ¿En serio? ¿De verdad acaba de colgarle en plena discusión? ¿A qué cree que está jugando? Debería estar de rodillas suplicándole que lo perdone, maldita sea, prometiéndole que va a enmendar las cosas y a ser mejor persona, como suele hacer cuando se equivoca. Es verdad que ambos tienen muchos defectos y limitaciones, pero vivir con tu pareja trata justo de eso: de quererla a pesar de sus facetas menos atractivas. Lo importante es pedir perdón cuando uno de los dos hace una tontería, y a ambos se les suele dar bastante bien eso. Pero ¿ahora? No hay señal alguna de arrepentimiento, ni nada que se parezca a una disculpa, tal y como sucedió la noche anterior, cuando se pelearon por lo de los billetes del ferri. En lugar de reconocer su error y arriar las banderas, Niklas le echó la culpa a ella. Qué conducta tan reprobable la de su esposo.

Bea le llama de inmediato, pero la suave voz de Niklas le anuncia que su llamada ha entrado directa al buzón: «Has llamado al número de Niklas Stjerne. Deja tu mensaje y me pondré en contacto contigo en cuanto pueda».

Bea se queda completamente atónita. ¿Niklas ha apagado el teléfono? ¿A santo de qué? No, no es posible. Debe de haberse quedado sin batería. Es tan atolondrado que probablemente se le haya olvidado el cargador, como siempre. Por nada del mundo le colgaría de esa forma.

Bea busca en su lista de contactos hasta encontrar a Freddie Scherrer y marca el número. El tono de llamada suena una y otra vez, pero Freddie no le contesta. Confundida y frustrada a partes iguales, Bea escribe a toda prisa un mensaje de texto y se lo envía a Niklas: «Llámame! Qué está pasando? No entiendo nada. Qué es lo que estás haciendo? Solo dime!».

Luego manda otro mensaje, esta vez a Freddie: «Por favor, podrías decirle a Niklas que me llame ahora mismo?».

Bea ve en la pantalla de su móvil el icono de los puntos suspensivos. Freddie está escribiéndole algo, pero no puede o no quiere hablar por teléfono. Bea espera con impaciencia, pero al final los puntos suspensivos desaparecen y la respuesta de Freddie nunca llega.

Se sabe la receta de memoria. Harina, sal y levadura en polvo. Cortar la mantequilla en cubitos e incorporarla a los demás ingredientes. Añadir leche.

Bea amasa frenéticamente la mezcla, que se adhiere a sus dedos en forma de largos y viscosos grumos. Por lo general, estos terminan desprendiéndose y se transforman en una pasta viscosa, que puede dividir en porciones sobre una bandeja para hornear. Pero hoy, por más que se restriega las manos como si estuviera poseída, los grumos se aferran a ella como si estuvieran hechos de pegamento. Saca un cucharón de madera de la vasija que hay sobre la encimera y con él trata de raspar la masa de sus dedos, pero el resultado es que sus manos y el mango de la cuchara terminan aún más embadurnados de esa mezcla lodosa.

—¡Joder!

La palabra se le escapa de la boca al mismo tiempo que oye que las pantuflas de Alma se arrastran sobre el suelo del pasillo, y, al volverse, Bea se topa con la mirada curiosa de unos ojos adolescentes. No solo se siente avergonzada por la palabrota que acaba de proferir, sino también por la sensación de haber perdido el control. Eso no es típico de Bea. Ella no dice esa clase de cosas. Debe de ser por influencia de su colega Inger; esa mujer empieza a maldecir en cuanto su ordenador le da el más mínimo problema.

—Perdón, estoy tratando de preparar *scones,* pero no sé… La masa se está pegando en todas partes.

—Muy bien… —murmura Alma mientras coge un envase de Tropicana del frigorífico—. Avísame cuando estén listos.

Alma regresa a su habitación, de nuevo arrastrando los pies, con el zumo en la mano.

Bea se queda sola frente a la bandeja para hornear, y de nuevo intenta quitarse la masa pegajosa de las manos. Tiene un nudo en la garganta, pero no entiende del todo por qué. Es cierto que está decepcionada y enfadada con Niklas, pero eso no debería darle ganas de echarse a llorar, sino de golpear la pared con la fuerza suficiente como para hacerle un agujero. Tal vez son los cambios hormonales que se acercan de manera sigilosa, con su bruma espesa y desconcertante.

Últimamente, se ha sentido malhumorada y deprimida con bastante frecuencia. Es como si su vida de pronto hubiera comenzado a desafinar. Aunque sabe que su trabajo en la Cruz Roja tiene una repercusión positiva en el mundo, ya no la llena de tanta vitalidad como antes. Su confianza en sí misma se está debilitando. Después de lo que pasó hace tantos años con Jacob, Bea necesitaba estar ocupada en algo que importara, que pareciera real. Niklas sugirió que podía seguir estudiando, si quería, pero la apoyó cuando buscó empleo en esa organización, y estuvo de acuerdo en que era un trabajo admirable y trascendente. Aun así, a pesar de que su labor como editora de contenido web ha ayudado a incrementar las visitas del sitio, ella menosprecia sus propias contribuciones. Se siente extrañamente invisible. Reemplazable. Alicaída.

¿Será por eso por lo que todo este asunto de Gotlandia la ha afectado tanto? Había estado ansiosa por que llegaran estas vacaciones, para poder viajar a Hogreps por fin y pasar algo de tiempo de calidad con Lillis y Tore y el resto de la familia, y que otras personas cuidaran de ella durante unos días, algo que se les da muy bien a los padres de Niklas.

Gotlandia quizá sea el único sitio sobre la faz de la tierra en el que Bea puede relajarse de verdad, en la antigua casa de piedra, con la familia de su marido. Allí siempre se ha sentido segura. Cuando empieza a oscurecer, beben vino en las ruinas medievales que hay junto a la casa, luego juegan a las cartas hasta muy entrada la noche, cocinan y dan largos paseos juntos. Así han sido las cosas desde que visitó Hogreps por primera vez y se convirtió en un miembro más de la familia Stjerne. Fue en el verano posterior a la muerte de Jacob, una época en la que el dolor que sentía era tan hondo que le impedía conciliar el sueño.

Un día, al amanecer, Lillis cogió un termo con café y llevó a Bea, de manera educada, pero con firmeza, hasta la vieja bicicleta Monark de la abuela Betty. Siguieron el camino que va a Grynge, haciendo crujir la grava del sendero bajo las ruedas, y, al llegar a su destino, se dieron un chapuzón en el mar. El agua estaba helada, pero ayudó a mitigar la aflicción de Bea. Después entraron en calor bebiendo el café, y contemplaron la salida del sol en silencio, sin ninguna presión para que Bea hablara. El mero hecho de permanecer sentada allí junto a Lillis fue una experiencia sanadora. En aquellos días, hacía treinta años, Lillis ya tenía el cabello gris, recogido en el mismo moño de siempre en lo alto de la cabeza. Era baja, como la Pequeña My de los Mumin, con los muslos bronceados y cubiertos de arrugas. Esas mañanas en la playa durante sus primeros años sin Jacob le hicieron a Bea un bien mayor que cualquier terapia.

Su suegra siempre la ha tratado con un calor humano y un interés en su persona de los que, por desgracia, carece la propia madre de Bea. Con los años, ha entendido que no es porque ella sea mala en sí, sino que no es capaz de percibir el dolor que sienten los demás y solo puede pensar en el suyo. Como sea, Lillis ha llenado ese vacío en la vida de Bea.

Esas zambullidas en el mar seguidas de un poco de café caliente poco a poco fueron convirtiéndose en un hábito, junto con muchas otras tradiciones. Cada verano echan a andar nuevos proyectos que ayudan a dar sentido a sus días. En Hogreps han construido algo hermoso y duradero, algo de lo que las futuras generaciones podrán disfrutar. Para este año, Bea le ha prometido a Lillis que van a limpiar y a organizar el taller, cosa que no parece una tarea pesada. Al contrario, será divertido y gratificante, como el año pasado, cuando ayudó a Tore, su suegro, a repintar el porche.

Niklas nunca ha entendido por qué durante el verano tienen que «trabajar como esclavos», como él lo llama, pero eso le proporciona a Bea un sentido de pertenencia. A veces le irrita el hecho de que su marido no sepa valorar a su propia familia. Henke y Sus ya están en Hogreps, acaban de volver después de pasar un año más en Brasil, y sus hijos, Olle y Hedda, esperan con ansias a Alma y a Alexia, como siempre que pasan mucho tiempo sin verse. A veces los primos más bien parecen hermanos, a pesar de vivir tan lejos unos de otros.

El anhelo que Bea siente por Hogreps es algo casi físico, como la añoranza por un ser amado. Y no solo extraña la casa de piedra, sino toda el área rural de Gammelgarn. Ansía caminar por la playa de Grynge, a través de la reserva natural y la pequeña aldea de pescadores de Sjauster. Detenerse cuando haga demasiado calor, quitarse la ropa sobre las rocas desnudas, adentrarse en el mar y sumergirse por completo. Dejar que las olas la mezan hacia delante y hacia atrás mientras una sensación de frescura se esparce por su cuerpo y las hormonas de la felicidad se apoderan de su ser.

Esas visiones de un verano en Gotlandia, y lo que allí la espera, han sido como un salvavidas para Bea durante toda la primavera. Cada vez que se sentía desbordada por el trabajo, Hogreps estaba justo ahí, colgando de un hilo frente a ella como una zanahoria. Era la certeza de que pronto podría escapar de este horno con forma de apartamento y de este calor que se ha posado encima de Estocolmo como una especie de manta sofocante. Bea ha estado contando las semanas que faltan para irse, y la idea de tener que ajustar sus planes ahora, de tener que aguantar unos cuantos días más, parece un desafío casi imposible de superar. Pero debe hacerlo, gracias al estúpido error de Niklas.

Bea se estira para alcanzar la bolsa de harina que está sobre la isla de la cocina. Las gotas de sudor se convierten en riachuelos que fluyen por las arrugas de su frente y, al caer al suelo de piedra, van formando un patrón de puntos oscuros, en sustitución de las lágrimas que se niega a derramar. Encender el horno ha hecho que el calor en la cocina se haya vuelto todavía más intenso. Bea tiene ganas de gritar. ¡¿Cómo se le ocurre ponerse a hornear nada con el calor que hace?! Finalmente desliza la bandeja con los *scones* en el horno y lo cierra de un portazo.

Suena su móvil, que está en la encimera de mármol. Lo coge con los dedos embadurnados de masa. Es un mensaje de Niklas. ¿Será que ya ha podido cargar la batería de su teléfono? ¿O se ha dado cuenta de lo absurdo que es apagarlo cuando su mujer está tratando de contactar con él?

Espera un *mea culpa* del tamaño del mundo, pero, por la forma tan irrespetuosa en la que él se ha comportado, va a tener que pasar un tiempo antes de que la furia de Bea se apacigüe. Está agotada por culpa de esa ira, y las manos le tiemblan al abrir el mensaje: «No voy a ir a casa».

Las palabras son simples y concisas. Aun así, Bea no logra comprender lo que acaba de leer. Le resulta inconcebible. ¿Niklas no va a venir a casa? ¿Quiere decir que no va a venir a casa en este momento, sino más tarde? ¿Al anochecer? ¿Que lo que está haciendo le va a llevar más tiempo de lo que esperaba?

Si no estuviera tan sorprendida, probablemente se sentiría furiosa, o al menos más furiosa de lo que ya está; el enigmático mensaje de su marido la ha dejado, sobre todo, aturdida. Tiene que hablar de inmediato con él acerca de lo que pasó ayer y esta mañana. De que haya colgado y a continuación haya apagado el móvil después de que ella pasara la noche entera esperando que se comunicara con ella. Y de Gotlandia.

¿Deberían intentar conseguir billetes del ferri que sale del puerto de Oskarshamn? Es cierto que hay un trayecto de varias horas en coche para llegar hasta allí, pero incluso eso sería mejor que quedarse atrapada en esta abrasadora jungla de asfalto una semana entera.

Bea se precipita a escribir su respuesta: «Qué quieres decir? A qué hora vuelves?».

Aguarda a que Niklas le conteste, y ve los puntos suspensivos en la pantalla, pero al final la respuesta nunca llega, así que le envía un par de mensajes más: «No entiendo qué pasa». «Llámame!».

Pero él no lo hace, por supuesto, así que ella marca su número. El tono de llamada no para de sonar, pero nadie contesta. En lugar de ello, Bea recibe un nuevo mensaje: «Necesito pensar».

Justo entonces se percata de que huele a quemado.

* * *

A Bea le da vueltas la cabeza, y tiene una leve sensación de náusea en la boca del estómago. ¿Será por el calor? ¿Porque tenga bajos los niveles de estrógeno? ¿Por su marido fugitivo? Prácticamente no ha bebido nada durante toda la mañana, y no ha comido desde anoche. Ni siquiera una migaja de un *scone,* y eso que a Bea le encantan los *scones* con mantequilla y queso que se derrite dentro de la masa recién horneada. En especial adora los *scones* de Lillis, que tienen un sabor todavía más delicioso allí en Hogreps. ¿Será por eso por lo que se ha puesto a hornear? ¿Estaba tratando de evocar a Lillis y a Tore en forma de pan, en busca de alguna especie de consuelo?

Ya casi es mediodía, pero bien podría ser medianoche. El tiempo está avanzando muy despacio, y aun así se le escapa entre los dedos. Todavía no sabe que una nueva etapa ha comenzado. Que este día va a redefinir su vida por completo.

Bea coge el móvil de nuevo y se queda mirando la pantalla, como si con ello fuera posible hacer que apareciera un mensaje más de Niklas. Una explicación de por qué está actuando de una forma tan extraña. Una respuesta a la que ella sea capaz de encontrarle sentido. Pero los únicos mensajes que aparecen en la ventana de su chat con Niklas son los intentos de Bea de contactar con él. Una larga serie de signos de interrogación y de exclamación. MAYÚSCULAS. Emoticonos de enfado. Caritas rojas furibundas con cejas fruncidas y cabezas que estallan como un volcán en erupción. Exigencias de una conversación.

Bea ve que Niklas lo ha recibido todo. Ve que ya ha leído cada mensaje y a qué hora lo ha hecho. Está activo en Messenger —algo habitual en él—, pero es como si le hubiera cerrado las persianas a Bea y solo a ella, y como si la ignorase del mismo modo en que lo haría un adolescente, del mismo modo en que lo haría Alexia, negándose a comunicarse. Todo este asunto es exasperante para Bea.

Freddie está haciendo lo mismo: si ella le llama, él no contesta, y si le escribe, no le responde los mensajes. Calle Mörner al menos le ha devuelto la llamada, pero él no sabe nada. No estuvo en el Daphne's y no tiene ni idea de qué pudo haber pasado.

Bea se pregunta si debería ir a casa de Freddie, aporrear la puerta y exigir hablar con Niklas. Pero no, probablemente esa no es una buena estrategia. Además, sería humillante para ella, y no piensa montar una escena. Si él necesita espacio el día de hoy para estar en paz, que así sea. Pueden resolver sus problemas después, incluso a pesar del comportamiento inaceptable de Niklas.

Bea entra en el baño y abre el grifo de la bañera. El agua fría cae a raudales y retumba al estrellarse contra el metal. Se desviste y se mete mientras mira cómo sube despacio el nivel del agua, al tiempo que la temperatura en su termómetro interno va descendiendo. En su mente intenta escapar de esta estúpida bañera, imaginándose que está en Grynge, sumergida en el mar, pero los ojos han empezado a arderle por culpa de la desilusión y la confusión que está sintiendo. ¿Por qué ha tenido que desencadenar Niklas un conflicto de estas proporciones justo ahora, cuando tienen un maravilloso verano por delante? No había ninguna necesidad de hacer eso.

—¿Mamá? ¿Estás ahí?

La voz de Alexia al otro lado de la puerta apenas se oye por encima del ruido del agua que corre. Bea ajusta el grifo de la bañera hasta que solo brota un chorrito.

—Me estoy dando un baño. ¿Necesitas entrar?

—¿Dónde está papá?

Bea duda un instante. No sabe qué responder. ¿Debería encubrir a Niklas, o decir las cosas como son?

—Está en casa de Freddie.

Puede decir las cosas como son, sin tener que compartir todos los detalles. De esta forma, en todo caso, nadie podría acusarla de mentir.

—Se suponía que íbamos a salir en el coche para practicar.

Bea se esfuerza por encontrar las palabras adecuadas.

—Bueno… Si en eso habéis quedado, entonces seguramente vendrá pronto. Si no, tú y yo podemos… —Bea se queda callada cuando se da cuenta de lo que va a decir. No, ella no puede hacer nada. Niklas es el único que tiene carné de conducir y permiso de instructor—. ¿Y si llamas a papá y le preguntas? ¿O a Freddie?

Entonces Bea oye un murmullo, seguido de pasos que se van desvaneciendo.

—¿Alexia?

Aguza el oído tratando de escuchar alguna señal de su hija, pero ya se ha ido. Aunque Alexia no haya dicho ni una palabra, Bea ha percibido su decepción incluso con la puerta de por medio. Alma no está interesada en aprender a conducir en lo más mínimo, pero Alexia tiene suficiente entusiasmo por las dos. Es como si quisiera volverse independiente lo antes posible. Bea creyó que las cosas serían al revés, pues Alma es la que siempre necesita que la lleven en coche a las caballerizas; sin embargo, a pesar de que solo tiene dieciséis años, Alexia parece haber adquirido un gusto especial por la vida adulta desde el rodaje de la película el otoño pasado.

Bea sale de la bañera y estira el brazo para alcanzar su móvil. Una cosa es que Niklas la ignore a ella, pero que se olvide de sus hijas es inaceptable. Trata de enviarle un nuevo mensaje, pero sus dedos mojados le dificultan escribir bien: «Dónde estás? Se suponía que ibas a darle una clase de conducir a Alexia! Se ha puesto muy triste. Llámame YA!!!».

Seguramente tampoco va a responder a este, piensa justo antes de que llegue un nuevo mensaje.

«Acabo de hablar con Alexia. No hay problema, todo está bien».

¿Habrá tenido tiempo Niklas de llamar a Alexia? Bea le contesta a su marido con otro mensaje: «¡No, no está bien! ¡Tu hija está muy triste de verdad! ¡¿Cuándo vas a venir a casa?!».

Una vez más no hay respuesta de su parte. Bea se envuelve con una toalla, y sus pies dejan un rastro de huellas húmedas sobre el parqué de roble claro al caminar a toda prisa rumbo a la habitación de Alexia. Llama con suavidad a la puerta y la entreabre, demasiado impaciente como para esperar una respuesta. Alexia yace tendida en la cama, con el teléfono en la mano.

—¿Papá te ha llamado hace un momento?

—Mm-jmm.

—¿Qué te ha dicho?

—Que podemos dar la clase después.

—¿Te ha dicho por qué?

—No, solo ha dicho que vamos a dar la clase después.

La voz de Alexia suena cansada. Alarga las palabras, como si le representara un esfuerzo pronunciar cada una de ellas.

—¿Cuándo va a regresar?

—Mmm —responde, encogiéndose de hombros.

—¿Seguía en casa de Freddie?

—No creo.

—¿Por qué?

—Mmm…

—¡Debe de haber dicho algo, por Dios! ¡Piensa, haz memoria! Y habla más fuerte para que pueda oírte… Por cierto, ¿qué es eso de «Mmm»? Por lo menos, dime: «No sé, mamá».

De inmediato, Bea se percata de que acaba de sonar como una criticona intransigente. Si bien esa actitud que ha asumido Alexia últimamente de responder a todo con interjecciones o monosílabos es irritante, este es el peor momento posible para arremeter contra su hija.

—Perdóname, corazón, perdón. Solo me preguntaba si…

Es demasiado tarde. Alexia ya ha salido de la habitación, y Bea escucha el golpe que da con la puerta principal al salir. En menos de veinticuatro horas ha logrado apartar a dos miembros de su familia.

Bea corta unos cuantos pimientos en pedazos grandes, y luego pica trozos de cebolla y ajo. Echa todo a la licuadora y la enciende. Un gazpacho es perfecto cuando hace demasiado calor como para tener ganas de comer. O cuando una molestia persistente en la boca del estómago te provoca tantas náuseas que no puedes ingerir nada sólido.

Hace rato mandó un mensaje al grupo familiar de WhatsApp en el que les avisaba a todos que la cena dominical estaría lista a las siete. Pero nadie ha respondido y, a pesar de que ya casi son las 18:45, ninguno se ha dejado ver. Es probable que Alexia siga enfadada y esté por ahí pasando el tiempo con alguno de sus nuevos «amigos del mundo del cine». Alma, por su parte, se encuentra en el club y, una vez que empieza a entretenerse con los caballos, puede quedarse allí horas y horas. En el peor de los casos, Bea puede cenar sola. Trata de recordarse a sí misma que cada hora que transcurre es una menos para que Niklas vuelva a casa. Para que por fin puedan sentarse a hablar a fondo acerca de todo lo que ha pasado, y dejarlo atrás.

Todo ese tiempo que su marido parecía necesitar con tanta desesperación debería estar llegando a su fin, ¿verdad? Y no se puede decir que no envidie a Niklas por concederse a sí mismo un tiempo a solas. Hay días en los que a Bea también le hace falta, y por lo general a ambos se les da bien darse espacio el uno al otro; la enfurece el hecho de que simplemente haya desaparecido.

Sin embargo, a decir verdad, ya no tiene fuerzas para alimentar su furia. Está exhausta, y lo único que quiere es que todo esto acabe, que las cosas vuelvan a ser como antes. Tal vez algún día se reirán de lo que pasó y será una anécdota graciosa para contar durante alguna parrillada familiar en Gotlandia. Se reirán de aquel verano en el que pasaron varios días encerrados bajo un calor sofocante, porque a Niklas se le olvidó comprar a tiempo los billetes del ferri, y estaba tan avergonzado que no se atrevía a ir a casa. Bea puede verse a sí misma narrando la historia con entusiasmo, a Niklas interviniendo para agregar detalles en los momentos oportunos, los dos mofándose el uno del otro con cariño. Puede imaginarse a Henke escuchándolos de pie frente a la parrilla, dando la vuelta a las hamburguesas de cordero, moviendo la cabeza de un lado a otro en dirección a su hermano menor, que no tiene remedio. Lillis, Tore, Hampus y Sus beben vino sentados a la mesa de piedra, y se ríen con este relato de locos que siempre es entretenido, sin importar cuántas veces lo cuenten. Ahora es difícil reírse, pero en el futuro… Quizá incluso puedan hacerlo esta misma noche, una vez que hayan solucionado este embrollo y se hayan perdonado.

Bea enciende la licuadora de nuevo. Las hojas afiladas empiezan a triturar los vegetales, y sube la velocidad al máximo. Los tomates y las cebollas destrozados giran dando tumbos a una velocidad frenética, y el zumbido de las cuchillas motorizadas ahoga todos los demás ruidos. De pronto le parece oír un sonido proveniente del vestíbulo, y apaga la licuadora. ¿Habrá sido la puerta principal?

Bea oye cómo unas llaves aterrizan en el tazón de plata que hay encima de la cómoda del recibidor. Un instante después, Alma está de pie en el umbral, aún tiene puestos los pantalones de montar y lleva una bolsa de lona echada al hombro. Las incipientes esperanzas de Bea se transforman de inmediato en un sentimiento de decepción. O quizá más bien en una sensación de malestar que no desaparece, por el hecho de que todavía no sabe cuándo volverá Niklas. Bea se obliga a sonreír.

—Llegas justo a tiempo, cariño. El gazpacho está listo. Siéntate a la mesa.

Alma deja caer al suelo la bolsa de lona y se desploma en una silla. Mira con gratitud hacia la encimera, donde su madre está vertiendo la sopa fría en los platos hondos de Lillis.

—¿Dónde está papá?

Bea cree detectar un matiz en la voz de su hija que lleva algún trasfondo, aunque bien podría ser solo su imaginación.

—Seguro que llega en cualquier momento.

Alma se estira para coger un pan de ajo y empieza a mordisquear la corteza.

—¿Te ha ido bien en el club? —pregunta Bea.

—Issa ya había salido a montar a Nico, así que solo he hecho la limpieza.

—¿No se supone que te toca los domingos y los miércoles?

—Sí, pero es su caballo, ya sabes.

—Y nosotros pagamos para que puedas montarlo en ciertos días muy específicos. Creo que al menos podría avisarte si quiere cambiar de fechas, ¿no?

—Emmy también estuvo ahí limpiando; no pasa nada.

Alma hurga en la bolsa y saca un libro, dando a entender que no quiere hablar más del asunto. Bea capta la indirecta.

—¿Qué estás leyendo?

Alma levanta el libro para enseñarle la portada. *El día en que florezcan los castaños ya estaré lejos de aquí*, de Bodil Malmsten.

—¡Oh, qué libro tan adulto! —dice Bea.

—Estaba en la estantería. Me gusta la foto.

En la carátula puede verse una imagen de Maurice, el protagonista, de pie y con las piernas bien abiertas delante de un fondo rojo. Alma desliza un dedo por entre las páginas y abre el libro por la guarda. Bea alcanza a ver la letra de Niklas y se inclina hacia delante para echar un vistazo por encima del hombro de Alma.

Navidad de 1995
Para Patita, mi persona favorita.

—¿«Patita»? —pregunta Alma.

—Jacob me puso ese apodo cuando éramos niños. Tu padre empezó a usarlo cuando nos hicimos novios.

—Pero ¿por qué te llamaba así tu hermano?

—Porque parecía una renacuaja.

—Eso no era muy agradable de su parte...

—Era un apodo cariñoso. Todo el tiempo quería estar pegada a él, como una garrapata, y hacer lo que él hacía. Y Jacob me dejaba porque, como hermano mayor, era muy bueno.

Uno de los ojos de Bea empieza a temblar, y Alma se queda mirando a su madre con preocupación.

—¿Estás triste?

—No, no, es un bonito recuerdo. Es solo que tengo hambre —responde Bea con una verdad a medias, pues todavía tiene ganas de vomitar—. Y también es que hace mucho calor.

Bea siempre ha querido ser honesta con sus hijas, no cree que haya que ocultarles las cosas difíciles de la vida; piensa que es importante mostrarles que, a veces, hasta los adultos pueden pasar por momentos complicados. Que también pueden estar enfadados y tristes. Pero, a pesar de ello, no se siente capaz de hablar sobre Niklas. Probablemente porque ni ella misma entiende lo que está pasando.

La puerta principal se cierra de golpe una vez más. Las esperanzas de Bea crecen, pero se derrumban de inmediato en cuanto oye a Alexia, que habla por teléfono en el vestíbulo. De nuevo se esfuerza por sonreír cuando su otra hija entra en la cocina y mira a su alrededor.

—¿Qué hay de comer?

—Gazpacho.

—Eso no llena.

—También hay pan de ajo.

Bea le extiende el plato y Alexia coge una pieza de pan sin decir nada. Su cabello castaño cae formando rizos gruesos y húmedos.

—¿Has ido a nadar? —pregunta Bea, mientras resiste las ganas de echarle a un lado el flequillo a su hija con el dedo para poder mirarla a los ojos.

Alexia asiente con la cabeza.

—¿Con quién?

—Con Tim y algunos más.

—Ah, muy bien. ¿Y a qué piscina habéis ido? ¿A Kampan?

—Mm. Pero entonces un tipo se ha muerto.

—¿Qué?

Alma se queda paralizada, con la cuchara a medio camino entre el plato y la boca, y Bea se estremece.

—¡Dios santo! ¿Qué ha pasado? —pregunta.

—Estaba como flotando en el agua y todo el mundo ha empezado a gritar, y entonces varias personas lo han sacado de la piscina y alguien ha hecho esa cosa de la RCP.

—¿Estás segura de que se ha muerto?

—No, pero parecía muerto de cojones cuando lo cogieron y lo sacaron del agua.

—No digas palabrotas.

Alexia se queda mirando fijamente a su madre. ¿Es en serio? ¿Quieres corregir mis modales justo en este momento?

—Discúlpame, corazón. Es la costumbre.

Bea intenta aligerar el ambiente mientras sirve otra porción de sopa fría.

—Y entonces, ¿qué habéis hecho vosotros?

—No mucho. Nos hemos quedado ahí un ratito y luego nos hemos ido.

—¿Cómo te sientes?

—Bien.

—¡Pero si acabas de ver a un muerto! —dice Alma de improviso, mirando con desconcierto a su hermana mientras mordisquea su pan de ajo.

—¿Y qué quieres que haga? ¿Que me ponga a llorar?

Alma se ofende por el tono brusco de Alexia y se levanta de la silla.

—Voy a ducharme.

—Pero si todavía no te has terminado la sopa, cariño —dice Bea.

—Ya no tengo hambre, y hace mucho calor…, aunque el gazpacho estaba muy rico —responde Alma, y mete su plato en el lavavajillas.

Alexia permanece sentada a la mesa y remueve su sopa con movimientos robóticos. Está pálida como un fantasma. Bea se le acerca y la envuelve con los brazos. Siente que su hija se tensa, y el abrazo se vuelve incómodo. Así ha sido desde hace un tiempo, cuando Alexia tuvo su primera regla. Ya no está a gusto con el contacto físico, a diferencia de Alma, que todavía se acurruca de vez en cuando en su regazo.

Para Bea, el rumbo que han tomado las cosas con Alexia ha sido una desilusión. Cuando su hija era pequeña podía ver mucho de sí misma reflejado en ella. Eran muy parecidas, y no solo físicamente, pues ambas tienen la misma gruesa melena castaña, sino también en su manera de ser. La piel pálida y el cabello rubio de Alma son cien por cien herencia de Niklas, pero Alexia se vestía y se comportaba más como un muchachito que como una niña, igual que su madre.

Bea recuerda los juegos alocados con Jacob, y el hecho de que prefería heredar las prendas que su hermano desechaba a que le compraran ropa nueva. Bea siempre pensó que tendría una relación armoniosa con Alexia por lo parecidas que eran, pero sucedió lo contrario. Era como si todo el tiempo estuvieran irritándose la una a la otra. Bea dio un paso atrás, intentando darle espacio a su hija, no entrometerse demasiado en su vida.

Sin embargo, ahora necesita darle un abrazo. Un abrazo de verdad. Para que sepa cuánto la quiere. Bea la sostiene con firmeza hasta que Alexia por fin se relaja. Su larguirucho cuerpo de adolescente se da por vencido y se inclina al frente para estar todavía más cerca de su madre. Bea aspira la fragancia que emana Alexia, tan única y especial que le gusta creer que podría distinguirla de entre millones de aromas distintos. Su hija solloza y rodea la cintura de Bea con el brazo. Alexia se refugia en el suave vientre de su madre, tan madura y a la vez tan infantil, a sus dieciséis años.

Bea la abraza con más intensidad, como si estuviera protegiéndola de cosas que ya ha visto, de cosas que ya quedaron en el pasado. Quizá también trata de protegerse a sí misma de un peligro que no puede definir, algo que todavía le resulta desconocido y que está merodeando en el límite de su campo visual.

Entonces dejan de abrazarse y se separan, y quedan un poco abochornadas por esa muestra de afecto. Alexia se levanta de la mesa de forma precipitada y se lleva el plato a su habitación.

Bea se queda de pie donde estaba y ve a su hija marcharse. Se pregunta cómo se siente Alexia en realidad. ¿Qué le pasa a una persona cuando ve a alguien ahogarse? Necesita hablar con Niklas. Ambos tienen que estar presentes para apoyar a Alexia en este momento, para lidiar con este asunto de manera adecuada. A pesar de que las emociones se arremolinan en su interior, Bea escribe un mensaje con tanta tranquilidad como le es posible: «Hoy Alexia ha visto a un hombre morir ahogado. Con ambulancia y todo. Está afectada y en shock. Te necesita. Por favor, vuelve a casa ya».

El plan era quedarse despierta leyendo hasta que Niklas llegara, pero debe de haberse quedado dormida con la voluminosa novela de Hanya Yanagihara sobre el pecho. Sigue en la misma página que por la mañana. Es la una y media de la madrugada y Bea mira aturdida a su alrededor. El lado de la cama de Niklas sigue vacío. La sorpresa se transforma de inmediato en una vaga sensación de malestar.

«No voy a ir a casa».

«Necesito pensar».

¿Qué significa eso en realidad? ¿Tampoco tiene pensado venir a casa esta noche? ¿Y qué es lo que tiene que pensar?

Niklas no ha respondido a su mensaje acerca de Alexia y el incidente de la piscina. No hay ni siquiera una confirmación de que lo haya recibido.

Bea coge su teléfono de nuevo y toquetea la pantalla. Otro mensaje de texto o una llamada más no van a servir de mucho. ¿O tal vez debería tratar de comunicarse con él por WhatsApp? Empieza a escribir en el chat del grupo familiar, pero al final se detiene. No quiere preocupar a las chicas por culpa de su desesperación.

Hace menos de veinticuatro horas, la idea de que Niklas se comportara de esta forma, de que ignorara sus llamadas y sus mensajes y se desvaneciera como si se lo hubiera tragado la tierra, era algo inimaginable. Bea vacila. ¿Debería llamar a Lillis para preguntarle si Niklas se ha comunicado con ella? No, es obvio que sus suegros deben de estar dormidos. Es mejor no molestarlos. ¿Y si marca el número de Charlotte? Es posible que Calle le haya contado a ella algo de lo que se haya enterado, pero que no quiere decirle a Bea. Sin embargo, se contiene. Si habla de todo esto con Charlotte, lo que sea que esto sea de inmediato se volverá más real.

Bea se pregunta cuántas parejas más habrá como Niklas y ella, parejas que guardan los secretos de su cónyuge año tras año, sin revelárselos a nadie más, ni siquiera a sus amigos más cercanos, para protegerse mutuamente y proteger la imagen de su matrimonio. No tanto para mantener las apariencias, sino más bien porque eso es lo que haces por tu mejor amigo: mantienes sus secretos y no dices nada acerca de sus peores facetas; una especie de pacto silencioso para tolerarse mutuamente, incluso en los peores momentos. Cuidas tu relación y soportas lo que haya que afrontar, pues amas las mejores virtudes de tu compañero de vida.

Bea siempre se asombra cuando sus amigas y sus colegas hablan mal de sus parejas. Para ella, compartir detalles íntimos de los aspectos menos agradables de tu marido es una forma de traición. Jamás le ha hecho algo así a Niklas. Claro que reconoce que han pasado por épocas difíciles, como todos los demás —lo anormal sería que no hubieran experimentado ninguna crisis en su matrimonio—, y desde luego que ha hablado con Charlotte acerca de esos momentos complicados. Pero casi siempre lo ha hecho una vez que la situación ha quedado resuelta, cuando ya han salido del túnel, y nunca entrando en detalles; como parte de una reconstrucción refinada en la que sus problemas maritales han resultado ser un ejercicio de aprendizaje, sin importar cuán complejos hayan sido. No es que Bea mienta a propósito, pero, como todo en la vida, los conflictos resultan un poquito menos dolorosos con el paso del tiempo. A veces incluso pueden parecernos graciosos, convertimos las cosas desagradables en una anécdota divertida que no se arriesga a revelar demasiado. Además, tratándose de su amistad con Charlotte, Bea es la que más se dedica a escuchar de las dos, pues el matrimonio de su amiga se encuentra en una especie de crisis crónica pero estable.

La ansiedad vuelve a apoderarse lentamente de ella y le cierra la garganta. Tiene que salir de aquí. Se levanta de la cama y coge un pantalón de chándal que está colgado en el respaldo de una silla. Atraviesa el salón deprisa y en silencio, y pasa por delante de las habitaciones de sus hijas.

Bea recorre Karlavägen en su bicicleta bajo un cielo estrellado, teñido de un rosa claro. Casi tiene la calzada para ella sola; salvo algún que otro transeúnte desvelado que va tambaleándose por la avenida, camino de su hogar, después de salir de un *pub,* podría decirse que no hay nadie más por allí. En cuestión de minutos, Bea está en el cruce de las calles Birger Jarlsgatan y Odengatan, donde vive Freddie; en «la periferia de Östermalm», según dice él, en un intento de parecer más sofisticado, aunque su casa queda más bien en el barrio de Vasastan. En el instante en que Bea se baja de su bicicleta, junto a la puerta de madera, una rata gorda se escabulle por la fachada rosa del edificio.

Freddie Scherrer es uno de los amigos más antiguos de Niklas, y ambos formaban parte de un grupo de camaradas junto con Jacob y Calle Mörner. Los cuatro habían permanecido unidos durante todos sus años de escuela, hasta que se graduaron de la secundaria, y solían reunirse en casa de Niklas, pues, a diferencia de los padres de los demás, Lillis y Tore no tenían nada en contra de que su hijo llevara a sus amigos a casa.

Curiosamente, durante la adolescencia, Bea había sentido una leve atracción por Freddie, y no por Niklas. A decir verdad, no fue tan leve, pero, como es natural, nunca se atrevió a decir nada; ni siquiera se lo ha contado a Niklas. La mirada de Freddie siempre tuvo un brillo especial, algo que todavía le gusta. Él era el más rebelde del grupo, el que no seguía los cánones convencionales. Mientras Niklas y Calle estaban en Upsala estudiando para ser médico y abogado, respectivamente, Freddie daba vueltas por ahí; luego se fue a Nueva York y entró en una escuela de cine.

Todo el mundo creyó que solo era uno más de sus múltiples caprichos, pero se aferró a ello y hoy en día es un respetado productor que trabaja tanto en Suecia como en el extranjero. Aunque en un principio no se lo esperaba, en el último año Bea ha tenido mucho contacto con Freddie, debido a que Alexia obtuvo un papel secundario en su último largometraje, algo que, por desgracia, parece haber influido de forma negativa en las calificaciones de su hija. Y en su personalidad.

Sin embargo, no es eso lo que ha traído a Bea hasta aquí. Ha venido en busca de su marido. Es incómodo y embarazoso, pero está desesperada.

Parece que Freddie se acaba de despertar cuando abre la puerta en calzoncillos y camiseta. Desde luego que sabe por qué Bea está allí, pero, a pesar de haber ignorado sus llamadas, no parece sentirse muy culpable. Por el contrario, tras sus gafas Tom Ford, Bea alcanza a percibir cierta lástima. Con ellas, parece una versión más joven de él mismo. Quizá también ha perdido un poco de peso.

—Discúlpame, Freddie, pero necesito hablar con Niklas, y no me responde al teléfono.

—Entiendo, pero no está aquí.

Bea mira fijamente al amigo de su esposo, confundida.

—Tilda está conmigo esta semana —le explica Freddie—, así que le di las llaves del estudio a Niklas.

La hija de Freddie, de diez años, se queda con él cada dos semanas, pero Bea no entiende qué tiene que ver eso con las llaves.

—Pero salisteis anteanoche, ¿no? —pregunta Bea—. ¿No fuisteis al Daphne's?

Freddie le responde encogiéndose de hombros con un gesto de resignación, como si no quisiera mentir, pero tampoco traicionar a su amigo ante su esposa enfadada.

—Entonces, ¿no salisteis?

—No exactamente.

—¿Eso qué significa?

Freddie se rasca la nuca. Da la impresión de estar buscando una respuesta que pueda satisfacer tanto a Bea como a Niklas.

—Pero hablaste con él, ¿verdad? —pregunta Bea, cada vez más impaciente.

—Bueno, sí, podría decirse. Vino a por las llaves.

Bea recuerda el último mensaje de Niklas: «No voy a ir a casa».

—No entiendo nada, Freddie.

Está a punto de decir algo, pero se arrepiente al instante.

—Tal vez lo mejor sería que hablaras directamente con él.

—¡Papá…! —grita Tilda desde algún lugar del apartamento.

—¡Ya voy!

Freddie se vuelve hacia Bea.

—Lo siento, tengo que…

—Claro, claro. Perdón por haberos despertado. Es solo que no sé qué más hacer. Niklas ha estado comportándose de una forma muy rara.

—Si me permites un consejo, te sugeriría que esperases hasta mañana. Creo que para entonces él podría estar en mejor disposición.

Bea baja despacio por la fría y oscura escalera. Con cada paso trata de procesar esta nueva información. Niklas no salió a beber con Freddie, como le había dicho, y tampoco se quedó a dormir en su apartamento. Pasó la noche en el estudio, en la «oficina» de Freddie, un deslucido local en un sótano del barrio de Frihamnen, donde su amigo hace trabajos de edición. El lugar está lleno de aparatos electrónicos, pero también tiene algo de santuario masculino, con consolas de videojuegos y un minibar.

Freddie estuvo viviendo ahí una temporada cuando se estaba separando de la madre de Tilda, y es casi un hecho que ha llevado a alguna que otra chica en el transcurso de los años. Bea solo ha estado allí una vez, cuando Niklas y ella fueron a la casa de subastas que se encuentra justo al lado, a recoger una mesa de centro. El lugar era un caos, pero es lo que suele parecer ese tipo de oficinas.

No tiene sentido que Niklas prefiera dormir allí antes que en su propia casa, y además dos noches seguidas. Bea se siente enfadada, triste, confundida y muy decepcionada por su mejor amigo.

Cuando sale a la calle, lo único en lo que puede pensar es en que tiene que ir al estudio a hablar con él, pero la recomendación de Freddie de esperar hasta mañana le sigue rondando la cabeza. Por lo general, está segura de saber qué piensa y siente Niklas, pero ahora no tiene ni idea. ¿Y si está más agotado por el trabajo de lo que ella creía? ¿Es así como empieza una depresión causada por el desgaste laboral? Ser el médico jefe de la nueva sala de maternidad del Sophiahemmet es muy demandante, y Niklas lleva tiempo sin poder dormir bien.

La idea era que este trabajo le diese un nuevo aire tras «el incidente» en el Hospital de Sollentuna, con el que estaba obsesionado; algo que ni siquiera fue culpa suya y que le pasa casi a todo el mundo en su profesión. Después de trabajar durante años para la administración regional de servicios públicos, en las afueras de la ciudad, por fin había tenido la oportunidad de estructurar todo un departamento en un hospital privado, a solo unas pocas manzanas de su casa. Ahora disponía de recursos con los que solo podría haber soñado cuando estaba en el Hospital de Sollentuna… y recibía un buen salario por su labor. Bea ha hecho todo lo que está en su mano para darle ánimos y hacer que piense de manera positiva, pero, en lugar de usar su nuevo puesto directivo para delegar tareas y coger las riendas de su propio tiempo, siempre está tratando de hacer demasiadas cosas, y por eso las presiones y las responsabilidades lo han consumido.

¿Y si la carga laboral ha desencadenado una especie de crisis nerviosa? Toda la primavera Niklas estuvo diciendo que se sentía cansado y desgastado, pero Bea también estaba pasando por lo mismo. Sobre todo, porque, además de su trabajo de tiempo completo en la Cruz Roja, tuvo que asumir la mayor parte de las tareas de la casa —incluyendo la reforma de la cocina y todo lo relacionado con la escuela y las actividades cotidianas de sus hijas—. Niklas subestima lo que ella hace y lo pesadas que son sus labores, solo porque Bea gana menos y no tiene un empleo tan prestigioso como el de él. A veces Bea se pregunta si para su marido los médicos son las únicas personas que saben lo que es el sufrimiento humano, incluso cuando ella trabaja para una organización de ayuda humanitaria.

Cada día, al ver las imágenes con las que tiene que trabajar y al escuchar las historias de la gente, Bea debe enfrentarse a las cosas más terribles de este mundo. También para ella se trata de cuestiones de vida o muerte, a una escala global. Pero parece que, en el caso de Niklas, eso ha afectado su salud mental. Ella le ha insistido en que trabaje menos y se tome más tiempo libre durante los fines de semana. Esa es una de las razones por las que Bea ha anhelado tanto esas vacaciones juntos. Niklas las necesita. Las necesitan como familia. Y resulta que, en su lugar, está pasando esto. Sin embargo, si Niklas está enfermo, ella tiene que ayudarlo.

Por fin el calor ha cedido y la fresca brisa nocturna le acaricia los brazos desnudos y los pies calzados con Birkenstock. Aun así, le cuesta trabajo avanzar con la bicicleta. Siente como si llevara una pesa de plomo atada al pecho y las perneras del pantalón se agitaran alrededor de sus tobillos, transformándose en un par de paracaídas abiertos que le restan velocidad a pesar de que pedalea lo más rápido que puede. Como si tuviera que llegar a tiempo a su destino antes de que sea demasiado tarde.

No cree de verdad que Niklas vaya a hacer algo drástico, no después de lo de Jacob, pero Bea carga con una vieja herida y ese miedo está muy arraigado en su interior. Su cuerpo lo recuerda bien, y está haciendo sonar todas las alarmas. Darse cuenta de que el estado mental de Niklas quizá sea peor de lo que ella creía también la hace sentirse culpable. Debería haberse tomado las señales más en serio. ¿Será por eso por lo que olvidó algo tan simple como pagar los billetes del ferri? Tener problemas para recordar las cosas es una de las señales más claras de estrés y agotamiento, al igual que un estado de ánimo volátil e irritable y estar enfadado todo el tiempo.

Ahora que lo piensa, la conducta de Niklas en los últimos días se ajusta a todos estos síntomas. Y, aunque no puede evitar preocuparse, en cierto modo es un alivio encontrar una explicación para lo que está pasando. Bea gira para salir de la glorieta en el barrio de Gärdet, y está a punto de llegar a la línea de meta después de lo que parece un maratón que ha durado todo el día.

La oficina de Freddie está en un enorme sótano cerca de los muelles de carga de Frihamnen, hoy en día rodeados por varias compañías productoras. Bea pasa en su bicicleta frente al edificio que alguna vez albergó la primera empresa importadora de plátanos en Suecia, y deja atrás un estacionamiento enorme y casi vacío, de no ser por una furgoneta blanca y un coche con el logotipo de un programa de televisión sobre jardinería aparcados cada uno a un lado.

Mira a su alrededor con ansiedad, sumergida en la penumbra.

En una noche de verano como esta, la zona tiene pinta de ser un lugar siniestro y abandonado. No hay ni una sola persona a la vista. Al llegar al edificio de Freddie, ni se toma la molestia de asegurar la bicicleta con el candado, simplemente la deja apoyada contra una verja que está debajo del muelle de carga. Con suerte, esto no le llevará mucho tiempo. Si Niklas y ella deciden coger un taxi para regresar a casa, pueden dejar la bicicleta en la oficina de Freddie y volver a por ella mañana.

Bea sube por la estrecha escalera que lleva al muelle de carga y camina hasta el montacargas. Está enfadada, nerviosa y preocupada, todo al mismo tiempo, pero sabe que tiene que controlar sus emociones, y ser la fuerte de los dos. Lo único que quiere es que Niklas vuelva a casa. Eso es lo más importante en este momento, de modo que puedan preparar su viaje a Hogreps para la semana que entra y pensar en cosas divertidas que hacer con las chicas durante los días que pasarán en la ciudad antes de partir a Gotlandia.

Después de todo, aún pueden disfrutar de unos cuantos días de vacaciones en el hermoso Estocolmo veraniego; podría ser una oportunidad para ser turistas en su propia ciudad, algo genial y diferente. Visitar la torre Käknas y el museo al aire libre de Skansen o dar un paseo guiado en bote. Incluso podrían ir a nadar al pueblo de Ekerö o a la costa norte de la isla de Lovön, donde puedes tener una bahía entera para ti solo si sabes dónde buscar. Podría terminar siendo una buena semana solo con que se lo propusieran. O también podrían conducir hasta Oskarshamn y coger el ferri desde allí.

Bea entra en el ascensor y ve su mano temblar cuando la extiende para presionar el botón. El montacargas empieza a moverse con una sacudida, y el sonido chirriante de un motor rompe el silencio. Siente como si estuviera hundiéndose en las entrañas de la tierra, tanto física como mentalmente. Echa un vistazo a la ventana de la puerta del ascensor de mercancías y un par de ojos aterrados le devuelven la mirada.

Trata de convencerse de que sus temores son infundados. Irracionales. Pero, al mismo tiempo, esta situación surrealista que está viviendo es bastante real y desagradable. De pronto le gustaría haberse lavado la cara y los dientes, o al menos haberse pasado un peine. No porque quiera arreglarse para Niklas, sino porque no quiere sentirse desaseada. Entonces se alisa el cabello y, cuando está en el proceso de averiguar si sus axilas huelen a sudor, el ascensor se detiene con suavidad.

Junto a la pesada puerta metálica, en un letrero grabado con letras enormes, pone LATERNA FILMS. Una luz fluorescente parpadea sobre su cabeza, en el techo de hormigón. Titubea y toma una pequeña bocanada de aire antes de llamar a la puerta con los nudillos, justo encima del tirador.

El golpe suena irritado, que es justo lo que quería evitar. Pero ¿cómo tocar a una puerta de metal de forma amigable y discreta? Solo para asegurarse, le envía un mensaje de texto a Niklas, por si acaso no la ha oído llamar a la puerta.

Espera unos instantes, sola y expuesta en el desolado y sombrío sótano, a pesar de que es probable que Niklas esté ahí, al otro lado de la puerta de metal. Pero no hay respuesta por su parte, ni de su teléfono ni desde la oficina. Bea lo intenta de nuevo, esta vez tocando con un poco más de fuerza.

¿Estará dormido? En realidad, no sería tan extraño a estas horas de la madrugada, pero Niklas siempre ha tenido el sueño ligero, con mayor razón cuando se siente mal y peor aún si tiene que dormir en el sofá de otra persona. ¿O será que no hay buena señal telefónica aquí abajo?

Bea revisa su móvil de nuevo y se queda paralizada. Niklas ya ha leído su mensaje. Está despierto y sabe que ella está aquí. ¿Por qué no le abre? Bea aguarda un par de minutos, pero su marido sigue sin responderle, por lo que Bea empieza a golpear la puerta una vez más. Pum, pum, pum.

Su pulso se acelera.

—¿Hola? ¡Sé que estás despierto, Niklas! ¡Ábreme!

PUM. PUM. PUM.

—¡Abre la puerta, por Dios, o tendré que llamar a la policía!

Bea no sabe si lo dice en serio, pero una parte de ella quiere hacerlo. Si él no la abre, ella va a entrar por la fuerza. ¡Ya basta de tonterías! Está muy enfadada, pero también tiene mucho miedo. ¿Podría ser que Niklas esté sufriendo un episodio de psicosis? ¿Estará pensando en hacerse daño? ¿Qué sabe ella en realidad? Uno nunca conoce tan bien a otra persona como cree. Ella creía que conocía a Jacob.

PUM. PUM. PUM.

—¡Niklas! ¡Me estás asustando! ¡Por lo menos, abre la puerta para saber que estás bien, por favor!

Ahora está desesperada, a punto de echarse a llorar. El pánico resuena en su voz.

Y, de repente, justo cuando levanta el puño, la puerta se abre con un chirrido. Ahí está él. Como una aparición que, de forma súbita, se hubiera transformado en un ser de carne y hueso. Pero su aspecto es el mismo de siempre. No parece estar exhausto ni pensando en suicidarse. De hecho, más que nada, se le ve molesto, incluso podría decirse que un poco enfadado. Bea se desconcierta.

El hombre que está de pie en la puerta es su marido y su mejor amigo, pero, por alguna razón, ella se siente como si fuera una visita que se presenta sin que la hayan invitado.

—Entonces, ¿estás bien?

Niklas asiente con la cabeza.

—Solo estoy un poco cansado. Son las tres de la madrugada.

Sí, gracias, ella sabe qué hora es, y es culpa de él que esté despierta tan tarde. Pero Bea no dice nada al respecto. Niklas también se queda callado, sin hacer ningún intento de explicarse o disculparse. Si Bea quiere respuestas, está claro que va a tener que formular las preguntas.

—¿Qué es todo esto, Niklas?

—La oficina de Freddie…

—No, me refiero a todo esto. Lo que sea que estás haciendo.

Bea extiende los brazos a los lados en un gesto de resignación, al tiempo que echa una mirada al interior del local. La oficina de Freddie consiste en un enorme espacio abierto con una cocina en una esquina y un cuarto de edición. De una de las paredes cuelga un cartel de *Atrapasueños,* la película en la que participa Alexia y que está a punto de estrenarse. En primer plano, un hombre y una mujer miran a la cámara sin expresión alguna en su rostro. Para sorpresa de Bea, también incluyeron a Alexia, aunque sea en el fondo de la composición. Su hija, en el cartel de una película. Qué cosa más rara.

A través de una puerta abierta se vislumbran varios cables y artilugios, iluminados por una luz suave. En medio de la enorme habitación hay un sofá de cuero, una almohada sin funda en uno de los extremos y una vieja colcha que seguramente no haya visto una lavadora en mucho tiempo. Así que este es el lugar donde su marido prefiere estar, en este cuartucho sórdido que huele a café viejo y a mal aliento, en lugar de volver a casa con ella y con las chicas.

Todo esto sería más fácil de entender si Niklas diera alguna muestra de inestabilidad, pero, aparte de un atisbo de rebeldía en sus ojos oscuros, parece extrañamente tranquilo.

—¿Por qué no respondías al teléfono?

—Lo hice.

—Ya sabes a qué me refiero.

Niklas mira su reloj.

—Ya es tarde, Bea. Necesito dormir.

—Bueno, entonces vámonos.

Niklas niega con la cabeza e intenta cerrar la puerta. Bea reacciona por instinto y mete el pie para evitarlo, al mismo tiempo que la abre de nuevo.

—Deja de actuar como un tonto y volvamos a casa. ¡Vamos!

Ella lo agarra de la camiseta, pero Niklas retrocede y trata de apartarla con un leve empujón. Bea suelta un grito cuando él intenta zafarse de su mano.

Está tan sorprendida por la agresividad repentina de su esposo que lo suelta de forma automática. Niklas se tambalea y casi cae hacia atrás sobre el sofá, pero al final recupera el equilibrio. Ahora ya no parece tan tranquilo. Su mandíbula está tensa, y una vena le palpita en la frente.

—Niklas, por favor, ya es suficiente. Llamemos a un taxi.

—No.

—¿No? ¿Qué quieres decir con «no»?

—Ya te lo dije: necesito pensar.

—Entonces, ¿cuándo vas a volver a casa? Ya sabes que las chicas se lo están preguntando. Yo me lo estoy preguntando.

El atisbo de rebeldía asoma de nuevo. Una mirada desafiante. Casi podrían ser los ojos adolescentes de Alexia o de Alma, si no fuera por la barba incipiente en el mentón de Niklas.

—Ya no puedo soportarlo.

Es como si le hablara en otro idioma. Sus labios emiten ruidos en lugar de palabras. Su voz suena neutral, casi fría. Como si estuviera con una extraña y no con su pareja, con la que lleva treinta y dos años. Su Patita.

—¿A qué te refieres? ¿Qué es lo que no puedes soportar? —Bea apenas si logra articular las palabras.

—Esto. Nosotros. Tú y yo.

Niklas se la queda mirando con una mirada firme. Relajada y decidida. El ojo de Bea empieza a temblar de nuevo, como antes, cuando hablaba con Alma. Es como si Niklas le hubiera dado una descarga eléctrica, pero al mismo tiempo no puede tomárselo en serio. No porque no respete los sentimientos de su marido, sino porque no es capaz de creer que lo esté diciendo de verdad.

Es evidente que Niklas se siente muy muy mal, incluso aunque haya logrado mantener esa apariencia tranquila. Sin importar la razón, no piensa permitir que su «nosotros», Bea y Niklas, simplemente se caiga a pedazos. Lo que ellos tienen no es algo a lo que renuncias en medio de la noche, en un sótano sórdido de Frihamnen, como si fuera una compra impulsiva de la que te arrepientes después. Si él se siente descontento por algo, pueden resolverlo.

Se respira un aire mal ventilado y sofocante ahí abajo. Es como si las paredes hubieran almacenado el calor del sol para liberarlo en las horas de oscuridad.

—Podemos hablar de esto mañana —dice ella conteniendo sus emociones, y quita el pie de la entrada de la puerta. Un soldado en retirada que envaina su espada.

Niklas no dice ni una palabra más. Más bien parece aliviado al poder librarse de ella, y cierra de un portazo. Bea permanece de pie donde estaba, sola, y se queda mirando el letrero grabado de Freddie. LATERNA. Una luz en la oscuridad que guía a los barcos que se extravían. Freddie siempre dice que eso es lo que debe ser su productora, pero Bea nunca se había sentido tan extraviada como ahora. Niklas jamás había estado tan extraviado.

«Ya no puedo soportarlo». «Esto. Nosotros. Tú y yo».

Palabras abrumadoras que, de ser ciertas, tendrán consecuencias imposibles de comprender.

Como era lógico, para cuando ella regresa al muelle de carga, la bicicleta ya no está. Alguien en este pueblo fantasma le ha robado la vieja bici de paseo que le regaló Lillis. El vehículo de dos ruedas más decrépito de todo el barrio de Östermalm, pero, para Bea, el más valioso. Irreemplazable, por su valor sentimental. Las lágrimas empiezan a rodar por sus mejillas mientras emprende su camino a pie como en piloto automático. Las piernas se mueven a cámara lenta, la mirada, borrosa. Freddie tenía razón. Debería haber esperado.

Para cuando Bea por fin regresa al apartamento en Banérgatan, el sol ya se eleva sobre Estocolmo. Las chicas siguen dormidas, ajenas por completo a lo que acaba de suceder en Frihamnen.

El cuerpo de Bea está entumecido por la conmoción. Se siente demasiado cansada como para permanecer despierta, y demasiado agitada como para poder dormir. Decide darse una ducha, intentar que el agua fría se lleve la noche consigo, sacarse de encima todo lo que se ha dicho y hecho. Se da cuenta de que tiene un rasguño en el brazo. ¿Cuándo se lo ha hecho? ¿Habrá sido durante el forcejeo con Niklas? La expresión de la cara de su marido le vuelve a Bea a la mente una y otra vez, el aspecto que tenía cuando le dijo esas palabras. Era como si se hubiera distanciado de sí mismo y se hubiera convertido en una versión de Niklas que ella no reconocía.

Bea se restriega los brazos y las piernas mientras intenta pensar de manera lógica. Es evidente que Niklas está pasando por una crisis. Las crisis se pueden resolver. No es de extrañar que, después de treinta y dos años juntos, uno de los dos se tambalee, pero desde luego que pueden superarlo, tal y como han superado todos los demás problemas a los que se han enfrentado, ¿verdad? Pero hay pequeñas dudas que se entrometen en sus pensamientos, los destruyen y le revelan algo que sería insoportable. Bea no puede imaginarse una vida sin Niklas. Su gran amor y su mejor amigo. La idea de perder todo lo que han construido juntos es tan absurda que necesita apartarla de su mente, necesita frotarse la piel con más fuerza.

Al salir de la ducha va al sofá que está en la cocina y se acurruca allí con una taza de café en la mano. Mira a su alrededor. Su preciosa cocina, que llevaba anhelando tanto tiempo, al fin se hizo realidad cuando Niklas asumió el puesto de médico jefe en el Sophiahemmet. Junto con Nisse, el diseñador de Kvänum, Bea escogió hasta el más pequeño detalle. La vitrina color verde musgo, que casi parece flotar libremente frente a la pared como un cuadro, llena de bonitos objetos que han acumulado con los años. Recuerdos de su vida juntos que han seleccionado de manera muy cuidadosa, colocados junto a los jarrones, garrafas y tazones de diferentes tamaños y colores que Lillis elaboró a mano.

Bea había visualizado algo sencillo pero interesante, inspirado en el comedor hogareño y acogedor de Lillis y Tore en Hogreps. Piedra caliza de Gotlandia, combinada con cálidos colores mediterráneos. Quería tener una cocina confortable, donde la familia pudiera reunirse y pasar tiempo juntos. Un sitio con distintos lugares para sentarse, con un sofá empotrado, pequeños rincones y hornacinas para cosas bonitas, y espacios amplios para conversar. Los azulejos pintados a mano que trajeron con tanto esfuerzo de Sicilia, donde ella y Niklas celebraron su décimo aniversario, iluminan una de las paredes como un recuerdo bañado por el sol.

Tan solo hace un par de semanas celebraron aquí el decimosexto cumpleaños de las chicas. Durante un breve discurso en la cena, justo en esta cocina, Bea les contó cómo se habían sentido Niklas y ella cuando salieron del Hospital de Danderyd, cada uno cargando con una criatura. Les contó lo extraño e increíble de saber que eran padres, que esas niñas eran suyas; la alegría mezclada con el terror; el hecho de que eran una familia que iniciaba un viaje grandioso y singular.

Sin embargo, ahora a Bea le parece igual de extraño e increíble que Niklas le diga que quiere terminar ese viaje. Se suponía que estaban juntos en esto. Ahora ya no hay felicidad, y solo queda el terror.

Bea coge su móvil y le escribe un mensaje.

«Perdame. Me doy cuenta de que no le he puesto suficiente atenci a co te sentías. Pero me alegra que te hayas expresado. Prometo hacer mejor las cosas de ahora en adelante. Sea lo que sea, podemos resolverlo. Te quiero».

—¿Cuándo venís, querida? Tenemos muchas ganas de veros.

A pesar de sonar un poco ronca, la voz de Lillis sigue conservando su calidez. Bea lucha por contener las lágrimas que siente a punto de brotar. Como de costumbre, su suegra se da cuenta de que algo anda mal.

—¿Qué pasa, guapa? ¿Estás bien?

—Me han robado la bicicleta que me regalaste. Lo siento mucho, Lillis.

—Cielos… ¿A quién se le ocurre robar ese trasto viejo y oxidado?

—No lo sé, pero…

Bea se aclara la garganta. Trata de recuperar el control de su voz.

—Solo es una bicicleta, chiquilla —dice Lillis—. No es el fin del mundo.

Bea siente cómo se le humedecen las mejillas. De forma lenta pero segura ha ido perdiendo pie en el transcurso de estos últimos días tan extraños, y su mundo, que suele encontrarse en perfecto equilibrio, ha recibido una sacudida muy fuerte. La voz de Lillis es un recordatorio de ese sentimiento de seguridad que a Bea le hace falta justo ahora.

—Niklas está durmiendo en la oficina de Freddie. Dice que ya no puede soportar más esto.

Durante todos estos años, Bea le ha confiado muchas cosas a Lillis, cosas grandes y pequeñas. Preocupaciones que ha tenido acerca de sus hijas y de su matrimonio, cuando Niklas y ella se enfrentaban a ciertas dificultades; en especial cuando las niñas eran pequeñas y criarlas requería un mayor esfuerzo físico por su parte. Las quejas diarias y los roles de género tradicionales que muchas personas terminan asumiendo. Lillis es la única persona con quien Bea puede ser del todo honesta, la única persona que quiere a Niklas tanto como ella.

Ha habido ocasiones en las que Bea se ha sentido cansada de ser la coordinadora de proyectos de la familia, la encargada de hacer planes y resolver problemas; harta de que, sin ella, nada funcione. Por otro lado, Niklas es el que más trabaja y aporta a la familia. El sueldo de Bea en la Cruz Roja solo alcanza para cubrir una fracción de los gastos, y por eso casi siempre ha sido ella la que se ha quedado en casa cuidando de sus hijas cuando enfermaban, y la que se ha encargado de todo cuando Niklas estaba de guardia o tenía que trabajar hasta tarde. Lillis suele darle la lata a Bea con esto. Insiste en que debería seguir estudiando y en que la forma en la que Niklas y ella se reparten las labores no es equitativa, y es poco saludable. Bea está de acuerdo con Lillis, aunque de vez en cuando se cansa de sus sermones. Más que nada, porque no siente ninguna necesidad de forjarse una carrera, ni de demostrar su valor como persona ascendiendo en la escala social. Siempre ha priorizado una vida sin el estrés que conlleva una jornada laboral de tiempo completo, y a la madre de Niklas le cuesta entender que Bea esté satisfecha con su estilo de vida.

No todo el mundo tiene una suegra que formó parte activa de una organización feminista como Grupp 8, aunque haya sido ya hace mucho tiempo. Lillis cree firmemente que solo se puede alcanzar la igualdad mediante una equidad absoluta, ya sea a la hora de lavar los platos, de cuidar a los hijos, de los orgasmos o del trabajo. Es una idea estupenda, pero que en la práctica no funciona tan bien, a menos que te respalde una pequeña fortuna, como fue el caso de Lillis y Tore.

Al igual que muchos otros *baby boomers,* han tenido una vida desahogada y con muchas oportunidades, en buena medida porque Lillis ha financiado sus actividades artísticas con dinero que recibió en herencia. Niklas siempre se queja de que su madre vive alejada de la realidad, pero en momentos como este la verdad es que no hay nadie mejor que Lillis, quien con toda la calma del mundo le asegura a Bea que no tiene de qué preocuparse.

—Nunca olvidaré aquella vez en la que Tore estaba tan furioso conmigo que se marchó a Copenhague, y no supe nada de él durante dos días. Pensé que podía haber sufrido un accidente, y pasé varias horas llamando a un hospital tras otro, intentando hablar danés lo mejor que podía.

Es una anécdota que Lillis ya le ha contado muchas veces, y en realidad no se puede comparar con la situación por la que Bea está pasando ahora, pero de todos modos sirve como recordatorio de que las cosas no necesariamente tienen que ser tan graves como parecen. «La gran crisis» entre Lillis y Tore tuvo lugar al inicio de los años sesenta, antes de que tuvieran hijos. En esa época vivían en la ciudad de Malmö, donde Lillis acudía a una escuela de arte y Tore estudiaba Ingeniería Civil. Aquella primavera, en una fiesta, Lillis «perdió la chaveta», como ella misma lo describe, y le fue infiel a Tore con uno de sus compañeros de clase. Cuando Tore supo lo que había pasado, desapareció. Tan solo unas cuantas semanas después se reconciliaron, y terminaron casándose en el ayuntamiento. El resto es historia, como se suele decir.

—Lo que más me preocupa es que Niklas no parece estar muy bien —confiesa Bea—. Es como si fuera otra persona.

La voz se le quiebra y Lillis coge la batuta.

—Es ese nuevo trabajo, que consume todas sus energías. Probablemente solo necesite descansar un poco y pasar algo de tiempo a solas.

—¿Eso crees?

—No lo creo. Estoy segura, querida. ¿Por qué no vienes con las chicas mientras tanto? Niklas puede llegar después, cuando se le pase el enfado. Además, él me había prometido que iba a arreglar esas tejas antes de que empezara a llover y salieran goteras en el techo, así que tendrá que pasarse por aquí tarde o temprano.

Lillis suelta una risa áspera y hace que a Bea se le escape una leve sonrisa. Está claro que su suegra tiene razón. Niklas solo necesita una pausa para darse un respiro y relajarse, aquí, en la ciudad. Unos cuantos días a solas y volverá a ser el mismo de siempre. Que Bea y las chicas viajen a Gotlandia antes que él es muy buena idea, y será mucho más fácil encontrar billetes si no van en coche. Además, puede que a Niklas le venga bien echarlas un poco de menos, que vea lo divertido que es estar encerrado solo en el apartamento, sin la distracción de una montaña de trabajo pendiente.

Mientras tanto, Bea y las muchachas pueden tumbarse en la playa de Grynge y llenar sus pulmones con el aire del mar. Leer de corrido un libro durante el día y jugar al *ping-pong* en el ático por la noche.

—Muy bien, entonces hablamos mañana, una vez que hayas reservado los billetes —dice Lillis con firmeza.

Poco a poco, Bea empieza a sentir otra vez ese nudo en la garganta, aunque lucha por deshacerlo.

—¿Pasa algo, querida? —Bea solo acierta a emitir un gruñido patético—. No te pongas triste, Beamea…

Bea traga saliva de nuevo.

—Es solo que… te juro que no lo reconozco… y tengo mucho miedo de perder a mi marido.

Lillis guarda silencio un instante, como si estuviera escogiendo sus palabras con mucho cuidado.

—Estas cosas pasan cuando llevas tanto tiempo con alguien. Es totalmente normal. Lo único que puedes hacer es tener paciencia. No lo sueltes, pero, al mismo tiempo, dale su espacio. Es como en esa canción que me encanta…, ¿cómo se llamaba…?

Bea sabe con exactitud a qué canción se refiere Lillis. *If You Love Somebody, Set Them Free,* de Sting. A Bea nunca le ha gustado. Si quieres a alguien, deja que sea libre. ¿Acaso la libertad no conlleva también responsabilidades? ¿Hacerte responsable de aquellos a quienes quieres? Bea está de acuerdo en eso de darse espacio el uno al otro, pero ¿abandonar a tu pareja a su suerte? Eso es cobardía pura. Algo realmente vil y cobarde. Sin embargo, por mucho que pueda hablar con Lillis sin tapujos e incluso llegar a criticar a Niklas, Bea sabe que no puede ir demasiado lejos. Siempre hay un límite, hasta con Lillis.

—Venid y quedaos con nosotros —dice su suegra—. Nos morimos de ganas de veros. Tore puede ir a Visby a por vosotras.

GARNISONEN, ESTOCOLMO

La temperatura hoy es de 33 °C a la sombra. Toda la ciudad es una cazuela hirviendo. Bea siente como si las suelas de sus zapatos fueran a derretirse mientras recorre el breve trayecto que la lleva desde Banérgatan hasta su oficina en Karlavägen.

Por lo general, el complejo de oficinas Garnisonen está lleno de empleados administrativos, pero hoy parece vacío y triste, incluso a lo lejos. Las puertas giratorias rojas permanecen inmóviles en la entrada. A pesar de que Bea ha trabajado muchos años en ese lugar, el mismo recuerdo surge en su mente cada vez que se aproxima al edificio, el recuerdo del día en el que Jacob trató de enseñarle a montar en monopatín. Puede ver a su hermano zigzagueando entre las columnas con facilidad y elegancia, como si la tabla de *skate* que compró con lo que ganaba trabajando en un supermercado los fines de semana fuera una extensión de su propio cuerpo.

Sus padres opinaban que Jacob debía ahorrar su sueldo, en lugar de gastarlo en esas cosas, y que el monopatín era un pasatiempo peligroso, pero las heridas que sufría eran un precio insignificante a cambio de la felicidad que eso le brindaba. Su mirada en esos instantes en que pasaba volando en su tabla junto a ella, rebosante de alegría y libertad, está grabada a fuego en los recuerdos de Bea.

Se sube al ascensor que la lleva a las oficinas de la Cruz Roja, en el séptimo piso. El lugar está vacío, pero el aire que ha permanecido estancado durante varios días la golpea como una bofetada. Todo su departamento se ha cogido vacaciones. Por supuesto, una organización de beneficencia nunca detiene sus labores por completo, aunque quienes no están de asueto prefieren trabajar desde su casa en esta época del año. Bea terminó de actualizar la página principal del sitio web una semana antes de que empezaran sus vacaciones, y, si llegara a presentarse algún problema, podría resolverlo sin tener que estar en su lugar de trabajo.

Ha venido hoy porque Niklas aceptó quedar con ella antes de irse a Gotlandia con las chicas. Es absurdo pensar que él deba «aceptar» reunirse con Bea; que la persona más cercana a ella no tenga ganas de verla. Él quiere estar a solas para pensar, mientras que ella necesita justo lo contrario. Niklas tampoco quiere volver a casa, así que, para poder hablar en paz, Bea ha tenido que acordar con él encontrarse en su oficina.

Hace demasiado calor como para estar en el interior del edificio, así que baja para reunirse con él en la entrada, que está en el número 108 de Karlavägen. Desde allí cogen un ascensor hasta el decimoquinto piso. Se quedan de pie, uno al lado del otro, incómodos y en silencio. Es una situación extraña. Niklas siempre la rodeaba con el brazo o la cogía de la mano, pero hoy no se tocan en absoluto. Tampoco se dirigen la palabra. La mandíbula de su marido está tensa, y la arruga de su frente, causada por la preocupación, parece más marcada que de costumbre. Bea se pregunta si Niklas parece más viejo, o si solo se está imaginando que tiene más canas que hace unos pocos días.

—¡Guau, qué vistas! —exclama Niklas mirando a su alrededor una vez en la azotea.

—Allá a lo lejos puedes ver el canal de Djurgården —dice Bea, al tiempo que hace un gesto en dirección al sur.

Niklas asiente con la cabeza, y ella no puede evitar pensar que debe de haber parecido un poco tonta al señalar algo tan obvio. Aunque el silencio que pesa en el aire es extraño e incómodo, eso no es nada comparado con lo raro que se ha vuelto el simple acto de sostener una charla trivial con su marido. Bea no logra recordar ninguna ocasión en la que hayan hecho esto antes, o en la que haya tenido que detenerse a pensar en cómo hablar a Niklas. Durante todos estos años juntos siempre han sostenido una conversación fluida y constante, pero ahora se siente artificiosa y poco natural.

Aun así, tiene que intentarlo. Por eso están aquí.

—¿Cómo estás? —empieza ella, tanteando el terreno.

—Bien, estoy bien, ¿y tú?

—Esperando con ansias el momento de escaparnos de la ciudad. Aunque obviamente es una pena que no vengas con nosotras.

—Lo siento.

Es la primera vez que Niklas dice algo que se acerca a una disculpa, y eso por fin le da a Bea un rayo de esperanza. Tenía pensado aguardar un poco, pero se siente tan contenta por las palabras de su marido que se le escapa decir:

—Te he reservado un billete para el jueves de la semana que viene. Así tendrás una semana entera para ti solo. Podemos decirles a las chicas que te queda un poco de trabajo por hacer aquí antes de que puedas reunirte con nosotras.

La expresión de Niklas se transforma al oír eso.

—¿Me has sacado un billete?

—Si no lo hacía, después ya no iba a haber plazas en el ferri, ya sabes. Y el billete es flexible, puedes cambiarlo de fecha sin problemas.

Niklas parece incómodo. Aprieta la mandíbula. ¿Cómo es posible que se haya enfadado con ella por haberlo ayudado a conseguir un billete de ferri? Si planeaba sacarlo a última hora, no habría conseguido plaza; eso es un hecho. Los billetes para viajar en ferri con el coche se agotan en un abrir y cerrar de ojos. Bea no entiende cuál es el problema. Niklas puede cambiar la reserva para otro día, si así lo desea. Pero parece bastante enfadado, igual que la otra noche en la oficina de Freddie.

Dos mujeres salen a la azotea y se sientan en una de las mesas con sus cafés. Le resultan vagamente conocidas, pero en Garnisonen trabajan cientos de personas y Bea casi no conoce a nadie allí. Niklas y ella se van en silencio al otro lado de la azotea y se sientan en un banco para tener privacidad; esta vez, con vistas a la torre Kaknäs. Bea sabe que debe enfocarse en encontrar una solución, y hace un gran esfuerzo para no sonar enfadada o molesta.

—¿Podrías decirme qué es lo que pasa? De verdad me gustaría ayudar, si es que puedo.

Niklas retuerce las manos y gira el anillo de bodas en su dedo.

—En realidad, aún no lo sé.

—¿No lo sabes?

—No, a veces uno simplemente no tiene ni idea. Es raro, ¿no?

Bea no tenía la intención de que su pregunta sonara como una crítica; más que nada, quería asegurarse de haber comprendido bien la situación.

—Entiendo —dice ella—. Aunque me gustaría saber qué estás pensando.

Niklas descruza las piernas y vuelve a cruzarlas en el sentido opuesto. Otra vez le da vueltas a su anillo. Parece como si su rostro se suavizara por un instante, como si una puerta se entreabriera.

—Creo que no me siento bien y tengo que averiguar por qué.

Bea asiente con la cabeza. Está de acuerdo con eso. Él no está bien, y está claro que necesita ayuda.

—¿Deberíamos pedir una cita? —pregunta ella—. ¿Con Robert?

—No, puedo resolverlo yo solo.

—¿Con otro psicólogo?

—He dicho que lo resuelvo yo.

—Pero, si te sientes mal, ¿no deberías hablarlo con alguien? Sobre todo, teniendo en cuenta que no quieres hablar conmigo.

La voz de Bea se vuelve chillona, y al mismo tiempo la puerta de Niklas se cierra y su expresión se endurece. Bea va a tener que esforzarse de verdad para que la conversación no se descontrole y termine siendo tan infructuosa como la última, por muy absurdo que le parezca tratar de salvar una situación de la que él es el responsable.

—Vale… Pero ¿cuál es tu plan?

—Intentar sentirme bien otra vez.

—Muy bien, porque toda la primavera he estado diciéndote que trabajas demasiado, y que…

Niklas levanta la mano para detenerla.

—Esto no tiene que ver con mi trabajo.

—¿Cómo dices?

—No solo con mi trabajo, en todo caso.

—¿No es solo tu trabajo?

—Como te dije el otro día, se trata de nosotros.

Bea siente que el miedo le quema la boca del estómago, como si fuera un atizador al rojo vivo.

—Pero tú y yo estamos bien, ¿no? —pregunta ella—. En términos generales, quiero decir…

Su voz se oye débil y patética. Suplicante. Es bastante obvio que ahora mismo las cosas entre ellos dos no están muy bien. Ni siquiera en términos generales. Niklas se lo confirma con un ruido que suena como una especie de resoplido.

—No entiendo —prosigue ella—. ¿No podrías… tratar de explicármelo?

—Ese es exactamente el problema, que no lo entiendes.

—Pero ¿cómo voy a…? Por favor, Niklas, dame una oportunidad.

Bea odia el sonido de su propia voz. Odia todo acerca de sí misma. Olvidándose de toda dignidad o lógica, busca con desesperación algún salvavidas al cual se pueda aferrar, dispuesta a hacer lo que sea para evitar ahogarse.

—Si se trata de algo que hago yo, te prometo que voy a esforzarme. Solo tienes que decirme qué es… Lo siento de verdad si he…, ya sabes, si he contribuido a que te sientas… así. Lo único que quiero es que tú estés bien, cariño…

La voz se le quiebra y guarda silencio. Las ganas de llorar hacen que le duela la garganta.

—Por favor, Bea…

Niklas posa su mano en la de ella. Es la primera vez que se tocan desde hace una eternidad, lo que hace que para Bea sea todavía más difícil controlar sus sentimientos.

—Perdóname —susurra él—, no quiero que estés triste.

Ya no le es posible contener las lágrimas, y Bea termina por rendirse. Se inclina hacia Niklas, quien le rodea los hombros con el brazo.

—Oye…, todo va a salir bien, Bea. Todo va a salir bien.

Eso es lo que ella necesitaba oír. Que todo va a salir bien. Que el viejo Niklas todavía existe, detrás de esta extraña y fría versión de su marido que ha aparecido de la nada. El que la reconforta y le brinda su amor. El que la cuida y siempre está a su lado cuando ella lo necesita. Él, el hombre más bueno del mundo, sigue por ahí, en algún lugar, y todavía la quiere.

A Bea ahora le parece bien viajar ella sola con las chicas a Gotlandia. Es la decisión correcta. Se siente aliviada, y Niklas también parece estarlo; incluso le promete llevarlas en coche a la terminal del ferri.

BANÉRGATAN, ESTOCOLMO

A Niklas se le ve de buen humor cuando viene a por ellas al día siguiente. Primero le da un abrazo a Alma, luego otro a Alexia, y les dice lo mucho que las quiere y que las ha echado de menos.

Bea se queda de pie a un lado, como una niña tímida, mientras espera su turno para que él también la abrace y le diga que la quiere y la extraña. Pero Niklas solo asiente con la cabeza, le dirige un breve saludo, mete el equipaje en el maletero del Volvo y va directo al otro lado del coche. Bea lo mira desconcertada, pero él evita girarse a mirarla mientras habla con las chicas.

—¿Estáis emocionadas? Os lo vais a pasar fenomenal, ¿no creéis? Vais a tener que daros un chapuzón en el mar por mí en cuanto lleguéis.

Se ponen los cinturones de seguridad y arrancan, toman la avenida Valhallavägen y se dirigen al sur, hacia la terminal del ferri de la localidad de Nynäshamn. Niklas enciende la radio, algo que casi nunca hace. Bea ve por el retrovisor que las chicas miran hacia fuera por las ventanillas, con los auriculares puestos. Se inclina hacia delante y baja el volumen de la música.

Parece que Niklas no se da cuenta.

—¿Estás bien? —pregunta ella de manera cautelosa.

—Sí.

Niklas tamborilea en el volante mientras espera a que cambien las luces del semáforo en la glorieta de Roslagstull.

—¿Has hablado con Lillis? —pregunta Bea.

—¿Acerca de qué?

—De esto —dice Bea, mientras los señala a ambos con un gesto de su mano—. De por qué no vienes con nosotras.

—No, pero supongo que tú ya lo habrás hecho.

Niklas sube el volumen de nuevo, y pasan el resto del viaje en silencio. Sí, ella ya ha hablado con Lillis. Pero, aun así, le parece un poco raro que él no se haya comunicado con su madre para explicarle la situación.

En la terminal de Nynäshamn, Niklas abraza a sus hijas una vez más.

—Nos vemos pronto —dice él, sin especificar cuándo.

Alexia se queda mirándolo, con cierta envidia en los ojos.

—Maldita sea, va a ser genial tener todo el apartamento para ti solo.

—Aunque va a ser muy aburrido sin vosotras.

—Sí.

Niklas se aclara la garganta.

—Y, de hecho, tengo que trabajar, así que tal vez deberíais compadeceros de mí.

Acaba de mentir sin tan siquiera pestañear, piensa Bea, aunque rápidamente cae en la cuenta de que esa mentira piadosa se la sugirió ella.

Las muchachas se van con todo su equipaje a la sala de espera. Bea y Niklas siguen donde estaban.

—Ojalá vinieras con nosotras… —dice ella titubeante.

Niklas intenta sonreír, pero su gesto es tan poco natural que más bien termina pareciendo un espasmo.

—Sí, ojalá.

En su voz, Bea percibe que no lo dice de corazón, sino solo para librarse de ella. Como cuando un padre le miente a un niño pequeño para que no empiece a llorar cuando lo deja en la guardería.

—¿Irás la próxima semana? —pregunta ella con voz lastimosa.

—No lo sé.

—Te lo digo porque, si no vas, tendrás que cambiar el billete…

—Vale.

—¿Vale? Si no es la semana que viene, ¿cuándo vas a ir?

—¡No lo sé, Bea!

Ella retrocede cuando él alza la voz. Una familia que pasaba caminando por delante de ellos con sus maletas y un viejo perro labrador se gira a mirarlos. Se han convertido en una de esas parejas que discuten en público. Bea siente cómo una vez más se le forma un nudo en la garganta.

—Otra vez no, por favor… —dice Niklas entre dientes, en parte, a sí mismo.

A Bea le cuesta trabajo respirar. ¿Qué cree él, que su desesperación es alguna clase de truco para ganar simpatía? Niklas ya no tiene en sus ojos la misma mirada amable de ayer, en lo más mínimo. Esos ojos que susurraron «perdóname», que trataron de consolarla y le aseguraron que todo iba a salir bien. Ahora, su expresión facial dice una cosa muy distinta.

—No, por favor… ¿En serio vas a salir con lo mismo otra vez?

—Solo quiero saber más o menos cuándo crees que vas a ir a Hogreps —dice ella, controlándose lo más que puede—. Las chicas también quieren saberlo.

Pero Niklas no parece escuchar. Solo cambia su peso de un pie a otro con impaciencia, mirando por encima del hombro hacia donde está su coche.

—Oye —dice él—, tengo que irme. Hablamos luego.

Niklas le da un abrazo breve y torpe, sobre todo para tranquilizarla y que se vaya ya, en lugar de armar un escándalo. Bea permanece en el mismo lugar y se queda mirando cómo sale del aparcamiento y se va conduciendo, sin dirigirle la mirada ni una sola vez.

* * *

Bea no está segura de cómo subieron a bordo del ferri, pero de alguna forma terminan sentadas en el salón que hay en la parte delantera del barco, entre los turistas y las familias con niños. En tres sillones juntos, tapizados con una tela sintética de color azul y naranja. Bea está como paralizada en su asiento, mirando fijamente las olas por la ventana. Las muchachas no dicen nada, pero ella está segura de que pueden percibir lo que está pasando. Sabe que debería decirles algo, tratar de tranquilizarlas o de darles una explicación, pero no puede apartar la vista del oleaje, ahí fuera.

Alguien la toca con delicadeza en el brazo, y eso hace que se sobresalte.

—¿Quieres que te traiga algo, mamá? —le pregunta Alma.

Su hermana y ella van a ir a la cafetería a comprar dulces y sándwiches. Bea se limita a negar con la cabeza: no tiene hambre ni sed.

Permanece en el horrible sillón azulado, viendo la televisión, que cuelga del techo, donde ponen una comedia romántica protagonizada por Ethan Hawke. La imagen no tiene sonido, pero aun así es mejor opción que las olas del mar. Bea se deja atrapar por la historia, al tiempo que trata de respirar hondo unos instantes para mitigar su ansiedad. Justo cuando Ethan va a llamar a la puerta de Greta Gerwig, la cabeza rubia de Alma se interpone entre ella y la pantalla. Su hija le acerca una bandeja.

—Te he comprado un té. Normalmente te gusta este.

—Qué bonito detalle de tu parte. Gracias, corazón.

Bea se levanta para cederle el asiento de en medio a Alma.

—¿Y Alexia?

—Ha ido a dar una vuelta para ver qué más hay a bordo.

—Ah. Ahora mismo vuelvo. Voy al baño.

Bea pasa caminando por delante de una hilera tras otra de asientos, todas ellas llenas de pasajeros. Ya no alcanza a divisar tierra firme, lo que significa que ahora la separa de Niklas un mar entero. Dobla una esquina para entrar en el servicio, y se mete deprisa en un cubículo vacío. Otra vez siente náuseas. En un momento, lo poco que le quedaba en el estómago emerge de su ser y termina salpicando el asiento del inodoro, seguido de un gemido ahogado. Bea tira de la cadena y se suena la nariz. Cuando abre la puerta del cubículo, se topa con la mirada de Alexia en el espejo que hay encima de los lavabos. Bea trata de pensar en una explicación para los sonidos que acaba de emitir, pero su hija se da la vuelta y se marcha antes de que ella tenga tiempo de abrir la boca siquiera.

La propia Bea se mira en el espejo y echa un vistazo por encima del hombro hacia el cubículo vacío que tiene detrás. La suave vibración de los motores del barco se propagan por todo su cuerpo, la envuelven como si fueran un capullo susurrante. Un sonido familiar en un viaje que le resulta familiar; aunque esta vez todo parece distinto. Las chicas y ella ya han recorrido esta ruta sin Niklas, porque a menudo debe quedarse trabajando en la ciudad, pero ahora él no se ha quedado porque tenga que hacerlo, sino porque no quiere estar con su familia. Porque no quiere estar con ella.

GOTLANDIA

Lillis envía un mensaje para avisar de que a Tore le duele mucho la espalda y de que el taller está lleno de turistas, así que Hampus se encargará de ir a por ellas al puerto de Visby. En cuanto Bea ve a Hampus agitando la mano en la sala de llegadas, siente como si le quitaran un gran peso de encima. El hermano menor de Niklas está bronceado y se le ve contento, con su cabello castaño oscuro rizado y su sonrisa amable, y con el mismo hueco entre los dientes incisivos que Tore.

—¡Hola, hola! ¿Quiénes son estas desconocidas? —dice Hampus a voces—. ¿Y dónde están las niñitas que vinieron aquí el verano pasado?

En un instante, la atmósfera se vuelve alegre y risueña. La mirada de Alma y Alexia se suaviza cuando Hampus las abraza. El ambiente tenso y complicado de la ciudad se ha desvanecido. Hampus siempre ha sido el favorito de las mellizas, quizá porque es el más juguetón y despreocupado de sus tíos.

Cuando Hampus nació, Niklas y Henrik —o Henke, como le dicen en la familia— tenían quince y diecisiete años, respectivamente. Lillis ya estaba entrada en los cuarenta, y no había sido un embarazo planeado. Fue un bebé sorpresa, con una gran diferencia de edad. Creció prácticamente como hijo único, sin formar un vínculo real con sus hermanos. Lillis y Tore ya eran mayores y, a menudo, Hampus tuvo que arreglárselas solo. Esto quizá habría sido perjudicial para él, si hubiera tenido menos seguridad en sí mismo, pero Hampus siempre ha sido un espíritu libre, como un pájaro, y su tranquilidad y estabilidad interior hacen de él una compañía placentera.

En cierto modo, podría decirse que es tanto el hermano menor de Niklas como el de Bea, pues tenía solo cinco años cuando ellos dos se convirtieron en pareja. Ahora ya es un hombre adulto, desde hace bastante tiempo, pero, a diferencia de sus hermanos mayores, no ha formado una familia ni ha ido a la universidad. Pasó la mayor parte de su infancia y su adolescencia en el taller de Lillis en Hogreps, donde corría descalzo sobre el polvo de arcilla y jugaba con desechos de cerámica. No es extraño que él mismo haya empezado a practicar con el torno de alfarería y que ahora siga los pasos de su madre.

Bea huele la parrillada tan pronto como se detienen sobre la grava del patio de la casa. Cuando se bajan del vehículo, Henke las saluda agitando la mano desde las ruinas, y Sus está en el porche acristalado, con la mesa de las bebidas ya servida. Algo húmedo que ladra se restriega contra las piernas de Bea, y ella se agacha para acariciar a Otis, pero solo alcanza a rozar el pelaje áspero del *jack russell* antes de que este desaparezca tan rápido como llegó a darle la bienvenida. Unos cuantos turistas salen del taller, con sus compras envueltas en papel. Lillis viene detrás de ellos, y su rostro se abre en una sonrisa de felicidad cuando avista a Bea y a las mellizas.

—¡Mis niñas!

Bea sabe que Lillis se refiere tanto a ella como a sus hijas. Los brazos de su suegra están abiertos para las tres y, cuando Lillis dice que las ha echado de menos, lo dice en serio. Qué diferencia en comparación con la despedida de Niklas en el puerto. Como si fuera una niña, Bea corre hacia su suegra para recibir su abrazo.

—Todo va a salir bien, querida mía. Todo va a salir bien.

Los primos salen de la casa, y entre todos se reparten más abrazos. Hedda es un año mayor que Alma y Alexia, y Olle, un año menor. Siempre han tenido una relación cercana, a pesar de que solo se ven en las vacaciones de verano, cuando la familia de Henrik viene de visita desde Brasil.

Las ruedas de otro coche que entra se mueven por el patio y se detienen allí. Bea entrecierra los ojos para verlo y, aunque sabe que es imposible que sea Niklas, siente un destello de esperanza. ¿Y si fuera él, después de todo? ¿Y si ha cambiado de idea y quiere darle una sorpresa? Pero no, solo es otro grupo de turistas que viene a comprar algunas de las famosas piezas de cerámica de Lillis.

—Dejadme atender a estas personas y luego cierro por hoy.

Lillis se dirige a toda prisa hacia el taller, al mismo tiempo que Bea ve a los primos desaparecer juntos entrando en la enorme casa para subir a la planta de arriba, donde tienen sus dominios. Puede oír a Hedda y a Olle parlotear, pues quieren saberlo todo acerca del papel de Alexia en la película, y Alma le pregunta a Hedda si puede enseñarle a elaborar pulseras como las que ella vende en internet. Ya no son niños, todos son adolescentes. La casa podrá ser la misma de siempre, pero los cuerpos larguiruchos que entran por el umbral a trompicones, con extremidades que se extienden como brotes que crecen a toda velocidad, son la evidencia de que el tiempo sigue su curso. De que todo cambia.

—¿Creías que me iba a beber todo esto yo sola?

Sus sale del porche sonriendo y con una garrafa de vino rosa en la mano. Está vestida con un sarong simple pero llamativo por sus colores brillantes, y lleva un caro collar de plata, que adorna la piel bronceada de su cuello. Otro par de brazos en los que Bea puede refugiarse.

—Pensábamos cenar temprano, teniendo en cuenta que acaban de llegar. Hay entrecot de cordero y ensalada de cuscús. ¿Qué te parece?

Bea asiente agradecida con la cabeza, a pesar de que todavía no tiene apetito.

—Me parece perfecto. ¿Cómo sigue Tore?

—Está acostado en su habitación. Todavía le duele. Lleva varios días sin poder levantarse.

—Pobrecito. En un rato voy a su habitación a saludarlo.

—No está de muy buen humor que digamos.

Sus hace una pequeña mueca y pone los ojos en blanco. A diferencia de Bea, su concuñada siente a menudo que sus suegros son un poco irritantes, probablemente porque a ella le gusta que todo esté limpio y ordenado, mientras que Tore y Lillis prefieren un estilo de vida más bohemio. De hecho, en ciertas ocasiones el sentimiento de irritación es mutuo. Aunque «los viejos» nunca dicen las cosas de forma directa, entre líneas puede leerse que tienen una opinión no muy positiva de la vida que han elegido su primogénito y su esposa. Ellos viven con sus hijos en la zona más exclusiva de Río de Janeiro, y su hogar contrasta de una forma radical con las favelas cercanas. Henke tiene un trabajo muy bien remunerado. Es director general de una empresa de cruceros estadounidense, con las comisiones y los beneficios fiscales que su puesto incluye. Sus lleva vida de ama de casa, con empleados domésticos a los que les pagan una miseria. Y, para rematar, Hedda y Olle van a escuelas privadas.

Quince años atrás, cuando sus hijas eran bebés, Bea y Niklas viajaron a Brasil para visitar a la familia de Henke. Fue una experiencia fantástica, aunque también estremecedora. Les costó trabajo ignorar el enorme abismo que había entre la pobreza generalizada y la casa de sus parientes, en un complejo residencial cerrado, y nunca pudieron acostumbrarse al chófer que los llevaba a todas partes, ni a la criada que los atendía de manera personal. El viaje terminó siendo una especie de punto de inflexión para Bea, quien se dio cuenta de que necesitaba dedicarse a algo significativo una vez que volviera a casa; no a cualquier trabajo, sino a uno que marcara una diferencia. Poco tiempo después surgió la oportunidad de ocupar un puesto en la Cruz Roja. Su vida por fin había adquirido un propósito de nuevo desde que se había ido Jacob.

Y, en cierta forma, se lo tenía que agradecer a Henke y a Sus.

—¿Cómo estás? —pregunta Sus, al tiempo que llena la copa de Bea y le dirige una mirada llena de empatía.

—Yo… estoy bien… Niklas ha tenido una primavera bastante complicada, así que, bueno, la verdad es que no ha sido el mismo de siempre… Y…, no sé…, tal vez solo necesita recuperar el equilibrio en su vida…

—Henke también pasó por algo parecido hace unos años. —Esto despierta el interés de Bea, que nunca había oído nada de eso—. De repente llegó un día a casa diciendo que quería que nos divorciáramos —prosigue Sus, y toma un buen sorbo de vino—. Debió de ser una especie de crisis de la mediana edad. De pronto, todo estaba mal en la vida: su trabajo, el país, yo…

—¿Y qué hiciste?

—Le dije que no —responde Sus con una seriedad implacable, lo que hace que suene como algo demasiado evidente, cosa que solo ella es capaz de hacer.

Bea mira de reojo las ruinas, donde Henke está luchando contra los trozos de carne en medio del humo blanco que despide la parrilla.

—¿Le dijiste que no? —repite Bea.

—Así es; simplemente me negué. Y luego se le pasó. Solo necesitaba desahogarse. Cuántas personas se divorciarán sin que de verdad haga falta…

Bea siente que tiene que aclarar las cosas para que Sus no se quede con una idea equivocada.

—Creo que Niklas solo está exhausto. No es que vayamos a divorciarnos ni nada por el estilo.

Sus mira a Bea y le sonríe.

—Por supuesto que no.

Esa noche, Bea duerme presa de la inquietud. Cada vez que se despierta, coge el móvil para revisar si Niklas le ha escrito algo, pero la pantalla está tan vacía como el lado de la cama que le correspondería a su marido.

Cuando las chicas eran pequeñas, había dos camas infantiles en esa habitación; cuando crecieron, Tore convirtió el enorme ático en una habitación para los primos. Un lugar «para dormir y jugar, pero sobre todo para jugar», en palabras del propio Tore. Ahí arriba hay espacio para todo, desde varias camas hasta mesas de pimpón, pasando por máquinas de *pinball* y sofás ideales para adolescentes que quieren pasar el rato sin hacer gran cosa, o ver un maratón de películas de terror por la noche.

Los fuertes lazos de los primos. Henke y Sus. La casa de piedra y el taller de alfarería de Lillis y Tore, la obra de toda una vida juntos. Hampus y su don para hacer que todo el mundo esté contento. Bea trata de hallar consuelo en el hecho de que está rodeada de su familia, una red de contención que la atrapará y la salvará si llegara a caerse. Sin importar lo que suceda.

Se levanta de la cama y se acerca a la ventana. Descorre la cortina opaca. Son las cinco de la mañana y un amanecer ardiente tiñe el cielo de rojo más allá del viejo molino de viento que hay al otro lado de la pradera. Lo único que se oye es el mugido de unas cuantas vacas que se comunican entre sí, más allá, en la granja del vecino. Las risas tontas y el parloteo de los primos se desvanecieron hace un par de horas, poco después de que se acallara también la cháchara avivada por el vino, que llegaba desde las ruinas.

Bea compartió mesa con los demás un rato, pero después de una o dos horas se excusó y se fue a la cama. Y no es que no se sintiera a gusto (incluso el propio Tore había salido de su habitación para unírseles, a pesar de su intenso dolor de espalda), pero Bea estaba exhausta después de pasar varios días preocupada y sin poder dormir bien. Y aquí, en su habitación y la de Niklas, al fin pudo acostarse y relajarse un poco.

Cuando Henke y Sus construyeron su casa en la misma propiedad, Bea y Niklas terminaron con un piso entero para ellos dos, que además podían arreglar a su gusto. Fue una muestra más de generosidad por parte de Tore y de Lillis, pero también había una segunda intención detrás de ello, según lo explicó el propio Tore: «Es egoísmo puro y duro, pues así querréis venir a quedaros más tiempo con nosotros». Qué diferencia en comparación con los padres de Bea, que lo único que hacen es quejarse, ya sea de que las mellizas y ella casi nunca van a verlos a su casa de campo en las afueras de la ciudad de Mjölby, o de que todo se vuelve demasiado bullicioso y complicado cuando van a verlos. Sin importar cuál sea la situación, sus vidas giran en torno a un sentimiento de insatisfacción perpetua. Incluso cuando Jacob estaba vivo, por alguna razón no muy clara, sus padres, y en especial su madre, sentían todo el tiempo lástima de sí mismos.

Bea suele dar gracias por tener tanto espacio para ella en Hogreps, pero en este momento casi le resulta abrumador, a pesar de que Tore, Lillis y Hampus están en la planta baja, y los chicos se encuentran en el ático que está por encima de ella. La casa de Henke y Sus se halla a una corta distancia, justo al lado del granero. Todo el mundo está aquí. Todos, excepto Niklas.

Bea se pone el viejo albornoz de su marido y mete los pies en un par de zuecos desgastados; objetos personales que han estado esperándola desde el verano pasado, y el verano anterior a ese. Sus prendas en Gotlandia, que siempre se quedan aquí. Siempre listas para recordarle las vacaciones de verano y los días de fiesta. El aroma especial de la tela que ha permanecido colgada durante todo el invierno, intacta, impregnada con la esencia de los prados primaverales y la antigua piedra caliza. La ropa que jamás se usa en ningún otro lugar más que aquí, que conserva el recuerdo de días de relax llenos de luz. De esos primeros años de la infancia de sus hijas en los que no los dejaban dormir, y de las cálidas noches de julio haciendo el amor en silencio.

Se ciñe el albornoz alrededor de la cintura y deja que las reminiscencias fluyan. Las ya tradicionales excursiones a Hoburg, los pilares de piedra junto al mar y los almuerzos en la crepería de Ha-blingbo. Los viajes en coche al pueblo de Hemse para abastecerse de comida y alcohol, un momento que compartían Niklas y Bea a solas, mientras sus hijas se quedaban con Tore y Lillis. Hasta las actividades más aburridas y cotidianas eran divertidas siempre que Niklas y ella las hicieran juntos. Bea todavía lo ve así, incluso cuando se trata de ir al vertedero a tirar la basura.

Abre la puerta principal y Otis sale disparado al exterior de la casa, tan rápido que Bea no alcanza a detenerlo. Deja la puerta entreabierta, como lo haría para un gato, de modo que el perro pueda meterse por sí solo cuando se haya cansado de perseguir conejos.

La vieja bicicleta Monark está apoyada contra una pared del granero. Bea se sube a la bici y pedalea por el sendero de grava rumbo a Grynge. El aire es suave y tibio, a pesar de que todavía es muy temprano. Deja la bici junto a la barrera que hay en el límite de la reserva natural, y recorre a pie el último tramo que desciende hasta la playa. El sendero de grava se transforma en una vereda que atraviesa el bosque, y luego las agujas de los abetos dan paso a granos de arena fina. Al principio, el mar no es más que un suave susurro que se oye más allá de los árboles, pero, cuando se abre un claro en medio del follaje, ese susurro se convierte en un rugido eufórico.

Bea se quita los zuecos y deja que sus pies se hundan en la arena, que todavía está fresca. Dentro de poco el sol empezará a calentarla, y para cuando llegue la tarde la playa estará tan caliente que quien se atreva a caminar descalzo terminará quemándose. Bea alcanza a divisar el mar y el horizonte por detrás de los juncos, y justo a un lado puede ver la arena donde acostumbra a sentarse.

De pronto, Bea avista a Otis, que viene corriendo por la playa, con el pelaje completamente empapado. Debe de haberla seguido sin que ella se diera cuenta. Antes de que tenga tiempo de resguardarse, el perro se lanza hacia ella y se retuerce en sus brazos hasta secarse. El albornoz de Niklas termina mojado y lleno de arena.

Bea oye los juncos moverse y vislumbra una trenza gris que se agita detrás de un matorral a poca distancia. Entonces, Lillis emerge con su termo y una canasta colgándole del brazo. Un sentimiento de calma se apodera de Bea.

En Hogreps, todo parece transcurrir casi como de costumbre. Los días pasan, con la familia dedicándose a las actividades de siempre, que se suceden una detrás de otra sin parar y a todas horas: acostarse en la arena y relajarse, darse un chapuzón, comer, planear qué platos van a preparar, ir de compras, noches de parrillada en las ruinas, relajarse un ratito más en la playa… Bea trata de mantenerse ocupada para no tener que pensar tanto en todo aquello que, por lo que sea, no puede controlar, pero le cuesta trabajo, pues los problemas vuelven a su mente una y otra vez. No puede evitar asomarse al abismo.

Tal y como había prometido, Bea limpia la vieja herrería, con el fin de que quede más espacio para las piezas de cerámica de Lillis. La pequeña construcción de piedra está llena de colchones de aire con agujeros y de parrillas oxidadas, balones de fútbol pinchados y botellas vacías. Bea saca las cosas al césped y las separa en tres categorías: para reparar, para tirar y para guardar. Todo lo que se va a desechar termina en la caja de la camioneta de Lillis.

Al otro lado del césped, Tore raspa una pared de la casa para quitarle la pintura descascarillada, un poco encorvado y con una mano apoyada en la espalda para sujetarse un poco. Se nota que le duele; las molestias no ceden, a pesar de que lleva casi una semana soportándolas. Aun así, se niega a dejarse ayudar.

—Estoy bien, estoy bien; voy trabajando a mi ritmo.

En una esquina de la herrería, Bea encuentra varios juguetes y un par de patines en buen estado que sus hijas dejaron de usar porque ya les quedaban demasiado pequeños. «¿Debería llevármelos a la ciudad para donarlos a la Cruz Roja? ¿Los niños usarán patines en medio de una guerra? ¿O si viven en un campamento de refugiados? O tal vez sería mejor…». Su móvil empieza a sonar e interrumpe sus pensamientos. Número desconocido. Lo más probable es que sea una llamada comercial, pero de todos modos la coge.

—¿Hola? Sí, la llamamos de DHL. Estamos en su puerta, en Banérgatan, 37, quinto piso, con una entrega para Beatrice Stjerne de parte de Paola Navone. En el comprobante de entrega dice que es una «tumbona Rimini».

El mobiliario nuevo para la tereaza. Hace un par de días, la empresa de transporte le mandó un mensaje de texto y le escribió a Niklas para avisarle de cuándo tenía que estar en casa para recibir el envío. Bea mira su reloj. Ya ha pasado el mediodía. En todo caso, no debería estar dormido.

—Llevamos un buen rato llamando a la puerta, pero parece que no hay nadie.

—Entonces, voy a averiguar qué pasa. Pero, ahora que lo pienso, ¿no podrían simplemente dejar la tumbona en la puerta?

—No sin que alguien nos firme el aviso de recibo. Tendríamos que llevarla de vuelta al almacén.

—Entiendo. Denme un minuto, por favor, y les devuelvo la llamada.

Rayos. ¿Dónde estará Niklas?

Bea marca su número y, mientras suena el tono de llamada, le escribe un mensaje.

«DHL está en la puerta del apartamento! Se suponía que ibas a estar ahí para recibirlos, dde estás? Si no recibes el paquete vas a tener que ir a por él a un almacén de las afueras! Respdeme!!».

Pero Niklas no le contesta, ni a la llamada de teléfono, ni por mensaje de texto, y Bea tiene que llamar de nuevo al joven de DHL. Él insiste en que no puede dejar el envío en la puerta.

—Tendría que venir especificado en la orden, pero aquí no dice nada de eso. Lo siento. El almacén está en la zona industrial de Västberga. Allí guardaremos sus cosas durante trece días. Si no las recogen en ese plazo, las enviaremos de vuelta al remitente.

—¿Podrían esperar cinco minutos más? Solo necesito localizar a mi marido.

—Ya llevo quince minutos esperando.

Bea llama a Niklas de nuevo. No se lo puede creer. Hasta le mandó un recordatorio diciéndole que el envío venía con retraso. Debía haber llegado a principios de junio, y una de las pocas ventajas de que Niklas se quedara unos cuantos días más en la ciudad era que iba a poder recibir el mobiliario en el apartamento. Ahora va a tener que ir hasta el condenado almacén de DHL para recogerlo.

«Llámame en cuanto puedas, es URGENTE! Es sobre DHL!».

Las macetas de cerámica que Lillis acaba de modelar están secándose al sol detrás del granero, colocadas en fila encima de unas tablas de madera. Más tarde las cocerá en el horno, luego las barnizará para vitrificarlas y al final las pondrá a cocer una vez más. Es un proceso que requiere paciencia, y a Bea nunca deja de fascinarle la transformación por la que pasan las creaciones de su suegra. Ni siquiera la propia Lillis sabe con exactitud qué aspecto tendrán cuando estén terminadas.

A veces, las piezas con fallos o errores resultan ser las que más éxito tienen. Es un poco como la vida misma, según Lillis. Los sucesos que a primera vista parecen catastróficos pueden llevar a algo bueno. Su mejor ejemplo es, desde luego, el embarazo no planeado de Hampus, algo que ella saca a colación con frecuencia. Lillis ya era mayor, los riesgos que había de por medio eran enormes y, cuando se decidieron a abortar, descubrieron que la gestación ya estaba demasiado avanzada.

A Lillis le gusta bromear con que su «aborto fracasado» se convirtió en su hijo favorito, y, a pesar de que lo dice en tono jocoso, todo el mundo sabe que es verdad. Hampus posee —como Sus suele decir, solo para fastidiar— «esa paciencia bíblica que solo puedes tener si eres uno de los consentidos de Dios». Además, comparte con su madre la pasión por el barro cocido.

Las puertas del granero están abiertas y Lillis está dentro, en cuclillas, trabajando en un trozo de arcilla con las manos. Lleva el cabello entrecano recogido en un descuidado pero bonito moño que corona su cabeza.

—¿Te interrumpo? Espero no molestar —dice Bea.

—Tú nunca molestas, querida —responde Lillis, al tiempo que le extiende a Bea otro fragmento de arcilla—. Ten, fíjate en qué agradable y fresca es al tacto. Es la mejor bola antiestrés del mundo. ¡Amásala!

Bea lo hace, y casi de inmediato se da cuenta de que su suegra tiene razón. Es calmante de verdad.

—¿Cómo estás? —pregunta Lillis.

—Solo un poco molesta con Niklas.

—¿Qué ha hecho ahora?

—Se suponía que iba a estar en casa para recibir el mobiliario nuevo para la terraza, pero no contesta al teléfono, y ahora se van a llevar lo que hemos comprado de vuelta al almacén. ¡No teníamos por qué complicarnos tanto las cosas, caray! —exclama Bea, y luego se muerde el labio—. Perdón, parece que lo único que hago últimamente es quejarme de tu hijo.

—Oh, tú quéjate. Si no lo haces, esas cosas van a ocupar un espacio demasiado grande y valioso en tu cabeza.

—Es como si se negara a hablarme. Ni siquiera sé si va a venir mañana, o si ha cambiado su billete para otro día.

Lillis la escucha sin decir nada.

—No quiero presionarlo —continúa Bea—, pero me gustaría poder decirles algo a las chicas… y no tengo ni idea de cómo está Niklas porque no tenemos ninguna clase de comunicación.

Bea amasa con más fuerza, y sus pulgares dejan huellas estriadas en la arcilla gris. Lillis interrumpe su trabajo y mira a su nuera con semblante serio.

—Creo que lo mejor es que vuelvas a casa —dice.

Bea se queda paralizada. Siente que en el fondo de su estómago se va formando un gemelo de su bola de arcilla, un peso muerto que empieza a herirla por dentro. Lillis acostumbra a ser la tranquila, la relajada, la que opina que no hay que agitar las aguas, pero ahora parece preocupada.

—¿Con las chicas? —pregunta Bea.

—No, tú sola. Tengo el presentimiento de que Niklas y tú tenéis que arreglar todo esto.

Lillis se limpia una gota de sudor de la frente. Hace un calor insoportable, a pesar de que se encuentran a la sombra. La ola de calor está rompiendo récords, no solo en Gotlandia, sino en toda Suecia. En el municipio de Mariestad se han registrado temperaturas de casi 35 °C.

—No creo que se trate de nada serio —añade Lillis—, pero no parece propio de Niklas desaparecer de esta forma. No sé, tal vez sería buena idea que fueras a ver cómo está.

Las palabras de Lillis hacen que la bola del estómago de Bea crezca todavía más. Durante estos últimos días en Hogreps, de alguna forma ha logrado convencerse de que todo sigue más o menos como de costumbre. Ha ignorado su ansiedad y sus temores, diciéndose a sí misma que solo existen en su mente, pues los demás parecen muy convencidos de que Niklas solo está exhausto y agotado por culpa de tanto trabajo. Pero el que la propia madre de Niklas se sienta intranquila… eso aterroriza a Bea. Lillis parece leer los pensamientos de su nuera.

—Lo que quiero decir es que a veces es bueno que lo dejen a uno en paz, y a veces no. No si es por mucho tiempo, en todo caso. Niklas debe de estar dando vueltas por ahí en la ciudad, con este condenado calor, a solas con sus pensamientos, y quizá eso no sea tan bueno para él. A veces uno se pone a meditar demasiado, cuando lo que en realidad necesita es hablar. Puedo darte el número de Agneta, si quieres. Tal vez os vendría bien ir a verla juntos.

Bea asiente con la cabeza. Sabe que la terapeuta de Lillis es buena en su trabajo.

—Si es que puedo convencer a Niklas de que me acompañe. No parecía tener muchas ganas de hacer algo así…

Lillis le da unas palmaditas en la mejilla.

—Si ese es el caso, avísame, y yo hablo con él.

De pronto, Bea se da cuenta de que su suegra tiene razón. Está claro que debe volver a casa para arreglar sus problemas con Niklas.

—Voy a mandarle un mensaje ahora mismo.

Lillis mueve la cabeza de un lado a otro.

—No, solo ve y ya está. No le des la oportunidad de complicar más las cosas.

La bola en el estómago de Bea crece una vez más. Hace unos instantes se encontraba tranquila, o al menos segura de que podía esperar a Niklas aquí en Gotlandia, hasta que él estuviera listo para hablar. No quería presionarlo. Pero ahora Bea siente que debe verlo en cuanto pueda. Reunirse con su marido se ha vuelto una cuestión urgente, hasta podría decirse que vital.

El ferri llega a Nynäshamn justo después de las ocho de la noche. Bea siente que está mal no decirle nada a Niklas, pero sabe que Lillis tiene razón; existe el riesgo de que intente detenerla si le avisa con anticipación de su regreso. A fin de cuentas, él ha dicho que no quiere ninguna clase de ayuda. La única forma en la que puede obligarlo a abordar esta situación es regresando a casa para enfrentarse a ello, en una especie de sesión de intervención individual, uno a uno. Porque ese es el propósito de una intervención: es un intento de obligar a tus seres queridos a enfrentarse a la realidad sin previo aviso, cogerlos por sorpresa para hacer que abran los ojos.

Niklas se ha distanciado todavía más de Bea desde que ella se fue de la ciudad, pues ha ignorado todas sus llamadas y mensajes. Tal y como Lillis dijo, a Niklas no le hace bien estar a solas con sus pensamientos. Sería mucho mejor que trabajaran juntos para resolver el problema, sea cual sea. Bea ya se ha puesto en contacto con Agneta, la terapeuta de Lillis, y ha concertado una cita con ella. Esta vez no va a dejar que Niklas se libre de ese compromiso.

Es extraño descender del ferri sin que Niklas esté ahí para recibirla. En su lugar, Bea tiene que coger un taxi que la lleve de vuelta hasta Estocolmo. Le va a costar una pequeña fortuna, pero no tiene ánimo de regresar al centro en metro.

Bea mira al exterior a través de la ventanilla. El paisaje pasa a toda prisa delante de sus ojos mientras sus pensamientos vuelan en su cabeza. Está emocionada, pero también tiene miedo. Echa tanto de menos a Niklas que su ausencia le duele. Es la primera vez que reconoce esto internamente, de forma tan plena y abierta. Hasta ahora, solo se había centrado en tratar de mantener la calma, pero parece que ha pasado una eternidad desde la última vez que pudo estar cerca de él, desde la última vez que él la abrazó como suele hacerlo. Desde la última vez que le dijo que la quería. No obstante, más que el tiempo que ha transcurrido, lo que pesa es la distancia que hay entre ellos. La falta de comunicación. Niklas le ha cerrado las puertas como si fuera un guardia fronterizo, sin advertencia ninguna. Y Bea se ha adaptado, se ha hecho a la idea de su conducta extraña y ha intentado ser comprensiva con él. De verdad quiere entenderlo. Pero es como Lillis le hubiera dicho: ir a rescatar a alguien que está demasiado mal como para entender sus propias necesidades también es una muestra de amor.

El taxi gira para coger el puente Centralbron. Salvo por unos cuantos turistas que pasean por las calles, la ciudad parece desierta. De repente, Bea tiene la sensación de estar haciendo algo prohibido, a pesar de que tiene todo el derecho del mundo de volver a casa e ir a su propio apartamento si ella quiere. De hablar con su marido si así lo desea.

Niklas se ha tomado libertades con las que ella jamás soñaría siquiera al haber dejado de lado a su propia familia. En lo más profundo de su ser, Bea siente que las ha abandonado a ella y a sus hijas. Mantener su rabia bajo control requiere un gran esfuerzo, aunque también lucha contra una sensación persistente y molesta que le dice que está cometiendo un error al volver. Un extraño sentimiento de culpa.

BANÉRGATAN, ESTOCOLMO

Para cuando Bea se baja del taxi con su maleta, el crepúsculo de julio ya se ha posado como una manta asfixiante sobre Banérgatan. No hay ninguna brisa nocturna proveniente del mar que cubra la ciudad con su alivio refrescante. Bea mira su reloj. Son casi las diez menos cuarto. ¿Se habrá ido ya a la cama? ¿Qué haría ella entonces? ¿Dejar que siga durmiendo, meterse en la cama a su lado y abrazarlo? ¿O debería despertarlo y exigirle que hablen ya de una vez? De nuevo siente que la ansiedad se apodera lentamente de ella. ¿Estará haciendo lo correcto? ¿Y si Niklas se enfada? Delante de la puerta del edificio, titubea, como si estuviera en una encrucijada del camino. Como si el siguiente paso fuera crucial. Entonces llega de repente: un mensaje de Niklas.

«Espero que lo estéis pasando bien. Me acuerdo de vosotras».

Una oleada de felicidad recorre todo su ser. Niklas todavía se preocupa por Bea y, por primera vez en semanas, se pregunta cómo estará. Qué diferencia entre la angustia con la que venía cargando y el alivio que siente ahora después de esa pequeña migaja de consideración. Es una señal. ¿Será acaso que ella ha exagerado toda esta situación? ¿Se habrá imaginado que las cosas estaban mucho peor de lo que en realidad están?

Por unos instantes, contempla la posibilidad de llamar a un taxi y regresar a Gotlandia, de darle a su esposo todo el tiempo que necesite. Tal vez es tan simple como eso. Aunque, por otro lado, ya

81

que está aquí, sería absurdo no entrar en el edificio y coger el ascensor que lleva a su apartamento. Lo único que quiere es ver a Niklas.

Bea sonríe para sus adentros mientras coge su maleta, sube los escalones y marca el código en la cerradura electrónica de la puerta principal. Qué tonto ha sido todo este asunto. No es la primera vez que su imaginación se desboca y tiende a pensar de más. Niklas y ella ya han hablado acerca de esto a lo largo de los años, de que lo que le sucedió a Jacob pudo haber contribuido a que Bea sea así, por el hecho de que haya ocurrido lo peor que podía pasar justo cuando ella menos se lo esperaba, de forma repentina y sin ninguna advertencia. Desde entonces, el temor de que se presente una catástrofe siempre está al acecho en la periferia de su mente, un telón de fondo que la ha seguido en la vida y que la hace inventar toda clase de escenarios terroríficos ante la más mínima señal de problemas. Podría ser que esta situación simplemente haya crecido en su cabeza hasta convertirse en un monstruo, sin que hubiera razón alguna para ello. Después de tantos años juntos, no es de extrañar que uno de los dos pase por una crisis y quiera tener un poco de tiempo a solas, ¿no?

Ya mucho más tranquila, Bea abre la pesada puerta de roble y luego entra en el ascensor que la lleva a su piso. Quizá podrían beber esa deliciosa botella de Chablis que trajeron Calle y Charlotte la última vez que vinieron a cenar. Podrían sentarse en la terraza y sentir la suave brisa de la noche acariciar la piel de sus brazos. No tendrían que decirse una palabra siquiera. Bastaría con estar sentados uno al lado del otro, en sus rechinantes sillas de mimbre. Entonces, Niklas podría poner uno de los viejos discos de vinilo de Tore, y luego beberían a sorbos su vino aterciopelado con la música de Mungo Jerry de fondo, tal y como han hecho muchas otras veces.

«In the summertime, when the weather is high…».

Bea mete la llave en la cerradura y la gira con cuidado. La puerta se abre con un clic y, cuando entra, tiene que dar un gran paso para evitar pisar toda la propaganda por correo que Niklas ha dejado que se acumule sobre la alfombra del vestíbulo. Ahí también se encuentra el aviso de recibo de DHL, donde notifican que han acudido al domicilio de la familia Stjerne para hacer una entrega, pero no había nadie en casa, y que el almacén donde pueden recoger el envío está en Västberga.

Qué extraño, Niklas siempre acostumbra a recoger la correspondencia.

El apartamento está en silencio y, a través de una rendija entre las puertas corredizas, Bea ve los últimos rayos del sol vespertino que bañan la sala de estar con una luz dorada. Deja su llave en el tazón de plata y se da cuenta de que la llave de Niklas no está ahí, aunque él a menudo la guarda en el bolsillo. El aire de la estancia está viciado y hace bochorno. Bea camina despacio y sin hacer ruido sobre el piso de parqué para no despertar a su marido en caso de que esté durmiendo en la cama.

En la sala, sobre la mesa de centro, encuentra un tazón con cereales y leche rancia, el desayuno que Alexia dejó ahí olvidado la mañana que salieron para Gotlandia. A Bea le sorprende que Niklas no lo haya recogido todavía. Coge el tazón y lo lleva a la cocina.

Solo entonces se da cuenta de que algo no va bien. Todo el apartamento sigue tal y como ella lo dejó. El aire de la cocina está cargado de un agrio olor a humedad que proviene del lavavajillas, que Bea olvidó cerrar. ¿Por qué no lo habrá usado Niklas? ¿Por qué parece como si nadie hubiera estado en el apartamento desde que Bea y las mellizas se fueron?

Bea deja el tazón sobre la encimera y camina a paso veloz hacia el dormitorio. La cama de matrimonio está intacta, con los bordes de la colcha metidos cuidadosamente debajo del colchón. La manta verde sigue doblada a los pies de la cama, y la nota que le dejó a Niklas todavía está encima de la almohada de su esposo.

«Vuelve pronto. Te queremos <3 Bea».

Bea siente que toda la sangre se le va a los pies en cuestión de un instante. Niklas no ha venido a casa desde que ella se marchó del apartamento.

Freddie parece sorprendido cuando abre la puerta del estudio de Laterna Films en Frihamnen.

—¿No estabas en Gotlandia?

Bea no tiene fuerzas para andar fingiendo. Ella quiere respuestas y aparta a Freddie de un empujón para meterse a la fuerza en su oficina. Un joven con el cabello bien peinado hacia atrás y gafas de pasta se asoma por encima de una enorme pantalla y observa a Bea con temor. Freddie la sigue a toda prisa.

—Por favor, Bea, no está aquí.

—Entonces, ¿dónde está?

Freddie la mira con compasión y vacila por un instante, como discutiendo consigo mismo, antes de terminar cediendo.

—Creo que dijo que iba a estar en casa de Maria…

—¿En casa de Maria? —Freddie asiente con la cabeza, pero Bea no entiende nada de nada—. ¿Qué Maria?

—Una vecina suya, al parecer.

—¡¿Maria Axelsson?! —resopla Bea y suelta una risa retorcida—. ¿Es una broma?

—No, pero tal vez entendí mal…

Freddie se encoge de hombros a modo de disculpa, mientras pasea la mirada por el estudio.

Maria Axelsson. La esposa de Jonas. Su hija Emmy es compañera de clase de las mellizas desde hace varios años y monta en el mismo club hípico que Alma. Las dos familias se han turnado para llevar en coche a las chicas a varias competiciones; o, mejor dicho, Jonas y Maria se han encargado más de ello, pues Niklas trabaja todo el tiempo y Bea no tiene carné de conducir.

Tanto ella como Niklas siempre han opinado que los Axelsson

se comportan de una forma que tiene algo de exagerada y poco auténtica. Suelen bromear al respecto cuando pasan por delante de la tienda de decoración de interiores que Maria tiene en la calle Skeppargatan, esa de estilo chic bohemio, con su combinación horripilante de cojines con estampados de animales y candelabros de mal gusto.

El invierno pasado, Maria y Jonas los invitaron a su fiesta de Nochevieja, que se celebró en su apartamento en Wittstocksgatan. El lugar es más grande que el piso de Niklas y Bea en Banérgatan, y casi con seguridad tendrán una habitación de invitados. Pero ¿por qué querría Niklas quedarse ahí cuando tiene su preciosa y acogedora casa para él solo?

Freddie la mira acongojado, como si por el hecho de ser amigo de Niklas y haber tenido que darle a Bea esta lamentable noticia fuera cómplice de lo que está sucediendo.

—Lo siento —dice, alicaído.

—No es culpa tuya —responde Bea, pero, cuando él intenta torpemente darle un abrazo para consolarla, ella da media vuelta y se marcha.

Bea está tan confusa que cuando sale al muelle de carga casi parece tener fiebre. Nada de esto tiene sentido. ¿Maria y Jonas Axelsson? Ni siquiera podría decirse que sean sus amigos. Solo son unos conocidos con los que quedan de vez en cuando; si tienen alguna relación con ellos es, más que nada, debido a sus hijas y al club.

Bea coge su teléfono y busca el número de Maria. Esto le lleva algo de tiempo, pues resulta que la tiene guardada como «Madre de Emmy». Tras vacilar unos segundos, presiona el botón verde. El tono de llamada suena un par de veces, pero entonces salta el buzón de voz. Bea sospecha de inmediato que Maria la está evitando.

«¡Hola! Has llamado a Axelsson Galería y Diseño. En este momento no puedo contestar a tu llamada, pero si lo deseas puedes dejar tu mensaje después de oír la señal. También puedes mandar un correo a *axelssongaleria@gmail.com*. ¡Que tengas un buen día!».

La voz jovial de Maria. Bea no sabe si dejarle un mensaje preguntándole qué rayos está sucediendo. Está a punto de colgar cuando su teléfono suena. Es Niklas.

¿Será solo una coincidencia que él la llame justo en este momento? ¿O será que Maria le ha avisado de que Bea lo está buscando? ¿Y por qué le parece que eso podría tener alguna relevancia? Lo importante es que él la está llamando, ¿no?

Al contestarle, tiene la impresión de que a Niklas le falta el aliento al hablar. ¿O acaso Bea también se lo está imaginando? Es como si acabara de subir corriendo una escalera. O como si estuviera nervioso. Bea cree percibir cierta inseguridad en su voz, como si Niklas se esforzara por sonar como de costumbre.

—Perdón por lo de DHL; yo me encargo de arreglarlo. ¿Cómo os está yendo en Hogreps?

—De hecho, he regresado a Estocolmo.

Niklas guarda silencio.

—¿Quién se ha puesto en contacto contigo primero? —se oye decir a sí misma—. ¿Freddie o Maria?

Niklas se aclara la garganta.

—Acabo de ver que me has llamado.

Bea tiene mil preguntas, pero ignora por completo cómo ha de seguir con esa conversación. No se atreve a enfrentarse a él, a pesar de que tiene la oportunidad y es consciente de que debería hacerlo. Es como si, temerosa de lo que él pudiera responderle, quisiera aferrarse a la esperanza que le queda. En lugar de hablar ella, es Niklas quien toma la iniciativa.

—No es lo que crees.

Bea traga saliva.

—Yo no creo nada. No entiendo nada de lo que está pasando.

A pesar de hacer un gran esfuerzo para expulsar el aire de sus pulmones, su voz no es más que un débil susurro sibilante.

—Maria y Jonas tienen un pequeño espacio de alquiler que me están dejando usar.

—Pero ¿por qué?

Bea apenas puede oírse a sí misma decir esto.

—Parece que hay mala recepción —dice Niklas—. ¿Podemos hablar mañana? Es tarde y ya estoy acostado.

Ella respira hondo.

—¿Por qué, Niklas…? ¡Explícamelo, por favor!

Silencio.

Bea lo intenta de nuevo. Con más fuerza esta vez. Aterrada por lo que pueda pasar y, aun así, no tiene la intención de ceder.

—Nuestro apartamento está vacío. ¿Por qué estás con los Axelsson?

—No lo sé.

—¿No lo sabes?

—Solo necesito estar en otro lugar en este momento.

—Vuelve a casa, querido…

—No creo que…

—Si no vienes a casa, entonces yo iré a donde tú estás.

Otro instante de silencio.

—Está bien, nos vemos allí en veinte minutos —dice al fin Niklas.

Bea le responde que está de acuerdo, y cuelga antes de que él tenga tiempo de arrepentirse. Por primera vez desde que empezó todo este lío, es ella la que le impone sus condiciones. Eso no la hace sentir bien, pero al menos es mejor que quedar a merced de la actitud tan renuente de Niklas.

Después de un lento viaje en autobús desde Frihamnen, Bea entra de nuevo en el apartamento y siente la presencia de su marido ya desde el vestíbulo. Niklas debe de haberse dado prisa en llegar. Está sentado en el sofá de la sala y se levanta con premura cuando aparece Bea. Ella se queda parada en el umbral y se miran el uno al otro en silencio.

De pronto, el cuerpo de Bea se mueve, como si lo hiciera por voluntad propia, camina presuroso alrededor del sofá sin rozar a Niklas y se sienta en el sillón que está enfrente de él. Niklas está visiblemente nervioso, lo cual, por extraño que parezca, la tranquiliza un poco. Como si hubiera obtenido una pequeña ventaja, al menos por el momento.

—¿Te estás acostando con ella?

Niklas se la queda mirando como si fuera una pregunta absurda.

—No empieces con esas cosas.

—Tal vez no sea tan raro que me lo pregunte, pues al parecer ahora vives en su casa.

—Solo es algo temporal, mientras tú y yo…

—¡Detente, no sigas por ahí!

Bea no quiere oír el final de esa frase, de ninguna manera. Pero no hay nada que ella pueda hacer para ponerle coto a esto. Su ventaja se desvanece y el temor vuelve a invadirla. Ahora es Niklas quien tiene el poder. Son sus palabras las que habrán de determinar cómo será la vida de su esposa. Él cobra nuevas fuerzas y no deja que la embestida de Bea lo detenga.

—… Bea, creo que debemos separarnos.

La respuesta llega de forma automática.

—No.

—¿No?

Niklas parece confuso. Como si no lograra entenderla.

—«No» quiere decir «no». Me niego.

Fue lo que hizo Sus cuando Henke quiso divorciarse. Simplemente dijo que no.

Niklas se serena y se concentra un instante, y entonces continúa hablando. Ahora suena más didáctico, como si estuviera hablando con un niño.

—Creo que sería algo bueno.

—¿Cómo podría ser bueno?

—Nos sentiríamos mejor. Tú y yo. Toda la familia.

Otra explicación ambigua que no significa nada. Por mucho que duelan las respuestas directas, a pesar de todo, son preferibles a andarse con estos rodeos.

—Eres tú quien no se siente bien —aventura Bea—. Necesitas ayuda.

Niklas mueve la cabeza de un lado a otro, como si ella hubiera dicho algo absurdo.

Afuera, en la avenida, se oye cuando el autobús número 4 se detiene en la parada que hay justo a un lado de la escuela primaria de Östermalm, donde estudiaron tanto Jacob y ella como Niklas y sus hijas. Las puertas automáticas se abren y se cierran con un silbido.

—Estas cosas pasan —dice él—. La gente se separa.

—¡Nosotros no somos «la gente»! Si me contaras al menos cuál es el problema, podríamos solucionarlo.

—No estás escuchando lo que te digo.

Bea siente que se le acelera el pulso, por la ira y por el pánico. ¿Cómo se atreve? En las últimas semanas ella no ha hecho otra cosa que tratar de comprender a alguien que se niega a comunicarse.

—He concertado una cita con Agneta —dice ella.

—No quiero ir a ver a Agneta.

—Me lo debes, Niklas. Y a tus hijas también.

—Vale. Pero no quiero ir a ver a la terapeuta de mi madre.

—¿Qué tal Robert Lindgren, con quien hablaste la última vez?

Niklas niega con la cabeza, de forma bastante decidida.

La última vez que él acudió a un profesional fue después del «incidente», aquello de lo que no estaba permitido hablar en casa. Una pareja cuya hija murió de leucemia presentó una queja contra Niklas, a pesar de que él había diagnosticado el cáncer y había derivado el caso a un especialista. Por más que Bea y todas las demás personas le decían que había hecho lo humanamente posible, no podía evitar sentir una gran culpa. Él afirmaba que, en verdad, había pasado por alto ordenar que le hicieran un estudio a la pequeña unos meses antes, cuando sus padres la llevaron por primera vez al hospital, preocupados por unas marcas extrañas que la niña tenía en la piel. Niklas las subestimó al considerar que eran moratones comunes y corrientes, pero, cuando la niña regresó después con manchas todavía peores, se dio cuenta de que algo no iba bien y la envió a que le hicieran varios análisis. Sus padres sostuvieron que la razón por la cual la leucemia terminó siendo mortal fue el hecho de haber permitido que la enfermedad avanzara. Estaban convencidos de que la vida de su hija se podría haber salvado si la leucemia se hubiera diagnosticado antes.

Las sesiones de terapia de Niklas no dieron resultado alguno, y al final fue Bea quien lo alentó para que cambiara de trabajo, y pasó del Hospital de Sollentuna al Sophiahemmet. En aquel entonces, parecía que las cosas habían cambiado para bien, que le habían permitido a Niklas concentrarse en su nuevo puesto, pero es evidente que él ha estado sintiéndose peor de lo que ella o cualquier otra persona se imaginaban.

Por primera vez en todos estos años de relación, no puede conectar con él. Cada vez que tenían un conflicto o afrontaban un problema, Niklas se orientaba a buscar soluciones; en cambio, ahora parece haberse aislado de ella por completo.

—¿Estás consumiendo algo? —pregunta Bea con tono suspicaz.

Niklas se echa a reír.

—Tenía que preguntártelo. Da la impresión de que estés bajo los efectos de alguna sustancia.

—Aspirina con cafeína. Drogas muy duras, como puedes ver —dice Niklas, y estalla a reír de nuevo.

En circunstancias normales, ella estaría riéndose con él. Encontrarían el camino de regreso a los brazos del otro. Bromearían acerca de lo rara que es la situación y dirían que todo lo que ha pasado no es más que un montón de tonterías que en realidad no tienen importancia. Pero hoy Bea no es capaz de reír, porque nada de esto le parece gracioso. Y la risa de Niklas no suena cálida. Al contrario, más bien suena burlona.

—¿Estás disfrutando de todo esto? —pregunta ella.

El semblante de Niklas se torna serio de nuevo.

—No hago esto porque quiera, Bea, sino porque tengo que hacerlo.

—¿Porque tienes que hacerlo? Es totalmente absurdo que de repente hayas decidido que tienes que irte a vivir con esos vecinos tan extraños...

—¡Porque aquí, en casa, siento que no puedo respirar!

Niklas extiende los brazos a los lados en un gesto dramático. Como si quisiera herirla a propósito con este arrebato que la golpea justo en el estómago y la deja sin aliento. Bea no es como Sus, no tiene ni idea de qué decir o qué hacer. Niklas es su todo. Para ella, él ha sido más su familia de lo que lo han sido sus propios padres. Fue él quien la salvó de morir. Literalmente.

—Te quiero —logra decir ella con un susurro.

Niklas permanece en silencio. Parece que está llorando.

AGOSTO DE 2016

Tore parece una fritura de queso retorcida en el asiento del conductor de su *jeep*, con sus manos huesudas sobre el volante. Lillis está sentada junto a él, y lleva a Otis en el regazo. Cada tanto, mira de soslayo a su marido con preocupación y le pregunta si quiere parar y hacer «una pausa para orinar e hidratarse», a pesar de que solo van a recorrer unos cuarenta kilómetros desde el puerto de Nynäshamn hasta Estocolmo.

—Yo puedo conducir un ratito si te duele la espalda, abuelo. Y me serviría de práctica —se ofrece Alexia desde el asiento trasero, donde se encuentra apretujada entre Alma y Bea.

—Estoy bien, estoy bien —dice Tore con una sonrisa forzada, y mete la quinta marcha cuando se incorporan a la autopista.

Sin embargo, se nota que no es verdad. Busca en su bolsillo hasta que da con un par de pastillas de analgésico, se las lleva a la boca y empieza a masticarlas, al tiempo que Lillis lucha por abrir una botella de agua.

—¿Estás seguro de que no quieres aprovechar para que Niklas te examine la espalda cuando dejemos a Bea y a las muchachas? —pregunta ella.

Tore responde que no con un movimiento de cabeza y masculla algo acerca de que así son estas cosas, qué se le va a hacer. En circunstancias normales, Bea insistiría en que Tore suba con ellas al apartamento; desde luego que Niklas debería echarle un vistazo.

Pero no hay nada que pueda considerarse «normal» en estos momentos.

Bea le ha enviado un mensaje a Niklas para avisarle de que ya van de regreso a casa, después de pasar todo un verano en Hogreps sin él. Les ha dado a sus hijas diversas excusas no muy claras acerca de que su padre ha tenido que trabajar mucho, pero, extrañamente, no parecen estar muy interesadas en saber qué pasa con él. Bea le ha preguntado a Niklas si pensaba estar en casa cuando llegaran, pero él no le ha contestado. No sabe a qué le teme más, si a que Niklas esté en el apartamento, o a que no esté.

Cuando el *jeep* por fin se detiene delante de la puerta principal de su edificio en Banérgatan, Lillis se baja para ayudarlas con el equipaje.

—Llámanos si necesitas algo, lo que sea —le susurra a Bea al oído, y le da un abrazo adicional—. Estaré toda la semana a la vuelta de la esquina.

—Gracias, Lillis, igualmente —responde Bea, y asiente con la cabeza en dirección a Tore, quien se despide agitando la mano desde el interior de su vehículo, afectado por el dolor y el cansancio.

El apartamento huele a cerrado, y el aire caliente las golpea como si fuera una manta gruesa. Sobre la alfombra del vestíbulo se encuentra otro aviso acerca del mobiliario nuevo para la terraza. La empresa de transporte lo envió de vuelta al remitente, y todo porque Niklas no se ha tomado la molestia de recogerlo, a pesar de haber tenido el verano entero para ir a por él. Bea está harta de tener que ser siempre ella la que se asegure de que las cosas se hagan.

El lugar parece una sauna. Bea suelta el equipaje en el suelo y empieza a abrir todas las ventanas para hacer que el aire circule. Sus ojos escudriñan cada habitación mientras las recorre buscando algún rastro de Niklas. Pero todo está igual que cuando salió de aquí hace un mes.

Bea halla la nota que le había dejado a su marido —«Vuelve pronto. Te queremos <3 Bea»— en el suelo del dormitorio. Debió de caerse de la cama cuando ella arrancó la colcha la última vez que estuvo aquí. Recoge el pedazo de papel, hace con él una bolita y se lo mete en el bolsillo. Se sienta en el borde de la cama y cierra los ojos. Entonces se oye un portazo, y luego otro más; las chicas han ido directamente a encerrarse en sus habitaciones. Unos instantes después, la voz de Robert Smith empieza a salir del cuarto de Alexia.

Yesterday I got so old I felt like I could die.

Yesterday I got so old it made me want to cry.

Alguien entra en el baño y tira de la cadena, y luego abre la llave de la ducha. Bea abre su maleta, saca la ropa que todavía está limpia y la lleva a la bonita cómoda que compró en Nordiska Galleriet el otoño pasado. Cuando abre uno de los cajones, se queda petrificada. Niklas sí ha estado aquí. Todos sus calzoncillos y calcetines han desaparecido, al igual que las prendas que tenía en el armario. En su lado solo quedan unas cuantas perchas vacías, colgando de la barra como si fueran esqueletos abandonados.

Las manos de Bea tiemblan cuando estira el brazo para tocarlas. Siente como si le hubieran dado un puñetazo en la cara. ¿Por qué está tan conmocionada, si él ya le había manifestado que quería separarse? Por eso está viviendo en el espacio de alquiler de los Axelsson. Él quiere ser franco con ella, según le dijo cuando Bea regresó a Estocolmo para hablar con él. Aun así, al sentirse segura en el entorno reconfortante de Hogreps, todo esto le parecía una especie de futuro hipotético y abstracto. Ya veremos cómo se dan las cosas una vez que se termine el verano.

Pues bien, el verano ya se terminó, y él se ha llevado toda su ropa. Ahora, todo esto es real. Está sucediendo de verdad, y es su deber intentar detenerlo. Tiene que hacerle comprender a Niklas lo que está haciendo, que se dé cuenta de que está destruyendo a su familia. Ha perdido el control por completo, como si se hubiera vuelto loco.

—¡Mamá! —grita Alma desde el baño—. ¡Se ha acabado el papel higiénico! ¡Mamá!

Bea trata de abrir el cajón inferior de la cómoda para ver si Niklas también se ha llevado el pasaporte y los gemelos que le regaló Tore.

—¡Mamá! ¡Necesito papel higiénico!

Tras abrirse un par de centímetros, el cajón se atasca; Bea no puede terminar de abrirlo, ni tampoco cerrarlo. Su corazón se va acelerando más cada vez que tira, mientras los gritos de Alma se van volviendo más estridentes.

—¡Ey! ¿Alguien podría traerme un rollo de papel? ¡Mamá! ¡Alexia!

—¡Alexia! ¡Llévale un rollo de papel a tu hermana! —ruge Bea, al mismo tiempo que tira del cajón.

Lo hace con tanta fuerza que la cómoda entera se sacude. Canaliza toda su frustración, toda su ira, todo su miedo y toda su decepción en el mueble danés de madera barnizada. Lucha y golpea lo único que tiene para golpear en este momento, y de repente el cajón cede. Bea suelta un grito y sale disparada hacia atrás, contra la cabecera de la cama.

Diez minutos después está sentada en una silla de la terraza, con una copa de vino en una mano y una bolsa de albóndigas congeladas en la nuca. Al caer, todo se le oscureció por unos instantes y está bastante segura de que perdió el conocimiento. Sin embargo, no quiere contárselo a las chicas. Ya de por sí se sienten intranquilas, y han estado intentando convencerla de que llame a Niklas por teléfono. Bea insistió en que solo se trata de un pequeño hematoma, aunque siente que la cabeza le va a estallar.

Uno de los aspectos positivos del dolor es que la obliga a distraer su mente, a dejar de pensar en el hecho de que su casa se ha vuelto un lugar extraño y vacío sin Niklas. Es muy raro cómo la ausencia de una persona puede sentirse tanto físicamente; como si el vacío que ha dejado Niklas la mirara con fijeza desde las paredes. Pero bueno, quizá no sea tan raro después de toda una vida juntos.

En la cocina cuelga una foto familiar del viaje que hicieron a Costa Rica cuando Niklas cumplió cuarenta años. Las mellizas solo tenían seis, y Bea no puede creer lo rápido que ha pasado el tiempo. Las fotografías de su habitación son de cuando Alma y Alexia eran recién nacidas. Freddie fue a verlos al hospital e hizo una serie de preciosos retratos en blanco y negro de la nueva familia. Bea tiene la cara sonrojada por el esfuerzo de dar a luz e hinchada por el agotamiento y la retención de líquidos. Los ojos le brillan después de tantas horas de dolor, pero también están cargados de hormonas de la felicidad. Niklas casi parece como si tuviera resaca, tiene una barba de tres días y manchas oscuras en la camiseta, quizá de sangre o del unto sebáceo que cubría a sus bebés al nacer.

Casi todas las cosas en su hogar cuentan una historia. Como el enorme armario de la India de finales del siglo XIX, una pieza que ganaron en una subasta antes de tener a sus hijas. Cuando lo estaban transportando desde Malmö hasta Estocolmo en lo alto del coche, el viento soplaba con mucha fuerza y los amarres con los que lo tenían sujeto estuvieron a punto de desatarse, de modo que tuvieron que pasar la noche en la casa de campo de los padres de Bea, cerca de Mjölby. Ella conserva buenos recuerdos de aquel viaje, a pesar de lo caótico que fue.

El olivo que Niklas le regaló a Bea por su cumpleaños hace poco menos de una década se encuentra en la terraza junto a ella. A menudo bromean con que el arbolito es más sensible que sus hijas adolescentes. Cada invierno, Niklas lo lleva al «hotel para plantas» de Charlotte y Calle, un balcón acristalado en su apartamento de la calle Östermalmsgatan, que tiene justo la temperatura perfecta para que las plantas mediterráneas pasen allí la época de fríos intensos. Niklas le ha tomado un tierno afecto a ese árbol, hasta tal punto que suele ir a visitarlo al hotel para plantas de vez en cuando. Viendo cómo están las cosas, es probable que en este momento quiera más al olivo que a ella.

Bea mira hacia los patios interiores y sus ojos se posan en el edificio donde viven los Axelsson, que asoma por detrás del enorme roble. En verano, ese árbol está tan tupido y frondoso que les tapa la vista casi por completo, pero en invierno, cuando las ramas han quedado desnudas, uno alcanza a ver la fachada de color crema. Cuando eran más pequeñas, Alma y Emmy acostumbraban a saludarse agitando la mano desde sus respectivos balcones.

El teléfono de Bea empieza a vibrar y ella mira la pantalla. «Mi amor». No hace mucho tiempo, ese apelativo parecía natural y hasta obvio. Ahora le parece algo casi absurdo.

—Hola, soy yo. Niklas.

Como si necesitara identificarse. A pesar de todo, Bea siente un pequeño destello de esperanza. A fin de cuentas, Niklas la ha llamado por teléfono.

—Me he enterado de que te has caído. ¿Estás bien?

Como era de esperar, una de las chicas debe de haberla delatado. Pero no se va a enfadar por ello.

—No hay problema. Solo es un hematoma.

—Alma parecía preocupada. Tal vez deberías ir a urgencias para que te examinen, ¿no?

Estas palabras le duelen a Bea. Niklas sugiriéndole que vaya al hospital, en lugar de ofrecerse a ayudarla él mismo. Hace tan solo unas semanas, ella significaba algo distinto para él. Bea toma un sorbo de vino. Trata de tragarlo.

Él también parece darse cuenta de lo mal que ha sonado lo que acaba de decir.

—Claro que puedo ir a hacerte un chequeo…

—No, no, no hace falta que vengas.

—Vale, pero, si me necesitas, avísame. O si quieres que hable con alguien que…

—¿Dónde estás? —lo interrumpe Bea.

Silencio.

—¿Qué se supone que debo decirles a las chicas?

—Ellas saben que me estoy quedando en casa de un amigo.

—¿Un amigo? ¿Ahora resulta que los Axelsson son amigos tuyos?

—Solo quería saber cómo estabas, pero parece que te encuentras bien, así que…

El dolor de Bea se transforma en ira. Por el hecho de que Niklas no esté aquí, por haberles dicho a las chicas que ya no vive en casa sin haberlo hablado con ella primero. Por no hacerse responsable de nada, sino, al contrario, dejárselo todo a ella.

—¿Por qué no fuiste a recoger el mobiliario nuevo para la terraza?

—¿Qué?

Parece que Niklas no le ha seguido el hilo al cambio de tema.

—Se suponía que ibas a recogerlo en Västberga, ya que no estuviste en casa en el momento de la entrega, ¿recuerdas? ¡Y ahora lo han mandado de vuelta a Italia, a pesar de que ya lo había pagado!

De pronto se escucha un silencio extraño al otro lado de la línea.

—¿Hola? ¡¿Niklas?!

¿Acaso le ha colgado sin siquiera tomarse la molestia de despedirse de ella?

Bea lee en la pantalla de su móvil «Duración de la llamada: 2 minutos 23 segundos». El dolor agudo que siente en la nuca se desplaza a su corazón.

Bea siente en la cara el aire frío del frigorífico del pasillo de frutas y verduras del supermercado de Karlaplan y resulta agradablemente refrescante. Aprieta el aguacate otra vez para poder quedarse ahí unos cuantos segundos más. La ola de calor no da ninguna señal de que vaya a terminarse pronto, y el apartamento se ha vuelto más sofocante que nunca. Además, Bea está exhausta. El hematoma de la nuca todavía le duele, y eso le impide dormir bocarriba como de costumbre.

—¡Hola, amiga! Creía que todavía estabas de vacaciones.

Su colega Inger aparece de la nada, con una bolsa de ensalada en la mano. Bea vacila. No sabe cómo explicar el hecho de que ella ya está de vuelta en la ciudad, cuando todos los veranos se queda en Gotlandia todo el tiempo que puede.

—Decidimos volver a casa un poco antes de lo planeado, para poder hacerle unos arreglos al apartamento y cosas por el estilo.

Inger parece preocupada de repente.

—Si quieres hablar con alguien, puedes contar conmigo, ¿eh? —dice ella.

Bea no sabe cómo responder a eso.

—Me he enterado de lo de Niklas —continúa Inger—. Debe de ser difícil para todos vosotros.

Bea le da otro apretón al aguacate, esta vez con más fuerza.

¿Será que Niklas ha estado hablando con otras personas sobre su situación, a pesar de que ellos mismos todavía no han acordado qué es lo que van a hacer? En todo caso, Bea no ha participado en ningún proceso de toma de decisiones. ¿Y acaso hay una especie de fábrica de rumores que opera alrededor de Karlaplan, o de qué va todo esto?

—Niklas se ha sentido bastante agotado por su trabajo —dice ella y, con un movimiento casi inconsciente, devuelve el aguacate magullado a su estante—. Eso es todo, así que, bueno…

Las cejas de Inger se alzan levemente.

—¡Ay, lo siento! Creí que todo se había ido a la mierda. Marianne de Finanzas dijo que lo había visto cogido de la mano con una mujer…

—¿Qué…?

—Sí, dentro de esa tiendecita tan mona de decoración de interiores que hay en Skeppargatan. Pero Marianne está cegata, ya sabes. Y un poquito senil. Por cierto, qué bien que estés de regreso. Puedes volver a la oficina antes de lo previsto, si quieres. Hay que rediseñar toda la página principal para la nueva campaña y, como siempre, están siendo muy optimistas con los plazos…

Pero Bea ha dejado de escucharla. Siente como si el hematoma de la nuca de pronto hubiera empezado a crecer hacia el interior de su cabeza y presionara su cerebro como un tumor bastante agresivo. El dolor es insoportable. O tal vez el dolor más profundo esté en su corazón.

La tienda de decoración de Skeppargatan. ¿No es esa la tienda de la madre de Emmy? ¿Y Niklas, cogido de la mano con una mujer? ¿Con quién? ¿Y por qué? La náusea le llega a Bea de forma repentina, y con una intensidad tal que tiene que salir de allí. Deja atrás a Inger, pero alcanza a oírla preguntándole si quiere almorzar con ella.

Su cuerpo se desplaza por Karlavägen, pero es como si fuera otra persona quien controlara sus pasos. Pasa por Banérgatan, pero las chicas no tienen clase hoy, pues es el día del maestro, así que no puede ir a casa. No en estas condiciones. El robot de su interior la lleva más allá del parque Gustav Adolf y llega a Garnisonen. Alza la vista hacia la ventana de la Cruz Roja en el séptimo piso. Pero volver al trabajo tampoco es una buena opción.

Bea sufre un ataque de ansiedad cuando se da cuenta de que todos en la oficina, o al menos aquellos que han vuelto, ya deben de saber lo que está pasando. No solo Inger y Marianne de Finanzas, sino también Martin, el jefe de Bea, las líderes de proyecto, Caroline y Ulrika, y los demás. Bea se imagina sus caras de lástima, y no puede evitar agachar la cabeza de pura vergüenza. No quiere que nadie la vea. Sus vacaciones se terminarán en unos cuantos días, y entonces tendrá que enfrentarse a todos.

Sigue andando a toda prisa hasta llegar a la calle Oxenstiernsgatan, pasa por delante de la entrada del edificio de Sveriges

Radio y sube por la pequeña pendiente que lleva al parque de Nobel, donde Jacob y ella se deslizaban en trineo cuando eran niños. Hubo un invierno en el que se estrellaron contra un árbol, y Bea se hizo una cicatriz debajo de la ceja, parecida a la típica herida de un boxeador.

Mira a su alrededor, quiere asegurarse de que nadie la ha visto y de que está sola antes de coger el teléfono. Las manos le tiemblan tanto que le cuesta trabajo ponerse los AirPods. No quiere hacer esto, pero sabe que no le queda otra opción, otra vía. Pulsa el botón de marcar y la voz del otro extremo de la línea responde más rápido de lo que ella esperaba.

—Hola, Bea. Justo estaba pensando en que tenía que llamarte.

Vaya coincidencia de mal agüero, le da por pensar a Bea, mientras Jonas Axelsson empieza a hablar sin preguntarle qué es lo que quiere.

—Las chicas tienen la posibilidad de ascender de nivel, pero eso implicaría ir al club dos días a la semana y participar en más torneos, con todo lo que eso conlleva.

Por un instante, Bea se siente aliviada. El padre de Emmy suena como de costumbre mientras habla con tranquilidad acerca de la logística para llevar a las chicas a donde necesiten ir. Marianne, la de Finanzas, debe de haberse equivocado de personas.

—Seguramente podemos resolverlo de alguna forma —logra decir Bea.

—De acuerdo, muy bien, porque parece que va a ser un otoño bastante complicado con las mudanzas y todo eso.

—¿Mudanzas?

—Sí, ahora que Maria y yo nos hemos separado, va a ser un poco más difícil organizarnos, aunque supongo que será lo mismo para vosotros, ¿no? ¿O vas a quedarte en el apartamento de Banérgatan? El mercado inmobiliario está muy lento en esta época. Ya sabes…

Bea siente que le han sacado todo el aire de los pulmones y no puede volver a llenarlos. Se desploma en el suelo como una especie de cascarón marchito. Trata de hablar, pero de sus labios no sale palabra alguna. Aunque no hace falta, pues Jonas habla lo suficiente por los dos.

Maria y él se van a divorciar, pero siguen siendo el mejor amigo el uno de la otra, y Jonas quiere que a Bea le quede claro que él no tiene ningún problema con Niklas. En cierto modo, es bueno saber que tu ex está saliendo con un tipo decente. Desde luego que divorciarse no es plato de buen gusto, pero es mejor que aferrarse a una relación que no está funcionando, ¿no crees? El padre de Emmy no deja de parlotear, mientras Bea trata con desesperación de asimilar el hecho de que Niklas le ha estado siendo infiel. Así que por eso se ha estado comportando de esa forma tan rara. Por fin ha encontrado la explicación a todo esto..., aunque es totalmente increíble.

Bea no había notado ninguna señal antes de esa noche en la que él no llegó a casa. Es cierto que Niklas trabajó muchas horas extras en primavera, pero eso no era de sorprender, dado su nuevo puesto en el Sophiahemmet. Estaba cansado y estresado, pero por lo demás parecía el mismo de siempre.

Bea ha quedado aturdida por completo. Como si la hubieran atropellado y sufriera tantas lesiones que ya no puede sentir nada. Un universo paralelo está irrumpiendo en su realidad, uno que no tiene nada que ver con su vida. ¿Maria Axelsson? No puede ser verdad. Niklas y Bea se han mofado de los padres de Emmy durante años. De su forma de ser tan afectada, de cómo siempre se comportan de una manera exagerada y poco natural.

—Si quieres, podemos vernos para planear qué vamos a hacer —dice Jonas—. O, si prefieres que lo vea con Niklas, entonces...

Bea se quita los AirPods y cuelga la llamada. Contempla los árboles que han estado ahí desde hace una eternidad, árboles cuyas hojas pronto empezarán a teñirse de amarillo. Y esa pendiente tan familiar, que siempre está cubierta de anémonas del bosque en primavera y de hojas en otoño, y donde los niños todavía se lanzan en trineo en invierno. A través del follaje se alcanza a ver la Dag Hammarskjölds väg. Todo sigue siendo como de costumbre. Pero ya nada es igual.

BRÄNNKYRKAGATAN, ESTOCOLMO

Se encuentran fuera del edificio y se saludan brevemente, como lo harían dos desconocidos. Ya dentro, se quedan de pie en silencio, uno al lado de otro, mientras esperan al viejísimo ascensor, que parece moverse con la velocidad de un caracol. Cuando entran en la cabina y Niklas se estira para presionar el botón, Bea avista algo en su antebrazo, que estaba escondido debajo de la manga larga de su camiseta. Ella se estremece. No puede creer lo que sus ojos acaban de ver.

—Te... ¿Te has hecho un tatuaje?

Niklas la mira con actitud desafiante, y Bea por poco estalla de risa.

—¿Es en serio?

La mandíbula de Niklas se tensa.

—Tal vez deberíamos olvidarnos de esto —dice él, al tiempo que se gira para mirar a la escalera enfadado.

—No, no, perdón, es solo que... me ha cogido un poco por sorpresa... Ven, acompáñame, por favor.

El estrecho ascensor va ascendiendo de piso en piso, aunque no sin esfuerzo. Niklas se aclara la garganta. Se nota que está incómodo. Bea no puede evitar echarle un vistazo furtivo al brazo de Niklas, en el que asoma algo parecido a una ramita de color negro. Ella todavía está tratando de asimilar lo profunda que es la crisis de la mediana edad por la que está pasando su marido. Lo único que le falta es una motocicleta.

—¿De qué es tu tatuaje?

—¿Para qué preguntas? ¿Para burlarte?

Bea intenta controlarse, contener su capacidad para el sarcasmo.

—Solo es por curiosidad.

Niklas mueve la cabeza de un lado a otro y, con un gesto enfático, tira de la manga para cubrirse el brazo, al mismo tiempo que el ascensor se detiene con una sacudida.

La consulta de Mona Falk está en el sexto y último piso de un edificio de la calle Brännkyrkagatan, que está a tiro de piedra de la iglesia de Santa María Magdalena. Su lugar de trabajo parece ser parte de su domicilio particular. En el vestíbulo flota un aroma a comida, y a Bea le da la impresión de que Mona tiene una bandeja con verduras en el horno.

La terapeuta les pide a Bea y Niklas que se sienten cada uno en un sillón, y luego ella toma asiento en una silla que hay justo enfrente de ellos, con una expresión neutral en el rostro. Mona va vestida como si tuviera más de sesenta años. Unos pocos rizos claros y delicados flotan sobre su chaqueta de punto a causa de la electricidad estática.

Mona permanece en silencio. ¿Acaso esa es su estrategia? ¿Será parte de su terapia de pareja? Hay una atmósfera incómoda y tensa, propia de dos personas que han perdido la confianza entre ellos y tienen que desnudar su alma delante de una desconocida. Después de lo que parece una eternidad, Mona termina por tomar la palabra.

—¿Podríais contarme por qué estáis aquí?

Niklas parece demasiado interesado en mirarse las uñas y evita establecer contacto visual con Bea. Por su parte, Bea evita fijar la mirada en el antebrazo de su esposo y en esa cosa que todo el tiempo intenta asomar bajo su manga. El hombre que hay junto a ella parece una persona diferente. Al Niklas que ella conoce y quiere jamás se le hubiera pasado por la cabeza la idea de hacerse un tatuaje. En lugar de seguir pensando en él, Bea se concentra en Mona. Conforme crece el nudo en su garganta, va reuniendo fuerzas para mencionar, por lo menos, algunas de las muchas cosas que ha tratado de expresar desde que se enteró de la infidelidad de Niklas.

A pesar de que su mente es capaz de entender que estas cosas pasan, Bea no puede creer que le estén pasando a ella. Que les estén pasando a ellos dos. Y no ha sido cosa de una sola vez. Según Jonas, Niklas lleva viéndose con Maria Axelsson desde la primavera pasada.

Bea se siente asqueada y —por alguna extraña razón— sucia, a pesar de que es él quien ha sido infiel. A pesar de que es él quien debería sentirse avergonzado. Cuando lo llamó por teléfono para enfrentarse a él, Niklas le pidió perdón, pero sus palabras no sonaron sinceras, sino más bien como si las hubiera pronunciado por compromiso. Como un niño que sabe que ha hecho algo malo y tiene que disculparse, porque eso es lo que sus padres esperan que haga. La propia Bea difícilmente podría haber vivido cargando con la vergüenza de haber estado con otra persona; la sensación de culpa la habría corroído por dentro hasta destruirla. La simple idea de ser infiel le provoca una enorme ansiedad.

Ella lo sabe bien porque lo vivió. Hace unos años, Inger se pidió una baja médica para operarse de una rodilla y contrataron a alguien que la sustituyera en la oficina durante su ausencia. Mattias era muy gracioso, y Bea y él se reían juntos todo el tiempo. Dado que él ocupaba el escritorio de Inger, justo enfrente de Bea, era natural que charlaran y que él le pidiera consejos y ayuda. De forma lenta pero segura, Bea comenzó a sentir por él algo más que una amistad entre colegas, una vaga sensación de hormigueo en el cuerpo cada vez que iba al trabajo por las mañanas.

Empezó a arreglarse más, y Niklas se dio cuenta. Tan solo eso ya le provocaba a Bea un cargo de conciencia. Ni siquiera sabía si ella despertaba lo mismo en Mattias, pero el solo hecho de sentirse atraída por su compañero de trabajo —y tal vez incluso de estar a punto de enamorarse de él— bastó para que la atormentase la culpa.

Aunque lo echó de menos, fue un alivio cuando Inger regresó a la oficina y Mattias desapareció. Al mismo tiempo, estaba orgullosa de sí misma por no haberse dejado llevar por sus sentimientos, que terminaron por disiparse. Todo este episodio quedó atrás sin mayor problema, y ella nunca dudó de su amor por Niklas. Cualquiera puede llegar a sentirse atraído por otra persona, pero eso no significa que deba ser infiel.

—Yo solo quiero que superemos esto de alguna forma —logra decir Bea por fin—. No te he perdonado, pero quiero perdonarte.

Mona asiente con la cabeza despacio y entonces se vuelve hacia Niklas.

—¿Qué piensas de esto, Niklas? ¿Del hecho de que Bea quiera encontrar una forma de perdonarte?

Él sigue mirándose las uñas.

—Por supuesto que quiero que me perdone, pero…

Bea contiene la respiración. Es como si toda su vida dependiera de lo que él está a punto de decir.

—… sigo queriendo el divorcio.

—¡¿Quieres que nos divorciemos?! —exclama Bea, con voz chillona—. ¡Pero si nunca hemos hablado de eso!

—Ya te he dicho que quiero separarme de ti, que viene a ser lo mismo.

—No, estamos aquí para tratar de… arreglar las cosas. Tú solo te fuiste de casa, y yo no sé prácticamente nada.

Pero Niklas solo se limita a mover la cabeza de un lado a otro, y sigue con la mirada fija en sus malditas uñas.

—Estás negando con la cabeza, Niklas. ¿Qué significa eso? —pregunta Mona. Tiene la vista clavada en él, pero no revela qué está pensando.

—Esto no tiene remedio.

—¿A qué te refieres? —insiste Mona, aunque con un tono de voz tranquilo.

—Es algo que ya intenté.

—¿Cuándo lo intentaste? ¡¿Cuándo?! —grita Bea, y Niklas le lanza a la terapeuta una mirada que dice: «Ahí lo tienes».

—¿Podrías explicarte con más detalle, Niklas? —le pide Mona.

—Quiero vivir mi vida de una forma diferente…, pero es como si no hubiera sitio para ello, para mí. Siempre se trata de lo que Bea quiere.

Bea estrella el puño contra el apoyabrazos de su sillón.

—¡Entonces dilo! Dilo en lugar de acostarte con nuestra vecina durante seis meses, para luego mentirme con eso de que te estabas quedando en su espacio de alquiler, cuando en realidad estuviste con ella todo el tiempo. Lo sé todo, hablé con Jonas y él me lo contó. Joder…

A Bea se le quiebra la voz. Se siente ofendida. Triste. Furiosa.

—Así no fue como… —empieza a decir Niklas, pero Bea lo interrumpe de inmediato.

—No me digas. Entonces, ¿cómo pasó?

Mona alza la mano para darle a entender a Bea que tiene que dejarlo hablar. El gesto suave pero firme hace que Bea se recueste en el sillón a regañadientes, con los brazos cruzados como una forma de protesta silenciosa.

Niklas deja salir un largo suspiro y parece estar buscando las palabras adecuadas.

—Al principio solo éramos amigos… y luego me quedé en su casa por temporadas en verano… Bueno, es cierto que no fue exactamente como dije, pero yo estaba en medio de… No sabía para nada qué era lo que sentía o cómo podía explicártelo. Sentía que me ahogaba y…

Bea resopla con fuerza y Niklas deja de hablar al instante. Se queda mirándose las rodillas con una mirada oscura en los ojos. Se encierra en sí mismo. Bea se vuelve hacia Mona, hirviendo de ira.

—¿Ves? A esto es a lo que me refiero. Siempre es igual con él. ¿Cómo podemos arreglar nuestros problemas así?

Mona mira a Bea con calma y serenidad.

—Acostumbro a decirles a quienes vienen a mi consulta que cada una de las dos partes debe estar dispuesta a trabajar en sí misma. Pero eso no necesariamente significa que deban tener definido qué es lo que quieren.

Niklas deja de mirarse las uñas y alza la vista hacia Mona.

—Sí, pero yo no puedo cambiar lo que siento.

—¡Si tienes voluntad, puedes hacer lo que sea! —La voz de Bea ya no suena tan furiosa. Más bien se oye desesperada.

—En una relación prolongada, hasta los sentimientos tienen sus altibajos —interviene Mona.

—Al menos tienes que darme una oportunidad... —suplica Bea—. Me la debes, a mí y a tus hijas... A nuestra familia...

Y, entonces, Bea rompe a llorar. Niklas posa sus ojos en ella, con una mirada triste y cargada de culpa.

—De verdad lo siento mucho. Todavía me importas, pero... no de esa forma.

Los sollozos de Bea se vuelven silenciosos. Es como si su llanto estuviera conteniendo la respiración, ahora que Niklas por fin se ha abierto.

—Todo lo que debería sentir por ti lo estoy sintiendo por otra persona. Y eso no es algo que yo pueda cambiar, aunque quisiera. Por primera vez en muchos años siento que soy yo mismo de nuevo, y en gran parte se lo debo a Maria.

Con esas palabras, Niklas retuerce el puñal justo donde más duele. Esto es mucho peor que una infidelidad sexual. Es una comunión de almas. Niklas tiene una nueva mejor amiga.

GARNISONEN, ESTOCOLMO

Septiembre de 2016

No tiene otra opción que acostumbrarse a lo inaceptable. Obligarse a ir a la oficina, a pesar de que levantarse de la cama parece una tarea imposible. Cada segundo que permanece despierta le resulta doloroso. Es como encontrarse muerta por dentro, una zombi que se mueve torpemente a cámara lenta.

Todos sus sentidos están trastocados. Se tambalea de manera constante y se sobresalta con los ruidos fuertes o repentinos. Su capacidad de dormir brilla por su ausencia, y su paladar ya no detecta ningún sabor. Tiene dificultades para comer y sufre de náuseas todo el tiempo. A pesar de todo, el trabajo le brinda una especie de normalidad, poder sentir que alguien la necesita. Es un recordatorio de que hay gente que lo está pasando mucho peor que ella. Gente que pasa hambre o que se está muriendo a causa de una enfermedad o por desnutrición. Gente atrapada en zonas de guerra por todo el mundo.

Es posible que con su labor Bea no esté salvando vidas directamente, pero sigue siendo un engranaje de la maquinaria, incluso aunque lo único que haga sea quedarse sentada, mirando una pantalla todo el día. Las letras y los diseños se fusionan unos con otros y, a pesar de que la fecha límite para tener lista la nueva página principal se acerca a pasos agigantados, Bea no puede pensar con claridad ni trabajar en ella con el ritmo que debería.

Su jefe le pregunta si quiere ir con los demás a tomar algo durante la *happy hour* del restaurante Oscar's, que está en la avenida

110

Narvavägen, junto al edificio donde viven los padres de Bea, pero ella declina la invitación, alegando que tiene que volver a casa con su familia. Y eso es verdad, al menos en parte, pues las chicas están allí. O, mejor dicho, Alma está allí; Alexia ha salido con unos amigos. Es un alivio tener una excusa para evitar tener que responder las preguntas curiosas de sus colegas. Por otro lado, Bea conserva la esperanza de poder concentrarse por fin y avanzar un poco en sus labores pendientes, antes de irse a casa a preparar la cena.

Justo entonces, alguien se aclara la garganta en el umbral de la puerta.

—¿De verdad creías que iba a abandonarte en estas circunstancias?

Es Inger quien le habla. Bea intenta sonreír, aunque en realidad preferiría estar sola en este momento.

Su colega se deja caer en la silla de enfrente y esboza una sonrisa que tiene un aire de satisfacción, como si acabara de hacerle a Bea un gran favor.

—Deberíamos adornar este espacio —dice Inger, al tiempo que gira en su asiento y mira a su alrededor—. Volverlo un poco más acogedor. Que no se vea tan «oficinesco», ¿no crees?

Bea asiente con la cabeza.

—Que trabajemos en una organización de beneficencia no quiere decir que debamos ignorar nuestras propias necesidades. ¿Qué tal unas cuantas plantitas? ¿Algún cartel agradable a la vista?

—Muy buena idea, Inger. Podría traer varios brotes de mis geranios.

—Excelente.

Hay un momento de silencio. Bea presiente que Inger ha estado preguntándose qué ha pasado desde su conversación en el supermercado, ese día en el que mencionó que alguien había visto a Niklas con otra persona, pero su colega no se ha atrevido a sacar el tema a colación.

—¿Cómo estás? —le pregunta ella ahora.

—Bien, gracias.

—Solo quería decirte que, si necesitas tomarte un poco de tiempo libre, yo me encargo. Caroline puede sustituirte mientras, o bastaría con que yo trabajara un poquito más.

—Es muy amable de tu parte, pero la fecha límite que tenemos para la página principal es en unas pocas semanas. Sería demasiado pedir.

—Quizá justo por eso podría ser bueno para ti, ¿no? —insiste Inger.

Bea se muerde el labio.

—Es una oferta muy generosa, de verdad, pero estoy totalmente centrada en mi trabajo en este momento. Lo necesito.

No miente. Lo único que le queda ahora es su empleo. Es lo que la mantiene a flote. En lo más profundo de su ser, también teme que los demás se den cuenta de que pueden arreglárselas sin ella. Bea sabe que la situación económica es complicada; la recesión global ha hecho que la gente se sienta menos inclinada a donar dinero a organizaciones de beneficencia, y ya ha habido recortes de personal en varias oficinas de la Cruz Roja por todo el mundo.

—¿Sabes una cosa? —dice Inger—. Hace muchos años pasé por un divorcio muy difícil, pero hoy estoy contenta de que sucediera. Nunca había sido tan feliz.

Inger no parece una persona muy feliz. Nunca lo ha parecido. Aunque Bea tiene que reconocer que está un poco sorprendida, siempre había visto a su colega como una de esas personas que jamás llegarían a casarse. Debió de ser antes de que empezara a trabajar en la Cruz Roja. Bea se esfuerza por sonreír, con la esperanza de que eso convenza a Inger de que su pequeña charla de motivación le ha dado ánimos. En realidad, no la ha ayudado en lo más mínimo, pero no quiere herir a su compañera de trabajo.

A decir verdad, Bea se siente peor. Como si hubiera perdido un pariente y ahora le estuvieran diciendo que, dentro de unos años, cuando haya pasado el tiempo suficiente, se alegrará de esa pérdida.

Hay días en los que, de hecho, preferiría que Niklas se hubiera muerto. De alguna forma, sería más fácil lidiar con esa tristeza. Tal y como están las cosas, Bea se encuentra penando por alguien que sigue vivito y coleando, y que se mueve por el mismo barrio que ella. Östermalm se ha transformado en una zona de guerra en donde cada paso que da puede llevarla a encontrarse cara a cara con el enemigo. Hay ocasiones en las que tiene que tomar un desvío para no correr el riesgo de toparse con Niklas y Maria.

Inger se inclina hacia delante y le da una torpe palmadita en el brazo.

—Todo va a salir bien. Por cierto, ¿ya has empezado a usar Tinder? Si no lo has hecho, yo te ayudo a abrirte una cuenta. Si tú quieres, claro.

Bea siente un nudo en el estómago. Se disculpa y se dirige rápidamente a la salida, a punto de echarse a llorar. No quiere usar Tinder. No quiere a nadie más que a Niklas.

GOTLANDIA

En cuanto las ruedas del avión entran en contacto con la pista del aeropuerto de Visby, siente que al fin puede respirar de nuevo. Ahora mismo, este es el único lugar en el mundo donde es capaz de llenar sus pulmones de aire. El puerto seguro de Bea. Está contenta, pues sus dos hijas vienen con ella. En lo profundo de su ser abriga la esperanza de que eso signifique que ellas se han puesto de su lado, aunque no lo hayan dicho de forma expresa.

Es muy probable que el diagnóstico de cáncer de Tore también haya tenido que ver. «La podredumbre», como él la llama —eso que al principio creyeron que solo era un fuerte dolor de espalda—, está enquistada en sus huesos y es una «auténtica desgraciada», en palabras de Lillis. Tore piensa luchar contra ella, a pesar de que todos saben que será una dura batalla y de que, hasta ahora, el desenlace es bastante incierto. Aun así, para Bea es bueno estar de regreso en Gotlandia y poder centrarse en algo distinto a su propio dolor. Cree que Tore debe sentirse igual, que la presencia de su nuera y de sus nietas le va a permitir pensar en algo más que no sea la podredumbre.

Los manzanos que les dan la bienvenida en Hogreps están cargados de frutos maduros, y sus hojas comienzan a teñirse de tonos otoñales. En el interior de la vieja herrería, Lillis ha puesto en marcha la prensa de sidra, y dentro de la cocina hay una gran cantidad de botellas de zumo alineadas en hileras.

—¿Queréis un vaso? —pregunta ella, al tiempo que les sirve sin esperar respuesta—. Todavía falta un poco para la cena. También tenemos un *chardonnay* de Hogreps, si prefieres algo un poquito más fuerte, Bea.

Bea acepta con agrado una copa de vino y sube a su habitación con su maleta de fin de semana. Mientras tanto, Lillis y Tore interrogan a las chicas acerca de todo lo que ha pasado en su vida desde la última vez que estuvieron de visita. Bea suelta su maleta sobre el viejo suelo de roble, se acuesta en la cama que compartía con Niklas y mira al exterior por la ventana. Afuera ya ha empezado a oscurecer, pero si cierra los ojos puede imaginarse la vista frente a ella. Las ruinas debajo, el molino, el muro de piedra que serpentea a través del terreno árido hasta llegar a la granja del vecino. Bea respira hondo una y otra vez. En el cuarto flota un aroma agradable que la tranquiliza y la reconforta. Pero en el aire hay algo más.

La arruga en la frente de Bea se hace más marcada. Escarba entre sus recuerdos y trata de ubicar el olor que percibe en la clasificación correcta. ¿Será jazmín? ¿O lavanda? No, es algo más penetrante. Abre los ojos y gira la cabeza. Sobre la mesita de noche, en un vaso de cristal dorado, encuentra una vela de la marca Voluspa.

Especia de clavo y calabaza ámbar otoñal.

Los pies se le enfrían como si fueran bloques de hielo, y se le hace un nudo en el estómago. Lillis nunca compraría una vela Voluspa, y mucho menos la pondría en la habitación de Niklas y Bea; a lo sumo, les dejaría un ramo de flores de su jardín para darles la bienvenida. Tampoco puede ser obra de Niklas. Él siempre ha dicho que las velas aromáticas desprenden un olor artificial y que le provocan náuseas.

Eso significa que debe de haber sido ella. Maria. Esa mujer ha estado aquí, en Hogreps. Ha dormido en la cama de Bea y Niklas.

Bea se levanta de un salto y camina hacia el baño a tropezones. Ahí encuentra más objetos que no reconoce. Una toalla de mano. Un jabón con aroma a lavanda. Un bote de champú.

—Pero, querida, estás tan pálida como un fantasma. ¿Te sientes mal?

Abajo, en la cocina, Lillis prepara la cena. Alma y Alexia están sentadas en el alféizar de la ventana, con sus auriculares puestos. Bea se acerca a los fogones y baja la voz para que las chicas no puedan oírla.

—¿Esa mujer ha estado aquí?

Lillis parece desolada.

—Lo siento mucho, mi vida. No quería alterarte. Estuvieron aquí el fin de semana pasado, cuando nosotros estábamos en la ciudad...

Bea traga saliva. No puede permitir que las lágrimas empiecen a fluir.

—Creíamos que solo iba a tratarse de Niklas, pero entonces nos enteramos de que venía con ella... Y, ya sabes, no podíamos decir gran cosa al respecto: él es un adulto y... Aunque no deja de ser algo extraño...

Bea asiente con la cabeza. Trata de mantener el control. Lillis continúa hablando:

—... Pero este lugar también te pertenece, tanto como a él, sin importar lo que pase. Siempre será...

Lillis le dirige una mirada suplicante y se encoge de hombros. Como si quisiera que sus palabras fueran verdad, aunque ambas saben que no es así. Hogreps no le pertenece a Bea tanto como a él en absoluto, sin importar que siempre se haya sentido así. Y ahora Maria ha invadido su refugio. Se ha acostado en la cama de Bea y Niklas. Sus manos se han posado en todas partes. Entre la ropa de Bea, en el baño, en el pasamanos de la escalera. Ha usado su acondicionador y su secador de pelo. Todo está mancillado. Incluida la propia Bea. El suelo se mueve bajo sus pies.

—¿Por qué no te sientas, querida?

Lillis la lleva hasta la mesa. Alma levanta la vista de su móvil y mira a su madre con un gesto de confusión en el rostro, pero no dice nada.

—Perdón —susurra Lillis.

Bea quiere decirle que no es culpa suya, pero las palabras se le atoran en la garganta.

Una vez que terminan de cenar, las chicas regresan al ático y Bea se envuelve en una manta frente al fuego de la chimenea de la sala. Tore y Lillis están sentados en el sofá. Lillis sirve tres tazas de té, y al mismo tiempo trata de comprender con mayor claridad cuál es la situación entre Bea y Niklas.

—¿Os habéis sentado a hablar de qué es lo que vais a hacer respecto a…, bueno, respecto a todo? ¿Niklas te ha dicho algo más?

—Todavía tengo la esperanza de que podamos… solucionar todo esto de alguna manera. Todavía tengo la esperanza de que él entre en razón.

Tore mueve la cabeza de un lado a otro.

—No puedo entender qué es lo que está haciendo. Todo esto es completamente absurdo e inconcebible.

—¡Y ese tatuaje! —interviene Lillis—. Qué cosa tan horrible.

—¿Se lo has visto? —pregunta Tore mirando a Bea.

—No, no quiso enseñármelo bien, pero, como os imaginaréis, ella también tiene uno. O varios, creo yo.

Lillis tiene una teoría:

—Me parece que está deprimido, y esto es una especie de protesta suya. Todo empezó cuando esa pobre niña falleció. No ha sido el mismo desde entonces.

Tore saca un pastillero de su bolsillo y empieza a jugar con él. Lillis continúa con su interrogatorio.

—¿Y cómo os ha ido con esa terapeuta, Mónica?

—Mona —la corrige Bea.

—¿No es buena en lo suyo?

—Yo creo que sí, pero a Niklas no le gusta.

—No me digas, ¿y por qué no?

—Ella piensa que deberíamos seguir intentándolo, que podemos salvar nuestro matrimonio. Pero eso depende de que los dos queramos hacerlo.

Tore se aclara la garganta.

—¿No podríais tratar de hablarlo entre vosotros dos y ya está, en vez de involucrar a psicólogos? Para ser sincero, creo que eso solo hace que las cosas se compliquen más.

—¿Tú crees que Bea no lo está intentando? —dice Lillis, al tiempo que le da un empujoncito a su marido, un poco enfadada, pero con un gesto que a fin de cuentas es cariñoso, como hace a menudo.

Pero Tore suelta un grito y hace una mueca de dolor, y Lillis parece asustarse. Siempre se le olvida lo frágil que se ha vuelto Tore por culpa del cáncer y cuánto sufrimiento padece. Lo seria que es su enfermedad.

—Perdóname, mi amor. Lo siento mucho.

Tore intenta esbozar una sonrisa valiente, pero en la cara se le nota con claridad lo mucho que le duele el cuerpo. Lillis quiere reconfortarlo, abrazarlo, pero cada vez que lo toca solo empeora la situación.

Los dos se pierden en esa agonía compartida y Bea sigue ahí, sentada, contemplándolos como una especie de espectadora. Puede ver la desesperación de Lillis, el terror de perder a su compañero de vida. Bea se retira discretamente a su habitación para dejarles un poco de espacio. Otis la sigue por las escaleras, como si también quisiera conceder a sus amos un poco de privacidad. Bea se mete en la cama y el perro se sube de un brinco para estar junto a ella. No es algo que Bea suela permitirle, pero ahora es bueno para ella tener compañía.

Bea sabe que puede ser egocéntrica, y eso la hace sentirse un poquito culpable; en comparación con lo que acaba de presenciar, sus problemas son insignificantes. Aun así, le resulta doloroso ver a Lillis y a Tore juntos. Ellos siempre habían sido un ejemplo para ella y Niklas. Ser como ellos, envejecer juntos. Ese era su sueño. Aquí, en Hogreps. Rodeados de sus hijas y nietos. Una familia. La familia que Bea sumó a su vida, gracias a Niklas. La familia que ahora se está derrumbando, en más de un sentido.

DJURGÅRDEN, ESTOCOLMO

Octubre de 2016

—Realmente deberías hablar con alguien —dice Charlotte, cuando pasan por delante del Museo Marítimo.

—Lo sé, pero me siento rara pensando en eso. Estamos hablando de Niklas.

—Quien ya no está de tu lado. Ahora está del lado de la decoradora de interiores, ¿entiendes? Tienes que cuidar de tus intereses.

Bea lo entiende. No es tonta. Es solo que, a pesar de todo, aún quiere arreglar las cosas con Niklas. Y tiene la esperanza de que él cambie de parecer durante el periodo de reconsideración de seis meses a partir de que presente su solicitud de divorcio.

—Bueno, digamos que él se arrepiente —dice Charlotte—. ¿De verdad crees que podrías perdonarlo? ¿Al hombre que estuvo medio año actuando a tus espaldas?

Lo único que Bea sabe es que quiere recuperar su antigua vida. Que las cosas vuelvan a ser como eran antes de que todo esto se desatara. No era una existencia perfecta, y había ocasiones en las que ella se quejaba de lo mucho que le costaba a Niklas dejarse de evasivas y ponerse a hacer las cosas, y es que constantemente era ella la que debía tener el empuje, la que debía tomar la iniciativa, y era a ella a la que se le tenían que ocurrir las ideas. No obstante, a él también se le daban muy bien otras cosas, como apoyarla, alentarla y estar a su lado. Siempre la ayudaba a levantarse cuando necesitaba una mano. Se complementaban el uno al otro, y Bea lo echa de menos. Eran un equipo. Tenían planes. Iban a envejecer juntos.

Bea solo quiere que Niklas y ella vuelvan a comunicarse como siempre lo han hecho. Dejar a un lado esta beligerancia tan rara, esta hostilidad que, sospecha, Maria ha orquestado entre bastidores para llevar a Niklas justo a donde ella quiere tenerlo.

—Es solo que creo que sería raro consultar a alguien que no conozco —dice Bea—. ¿No podrías ayudarme tú?

—Claro que me gustaría ayudarte —responde Charlotte—, pero Calle y yo hemos hablado de esto y hemos llegado a la conclusión de que no sería correcto que nos involucráramos. Lo mejor es que os asesore alguien que no sea amigo de Niklas.

Bea asiente con la cabeza. Entiende lo que Charlotte acaba de decirle, aunque preferiría no tener que ventilar los problemas de su matrimonio que se está yendo a pique con una persona desconocida. Además, contratar a un abogado cuesta una fortuna. Como bien dijo Tore, con palabras muy sencillas: ¿para qué implicar en este asunto a un completo desconocido cuando podría bastar con que lo hablaran entre ellos dos?

—Eres muy buena persona, amiga, pero también puedes ser muy, pero que muy ingenua —prosigue Charlotte.

—Mejor ingenua que cínica —declara Bea con firmeza, aunque agrega de inmediato—: Discúlpame, no he querido decir que tú seas una cínica.

—Soy abogada. Mi trabajo es ser una cínica —responde Charlotte, y suelta una carcajada tan fuerte que un hombre que pasa junto a ellas haciendo marcha rápida se gira a mirarlas.

—Ahora se va a pasar el resto del día preguntándose si me estaba riendo de él —dice ella, lo que hace que Bea también se eche a reír.

Es extraño, pero Bea siente que el peso que oprimía su pecho se aligera un poco. Casi se sorprende de que todavía pueda experimentar una sensación de alegría, aunque sea leve. Esto le recuerda a Jacob. Y a Niklas. La forma en la que él la hizo reír y la ayudó a darse cuenta de que está bien reírse, incluso cuando uno carga con una gran pena.

BANÉRGATAN, ESTOCOLMO

Cuando Bea abre la puerta, siente como si estuviera dejando entrar a un invitado, a pesar de que se trata de Niklas. Si no estuviera tan tensa, le habría dicho «Bienvenido a casa» para aligerar el ambiente, pero ni siquiera tiene fuerzas para gastar bromas. No hay nada de gracioso en todo esto. En las últimas fechas, cada vez que se encuentran parece más doloroso que la vez anterior. Y encima, Niklas se retrasa; a Bea solo le queda algo menos de una hora antes de que Martin empiece a preguntar dónde está. Bea le ha pedido a Inger que la cubriera en caso de que tardara demasiado en regresar de su «almuerzo» en el apartamento de Banérgatan, donde Niklas y ella han quedado para hablar mientras las chicas están en la escuela.

Lo primero que Bea nota es que Niklas lleva una cazadora vaquera. Un típico indicio de una persona que quiere hacer cambios: un nuevo armario. Algo patético, pero no del todo inesperado. Sobre todo, después del tatuaje. No está segura de haber visto a Niklas con cazadora vaquera desde que eran adolescentes, si es que alguna vez lo vio vestido así en aquel entonces. Siempre había sido un hombre de chaquetas de vestir.

Sin embargo, también hay algo en su mirada; es distinta de la última vez que se encontraron. Más suave, más parecida a como solía ser. No es esa expresión hostil a la que ella ha tenido que acostumbrarse.

Esto la sorprende, pues el propósito de esta reunión era llegar a una especie de acuerdo acerca del futuro. O, mejor dicho, el objetivo es que ella escuche qué tiene planeado Niklas. Qué ha decidido y qué es lo que ella tendrá que aceptar. Porque la verdad es que Bea aún no quiere divorciarse, pero de todos modos tendrá que acostumbrarse al hecho de que Niklas ha elegido abandonarla, y de que ahora está con la decoradora de interiores. Por alguna razón, llamarla por ese apodo le resulta más fácil que usar su nombre, como si eso hiciera que ella fuera menos real.

Niklas se sienta en el sofá del salón con una expresión tranquila en el rostro, como si estuviera pensando en encender la televisión y en cualquier momento fuera a preguntarle a Bea qué quiere cenar.

—¿Cómo van las cosas en el trabajo? —pregunta él, como lo haría si hablara con alguien a quien conoce solo de forma superficial.

Ella le sigue el juego y le responde en el mismo tono.

—Estamos preparándonos para lanzar la nueva página dentro de poco, junto con una nueva campaña de donativos mensuales. Como te imaginarás, es un poco estresante…

Niklas asiente con la cabeza.

—Pero si tú eres la mejor del mundo en todo lo que tiene que ver con páginas web. Estoy seguro de que va a salir muy bien.

Bea esboza una leve sonrisa. Es extraño que le haga un cumplido. Es raro oírle decir algo amable, aunque sean unas pocas palabras. De pronto, el antiguo Niklas se encuentra sentado frente a ella. Hasta su voz amable ha vuelto. El hombre que siempre estaba de su lado. Con esos ojos, que desbordaban calidez.

En cierta forma, es más difícil tratar con esta versión de Niklas. Es una ilusión que le desgarra el corazón, porque la hace sentir como si él estuviera de vuelta, junto a ella, como si nada hubiera sucedido. Solo quiere acurrucarse en sus brazos y oír su voz tranquila diciéndole que se ha arrepentido y que todo va a salir bien.

—¿Quieres algo de beber? —pregunta ella, más que nada para sentirse un poquito menos vulnerable.

—¿Podría ser un vaso de agua? Puedo ir yo a por él.

—No, no, yo me encargo.

Bea va a la cocina deprisa. Respira hondo un par de veces. Sabe que no puede permitirse el lujo de dejarse llevar por la emoción, no puede permitirse tener demasiadas esperanzas. Aun así, no es capaz de evitarlo. ¿Y si en realidad ha cambiado de parecer?

Cuando Bea regresa con un vaso para cada uno en las manos, lo encuentra chateando con alguien, mientras una pequeña sonrisa baila en la comisura de sus labios.

—¿Es ella?

La pregunta se le escapa a Bea de forma involuntaria, antes de que tenga tiempo de frenarse. La mirada suave de Niklas se endurece. Bea sería capaz de cortarse la lengua en este momento.

—No, no es ella.

—Perdón.

La atmósfera relajada se ha disipado, y Niklas bebe un poco de agua.

Bea se siente como una tonta. Es como si tuviera que caminar despacito y de puntillas para que él no se enfade de nuevo. En lo profundo de su ser trata de aferrarse al lado amable de Niklas, a ese pequeño rayo de esperanza.

—Perfecto, ¿por dónde empezamos? —se oye decir a sí misma, en un intento de tender una ramita de olivo.

—En realidad, es bastante sencillo, ¿no? Nos guiamos por lo que dice la ley.

Bea traga saliva. Cualquier esperanza que siguiera guardando se ha esfumado. Niklas no la quiere de vuelta en su vida; quiere guiarse por lo que dice la ley. Mitad y mitad. Bea retorna a la estrategia que había concebido antes de la reunión: tratar de convencerlo de que la deje seguir viviendo en el apartamento tanto tiempo como sea posible. De ese modo no lo venderían de forma innecesaria, por si acaso él cambiara de idea. Después de todas las reformas que han hecho en Banérgatan con el paso de los años, poco a poco, pero con determinación, han ido transformando el lugar hasta convertirlo en su apartamento soñado, un espacio seguro para sus hijas, su hogar de la infancia. Renunciar a él ahora y perderlo para siempre sería una locura. Bea reúne ánimos para decir lo que quiere:

—Me gustaría seguir viviendo aquí, al menos hasta que las chicas se gradúen de la secundaria. Siempre existe la posibilidad de vender el apartamento más adelante… —Niklas bebe otro sorbo de agua, y Bea sigue hablando, pues él no dice nada en absoluto—: He pensado que tal vez sea lo mejor, pues parece que tú ya tienes un lugar donde vivir… y porque quizá sería buena idea esperar un tiempo y ver cómo… nos sentimos ambos. También tenemos el periodo de reconsideración, ya sabes.

—En realidad, no había pensado en vender —dice Niklas. Las esperanzas de Bea renacen una vez más—. No ahora, en todo caso —aclara Niklas—. El mercado inmobiliario está pasando por un momento muy malo y terminaríamos perdiendo dinero. Quizá la solución más sencilla a nuestra situación sea que yo compre tu parte del apartamento.

—¿Que compres mi parte?

Niklas empieza a hurgarse las uñas de nuevo, como hace siempre que se pone nervioso.

—Así es. O, si quieres, puedes comprar tú mi parte, aunque supongo que sería difícil, si tenemos en cuenta… tu situación económica.

—¿Cómo? Si la mitad de la casa es mía, ¿no?

—Precisamente, la mitad del apartamento, y también la mitad de la hipoteca. Teniendo en cuenta el tamaño del préstamo, los pagos mensuales son bastante cuantiosos.

De repente, a Bea se le reseca la boca, como si estuviera hecha de papel de lija. Debería haber escuchado a Charlotte. Todo lo que Niklas dice suena simple y obvio, pero ella no puede concebir qué es lo que quiere darle a entender. ¿Por qué está haciendo esto?

Ya le ha quitado todo lo que tenía. La voz de Bea se debilita y suena más aguda que antes:

—Pero si esta también es mi casa. No puedes quedarte con el apartamento así, sin más. Yo fui la que hizo todo esto...

Bea señala con el brazo el precioso estuco de principios del siglo pasado que descubrió cuando retiró los cartones de yeso que alguien había clavado para taparlo en la década de los sesenta. Bea esculpió su maravilloso hogar, y lo hizo poco a poco, centímetro a centímetro. Cada lámpara y cada cuadro, cada objeto, incluida su ubicación, el color de las paredes...: todo es obra suya. Pero Bea no consigue transmitir todo lo que quiere expresar, no logra hacerse entender por Niklas. Lo único que sabe es que tiene que seguir en Banérgatan. En su hogar. El hogar de sus hijas. Su fortaleza.

—Solo era una sugerencia —dice él con sequedad—. Pero, si prefieres comprar mi parte, por mí está bien.

¿Bien? ¡Nada de esto está bien! Niklas siempre le había prometido que iba a cuidar de ella, sin importar lo que sucediera. Que iban a cuidar el uno del otro. La apoyó cuando presentó la solicitud para el empleo de la Cruz Roja, a pesar de que el sueldo que ofrecían no era bueno. Le dijo que no tenía de qué preocuparse. Que eran una familia. En cambio, ahora, está actuando como si no tuviera nada que ver con la situación económica de Bea. Como si el problema fuera de ella y solo de ella, a pesar de que en todo momento fue Bea quien se quedó en casa con sus hijas. Quien se pidió una excedencia por maternidad, quien cuidó a las niñas cuando se ponían enfermas. La que pasó veranos enteros en Hogreps mientras él estaba trabajando. La que se encargaba de las tareas más pesadas del hogar cuando él había tenido un día muy ajetreado en el hospital.

Claro que él es consciente de todo esto, porque fue una decisión que tomaron juntos, por el bien de la familia. Y Niklas también sabe que Bea obviamente no tiene suficiente dinero para comprarle su parte de Banérgatan. Bea se lleva el vaso de agua a la boca y la mano le tiembla.

—Hemos estado treinta y dos años juntos —logra decir ella al final.

Niklas asiente con la cabeza, a manera de confirmación. Bea continúa hablando:

—No soy yo la que quiere esto, y tú debes hacer lo que te parezca correcto. Por mí y por nuestras hijas. ¿Fue idea de Maria que compraras mi parte?

—No la metas en nuestros asuntos.

—Es difícil no hacerlo, teniendo en cuenta que ella ha destruido nuestro matrimonio.

—Nuestro divorcio no tiene nada que ver con Maria. Voy a por más agua. ¿Tú quieres?

Esta vez no es capaz de levantarse, así que lo deja ir. Al escuchar esos pasos tan familiares recorrer la cocina, Bea tiene la sensación de que está a punto de perderlo todo. De que el apartamento va a escapársele de las manos.

—¿Por qué tanta prisa? —pregunta ella cuando él regresa a la sala—. ¿No podría quedarme aquí al menos un año más?

—Desde el verano he estado viviendo con lo que cabe en una mochila.

—¡Pero eso fue decisión tuya! ¡Todo este tiempo he estado deseando que vuelvas a casa!

Silencio. Es como si él no la oyera.

—Por el amor de Dios, Niklas, somos una familia. ¿Cómo puedes hacernos esto?

Niklas deja el vaso y se pone de pie, tan rígido y frío como un robot.

—Piensa en lo que hemos hablado. Voy a formalizar todo por escrito para que todos sepamos lo que se va a hacer. Creo que deberías hacer una lista de las cosas con las que quieres quedarte, y luego nos repartimos los bienes.

SEGUNDA PARTE

Niklas

HOSPITAL SOPHIAHEMMET, ESTOCOLMO

Junio de 2016

El cabello húmedo del bebé está cubierto del unto sebáceo propio de un neonato, y su piel rojiza y arrugada parece demasiado grande para ese cuerpecito. Niklas se lo entrega a la nueva madre, quien aprieta con cuidado a su hijo contra su pecho y lo contempla maravillada. El dolor de dar a luz se ha desvanecido; el milagro de la vida se ha hecho presente. Dentro de un año se celebrará un cumpleaños totalmente nuevo por primera vez. Pero a Niklas le cuesta trabajo alegrarse, pues sabe que está a punto de causarle más sufrimiento a esa pobre mujer. A estas alturas de su carrera, ha visto tantos bebés con síndrome de Down que solo necesita echar un vistazo rápido para estar seguro, incluso aunque este tipo de casos ha disminuido desde la introducción de las pruebas prenatales. También sabe que, a menudo, las cosas resultan mejor de lo que los padres se imaginan al principio. Pero el impacto inicial es despiadado, y es muy posible que la situación de esta madre se complique aún más. No tiene pareja, no tiene a nadie a su lado con quien compartir la felicidad que experimenta en este momento. Esta soledad solo le hará más difícil procesar su duelo por el futuro que se había imaginado, futuro que ahora presentará una realidad muy diferente de lo previsto.

—¡Niklas! ¡Habitación cinco, rápido!

Katta es una partera experimentada, y el pánico en sus ojos le dice a Niklas que debe de ser grave. La descarga de adrenalina mitiga el cansancio que acarrea después del doble turno que ha durado una eternidad, y corre a toda prisa hacia la sala de partos que se halla a unas pocas puertas de distancia.

Katta va tras él a toda prisa, y mientras tanto le expone un breve informe de la situación. La futura madre primeriza ha llegado hace media hora, con muchos dolores. Los signos vitales del bebé eran normales y estables, pero hace unos instantes la madre ha empezado a vomitar y luego ha sufrido un paro cardiaco.

Los gritos del futuro padre se oyen desde el otro lado de la puerta.

—¡Hagan algo! ¡Hagan algo, maldita sea!

Niklas siente otra ráfaga de adrenalina en su sistema nervioso; sus sentidos se agudizan todavía más. Hizo parte de su internado en la sala de emergencias del Karolinska, y en este tipo de casos su piloto automático siempre se activa. Cesárea de emergencia. Reanimación cardiopulmonar. Más esfuerzos para mantenerla con vida, y luego a la unidad de cuidados intensivos.

Unas horas más tarde, cuando Niklas deja ese aire aséptico y climatizado que reina en el Hospital Sophiahemmet, el aroma de las lilas que crecen en exuberantes ramilletes de color morado fuera del edificio invade todo su ser. Camina por Valhallavägen bajo el tibio y resplandeciente anochecer, y termina doblando la esquina en la calle Jungfrugatan hacia Karlavägen. Entre las personas que pasan junto a él flota un ambiente relajado, ante la expectativa del verano que se aproxima. Grupos de colegas y amigos se han reunido en el restaurante Broms y beben vino blanco y comen aceitunas verdes en las mesas de la terraza. En la fuente de Karlaplan, una madre trata de sobornar a su pequeño hijo con la promesa de comprarle un helado a cambio de que no salte al agua.

Después de tantos años ejerciendo la medicina, Niklas se ha acostumbrado a moverse entre distintos mundos. Sabe que uno puede pasar de la vida y la luz a la muerte y la catástrofe en un abrir y cerrar de ojos. Y viceversa. O tal vez en realidad no se ha habituado a ello en absoluto. Tal vez fue por eso por lo que trabajó tanto tiempo como pediatra, justo para evitar el caos que ha definido estas últimas horas. No pudieron salvar al bebé. Para la madre, el desenlace todavía es incierto.

La adrenalina se está desvaneciendo de su cuerpo, y las secuelas son siempre la peor parte. En el calor del momento, no hay tiempo para pensar. Solo para hacer. Para actuar. Las reflexiones y los sentimientos vienen después. Quizá coger este empleo haya sido un error, después de todo. No había previsto que tendría que encargarse él mismo de tantas cosas, pero la severa escasez de personal ha afectado a todos los sectores, incluido el privado.

El sueldo y el título implicaban ascender un escalón, pero también está pagando un precio más alto. Niklas vaciló hasta el final, pero, para poder costear la reforma de la cocina de Bea y los préstamos que eso conllevaba, no le quedó más remedio. A veces desearía poder regresar a la atmósfera pausada, tranquila y acogedora del pabellón de Pediatría del Hospital de Sollentuna…, aunque al final ya no era tan acogedora. Bea suele recordárselo siempre que empieza a dudar acerca de su decisión. Todo se volvió mucho más complicado después de «el incidente», a pesar de que fue exonerado de todas las acusaciones y que contó con el respaldo de todos sus colegas, quienes le aseguraron que no había hecho nada malo. El problema es que él sabe que sí lo hizo. Equivocarse es humano, incluso para los médicos. Pero, cuando la consecuencia es que una niña muera, no hay excusa que valga.

Niklas da una vuelta muy despacio alrededor de la fuente, caminando con lentitud, y luego otra. A pesar de que está completamente exhausto, intenta reunir energías; para qué, no lo sabe. Es probable que necesite vacaciones, como todos los demás, pero por alguna razón no parece que las cinco semanas en Hogreps vayan a bastarle. ¿Alguna vez han sido suficientes?

Por lo general, al final de cada verano está más agotado que revitalizado, como si durante todas las vacaciones hubiera caminado sobre una cuerda floja, tratando de aparentar que esas cinco semanas en Gotlandia son las mejores del año. Algunos años ha intentado que la familia haga algo diferente, que se tomen unas vacaciones distintas, que Bea, las chicas y él se suban al coche y se marchen a recorrer Europa, sin tener una idea concreta de dónde van a terminar; quedarse en hoteles acogedores, reírse de las cosas que no salgan bien y dejar que cada día dicte a dónde van a ir a continuación. Pero Niklas ya ha abandonado sus intentos de convencerla; ya sabe cuál va a ser la respuesta.

Bea siempre le dice que solo es una fantasía ingenua y que algo así llevado a la realidad jamás sería tan divertido como él cree; que viajar por ahí en un coche que por dentro parece un horno, en busca de un sitio donde pernoctar, sería estresante y agotador. Que pasar el verano en Hogreps es mucho más tranquilo y cómodo. Además, eso es lo que las chicas quieren y a lo que están acostumbradas, y es la única ocasión en todo el año en la que pueden encontrarse con sus primos. Y, en cierto modo, él sabe que ella tiene razón.

Un grito agudo lo sobresalta. El niño está de vuelta. Ahora sostiene un helado en su mano izquierda, y con la derecha tira de su madre hacia la fuente. Es momento de irse a casa.

Niklas puede sentirlo en cuanto abre la puerta. A veces es como si pudiera oler el estado de ánimo de su mujer sin tener que encontrarse siquiera en la misma habitación que ella, como si su estado de ánimo dejara una esencia en el aire. Tal vez eso es lo que pasa después de tantos años juntos.

Bea está ocupada vaciando el lavavajillas. Cuando Niklas entra en la cocina se detiene y se queda mirándolo fijamente. Su mirada es de reclamo, pero también hay cierto matiz de tristeza; como si él la hubiera hecho daño de alguna forma. La mandíbula de Bea está tensa, y Niklas nota cómo el pecho de su mujer se agita debajo de la blusa. Está decepcionada. No, tal vez «decepcionada» no sea la palabra correcta. Más bien está enfadada. Furiosa.

«¿Cómo demonios se te ha podido olvidar pagar la factura? Ya no vamos a poder irnos a Gotlandia mañana. ¡Los billetes se han agotado!».

Lo que Niklas ha hecho es imperdonable. Casi merecería un castigo por ello. ¿En qué estaba pensando? Ahora van a tener que quedarse en la ciudad en medio de este horrible calor toda una semana, en lugar de pasar un buen rato en la playa de Grynge.

Niklas quiere responderle a gritos que hay peores cosas en la vida. Como ser una madre soltera que acaba de dar a luz y que recibe la noticia de que su hijo tiene síndrome de Down. O ser el hombre que está en la unidad de cuidados intensivos velando por su esposa, mientras su hijito, que ha nacido muerto, yace en una unidad de almacenamiento refrigerado dos pisos más abajo. Quiere vociferarle que tiene tantas cosas en la cabeza que ya no hay lugar para los malditos billetes del ferri, ni para toda aquella terrible y pesada planificación de la que ella se ha tenido que encargar.

Niklas quiere gritarle todo eso, pero, en su lugar, se limita a dar media vuelta y la deja con la palabra en la boca. Puede oír la voz furiosa de Bea detrás de él, pero, para su propia sorpresa, simplemente sigue caminando. Baja los cinco pisos por las escaleras y sale de nuevo a Banérgatan. El sentimiento que lo invade es tan repentino como poderoso: tiene que huir de allí.

«¿Cómo se te ha podido pasar algo así? ¿Cómo puedes ser tan tonto? Solo tenías una tarea; yo ya hice todo lo demás».

No importa adónde vaya; solo debe huir de este lugar. Cada paso que da es un alivio.

Es un momento de lucidez y, a la vez, de confusión. ¿Qué está pasando? Por lo general, cuando Bea está triste, él se siente triste. Cuando ella se enfada, él se pone ansioso. Cuando ella no está bien, él se siente mal. ¿Por qué no se detiene y se disculpa, como suele hacer? ¿Por qué no le pide perdón? Debería decirle que ha metido la pata hasta el fondo y que es culpa suya y de nadie más. Asumir la responsabilidad de la situación y tratar de solucionar el problema. Pero no hay una sola parte de sí mismo que quiera hacerlo. Se siente vacío por dentro, como una jarra de agua a la que le han sacado hasta la última gota. Ya no tiene nada más que dar.

Ha tenido días mucho peores en el trabajo. Sin embargo, la conversación con la madre que dio a luz al bebé con síndrome de Down no salió muy bien. Niklas se había sentido extrañamente distante y se había comportado de una forma demasiado fría y profesional, sin la suficiente empatía. Con la misma sensación de vacío que lo aqueja ahora, incapaz de entregarse como de costumbre; de imprimir lo que es algo así como su sello personal: que siempre mantiene una relación muy buena con sus pacientes. Flores y tarjetas de agradecimiento. Padres que se mantienen en contacto con él años después de haber atendido a sus hijos.

Lo mismo ocurrió con la madre que sufrió el paro cardiaco y cuyo hijo falleció. Nada de eso fue culpa de Niklas, y él lo tiene muy claro. La mujer tenía trombos en los pulmones y una cardiopatía congénita, y esperó demasiado para acudir al hospital. Tampoco había sido culpa de ella, ni de su pareja, pues ninguno de los dos sabía que estaba enferma. Pero Niklas no le dedicó al padre el tiempo que suele conceder en estos casos. El tiempo para explicar. Para escuchar. Para comprender. Para responder preguntas. Para responder todavía más preguntas, aunque ya hubiera contestado todo lo que había que contestar. Para consolar. El tiempo para el tipo de cosas que a él se le dan tan bien. Pero no hoy.

Niklas cruza Narvavägen y se detiene delante del Museo de Historia de Suecia. Un impulso repentino lo lleva a girar en la esquina del enorme edificio amarillo y toma la calle Linnégatan. Ataja subiendo por la pendiente cubierta de plantas que lo lleva hasta el parque infantil donde solía fumar a escondidas con Calle, Jacob y Freddie por las tardes.

Ese lugar está distinto hoy en día. En vez del parque infantil, hay un restaurante y un jardín muy bien cuidado. Es un espacio abierto y con mucha luz, visible por completo desde la calle. No como antaño, cuando uno podía darse el gusto de consumir sustancias prohibidas y dedicarse a otras actividades turbias sin que lo molestaran.

Niklas había evitado venir a este sitio desde que Jacob murió. ¿En realidad ha pasado tanto tiempo desde la última vez que estuvo aquí, hace más de tres décadas? ¿Fue en este punto de la ciudad donde todo comenzó y todo terminó, aquello que le costó la vida a Jacob y moldeó la de Niklas? Si lo que pasó no hubiera sucedido, ¿se habrían convertido aun así en pareja Bea y él?

En realidad, no había razón alguna para que ellos dos empezaran a pasar tiempo juntos. Pero ella lo buscó, y Niklas sintió que era natural que él cuidara de ella, así como también fue natural para su familia recibir a Bea con los brazos abiertos. En cierta forma, esto también lo ayudó a él a sanar. Se necesitaban el uno al otro. Se enamoraron y celebraron ese amor. Como Jacob habría querido, dijeron en los discursos de su boda. Un destello de luz en medio de la tragedia. Pero, en lo más profundo de su ser, él sabía que no era verdad.

UN AÑO ANTES
HOSPITAL DE SOLLENTUNA

Mayo de 2015

Niklas va y viene del trabajo como en piloto automático. Solo hay que ir por Valhallavägen hasta Roslagstull, y luego tomar la autopista E-4 en dirección norte casi todo el resto del camino. Recorrer los casi veinte kilómetros le lleva menos de media hora de puerta a puerta. Si es que no hay embotellamientos, desde luego, los cuales se dan con frecuencia. En ese caso, puede tardar hasta una hora o incluso más, yendo a paso de tortuga.

A decir verdad, la distancia no le molesta; tampoco el hecho de que trabajar en el pabellón de Pediatría del Hospital de Sollentuna no conlleve un gran prestigio. Los pocos compañeros de la universidad con los que todavía queda de vez en cuando han tenido carreras más impresionantes. Como Nils Almqvist, el jefe del Servicio de Cirugía Torácica del Hospital Universitario Karolinska, o Karin Lage, quien se ha hecho un nombre en el campo de la biotecnología a nivel internacional. A veces, Niklas se avergüenza de no tener el mismo empuje que sus antiguos compañeros; y no es que él no tuviera ambiciones. A fin de cuentas, logró terminar la carrera de Medicina y conseguir trabajo en un hospital. ¿Será cuestión de miedo? ¿Le teme al fracaso? ¿O simplemente está satisfecho con lo que hace y donde lo hace?

Niklas gira para entrar en el aparcamiento. No es la más bella de las construcciones, pero, por extraño que parezca, el hospital despierta en él un sentimiento de calidez, casi podría decirse que de amor. Es un universo pequeño y seguro donde él tiene su propio lugar. Niklas comparte con Per Alvén —quien se ha convertido en una especie de amigo— las cargas de trabajo del pabellón de Pediatría. Antes también se encargaban de la sala de maternidad, pero hace unos años esta desapareció, como resultado de una iniciativa política de medidas de austeridad. El número de nacimientos no ha disminuido, al contrario, pero al Gobierno eso no parece importarle.

Niklas permanece en su Volvo unos instantes, antes de desabrocharse el cinturón de seguridad y bajarse del coche. Para ser mayo, el aire es bastante fresco y tiene frío en las piernas, que lleva descubiertas. En lugar de dirigirse a la entrada del hospital, empieza a correr en la dirección opuesta, rumbo a Edsviken, un oasis verde que hay justo al lado del hospital.

Todavía no son las seis, y hasta las ocho no verá al primer paciente, pero a las cuatro ya estaba despierto. Siguió acostado un rato, escuchando la respiración tranquila de Bea. Si hay una cosa por la que la envidia es por su capacidad para dormir.

Niklas sigue el sendero a lo largo de la orilla de la caleta. La amortiguación de sus deportivas para correr es suave y elástica, pero aun así siente cada paso en las rodillas. Su condición física es buena. De hecho, si no fuera por el mal estado de sus articulaciones, tal vez podría correr un maratón.

El ejercicio no le está dando el alivio que esperaba. Nota las piernas pesadas, como si estuvieran hechas de cemento, y los pensamientos que ha estado tratando de expulsar de su cabeza no lo dejan en paz. Un caudal de temores y problemas de diversa índole y gravedad corre por su mente a tal velocidad que no le da tiempo de encontrar soluciones. ¿Y si le hacen una advertencia? ¿Y si el Cuerpo de Inspectores de Servicios de Salud y Asistencia Social decide continuar con la investigación? ¿O si los padres de Lovisa hablan con la prensa?

Un momento, ¿por qué se tortura? Sabe que no actuó con

negligencia. Aunque también sabe que podría haber hecho algunas cosas de otra manera; que no estuvo a la altura. Quizá Bea tenga razón y debería aceptar el empleo en el Sophiahemmet. El hecho de que le ofrecieran un puesto directivo en un hospital de tanto prestigio es prueba de que nadie se está tomando la queja de los padres en serio. Estaría más cerca de su casa. Recibiría un sueldo mejor. Tendría más responsabilidades, desde luego, pero también se le abrirían más puertas.

Entonces, ¿por qué vacila? ¿Está siendo cobarde, como dice Bea? ¿Tiene miedo de fracasar? Esta es una buena oportunidad para él. Para toda la familia. En eso ella lleva razón. Significaría tener nuevas posibilidades al alcance de la mano. Podrían pedir ese préstamo. Reformar la cocina. Viajar a Vietnam en verano con las chicas, como él siempre ha soñado.

El préstamo. En este momento se hallan justo en el límite de su presupuesto. Pero con un sueldo más alto podrían hacer pagos más cuantiosos. Si es que los intereses no suben demasiado, por supuesto. Pero ¿por qué habrían de subir? Nadie espera que se repitan las tasas exorbitantes de los noventa. Sin embargo…, ¿y si se repiten? Pedirle ayuda a Henke de nuevo no es una opción. Mierda.

No quiere pensar. Solo correr. Niklas se desvía del sendero y toma una vereda que va por un terreno más escabroso. Ignora el dolor punzante de las rodillas. Obliga a sus muslos a impulsarlo hacia delante. Perfecto. Ahora sí es imposible pensar en otra cosa que no sea presionar su cuerpo de señor de cincuenta y tantos al límite, para que ascienda la colina y pase por encima de las rocas que hay junto al agua.

De pronto, una de sus zapatillas se atasca en una raíz. Parece volar libremente por los aires durante una fracción de segundo y, antes de que le dé tiempo de entender qué ha sucedido, ya está tendido encima de un arbusto de arándanos con el tobillo torcido en un ángulo horrible y antinatural. Se le escapa un grito de dolor. Le lleva varios minutos recobrar la compostura y llegar hasta la ribera de la caleta arrastrando los pies al caminar. Ahí se quita la zapatilla y mete el tobillo en el agua fría. Siente palpitaciones en el pie. ¿Podrá al menos volver al hospital? No se lo ha roto, pero está seguro de que se trata de un esguince grave. Puede que incluso se haya fisurado algún hueso. El agua lo refresca y alivia un poco el dolor.

Niklas contempla la caleta de Edsviken. Un velo de niebla matutina baila por encima de la plácida superficie del agua. A unos metros de distancia, varios somormujos lavancos pasan nadando en busca de alimento. Una de las aves más pequeñas se queda rezagada, patalea de forma frenética pero no tiene fuerzas para seguirles el ritmo a las demás. Al final del verano, la familia de aves ya no estará completa. Uno o más polluelos van a perecer, ya sea porque sean víctimas de un depredador, o simplemente porque no pudieron arreglárselas. Es la ley del más fuerte.

¿Pueden los animales estar de luto, como lo están los padres de Lovisa Grenberg? ¿O solo seguirán el curso natural de las cosas?

Con gran esfuerzo, Niklas logra regresar al hospital dando saltitos a la pata coja. Al llegar a su consulta, se deja caer en la silla de su escritorio y se examina el tobillo. Ahora está bastante más hinchado y ha adquirido un ligero tono violáceo. La verdad es que no tiene tiempo para estas cosas. Además de tener pacientes todo el día, hoy va a recibir el veredicto del Cuerpo de Inspectores, una reunión incómoda pero inevitable.

Niklas se toma un par de analgésicos y se mete cojeando en la ducha de su baño privado. Por primera vez en la vida, agradece contar con las barras de apoyo instaladas junto al retrete de manera obligatoria.

Falta un cuarto de hora para las ocho, y justo acaba de vendarse el pie cuando tocan a la puerta con suavidad. Bibbi se asoma a la consulta.

—Buenos días…, supongo, ¿no?

Con cara de sorpresa, Bibbi echa un vistazo al caos que hay en el suelo: un trozo de gasa, cinta quirúrgica y una caja de analgésicos encima de los calcetines que Niklas llevaba puestos cuando salió a correr.

—Solo ha sido un paso en falso en una vereda; no es nada serio.

—Hacer ejercicio es peligroso, sobre todo para los hombres de mediana edad.

Niklas intenta esbozar una sonrisa, pero casi de inmediato se convierte en una mueca de dolor.

—Dante Källén ya está en la sala de espera con sus padres, pero puedo cambiarle la cita si usted…

—No, no, está bien, ya voy.

Si cancelara sus citas pasaría todavía más tiempo preocupado, pensando en cuál será el veredicto del Cuerpo de Inspectores. Esa posibilidad le parece mucho peor que mantenerse ocupado con sus pacientes todo el día.

—Por cierto, he traído panecillos hechos en casa —dice Bibbi—. Hoy es el santo de cierta personita.

—¿En serio? ¡Felicidades! Trataré de seguir vivo hasta la pausa para el café.

—No, no, hoy usted es el homenajeado, Niklas Tore.

Bibbi esboza una gran sonrisa y cierra la puerta. Niklas siente expandirse dentro de su pecho una sensación de calidez tan poderosa que los ojos casi se le llenan de lágrimas. Si este fuera un día normal y corriente, probablemente se habría reído del hecho de que Bibbi no solo sabe cuál es su segundo nombre y cuándo es su santo, sino que además se ha tomado la molestia de hornear panecillos. Tal vez incluso se habría hecho el gracioso y la habría fastidiado un poco, bromeando sobre la situación. Pero hoy, Niklas se halla en un estado inusualmente vulnerable, y de pronto se conmueve al darse cuenta de que, gracias a la gente como Bibbi, el Hospital de Sollentuna es un lugar de trabajo tan especial. No tiene nada que ver con el edificio tan poco agradable a la vista, ni con la belleza de la naturaleza que lo rodea.

Desde luego que lo de la onomástica solo es una excusa. Bibbi es consciente de que Niklas tiene un día muy difícil por delante.

De que hoy es el día del veredicto. Ella lo conoce muy bien, y sabe que todo este asunto ha sido muy agobiante para él. Y, si bien es cierto que unos panecillos recién horneados y una sonrisa amable no resolverán sus problemas, esto es justo lo que él necesita en este momento.

Bibbi pronto cumplirá sesenta y tres años, y ya trabajaba en el hospital como secretaria cuando Niklas llegó, hace dieciocho años. En aquel momento, debió de parecerle un muchachito sin experiencia, pero aun así le dio la bienvenida con los brazos abiertos, a pesar de que su llegada implicaba más trabajo para ella.

Ya entonces había recortes de personal y esto se tradujo en el despido de una empleada, de manera que Per y Niklas tuvieron que compartir secretaria, pero Niklas jamás ha oído a Bibbi quejarse. Por el contrario, ella es el pilar del pabellón de Pediatría, donde el personal se ha convertido en una pequeña familia. Niklas, Per, Bibbi, la hermana Lena, Tove y Joar, el enfermero.

Niklas se mira el tobillo hinchado. Maldita sea, cómo le duele. Entonces, cae en la cuenta de que debería felicitar a su padre por su santo.

Niklas debería estar aliviado, pero, cuando se sube al coche al final de la jornada, en realidad se siente extrañamente triste y vacío por dentro. Le ha quedado un mal sabor de boca después de haber comido demasiados panecillos de cardamomo y haber tomado una cantidad similar de analgésicos.

La reunión pareció más una conversación de desarrollo profesional que otra cosa. Christian le preguntó cómo se encontraba, y si había algo que pudiera hacer para ayudarlo en su calidad de director. También enfatizó que tanto él como la administración del hospital y todos sus colegas estaban del lado de Niklas, y entonces le acercó el documento que contenía el veredicto del Cuerpo de Inspectores, deslizándolo sobre la mesa con una leve sonrisa en el rostro. No habían encontrado ninguna irregularidad en la forma en la que Niklas había manejado el caso, dijo Christian. Al mirar con lupa cada palabra del informe, se podía concluir que el tratamiento de la paciente podría haber comenzado antes si el cáncer se hubiera detectado con mayor anticipación, pero, por otro lado, Niklas no había incurrido en ninguna negligencia flagrante. Las decisiones que había tomado con respecto a la paciente caían dentro del margen de error, considerando el factor humano.

Y, sin embargo, el hecho es que Lovisa Grenberg está muerta; incluso si solo se tratara de una cuestión de probabilidades, Niklas no puede dejar de pensar que ella quizá seguiría viva si él no se hubiera equivocado.

Arranca el coche y pisa ligeramente el acelerador. De inmediato, vuelve el dolor del tobillo. No va a poder conducir hasta su casa en estas condiciones. Palpa su bolsillo buscando el paquete de analgésicos más potentes, esos que contienen codeína; entonces, vacila unos instantes. Quizá no es buena idea conducir después de haber tomado una medicina tan fuerte, pero, mientras se concentre y esté espabilado, no debería haber ningún problema. En todo caso, eso es preferible a que el intenso dolor le nuble la vista.

Solo para estar seguro, toma la mitad de una tableta; luego cambia de idea e ingiere la otra mitad. Mientras se traga el analgésico, se da cuenta de que necesita desesperadamente aliviar su dolor. Y no solo el que siente en el pie.

Bea tiene lista una botella de champán en la cocina, y le da la bienvenida a su marido con una sonrisa.

—¡Eres el mejor, amor! ¡Felicidades!

Niklas recibe su abrazo, pero le cuesta compartir su felicidad.

—He reservado en el Daphne's —dice ella, animada—. Sabía que todo iba a salir bien.

—¿No podríamos comer aquí en casa mejor?

—Vamos, tenemos que celebrarlo. Ya puedes dejar todo este asunto atrás y aceptar el trabajo del Sophiahemmet. ¡Qué alivio, por Dios!

—En realidad, no estoy seguro de querer trabajar allí.

El entusiasmo de Bea se frena de golpe y da un paso atrás.

—¿Por qué no?

—Me siento a gusto donde estoy.

—Pero si tú mismo has dicho que no hay futuro para ti en Sollentuna.

—Claro que lo hay. Más que nada me refería a los recortes que están implementando.

—Llevas años quejándote de tu trabajo allí, y ahora tienes esta oportunidad, una oportunidad increíble. Puedes organizar a tu gusto tu propia sala de maternidad, escoger tu equipo, tener un salario mejor. Ya no te llevaría tanto tiempo llegar al trabajo. Y la gente del Sophiahemmet te quiere a ti, a pesar de…

Se detiene al ver que Niklas le lanza una mirada severa, pero sigue hablando casi de inmediato.

—Quiero decir que la situación podría haberse complicado si lo que pasó hubiera llegado a la prensa, si te hubieran encontrado culpable de…, ya sabes…, pero ahora todo va a salir bien.

Niklas se deja caer en una silla junto a la mesa de la cocina. Trata de encontrar una postura en la que el pie no le duela. Bea lo mira confusa.

—¿Cuál es el problema? ¡Si ya te han exonerado!

—Lovisa sigue estando muerta, Bea.

—Y eso no fue culpa tuya. De verdad, creo que cambiarte a otro hospital te haría bien. Jamás podrás superar esto si te quedas donde estás.

Niklas se muerde el labio. ¿Por qué Bea no lo escucha?

—No encargué que le hicieran los estudios necesarios.

—Y evidentemente el Cuerpo de Inspectores considera que no fue culpa tuya. De lo contrario, no te habrían absuelto.

—Sí, pero nadie sabe qué habría pasado si yo hubiera actuado más rápido.

—Exacto. Nadie lo sabe.

—Yo sé que eso le habría dado más tiempo a Lovisa. Y a sus padres.

Bea no dice nada; solo bebe un sorbito de champán. Entonces le acerca a Niklas un folleto que hay sobre la mesa.

—Esto ha llegado hoy.

Niklas la mira confundido.

—¿De qué hablas?

—La cocina en la que Nisse y yo estuvimos trabajando.

—¿Nisse?

—Nils Hedberg, el diseñador de cocinas de Kvänum.

—Ah, vale…

—Todos los materiales son orgánicos y ecológicos, para minimizar el impacto en el medio ambiente. La cocina entera se monta en el mismo lugar donde va a quedar instalada. Mira, es increíble…

Su esposa ojea el folleto saltando de un diseño a otro.

—La compañía arrancó en un pueblecito que hay en el suroeste del país, y ahora instalan cocinas por todo el mundo. Es asombroso. Hasta la propia corte real se encuentra entre sus clientes. Y no es que eso importe, ya sabes, pero no está nada mal, ¿no crees?

¿Por qué siempre le hace esto? En cuanto Niklas se pone a hablar de alguna situación que para él es complicada o dolorosa, ella inmediatamente quiere cambiar de tema. Siempre ha sido así. Ya se trate de problemas en el trabajo o de algo relacionado con Lillis o con Tore. Es como si Bea fuera incapaz de lidiar con ello. ¿Será porque nunca tiene ganas de escucharlo? ¿O porque él lleva tantos años escuchando sus problemas que ninguno de los dos se acuerda ya de cómo invertir los papeles?

—Entonces, ¿qué te parece? —le pregunta Bea mientras lo mira con entusiasmo—. Todo está hecho de ceniza sólida. Veinte años de garantía.

—¿Qué hay de malo con la cocina que tenemos?

—¿Así es como vamos a vivir? ¿Con cosas que están bien a secas? Yo no quiero tener muebles de IKEA, ni una cocina que solo sea funcional a medias...

—¿Muebles de IKEA? Si hace años que no compramos nada allí.

—No, pero todavía nos quedan algunos. La cuestión es que ya somos lo bastante mayores como para darnos un pequeño homenaje que mejore nuestra calidad de vida. Pasa lo mismo con el trabajo: no solo debería ser llevadero, sino también satisfactorio, ¿no crees? Realmente creo que sería un error que rechazaras la oferta del Sophiahemmet. Tú puedes lograr mucho más de lo que crees, amor. Eso nos permitiría solucionar todo tipo de detalles aquí en casa: nos alcanzaría para la nueva cocina, podríamos salir de viaje más a menudo. Se mire por donde se mire, salimos ganando.

Niklas cierra los ojos. Un torrente de palabras. Un dolor intenso. Las palpitaciones en el tobillo han trepado por la pierna y han llegado hasta la cabeza, como un alambre al rojo vivo que está a punto de taladrar su cerebro.

—¡Por el amor de Dios, Bea! ¿No podríamos hablar de esto en otro momento?

—Tranquilízate, solo estaba tratando de distraerte para que dejaras de pensar en todo ese asunto del Cuerpo de Inspectores.

—Bueno..., pero ahora no tengo fuerzas para pensar en nada de nada. Ni en la investigación de los inspectores, ni en la oferta del Sophiahemmet, ni en cocinas de lujo.

Bea parece ofendida.

—Tenemos que irnos ya si queremos llegar a tiempo al Daphne's para celebrarlo —dice ella, con el rostro tenso.

—¡Ay, por favor! ¡No hay nada que celebrar, maldita sea!

Bea parece a punto de echarse a llorar, y reúne fuerzas para decir algo, pero Niklas ya no puede soportar oír ni una palabra más. Ya no puede seguir escuchando que lo de Lovisa no fue culpa suya, que una estúpida cocina nueva o un jodido sofá nuevo mejorarían sus vidas, que debería aceptar un empleo que no le interesa para nada, solo para que ella pueda vivir como le gustaría.

Niklas sale de la cocina cojeando, sin esperar a que su esposa le responda. Tiene que irse de allí, necesita respirar aire fresco, pero ya. Si se queda en el apartamento, va a terminar asfixiándose. Baja a la calle, y si no fuera por las punzadas ardientes que siente en el tobillo echaría a correr. En su lugar, desciende al garaje saltando a la pata coja, se sube al Volvo y se va. Todavía le duele el pie al acelerar, pero, en cuanto entre en la autopista, el regulador de velocidad automático podrá encargarse de esa labor.

Por pura costumbre se dirige al norte y está tan exaltado que tarda unos diez kilómetros en darse cuenta de que por su cuerpo circulan tanto un analgésico bastante potente como un buen trago de champán.

Al llegar a la altura del enlace viario de Järva krog, se sale de la autopista y se detiene en un estacionamiento. Trata de calmar la respiración contando mentalmente. Aprendió esa técnica en un curso de terapia cognitivo-conductual que hizo para superar su miedo a las agujas, cuando empezó la carrera de Medicina. Inhala: uno, dos, tres, cuatro. Exhala: cuatro, tres, dos, uno… Al tiempo que una sensación de tranquilidad se apodera de él, no puede evitar romper a llorar.

Llora por Lovisa. Por el alivio de haber sido exonerado. Por el dolor y la desesperanza que desgarran su alma. Su cuerpo tiembla, la nariz le gotea y las gotas caen sobre el volante.

Entonces recibe un mensaje de Bea, seguido de un emoji triste.

«Dde estás?».

Un sentimiento de vergüenza brota en su interior. ¿Qué acaba de pasar? El estrés debe de haberse mezclado con el dolor del tobillo, y ambas cosas lo han hecho estallar. Le ha gritado a la pobre Bea, que solo quería ayudarlo. Y, si bien es cierto que empezó a parlotear acerca de cocinas nuevas y del Sophiahemmet en un momento bastante inoportuno, a pesar de todo, lo ha hecho con buena intención. Solo trataba de distraerlo de sus problemas, como ella misma le ha dicho.

¿Cómo podía saber ella que Niklas se había lesionado por la mañana cuando salió a correr? No ha tenido ocasión de contárselo. Y tampoco le ha dado a Bea la oportunidad de entender lo mal que se siente. ¿Por qué hace este tipo de cosas? Como marcharse de su casa, dejándola sola, sin decir una sola palabra. Es un cobarde. Quiere huir de sus sentimientos, de su ira. Pero eso no está bien. No es justo para ella. Decide contestarle al mensaje.

«Perdame. Tuve un día difícil. Lo siento».

Casi de inmediato, recibe como respuesta una serie de emojis ansiosos y preocupados.

«Estoy en el Daphne's con las chicas. Preocupada y triste. Pero te quiero».

Él limpia el volante y tose para aclararse la garganta. ¿Qué está haciendo aquí, en un estacionamiento tan sombrío en medio de Järva krog? ¿Por qué ha tenido que arruinarles la noche a Bea y las chicas, cuando lo único que ella quería era celebrar con él que todo había salido bien? ¿Cómo iba a saber su esposa lo que siente él? Bea no puede leerle la mente. Solo estaba tratando de hacer que él se sintiera mejor, así como él hizo lo mismo por ella cuando Jacob murió. «No fue culpa tuya. No había forma de que nadie lo hubiera visto venir». Eso la ayudó en aquel entonces, y ahora ella está intentando ayudarlo de la misma manera.

Su teléfono vibra. Otro emoji triste y ansioso de parte de Bea. Le contesta de inmediato.

«Yo también te quiero. Discpame. Voy de camino <3».

Arranca el coche, a pesar de que se siente completamente fatigado. Por este día, por lo del tobillo, por su ataque de ira. En realidad, lo único que quiere es irse a casa a dormir, pero ahora tiene que disculparse como es debido, lo antes posible. Bea es la última persona en el mundo a la que querría hacer daño.

EL FERRI A GOTLANDIA

Junio de 2015

—¿Queréis algo de la cafetería? —pregunta Alexia, que se ha quedado un momento más con sus padres mientras que Alma ya se le ha adelantado.

—No, gracias, yo estoy bien —dice Niklas—. Igual podríamos comer algo en Strykjärnet cuando lleguemos. Hace mucho que no vamos.

A Alexia se le ilumina la cara.

—¡Crepes! ¡Qué ricas!

Bea levanta la mirada de la revista de decoración de interiores.

—Le prometí a Lillis que íbamos a comer con ellos. Quería esperarnos para cenar.

—¡Pero eso ya sería tardísimo! —protesta Alexia, y Niklas coincide con ella.

—No creo que lleguemos a Hogreps antes de las nueve de la noche.

—Bueno, tendremos que cenar a esa hora, como si viviéramos en el Mediterráneo, para variar —dice Bea—. Podéis comer un sándwich para calmar el hambre. Todos tienen muchas ganas de vernos.

Decepcionada, Alexia se dirige a paso lento rumbo a la cafetería, y Bea se gira para mirar a Niklas con un gesto de confusión.

—No entiendo cuál es el problema —dice ella—. Es tu familia, y hace casi un año que no vemos a Henke y a Sus.

—Lo sé, pero vamos a convivir con ellos todo el verano, y estoy muy cansado. Tenía ganas de una cena tranquila en nuestra primera noche en Gotlandia, nada más nosotros cuatro. Todo se vuelve un caos cuando estamos con los demás.

De pronto, los ojos de Bea brillan.

—¡Mira, es nuestra cocina! ¡Hasta tiene el mismo color verde musgo! —Le enseña la revista a Niklas, y señala una página, emocionada—. Y como dicen los de Kvänum, nos va a durar toda la vida: veinte años de garantía.

—Muy bien —dice Niklas—, pero ¿por qué tiene que ser tan cara? Parece bastante sencilla.

—Las cocinas como esta nunca pasan de moda, y estás pagando por la calidad.

Bea se sumerge de nuevo en la revista y se pone a leer el artículo, mientras Niklas mira las imágenes de reojo. Ella ya se las había mostrado antes, él aprobó los planos y los bocetos. Y sí, la cocina tiene muy buena pinta, es sencilla pero elegante. Sin embargo, cuesta casi medio millón de coronas suecas, dinero que provendrá del nuevo empleo de Niklas en el Sophiahemmet. Esa sensación de duda tan familiar y que le corroe las entrañas vuelve a apoderarse de él. ¿Realmente merece la pena?

HOGREPS, GOTLANDIA

Niklas está sentado en el porche, atándose los cordones de las zapatillas para correr, cuando ve a su esposa pedaleando hacia él en la Monark. Lleva una bata puesta. Lillis llega justo detrás de ella, en la vieja bicicleta militar de Tore, con una cesta colgando del manillar. En realidad, casi las oye antes de verlas: la voz grave y ronca de Lillis, y los tonos más agudos de Bea. Frases sueltas y risas.

—¿Ya te has despegado de las sábanas, Niklas?

Lillis finge asombro, aunque en realidad ya no es ninguna sorpresa que su hijo se levante temprano.

—Parece que fue ayer cuando dejábamos la alarma de incendios junto a tu cama, y ni con eso podíamos despertarte. Siempre fue más efectivo un chorrito de agua en la cara.

Bea se ríe de la anécdota, que a Lillis le gusta contar con bastante frecuencia. Niklas sonríe por cortesía. Se siente demasiado cansado como para aclarar que casi han pasado cuarenta años desde entonces, así que mejor apoya las manos en las rodillas y se pone de pie.

—Voy a salir a correr.

—¿Crees que eso sería prudente, teniendo en cuenta el estado de tus rodillas? Y de tu tobillo, dudo que haya tenido tiempo de curarse —objeta Bea, al tiempo que hace un gesto de preocupación con la cabeza hacia el pie de Niklas.

Lillis se le suma de inmediato.

—Bea tiene razón: es muy mala idea que te vayas a correr con las rodillas como las tienes.

Su mujer y su madre intercambian miradas, completamente de acuerdo en que está a punto de hacer una tontería. Ambas parecen coincidir en casi todo, más aún cuando se trata de él.

—Agradezco que os preocupéis por mí, pero estaré bien si me lo tomo con calma. A fin de cuentas, soy médico.

Bea y Lillis se miran de nuevo.

—¿No te acuerdas de lo que pasó el verano pasado?

Bea lo mira con ojos suplicantes.

Niklas lo recuerda bien. Después de un par de semanas de salir a correr, se desgastó tanto que empezaron a dolerle las espinillas, lo que limitó bastante su capacidad de movimiento, al menos para conducir o caminar largas distancias. Eso les impidió salir de paseo durante un tiempo.

También se acuerda de por qué le gusta salir a correr todos los días, durante las primeras semanas de las vacaciones. El comienzo del verano siempre es la peor época para él, pues es cuando Lillis le promete a la mitad de los habitantes de la comarca una consulta gratis con su hijo el médico, y el porche se llena más que la sala de espera del pabellón de Pediatría. A medida que los amigos y conocidos de su madre van envejeciendo, vienen a visitarlo cada vez con mayor frecuencia; y, cada año que pasa, el maletín de médico que tiene que traer a Gotlandia se va volviendo más y más pesado.

Así pues, Niklas se ve obligado a ayudar a la gente de la zona revisando su tensión sanguínea, curando heridas menores y escuchando cuando le cuentan sus dolencias. No puede evitar molestarse por tener que hacer todo esto, pero esa molestia lo hace sentir culpable. La profesión médica es una vocación y un deber, cosa que a Lillis le gusta recordarle. ¿Hay un médico en la sala? ¿En el avión? Desde luego que él está dispuesto a ayudar siempre que le sea posible. Pero a veces también necesita quitarse la bata blanca y ser simplemente Niklas. Si al menos su madre le preguntara primero… Pero ella siempre da por sentado que su hijo estará disponible para atender a todo el vecindario.

—Voy a la cocina a preparar el desayuno —dice Lillis—, pero deberías escuchar los sabios consejos de tu mujer. Por cierto, Anki Thorgren va a venir hoy por la mañana. Me ha dicho que le duele un poco el pecho.

Niklas mira su reloj. Tendrá poco tiempo. Quizá sería mejor salir a correr por la tarde.

—Creo que entonces me iré a dar una vuelta después de almorzar.

Bea le ruega otra vez con la mirada.

—No vayas, Niklas, por favor… Destruyes tu cuerpo cuando haces eso…

—Tengo que salir a correr. Si no lo hago, voy a terminar volviéndome loco.

—Necesitas encontrar otra manera de desahogar tus frustraciones. De hecho, luego vamos a ir a la laguna azul con Henke y Sus, así que de todos modos no vas a tener tiempo.

—Pero si ayer fuimos con ellos a Hoburg.

—Las chicas quieren pasar tiempo con sus primos. Solo los ven una vez al año.

—Una vez al año, pero durante tres meses. ¿Y si yo quisiera pasar todo mi tiempo con tu familia? ¿Eso te gustaría?

Bea no sabe qué responder y aparta la mirada. Niklas siente de inmediato un gran remordimiento de conciencia. Sabe que es un tema muy delicado. Y lo que ha dicho no ha sonado nada bien, sobre todo teniendo en cuenta lo disfuncional que es la familia de Bea. Su hermano Jacob siempre fue la figura más importante de su vida, pero él ya no está en este mundo, y sus padres son tan egoístas que rara vez han mostrado algún interés por su hija o sus nietas.

—Perdón, quería decir que… a veces me siento abrumado por esa mentalidad de hacer todo juntos y… estoy tratando de recargar energía antes de empezar con mi nuevo empleo.

Bea permanece en silencio un instante; parece estar asimilando lo que Niklas le acaba de decir. Entonces su rostro y su voz se suavizan.

—Entiendo… Solo quería que hiciéramos un plan familiar divertido. Y a Lillis y Tore les gusta que estemos todos juntos.

—A mí también me gusta, solo que a veces las cosas se ponen muy intensas. Es muy fácil caer en las viejas costumbres y eso puede ser… cansino.

Bea hace una pausa de nuevo, como si estuviera sopesando lo que va a decir.

—No te lo tomes a mal —dice ella—, pero a Lillis también le parece un tanto cansino el hecho de que siempre empeoras cuando vienes aquí y te vuelves muy apático.

Niklas no se puede creer lo que está escuchando.

—Cuando vengo aquí le tomo la tensión a una persona tras otra, como si salieran de una línea de producción, y tengo que estar arreglando detallitos por toda la casa, mientras Henke se relaja por ahí en sus excursiones y Hampus pierde el tiempo en el taller. Si hay alguien que empeoras aquí más bien son ellos, ¿no crees?

—OK, pero tú nunca haces nada de manera voluntaria —insiste Bea—. Tus padres tienen que pedirte todo el tiempo que hagas las cosas, en lugar de que seas tú quien tome la iniciativa.

Niklas intenta procesar esas acusaciones. Bea sigue hablando, ahora con más seguridad.

—Además, Henke propone actividades divertidas, para que todos pasemos un buen rato, y Hampus no pierde el tiempo en el taller, sino que está trabajando.

—A ver si lo he entendido bien: yo me encargué de quitar un avispero que estaba en el techo de la herrería, jugándome la vida en el intento, y de pasada limpié el tubo del desagüe, pero ¿nada de eso cuenta solo porque tuvieron que pedirme que lo hiciera?

—Solo estoy repitiendo lo que Lillis me ha dicho. Más bien es tu actitud en general. No tienes por qué verlo como una crítica. Tal vez podrías reflexionar un poquito al respecto. Eso es todo.

Niklas trata de mantener la calma. No quiere discutir con Bea, pero realmente se lo toma como un ataque personal. Podría contar con los dedos de una sola mano las veces que se ha acostado en la hamaca y ha intentado empezar un libro. Cada verano se dedica a hacer reparaciones que su familia parece ir posponiendo en el transcurso del año, reservándolas para que Niklas se encargue de ellas. Y encima de todo están sus jornadas médicas, no solo aquí en Gotlandia, sino también en la ciudad, en las que atiende a los amigos de sus padres, a sus hijos e incluso a sus nietos; eso, sin contar a los colegas y amigos de Bea, y a sus hijos, que por lo visto también son sus pacientes en situaciones de emergencia.

Ha atendido infecciones de oído, ha proporcionado vacunas contra la encefalitis que transmiten las garrapatas, ha recetado más penicilina y ha derivado a más enfermos a un especialista de los que puede recordar. Y, ahora, Bea y Lillis se han unido en su contra, y lo tratan como si fuera un niño.

—Por ejemplo, podrías ayudar a planear la cena e ir a comprar la comida más a menudo —sugiere Bea con un tono que busca alentarlo, pero lo único que logra es hacer que se enfade todavía más.

—Pero, siempre que trato de cooperar, vosotras ya tenéis otros planes. No puedo ni ir al supermercado a comprar leche sin que haga algo mal.

—Trajiste tres litros de leche y una rueda gigante de queso Cheddar, sin tomarte la molestia de averiguar si alguien había ido a la tienda ya. No es tan raro que Lillis se enfadara, ¿no? El frigorífico ya está a reventar, y ya sabes que la comida se echa a perder cuando no se puede cerrar bien la puerta.

Niklas siente que se le encienden las mejillas.

—Bueno, entonces está claro que no sé hacer nada bien.

—Por Dios, qué infantil eres.

—Idos sin mí, os lo pasaréis mejor.

—No cabemos todos en un coche. Si no vienes, las chicas y yo tendremos que quedarnos también en casa. Aunque obviamente no quiero obligarte a nada…

La mirada de Bea… Tiene razón. Él se está comportando de forma inmadura y egoísta, y se avergüenza de ello. Aun así, contempla la idea de quedarse en Hogreps. A las chicas no les va a hacer gracia perderse la oportunidad de ir a nadar a la laguna azul. No van a estar muy contentas con Niklas, y Bea tampoco. Y probablemente Lillis y Tore se ofrecerán a llevarlas en su lugar, a pesar de que en realidad no tengan fuerzas para hacerlo.

El precio por unas cuantas horas de paz y tranquilidad se vuelve demasiado alto, sobre todo si se tiene en cuenta también el sentimiento de culpa con el que tendría que cargar. Además, se siente mal por la pobre Bea. Solo está tratando de ser amable y de hacer feliz a todo el mundo.

—Oye, qué buena noticia lo de la película. ¿Ha sido idea de Freddie? —pregunta Henke mirando a Alexia, que está al otro lado de la laguna con su hermana y sus primos.

—No, ella misma vio el anuncio del *casting* y se presentó por su cuenta —dice Niklas—. Freddie no supo nada hasta que vio su nombre en la lista de actores que habían seleccionado para la prueba de cámara.

—Genial. ¿Y van a filmar en otoño?

Niklas asiente con la cabeza.

—Sin embargo, podría ser un poquito arriesgado, ¿no? —dice Henke mirándose las uñas.

Niklas se estremece. Los gestos de su hermano se parecen demasiado a los suyos. Bea siempre se queja de que Niklas tiende a revisarse las uñas cuando empieza a criticar a alguien, o cuando el ambiente se vuelve tenso. Y tiene razón. Eso le da un aire de displicencia. Tiene que deshacerse de esa costumbre.

—¿Arriesgado? ¿Por qué? —pregunta él con los ojos entrecerrados por el sol, mientras trata de encontrar a Alexia en la otra orilla; al parecer, los chicos se han lanzado al agua de nuevo.

—Bueno, pues, como ha tenido dificultades en la escuela…

—Sí, pero más que nada es porque está cansada de los deberes. El plan es que los jóvenes sigan estudiando durante el rodaje. Incluso van a tener su propio tutor. Creo que eso podría ser bueno para ella. Tendría una nueva motivación.

—De acuerdo, no voy a meterme donde no me llaman.

Aunque eso es justo lo que está haciendo. Cada año, Henke lleva a cabo una evaluación de la vida de su hermano menor. Juzga y asigna una calificación a sus fracasos y sus errores, y sin duda le dará seguimiento a su situación el año entrante. ¿Por qué será que Niklas todavía se siente en una posición inferior a la de Henke, a pesar de que ambos son adultos? La relación de poder entre ellos nunca ha sido equilibrada.

—Oye, relájate, recuerda que estás de vacaciones —dice Henke, como si le hubiera leído el pensamiento a Niklas.

—No es tan fácil. Hay mucha gente aquí y uno no sabe lo que puede pasar.

La laguna está atestada de niños y adolescentes que juegan y se tiran al agua. Parece un paraíso, pero es muy probable que debajo de la superficie se escondan viejos bloques de piedra y otros restos de la época en la que este sitio era una cantera. En cualquier momento, los chillidos de alegría podrían convertirse en gritos de angustia de las personas que están en las orillas. Solo pensar en eso hace que a Niklas se le tense todo el cuerpo.

—También hay médicos en Gotlandia, ¿sabes? —le recuerda Henke—. No importa lo que mamá y tú creáis. No tienes que salvar al mundo entero a todas horas.

Niklas decide no entrar en esa discusión. Ha llegado a un punto de su vida en el que ya se ha resignado al hecho de que su hermano y él son tan diferentes que hay ciertos temas en los que siempre habrá una brecha entre ellos. Henke ha pasado casi toda su vida adulta en el extranjero, trabajando en la industria de los cruceros de lujo, mientras que la labor de Niklas se centra en situaciones de vida o muerte. Henke insiste en que, después de todo, las profesiones de ambos tienen el mismo propósito: mantener satisfecho al cliente. Aunque suene muy absurdo, quizá tenga algo de razón.

Sin embargo, en el caso de Lovisa no es una cuestión de padres insatisfechos, sino más bien desconsolados, y Niklas siente que la falló. Además, de alguna forma le recordaba a Alexia cuando era pequeña. Auténtica y un poquito arrogante, con una gran confianza en sí misma. Lovisa estaba convencida de que Niklas la iba a curar. Le dijo que él era su héroe.

La última vez que se vieron fue en la sala de oncología pediátrica del Karolinska. Ella se había convertido en una persona diferente. Ya no se comportaba con esa seguridad tan característica, sino más bien como alguien que tiene plena conciencia de lo que es padecer una enfermedad grave y sentir un dolor crónico. El tipo de sufrimiento que a muchos adultos les cuesta soportar. Una mirada vacía, resignada y decepcionada a la vez, que sabe que la espera la muerte. Con los años, Niklas se ha dado cuenta de que había visto a Jacob reflejado en los ojos de Lovisa.

—Me habría enfadado bastante contigo si no hubieras aceptado ese empleo. Si de todos modos vas a andar por ahí así de estresado, al menos que te paguen bien por ello, ¿no crees?

Una vez más, Niklas siente que su hermano puede ver claramente lo que pasa por su cabeza.

—Puede ser.

Henke deja escapar una risita.

—Creo que te hará bien salir de tu zona de confort. Así tendrás una perspectiva nueva de las cosas.

Esa es una declaración bastante atrevida, viniendo de una persona que vive en una urbanización privada, en una de las zonas más acomodadas de Río de Janeiro, pero Niklas la deja pasar. De todos modos, su hermano nunca lo entendería.

—Y no te vendrá mal ganar suficiente dinero para poder arreglártelas —prosigue Henke.

—Te voy a pagar pronto lo que te debo.

—No lo decía por eso; no me urge que me pagues. Solo me refería a que podría ser reconfortante para ti no estar todo el tiempo con el agua hasta el cuello.

Niklas no sabe qué decir. El dinero que Henke le prestó hace muchos años, un apoyo para poder comprar el apartamento de Banérgatan, ha sido una cruz que ha llevado a cuestas desde entonces. Todavía no le ha devuelto ni un solo céntimo. Todo lo que gana lo destina para pagar la hipoteca, incluidos los intereses, y, para él, estar en deuda con su hermano es un gran motivo de vergüenza. Sabe que Henke no necesita el dinero, pero esa situación genera cierta tensión entre ellos, al igual que el hecho de que Niklas nunca le haya mencionado nada a Bea. En principio, porque Henke no quería que Sus lo supiera; era algo que solo ellos dos debían conocer. A pesar de que le parecía de lo más natural contárselo a Bea, Niklas prometió mantener la boca cerrada, lo que con los años le ha costado cada vez más.

Todo este asunto del préstamo se ha vuelto algo así como un oscuro secreto entre los dos hermanos, y es algo en lo que Niklas prefiere no pensar. También se avergüenza de los nuevos préstamos que ha tenido que pedir para comprar el Volvo, para las reformas y para las clases de equitación de Alma, y de todo lo que ha comprado a crédito en lugar de tratar de ahorrar para poder pagarle a Henke. Es obvio que quiere liquidar su deuda, pero, por una razón o por otra, no ha podido hacerlo. El tiempo ha transcurrido, y el coste de la vida no ha hecho más que aumentar. Cada vez que intenta hablar de la economía doméstica con Bea, ella siempre le pone punto final a la conversación con el mismo argumento: su familia es lo que importa. Los préstamos son por el bien de sus hijas, por su futuro. Es algo en lo que necesariamente tienen que invertir.

La pequeña indirecta de Henke acerca de que Niklas por fin iba a ganar suficiente dinero para poder arreglárselas dio en el blanco. Un adulto que le debe dinero a su propio hermano. Esa fue una de las razones por las cuales quería que Bea siguiera estudiando: para que pudiera conseguir un empleo bien pagado, y los dos pudieran compartir los gastos. Pero eso no fue posible. Después de lo de Jacob, ella ya no estaba en condiciones. Había perdido el rumbo. Y, cuando finalmente encontró algo que le devolvió un poco las ganas de vivir, para su marido fue evidente que tenía que apoyarla. Niklas tal vez alimentó la esperanza de que, tarde o temprano, Bea dejaría la Cruz Roja por una mejor opción, pero ella no estaba interesada. Las cuentas no cuadraban, de modo que aceptar la nueva oferta de trabajo en el Sophiahemmet fue una decisión bastante obvia. Debería estar agradecido y contento por el hecho de que todo podría ser más fácil a partir de ahora.

Se promete a sí mismo que va a empezar a transferirle algo de dinero a Henke cada mes. Quizá no sea mucho, pero ya es hora de comenzar a pagarle lo que le debe, maldita sea. Con el tiempo, llegará ese hermoso día en el que esté libre de deudas, y, entonces, se sacudirá de encima esos sentimientos de vergüenza e inferioridad, y podrá dejar a un lado esos feos pensamientos en los que visualiza a Henke como alguien que se forra de dinero sin hacer el más mínimo esfuerzo, mientras que él tiene que trabajar a tope en todos los frentes de la vida y, aun así, siempre está en una situación precaria.

Divisa a lo lejos a Bea y a Sus, que regresan del quiosco, y le hacen señas con la mano a la pandilla de adolescentes. Los chicos acaban de salir del agua después de haberse dado otro chapuzón y ahora corren hacia ellas para refrescarse con los polos de hielo y las bebidas frías que sus madres les han comprado.

—¿Qué te parece cenar en Rökeriet? Llevo un año sin probar el arenque ahumado y la sopa de pescado… Mmm… —pregunta Henke, y se relame antes de soltar un suspiro lleno de nostalgia.

A Niklas no le gusta el pescado, algo que a toda su familia le parece muy extraño. Además, preferiría tener una velada tranquila. Tal vez irse con Bea y las chicas a algún lugar donde puedan cenar en paz, ellos cuatro nada más. Pero la verdad es que no importa lo que él quiera: todos los demás tienen ganas de pasar tiempo juntos por la mañana, por la tarde y por la noche, y es importante que él se esfuerce por tener una actitud un poco más positiva. Debe aprender a decir que sí. Tomar la iniciativa, tanto en la convivencia diaria como en las actividades que llevan a cabo, para hacer que las vacaciones sean amenas para todos.

Niklas se vuelve hacia su hermano levantando el pulgar y conviene:

—Suena bien, vamos.

MOMBASA, KENIA

Septiembre de 2015

La agenda está bastante apretada, y los días pasan volando. Niklas está sentado en una playa de Mombasa, contemplando el océano Índico después de haber salido a correr descalzo por la arena. Las rodillas apenas le molestan, y el aire tibio y agradable le acaricia la piel. El sol está a punto de esconderse en el horizonte, parece una enorme pelota naranja tal y como suele verse en las películas. Por primera vez desde que empezó a trabajar en el Sophiahemmet, le parece que cambiar de empleo quizá haya sido la decisión correcta después de todo.

Si hubiera seguido en Sollentuna, jamás lo habrían invitado a este congreso de medicina en Mombasa. Estos últimos días, en los que ha escuchado a conferenciantes de todo el mundo hablar de la forma en la que trabajan y lo que han descubierto en sus investigaciones, han sido más interesantes de lo que podría haber imaginado. Tal y como Henke le dijo en verano, conocer a nuevas personas es útil para el desarrollo personal.

Ponerse delante de un grupo de desconocidos para hablarles acerca de la nueva sala de maternidad del Sophiahemmet y de sus métodos de trabajo ha resultado ser una experiencia muy emocionante para Niklas.

En el pasado tuvo que tomar betabloqueantes y analgésicos cuando las rodillas empezaban a dolerle, aunque solo en situaciones de mucho estrés. Pero, en este momento, no necesita nada, no le duele nada. En este instante, se encuentra cautivado por el ocaso teñido de un hermoso rojo oscuro y por las olas del mar. Le emociona el hecho de que, mañana, él y los demás congresistas van a realizar una visita de estudios a un distrito que está fuera de Mombasa. Después tienen planeado ir a bucear con esnórquel un poco más al sur, en la costa, y pasar la noche allí, antes de seguir con su viaje hacia el interior del país. Niklas está expectante y algo nervioso, pero en un sentido positivo; siente que le vendrá bien salir a hacer trabajo de campo, después de pasar varios días confinados en la sala del congreso.

La esfera de fuego se hunde en el horizonte, y en menos de un minuto ha desaparecido. Poco después, el cielo se oscurece como la boca de un lobo. No obstante, el personal del restaurante de la playa ha colocado cientos de faroles a lo largo del sendero que lleva al hotel. Niklas contempla la idea de calmar su sed con una cerveza antes de volver a su habitación para ducharse.

Casi se siente culpable de poder experimentar todas estas cosas por su cuenta, en vez de compartirlas con Bea y las chicas. La mayor parte del viaje la ha dedicado al trabajo, pero ha oído que hay gran cantidad de delfines en el sitio donde van a ir a bucear mañana. Si todo resulta conforme a lo planeado y logra ahorrar suficiente dinero, debería poder llevar a su mujer y a sus hijas a unas vacaciones fabulosas el próximo verano.

Niklas está tan poco acostumbrado a no tener a su familia a su lado que casi podría decirse que la sensación de estar solo es embriagadora. Poder sentarse aquí en la arena, en silencio, sin que nadie lo necesite o le exija algo.

Sin embargo, tal vez así se siente todo el mundo, ¿no? Cualquier persona que trabaja y se esfuerza por mantener un equilibrio entre una economía saludable y la vida familiar. Te acostumbras tanto al estrés y a las presiones de tener que pagar las cuentas y darle a tu familia lo que necesita que no tienes tiempo de detenerte a analizar cómo te sientes. Con el cuerpo inundado de endorfinas generadas por el ejercicio y la adrenalina propia de un viaje, Niklas se siente libre y feliz por primera vez en mucho tiempo.

A la mañana siguiente, Niklas se levanta al amanecer para coger el autobús que lo llevará, junto con otros diez médicos, a la nueva clínica ambulatoria de maternidad de Msambweni, a unos sesenta kilómetros al sur de Mombasa. Los caminos se encuentran en mal estado, y el vehículo es bastante lento. Al llegar al puerto Kilindini, el autobús se sube a un enorme ferri; a bordo hay cientos de personas más que van camino a su trabajo, ya sea a pie o en bicicleta. El barco atraviesa el estrecho y los deja en Likoni, una de las zonas de Mombasa que se encuentran en tierra firme.

El resto del viaje continúa sobre caminos de tierra que cruzan varias aldeas. Niklas y Robbie, el obstetra de Estados Unidos, intercambian miradas de preocupación en un par de ocasiones durante el trayecto. ¿A dónde se dirigen realmente? La doctora Mary Gwada, su guía y anfitriona, está de pie en la parte delantera del autobús charlando con el conductor, cuando, de repente, apunta hacia un terreno en medio de la nada que está lleno de contenedores marítimos.

El autobús frena de golpe, y Niklas y sus colegas se bajan. Afuera hay un gran ajetreo, personal médico y sanitario que corre de un lado a otro entre los contenedores oxidados. Niklas se gira para mirar a Mary con un gesto de confusión en el rostro. ¿No se supone que iban a visitar una clínica de maternidad? La doctora keniana le explica que este conjunto de contenedores —o «la clínica de los contenedores», como le dice la gente— es una solución provisional mientras terminan de construir la nueva clínica.

A este lugar acuden mujeres de todo el distrito para dar a luz, pero los médicos también atienden varios tipos de enfermedades. Por desgracia, les falta equipo y personal, y esta misma mañana ya han perdido una paciente.

Mary le pregunta al grupo si quiere recorrer la zona para echar un vistazo, así como inspeccionar el edificio de la clínica, cuya construcción ya se encuentra en sus últimas etapas, pero, antes de que tengan tiempo de responder, una partera con un delantal manchado de sangre llega corriendo y, llena de desesperación, le dice a gritos a Mary que su paciente está a punto de desangrarse. Niklas, Robbie y sus colegas Helle, Karsten, Mike y Pascale se miran entre sí. Nadie dice una sola palabra, pues no hace falta. No les interesa echar un vistazo a la nueva clínica. Lo que quieren es ponerse manos a la obra.

Para cuando el autobús del congreso de medicina sale de la clínica de los contenedores, con sus pasajeros sudorosos y ensangrentados a bordo, ya ha amanecido de nuevo. Robbie y Pascale trabajaron para Médicos Sin Fronteras durante varios años, y los dos están bastante pálidos, pero ninguno de ellos se siente tan abrumado como Niklas. Visto a la luz de lo que acaba de experimentar, el Sophiahemmet le parece una lujosa fantasía convertida en realidad, en todo lo que tiene que ver con el personal, el equipo, las cargas de trabajo y los niveles de estrés. A pesar de que todo el grupo ha trabajado día y noche haciendo lo posible para ayudar a los pacientes que iban llegando —sobre todo, mujeres de parto—, varias madres y sus hijos han perdido la vida. Simple y llanamente, en la clínica no tenían los recursos para poder prestarles el debido auxilio, cosas que en sus lugares de origen se consideran básicas en una clínica.

Niklas mira por la ventana del autobús. Sus ojos marcados por las ojeras ven pasar más caminos de tierra y mucha vegetación espesa. Todo el mundo en el autobús va callado, nada que ver con la cháchara alegre que se podía oír durante el viaje a la clínica de maternidad, cuando todos esperaban con ansia la visita de estudios para después ir a bucear. Mary insiste en que sigue estando programado que vayan al mar, pero la reacción del grupo ante esa promesa es más bien tibia.

Niklas cierra los ojos y puede ver a las mujeres frente a él. Eran tantas: Ivy, Joyceline, Rahab… Sus rostros y su desesperación han quedado grabados en su memoria. Rahab era muy joven. Ni siquiera tenía dieciocho. Su hija nació de forma prematura y, sin los cuidados neonatales que requería, la niña no tuvo oportunidad de sobrevivir. Mary intentó conseguirles un transporte que las llevara al Hospital de Mombasa, pero no llegaron a tiempo. La escasez de camas disponibles en la clínica era tan grande que muchas mujeres se veían obligadas a compartir su lecho, acostadas espalda con espalda. Camastros repletos de madres que acababan de dar a luz y de bebés que no paraban de llorar, en el interior de contenedores marítimos. Era imposible mantener esterilizado el ambiente, así que los médicos hicieron todo lo que estuvo a su alcance, con los recursos que tenían disponibles.

Niklas se estremece cuando el autobús se detiene de nuevo y se da cuenta de que debe de haberse quedado dormido. Los médicos se bajan otra vez del vehículo y caminan varios cientos de metros por un sendero cubierto a medias por la vegetación. De pronto, la maleza se abre y da paso a una playa infinita que se extiende ante sus ojos. No hay ni una sola persona a la vista. Solo palmeras cargadas de racimos de cocos, con sus palmas suspendidas sobre la blanca arena virgen como si fueran pétalos de campanillas de invierno.

A unos pocos metros los espera una barca con techo corredizo. El contraste con las escenas que han presenciado hace solo unas horas difícilmente podría ser más grande. A los doctores les resulta extraño e incómodo que, de un momento a otro, se espere de ellos que se diviertan como cualquier otro turista, cuando no muy lejos de allí hay gente que necesita su ayuda.

Robbie le da una palmadita en el hombro a Niklas. Han hecho todo lo que estuvo en su mano, han dado todo lo que tenían y un poquito más. De todos modos, ninguno de ellos está en condiciones de trabajar en este momento. Necesitan tiempo para recuperarse. Niklas escucha a su colega y trata de resignarse. No lo ayuda mucho el hecho de sentirse culpable por estar aquí y no allí, pero tiene que hacer el intento de dejarse envolver por la belleza deslumbrante del paraíso que tiene ante sí. Cualquier otra cosa sería una falta de respeto.

De lejos, el mar parece teñido de un tono turquesa, pero, al sumergirse en él, el agua se vuelve completamente cristalina. La vegetación y las criaturas marinas destacan de una forma tan clara que Niklas se siente como si fuera parte del mundo submarino. Se encuentra con un arrecife de coral morado, habitado por muchos peces de color azul cobalto y amarillo canario, con patrones muy elaborados. Todavía está tenso, pero su pulso se va tranquilizando con cada minuto que pasa debajo de la superficie.

Una enorme tortuga marina pasa nadando por delante de él con indiferencia; al desplazarse por el agua, sus aletas delanteras se mueven como si fueran un par de alas. Los ojos de Niklas contemplan un espectáculo visual tras otro, y extiende la mano para tocar una estrella de mar rosa. La profunda admiración que siente por los milagros de la naturaleza lo embarga por completo.

Niklas va flotando a la deriva por encima del arrecife, tan etéreo como la tortuga marina, meciéndose en las olas como si él y el océano Índico, con su reino submarino, fueran uno solo, cuando, de repente, siente unos golpecitos en el hombro. Es el guía, que le hace señas para pedirle que regrese a la barca, a pesar de que solo lleva unos pocos minutos en el agua.

Aunque le falta el aliento, logra subir con esfuerzo a la embarcación.

—Llamada para usted, señor —le dice el guía en inglés.

—¿Me llaman a mí?

—Sí, su mujer. Muy importante. Emergencia.

Un miembro de la tripulación le extiende un teléfono, y de inmediato Niklas empieza a imaginar una catástrofe tras otra. Debe de ser algo muy grave. Como que Alma se ha caído del caballo y se ha fracturado el cuello. O que un pervertido ha atacado a Alexia y ha abusado de ella cuando volvía a casa de noche. O que alguien ha muerto. Al estirar la mano para coger el móvil, su mente revive la mañana en la que su madre le pasó el teléfono de casa, y la voz de Freddie le anunció que habían encontrado a Jacob muerto en la cama.

—¿Hola? ¿Bea? ¿Va todo bien? —pregunta Niklas, con voz áspera y la boca seca.

—No, es un completo y absoluto desastre —responde Bea. Por su tono de voz, la situación debe de ser terrible—. ¡He tratado de llamarte cientos de veces!

El ritmo cardiaco de Niklas se acelera hasta alcanzar los mismos niveles de la noche anterior. Entra en modo crisis.

—¿Las chicas están bien?

—¡Necesito poder contactar contigo en casos como este, Niklas!

—Estábamos en una clínica rural y tuvimos que intervenir para ayudar al personal médico. A mi teléfono se le acabó la batería. Ahora dime, ¿qué es lo que ha pasado?

—El maestro de Alexia me ha llamado y me ha dicho que este asunto del rodaje de la película los tiene muy preocupados… Parece que le han salido muy mal los últimos exámenes…

—Vale… ¿Y qué más?

—Si queremos que se gradúe de la secundaria tenemos que tomarnos esto muy en serio.

El sentimiento de pánico que se había apoderado de Niklas se transforma en confusión. ¿Esta es la «emergencia» que era «tan importante»?

—Sí, claro, por supuesto, pero ¿qué quieres que haga yo al respecto justo ahora?

—Quiero que hables con ella. Yo ya lo he intentado, pero lo único que he logrado es hacer que se enfade. Tú eres el único al que escucha.

Niklas empieza a hervir de frustración.

—Entiendo, pero también ten en cuenta que entre ayer y hoy he trabajado veinticuatro horas seguidas, y estoy en medio de un viaje de estudios...

—Me han dicho que estabas a bordo de una barca.

—Bueno, justo en este momento sí, pero...

—Todo está hecho un caos en casa. Los trabajadores ya desmontaron la vieja cocina y la nueva todavía no ha llegado, así que no podemos cocinar, y los de la empresa de transporte no contestan al teléfono. Y ahora, el profesor de Alexia me llama para contarme sus problemas en la escuela y no sé qué hacer, porque se encierra en su habitación cuando intento...

Al principio, Bea sonaba molesta, pero la voz le empieza a temblar y va desvaneciéndose hasta convertirse en un silencio inquietante.

—¿Estás bien, cariño...? ¿Bea...? Mmm... ¿Y si encargáis algo rico de comer en el Broms? O tal vez podríais ir a ver a mis padres, ¿no?

—Ya han vuelto a Gotlandia. Esto es tan típico: tenías que estar fuera justo esta semana, y yo... siento que todo me cuesta mucho trabajo si no estás conmigo...

Bea se echa a llorar. Niklas siente una presión incómoda en el pecho. Se sujeta de la borda de la barca con una mano. En su cabeza todavía resuenan los gritos de las mujeres, pero no los gritos normales de un parto, como los que ha oído tantas veces en el Hospital de Sollentuna y en el Sophiahemmet, sino los alaridos desesperados que retumbaban contra el frío metal de los contenedores oxidados, que proferían las madres que habían perdido a sus hijos solo porque les tocó nacer a unos pocos kilómetros de distancia de un verdadero hospital. Aullidos desesperanzados. Recién nacidos que clamaban por sus madres muertas.

El llanto de Bea se corta por la mala cobertura que hay. Niklas observa los esnórqueles de sus colegas, que asoman por encima del agua, a un lado de la embarcación. Robbie y Mary suben a cubierta, seguidos de Helle y Karsten. El motor arranca y la barca empieza a moverse. Entonces, el guía les hace señas con la mano y apunta hacia el mar.

—¡Delfín! ¡Delfín!

Niklas los vislumbra a lo lejos, aletas grises que rompen la superficie del mar por un instante, antes de sumergirse y desaparecer de su vista. La voz de Bea sigue distorsionándose por culpa de las interferencias que hay en la línea.

—¿Y si llamas a Freddie para hablar con él? Nos había prometido que el rodaje no iba a afectar a los estudios de Alexia. Por favor, Niklas, ¿podrías hacer eso?

El tono de voz de Bea encierra una súplica, y su marido está a punto de contestarle cuando, de repente, los delfines aparecen de nuevo. El capitán acelera de golpe, y esto hace que Niklas casi pierda el equilibrio.

—¡Delfines!

Apenas puede oír a Bea por encima del rugir de las olas y el ruido de la máquina. Casi parece como si esas criaturas gráciles y relucientes estuvieran compitiendo con la barca; nadan a la par del casco y saltan en el agua de forma juguetona y provocadora, como si supieran que van a vencer, pero, solo por diversión, estuvieran dejando que esos lentos humanos crean que tienen alguna posibilidad de ganar. Niklas desearía poder compartir esta experiencia con Bea.

—Ojalá pudieras ver esto: unos delfines están acompañando nuestra barca.

—¿Delfines? Estoy intentando hablar contigo de Alexia, y tú…

Él se da cuenta de cómo deben de haber sonado sus palabras.

—Perdón. Voy a hablar con Freddie al respecto.

—Esto es grave, Niklas. Puede que nuestra hija tenga que repetir el año escolar.

—Entiendo. Lo llamaré de inmediato en cuanto terminemos con esto.

—No se te vaya a olvidar. Si no hablas con él, las cosas podrían terminar en una tragedia.

Niklas se pregunta a qué clase de tragedia se refiere. Si de tragedias se trata, basta con recordar lo que él vivió anoche en la clínica, dentro de esos contenedores. Eso sí es una tragedia.

—¿Podrías llamar también a la empresa de transporte?

Ahora, los delfines nadan en zigzag frente a la embarcación; siguen inmersos en su juego, libres de preocupaciones. Todo parece estar compitiendo por la atención de Niklas: el entorno, que satura sus sentidos, las tensiones que vivió anoche, y la voz angustiada de Bea. Está atrapado en un torbellino de sensaciones.

—Pero estoy en otro continente, Bea. ¿No sería más fácil si tú...?

—Les he estado insistiendo, pero no me hacen caso, y ya no soporto tener que andar persiguiéndolos...

La voz de Bea se escucha todavía más desesperada. Niklas siente que hay una gran distancia entre los dos, y no solo por una cuestión de geografía.

—De acuerdo, también hablaré con ellos en cuanto pueda... Es solo que las cosas han estado muy intensas por aquí y... Bueno, es difícil de explicar, pero siento que todo lo que he visto en estos últimos días me ha afectado bastante, y...

La llamada se corta. ¿O será que Bea le ha colgado? Sea lo que sea, en cualquier caso, Niklas no ha tenido tiempo de terminar la frase. Aun así, eso no importa, pues ya no recuerda bien qué pensaba decirle. Entonces levanta la vista hacia el mar, pero los delfines ya se han ido. Lo único que le queda es una vaga y molesta sensación de pesadez en el pecho.

AEROPUERTO DE GARDERMOEN

Niklas hace una escala en el aeropuerto de Oslo. Vaga sin rumbo fijo por la terminal, mientras busca regalos para Bea y las chicas. Les echa un vistazo a las bufandas, los collares y los productos de belleza que encuentra en las tiendas, pero no hay nada que le parezca interesante, nada que tenga un toque personal. Además, sería muy extraño llegar a casa después de pasar una semana en África con una crema de Estée Lauder en la mano.

Habían planeado ir de compras al final de su estancia en Kenia, pero, en lugar de ello, los médicos decidieron regresar a Msambweni el último día. Niklas sabe que Bea se va a sentir decepcionada, pues seguramente esperaba que él le llevara una bonita prenda de ropa africana o una máscara de madera de adorno para el salón.

En cierta forma, volver a casa va a ser un alivio. La euforia de poder hacer lo que quisiera unos cuantos días poco a poco fue reemplazada por la sensación de ser un inepto en todos los aspectos de su vida, tanto en Kenia como en Estocolmo; ya fuera en las conversaciones telefónicas con Alexia, con Freddie y con el profesor de su hija, o cuando tenía que andar a la caza de los de DHL y tratar de consolar y apoyar a Bea en la distancia.

Cada llamada perdida era un recordatorio de que había dejado sola a su mujer lidiando con todo. Además, cada vez tenía menos sentido permanecer sentado en una lujosa sala de conferencias, escuchando una charla tras otra, cuando él y sus colegas podían estar ahí fuera siendo útiles en la vida real.

Niklas se detiene frente a un mostrador de perfumería, y una mujer con bata blanca se acerca a él. Casi podría pasar por doctora, de no ser por el corte de la bata, que se ajusta muy bien a su figura, y por el perfume que la envuelve.

—¿Puedo ayudarle en algo?

La mujer le hace la pregunta en inglés, a pesar de que por su acento y por el nombre escrito en su acreditación —Sigrid— se nota que es de aquí, de Noruega; y, aunque Niklas sabe que ella podría entenderlo sin problemas si le hablara en sueco, decide responderle también en inglés. Por alguna razón que no puede determinar, le parece que eso facilita las cosas.

—Estoy buscando algo para mi mujer y mis dos hijas.

—¿Cuántos años tienen sus hijas?

—Dieciséis. Son mellizas.

—OK, tengo el perfume ideal para ellas. De hecho, mi hija tiene la misma edad.

Era de esperar, piensa Niklas en noruego.

Cuarenta minutos más tarde aborda el último vuelo de su viaje, cargando con dos bolsas de la tienda *duty free,* y varios perfumes envueltos para regalo. Le han costado una pequeña fortuna, pero sabe que, de todos modos, Bea va a terminar decepcionada, y tal vez no será la única. Cuando sube al avión y camina por el pasillo, sus pies se vuelven tan pesados como el plomo, y, al mismo tiempo que la aeronave despega de Gardermoen rumbo a Estocolmo, empieza a sentir un vacío inexplicable en su interior. Una sensación que casi raya en la desesperanza total.

HOSPITAL SOPHIAHEMMET, ESTOCOLMO

Octubre de 2015

Sus zapatillas para correr no han hecho sino acumular polvo en el armario de la oficina. Lleva bastante tiempo sin abrir siquiera la mochila donde guarda sus *shorts* y su camiseta, esa mochila que lo acompañaba en sus viajes de ida y vuelta entre Banérgatan y Sollentuna. A pesar de que su trabajo queda mucho más cerca ahora y el parque Lill-Jansskogen está literalmente al lado del Sophiahemmet, Niklas no ha salido a correr ni una sola vez desde que asumió su nuevo puesto, al final del verano.

Se suponía que una de las ventajas de cambiar de empleo era la posibilidad de entrenar más a menudo. Sabía que iba a extrañar la naturaleza de Sollentuna, pero tener tan cerca un parque, con senderos iluminados, le facilitaría salir a correr antes y después de su jornada laboral. Sin embargo, lo más cerca que está de hacer algo de ejercicio es cuando camina por Valhallavägen para ir y venir del trabajo.

En principio, Niklas había previsto que, en su nuevo cargo directivo, tendría un papel de coordinación y supervisión general, pero ese plan se vino abajo casi de inmediato, cuando se dio cuenta de que en el hospital estaban escasos de personal. A efectos prácticos, hace el trabajo de tres personas. Como médico, jefe de la sala de maternidad y gerente administrativo, con frecuencia tiene que salir corriendo de una reunión para atender una emergencia médica, y viceversa, y debe quedarse hasta tarde en la oficina para atender el papeleo. Sin embargo, hoy se siente un poco más relajado que de costumbre.

Ya es viernes, el fin de semana se halla a la vuelta de la esquina, y de momento no parece que vaya a tener que estar de guardia. De hecho, podría ser el primer fin de semana en varios meses en el que tenga algo de tiempo libre. Acaba de reclutar a un excelente pediatra de otro hospital de Estocolmo, y el ambiente en la sala está más tranquilo de lo habitual. Con un poco de suerte, tal vez incluso podría irse a casa a una hora razonable: apenas son poco más de las cinco de la tarde. Hasta contempla la idea de salir a correr por fin. Intenta convencerse de que el tiempo que ha pasado sin hacer ejercicio le ha hecho bien a sus rodillas; ya no le duelen como antes, al fin y al cabo.

Niklas echa un vistazo por la ventana. Fuera está oscuro y hace frío; de hecho, demasiado frío como para correr en *shorts*. Sin embargo, la temperatura todavía está por encima de 0 °C y, si mantiene un buen ritmo, el aire le refrescaría la piel. Entonces, mira su escritorio de soslayo. Los papeles que se acumulan sobre él lo hacen sentir culpable; aunque, por otro lado, ha pasado mucho tiempo desde la última vez que hizo algo por gusto. Si no era por el trabajo, tenía que darse prisa en llegar a casa. La reforma de la cocina ha tardado más de lo previsto, y ha ido avanzando de forma paralela a la puesta en marcha de la nueva sala de maternidad; ambas cosas han convertido su vida en un caos absoluto.

A las pilas de papeles que hay sobre su escritorio no les va a pasar nada si él las ignora por un día; no obstante, de solo pensarlo siente una punzada de culpa en el pecho. Él sabe mejor que nadie que alguien puede morir de verdad cuando un médico ignora una pila de documentos, o se olvida de ellos por completo, como fue su caso.

Sin embargo, en estos montones de papeles no hay pacientes con cáncer. Todos los documentos están relacionados con cuestiones de personal, solicitudes de vacaciones e informes que ya debería haber presentado. Nadie va a perder la vida porque él decida salir a correr. Le daría tiempo a darse una ducha e ir andando a su casa con toda la tranquilidad del mundo. Sus planes para el fin de semana consisten en dormir, leer y, en general, hacer lo mínimo posible, en un intento de recargar sus baterías antes de que llegue el lunes. Trabajar sesenta horas a la semana es muy extenuante y, ahora que hace una pausa para reflexionar sobre ello, se da cuenta de que está agotado.

Pero este no es el mejor momento para hacer pausas y sondearse a sí mismo. Ahora que se ha metido en este juego, no tiene más remedio que seguir adelante, con la esperanza de que las presiones amainen, una vez que los empleados de la sala de maternidad se hayan aclimatado a su nuevo entorno de trabajo, y hayan podido contratar más personal.

Niklas se ata las zapatillas de deporte y sale a toda prisa por la puerta principal. Fuera hace mucho frío, y se ve obligado a empezar a correr de inmediato para entrar en calor. Se maldice por no llevar ni reflectantes ni una linterna frontal, a pesar de que se va a internar en el bosque, pero aun así decide seguir adelante. Mantiene la vista pegada al suelo para evitar las hojas húmedas esparcidas sobre el asfalto, que resbalan tanto que parecen trampas puestas en los senderos para que se caiga y se rompa algo.

Es curioso que, en cuanto los pies de Niklas se despegan del suelo, la sensación de pesadez de su pecho empieza a desvanecerse; el frío en el ambiente es lo de menos. Aspira hondo para llenar los pulmones de aire, y su cerebro se desconecta. Esto es lo mejor de salir a correr, y eso que apenas acaba de empezar. Pronto se encontrará en medio de los árboles, y podrá oler el aroma de las hojas podridas y las veredas de terreno blando. Pasa trotando por delante del estadio olímpico y está a punto de rodear la Escuela de Ciencias del Deporte y de la Salud de Suecia cuando su teléfono comienza a sonar. Es Bea.

Niklas rechaza la llamada, pero de inmediato se siente culpable y, cuando ella le llama de nuevo, él contesta.

—¿Dónde estás? —pregunta Bea.

No tiene sentido mentirle —jadea demasiado como para intentarlo—. Aun así, ¿por qué lo está considerando siquiera? Al principio, su esposa veía con buenos ojos que él tuviera el hábito de salir a correr, pues le parecía algo positivo que Niklas se mantuviera en forma, pero, en los últimos años, las sesiones de ejercicio parecen irritarla cada vez más. Lo mantienen alejado de ella y de su familia demasiado tiempo, como si fueran una especie de rival que compite por la atención de su marido, incluso aunque él ya no sale a recorrer largas distancias.

—En el Lill-Jansskogen. Solo voy a correr un poco. Enseguida vuelvo a casa.

—¿No habíamos quedado en vernos en el Daphne's?

Niklas trata de hacer memoria. ¿De verdad había hecho planes con Bea hoy?

—Es viernes, la noche de nuestra cita —insiste ella.

—Perdona, cariño, me había olvidado de…

—Te habías olvidado de mí.

—No, para nada. No me había olvidado de ti. Es solo que me había equivocado de día. Creí que iba a ser la semana que viene.

—Te lo recordé esta mañana. Preparé todo para que las chicas se quedaran en casa, de modo que tú y yo pudiéramos pasar una bonita velada juntos…

Bea suena decepcionada y triste, y Niklas está avergonzado. No es verdad que él creyera que su cita era la semana siguiente. Solo lo ha dicho para tratar de salvar la situación. De hecho, le parece recordar de forma vaga que ella efectivamente le ha dicho algo al respecto esta mañana. Su única excusa es que está tan desbordado que es incapaz de procesar toda la información que lo bombardea constantemente. Una justificación que, sin embargo, sería inaceptable para Bea.

—Sabes que existen los teléfonos, ¿verdad? La gente los usa para llevar un registro de sus compromisos importantes. Y aquí me tienes, sola en el restaurante, esperándote. Tal vez lo mejor sea que me vaya a casa.

—No, no, ya voy para allá. Llego enseguida.

Niklas da media vuelta y vuelve a toda prisa al Sophiahemmet. Media hora después está sentado frente a Bea en el Daphne's, con la camisa pegada a la espalda por el sudor. Al parecer, su mujer sigue dolida.

—Perdóname, es solo que últimamente estoy desbordado.

Bea suspira.

—Ya nunca tenemos tiempo para hablar. Te vemos tan poco en casa que casi me siento como una madre soltera. Yo también tengo un empleo, ¿sabes? Y encima tengo que estar pendiente de las chicas y de la reforma del apartamento.

Eso es verdad. Bea tiene razón. Todo en su vida está sucediendo a una velocidad de vértigo, tanto en casa como en el trabajo.

—¿De qué querías hablar? —pregunta Niklas.

—Déjame pedir algo primero —responde su mujer, seria—. Voy a desmayarme de hambre si no como algo pronto.

—Claro, claro, buena idea.

Niklas le echa una ojeada al menú, al tiempo que bebe un poco de agua. No tiene nada de apetito. Todavía está sudando, a pesar de que solo ha llegado a correr unos quinientos metros; debe de ser por culpa del estrés. Hace un esfuerzo por reprimir la frustración de no haber podido hacer ejercicio; ahora no hay lugar para esa clase de sentimientos. Los viernes son para estar con su familia y tal vez incluso con sus amigos, no para dar vueltas por el bosque; con más razón si ha pasado tanto tiempo lejos de los demás por dedicarle demasiadas horas a su trabajo. En eso Bea tiene toda la razón. Claro que es mucho mejor y más agradable estar aquí con su mujer, con una buena bebida en la mano, disfrutando del ambiente. Como en los buenos tiempos.

Niklas trata de tener otra mentalidad. Acepta tu realidad, haz los ajustes necesarios y adáptate a las nuevas circunstancias. ¿Y si se emborracharan un poquito y se fueran a pasar la noche a un hotel? Hace mucho que no hacen algo así.

—¿Qué vas a querer? —pregunta Bea.

Niklas levanta la mirada. A ella todavía se la ve triste.

—Perdóname por hacerte esperar, cariño.

—No es eso. O bueno, no es solamente eso.

—Vale. Entonces, ¿qué es?

Bea parece armarse de valor.

—Estuve hablando con Lillis.

—¿Ajá…?

—Y me dijo que está preocupada.

—¿Qué le preocupa?

—Está preocupada por mí. Por el hecho de que estoy asumiendo demasiadas responsabilidades, y tarde o temprano voy a reventar. Siempre terminamos metidos en los roles de género tradicionales. Yo me dedico a todo lo que tenga que ver con la casa: superviso la reforma del apartamento, me encargo de cuidar a las chicas, planeo lo que vamos a comer cada semana… Mientras que tú simplemente te escapas a tu trabajo.

Niklas siente una punzada de dolor en la sien. Algo así como una migraña repentina.

—¡Ay! Maldita sea…

Bea lo mira desconcertada.

—Siempre quieres cambiar de tema en cuanto traigo esto a colación —dice ella.

—Claro que no. Es solo que de pronto me ha dado un pinchazo en la cabeza.

—Tal vez sea por salir a correr tanto, ¿no crees? Ya sabes que no le hace bien a tu cuerpo.

—Hacía mucho que no salía a correr.

—Y justo por eso es por lo que a lo mejor deberías tomártelo con calma.

—Eso no tiene nada que ver.

—No, pero siempre se atraviesa algo por medio cuando quiero hablar contigo de cuestiones de equidad.

Niklas traga saliva. No le parece muy justo que ella lo acuse de tratarla de forma no equitativa, pero al mismo tiempo le resulta difícil rebatir sus argumentos. Después de todo, Bea tiene razón cuando dice que ella se ocupa de casi todo en la casa, y que él pasa demasiado tiempo trabajando. La situación era la misma cuando él estaba en el Hospital de Sollentuna, aunque en aquel entonces no estaba tan atareado como ahora. Sin embargo, lo que su mujer le reclama no es culpa de Niklas; los dos son responsables de que la división de tareas terminara siendo así. En su momento, cuando pasó lo de Jacob, Niklas intentó convencerla de que continuara con sus estudios, pero ella no quiso. Simplemente no podía hacerlo. Y él fue comprensivo con ella. A Bea le llevó bastante tiempo pasar el duelo y el trauma por la muerte de su hermano, y como consecuencia él tuvo que asumir una carga económica mayor.

Y luego, llegaron las mellizas. Bea quiso estar con ellas en casa todo el tiempo que le fuera posible, pues sentía que eso la ayudaba a sanar. Y así pasaron los días, y luego los años. El tiempo siguió su marcha y de algún modo llegaron a este punto, con Niklas ocupando un puesto directivo en el Sophiahemmet y Bea trabajando en la Cruz Roja, haciendo una labor que le apasiona, pero por la que no recibe un buen sueldo. Aunque sumen sus ingresos, de todos modos, apenas pueden cubrir sus gastos del mes.

—Hago todo lo que puedo —dice él—, pero justo ahora que acabamos de poner en marcha la clínica hay muchísimas cosas por hacer.

—Lo sé, pero ha pasado ya mucho tiempo.

—Hay escasez de personal en todas partes, pero las cosas deberían empezar a mejorar muy pronto.

—Esta situación también está afectando a nuestras hijas. Además, siempre tengo que conseguir a alguien que lleve a Alma al club y la traiga de vuelta cuando tú no puedes hacerlo.

—Lo sé, y siempre trato de ayudar, pero no puedo irme así como así cuando una mujer que va a dar a luz llega al hospital y no hay otro médico que pueda atenderla.

—Dentro de unos cuantos años las chicas van a volar del nido, y entonces te arrepentirás de no haber pasado más tiempo en casa. Creí que te importaba más tu familia.

Los ojos de Bea se humedecen, y una lágrima se balancea en el borde delineado del ojo, a punto de caer y rodar sobre su mejilla. Niklas se aclara la garganta y baja la vista al menú de nuevo. Sus dedos juegan con el analgésico que lleva en el bolsillo. Se pregunta si podría echárselo a la boca sin que ella lo note. Su corazón late con fuerza, y no sabe si eso se debe al estrés de haber tenido que venir aquí a toda prisa, o al hecho de que su mujer lo esté reprendiendo por trabajar demasiado.

Esto es justo lo que él temía que sucediera, justo lo que le advirtió a Bea la primavera pasada, cuando aún no se había decidido a aceptar la oferta de trabajo del Sophiahemmet.

Niklas levanta la mirada y trata de mantenerse firme en su punto de vista.

—Cuando cogí este empleo, tú y yo sabíamos que las cosas se iban a complicar, ¿no? Pero al final concluimos que valía la pena, pues así podríamos pedir un nuevo préstamo para reformar la cocina.

—Pues sí, pero también necesitamos vivir una vida aparte de nuestras ocupaciones —responde Bea, que parece ofendida—. Y ahora haces que parezca como si yo te hubiera convencido de aceptar ese trabajo por el dinero, cuando solo trataba de alentarte para que siguieras desarrollándote profesionalmente. También pensaba en tu propio bien.

—Claro, y estoy feliz de que lo hayas hecho, cariño. Realmente lo valoro.

A decir verdad, Niklas no está muy feliz que digamos, pero, en un empleo como este, lo normal es que al principio te sientas nervioso y estresado, ¿no? Aunque en realidad no está tan seguro; hacía mucho que no cambiaba de trabajo. Suelta la pastilla en su bolsillo, bebe su bebida y se la termina de un solo trago.

—Voy a hablar con mi jefe en el hospital. Las cosas van a mejorar, te lo garantizo. Las chicas y tú sois lo que más me importa en la vida, que no se te olvide.

Una leve sonrisa asoma a los labios de Bea. El corazón de Niklas empieza a latir un poco más despacio cuando ve que su esposa está cambiando de actitud, que su promesa de que todo va a salir bien la ha tranquilizado. El alcohol también está surtiendo efecto en él: fluye por sus arterias y se le sube a la cabeza, relaja su mente y su cuerpo. Deja caer los hombros y está más alegre. No tan vacío como antes. Si se esfuerza un poquito, esta puede terminar siendo una buena noche, después de todo.

Como ya es viernes, puede permitirse beber más, o quizá hasta dos. Tal vez incluso mañana por la tarde podría planear una escapada para ir a correr y darle toda la vuelta al parque de Djurgården. Levanta la mano para llamar la atención de un camarero y luego señala su vaso.

—¿Tú también quieres otra? —le pregunta a su mujer.

Bea niega con la cabeza en un gesto de desaprobación.

—Acuérdate de que mañana tienes que conducir. Tienes que llevarme a Bromma para recoger el grifo que he encargado, y luego quiero que vayamos al salón de exposición de Kvänum, en la calle Sibyllegatan, para que les echemos un vistazo a las islas de cocina que tienen de muestra.

—¿Islas de cocina?

—Sí, creo que sería un detalle precioso y quizá haya espacio suficiente para instalar una, así que me gustaría ver qué opciones hay.

—¿Y no podríamos hacerlo el siguiente fin de semana? Realmente quisiera disfrutar de un sábado tranquilo.

—Pero tal vez tengas que trabajar ese fin de semana.

Niklas no sabe qué responder a eso.

—Y yo ya quisiera terminar con esa dichosa cocina —prosigue Bea—, para que nuestras vidas puedan volver a la normalidad.

—Bueno, ¿y si lo dejamos para el domingo entonces? —sugiere Niklas—. Así podríamos relajarnos un poquito esta noche.

—Alma tiene una competición el domingo por la mañana, y los padres de Emmy han estado llevando a las chicas a sus carreras todos los fines de semana porque tú has tenido que trabajar, así que ahora nos toca a nosotros. Y luego Alexia tiene que ir a Vänersborg para el rodaje. Le dije a Freddie que tú la ibas a llevar, para que pueda estudiar matemáticas contigo primero.

Niklas se da cuenta de que la alegría que había florecido en su interior se está desvaneciendo, y eso lo hace sentirse impotente y vacío. Ya se han encargado otros de planearle todo el fin de semana, en el que su único papel será el de chófer. Él no puede opinar sobre lo que hay que hacer, ni esta noche, ni mañana, ni pasado mañana. Acepta tu realidad, haz los ajustes necesarios y adáptate a las nuevas circunstancias.

Esto es lo que conlleva tener una familia. Él lo sabe bien. Uno tiene que estar dispuesto a dar su apoyo, y él quiere que ellas sientan que pueden contar con él, desde luego. Él es el marido de Bea y el padre de Alexia y de Alma. Él quiere llevarlas a donde necesiten, ya sean competiciones de equitación o rodajes de películas. Ayudarlas con sus tareas escolares y ser una presencia en sus vidas. Él quiere ser esa clase de hombre. Pero entonces, ¿por qué le cuesta tanto hacerlo?

Niklas tiene la boca seca. Cada vez que sus pies de plomo tocan el suelo, siente como si se le fueran a salir los ojos de las cuencas. Bea y las chicas van caminando delante de él por Karlavägen. Su mujer avanza con pasos cortos y rápidos, como si llevaran prisa. Alma le sigue el ritmo, y su cuerpo y su postura se parecen cada vez más a los de Bea: larguirucha, con piernas y pies levemente torcidos hacia dentro, caderas estrechas y traseros poco prominentes. Bea se gira para mirar a Niklas y Alexia por encima del hombro.

—¿Podríais ir más rápido? Si no nos damos prisa, cuando lleguemos, el Broms ya estará lleno.

—Perdón, ya vamos.

Niklas coge de la mano a Alexia y aceleran el paso. Esa disculpa no ha sido tanto por haberse quedado rezagados, sino más bien por lo de anoche. Bea lo despertó de un codazo en las costillas. Al parecer, estaba roncando por la borrachera. Terminó por volver a dormirse, pero Bea, en cambio, no lo consiguió, según le ha explicado cuando lo ha despertado de nuevo, hace tan solo un rato: ha pasado toda la noche en la cama sin poder conciliar el sueño, oyendo sus ronquidos. Por culpa de Niklas, hoy está muy cansada.

Al llegar a casa después del Daphne's, alrededor de las diez de la noche, él se sentó en el salón con un vaso de *whisky* y sus viejos discos de vinilo. Creyó que se lo merecía después de la locura de otoño que estaba teniendo. Grabaciones de grupos con varios años a cuestas, como Lustans Lakejer o Depeche Mode. Otro *whisky*, otro disco. El antiguo vinilo de Procol Harum, que había sido de su padre, que incluía «A Whiter Shade of Pale», esa canción que Tore reproducía a menudo cuando Niklas era pequeño.

Por alguna razón que no acaba de entender, Niklas siempre ha relacionado ese recuerdo musical con el otoño, con un sentimiento de melancolía y fines de semana solitarios en la ciudad. En aquel entonces, Henke ya había dejado la casa de sus padres, y Lillis y Tore viajaban a Gotlandia con Hampus para barrer las hojas y arreglar el jardín de Hogreps. En unas pocas ocasiones, Niklas hizo gala de la suficiente rebeldía como para negarse a acompañarlos. Pedacitos de recuerdos de libertad, sin responsabilidades ni exigencias de otra persona. Procol Harum y cervezas.

Bea se fue a acostar más o menos a medianoche, no sin antes pedirle a su marido que hiciera lo mismo, que dejara de beber para poder estar en condiciones de conducir al día siguiente, pero algo dentro de él lo motivó a continuar con su sesión en el salón. Quizá fue alguna clase de protesta subconsciente. El recurso del cobarde, la posibilidad de eludir su labor de chófer y los salones de exposición de cocinas. De poder, por una vez en la vida, tomarse las cosas con calma.

A Niklas le entra un sudor frío, y Alexia se suelta de su mano pegajosa, al tiempo que giran en la calle Grevgatan.

Niklas tarda un rato en conseguir aligerar el ambiente que reina en la mesita del rincón en la que están sentados. No está seguro de si las chicas se han dado cuenta de que Bea está muy decepcionada con él, pero al menos deben de haber notado que algo no va bien, aunque casi todo el tiempo tienen la mirada clavada en el móvil. Niklas decide adoptar el papel de bufón para animar a Bea, y empieza a imitar el tono de voz del camarero que acaba de tomarles la comanda y se ha marchado a la cocina.

—Hoy tenemos un deeelicioso *cgoc mesiéee*.

A Alexia se le escapa una risita tonta.

—¿Estás pensando en convertirte en actor, papá?

—¿Y por qué no? Podría interpretar a cualquier camarero.

Una leve sonrisa de Bea le hace saber a Niklas que va por buen camino. A pesar de que la cabeza le va a estallar, sigue con esa actitud bromista, motivada por el sentimiento de culpa y por los ojos de Bea, que van y vienen de la tristeza al descontento. Ha pasado mucho tiempo desde la última vez que los cuatro compartieron un sábado en el que todos estuvieran libres, y Niklas anhela con desesperación que su familia esté contenta de nuevo. En gran medida, porque él mismo es quien ha provocado esta situación al beber demasiado anoche.

Y no es que él tenga un problema con la bebida, pero Bea tiene razón cuando le dice, alguna que otra vez en el transcurso de este último año, que se ha pasado de la raya. Probablemente esté relacionado con las cargas de estrés con las que ha tenido que lidiar, con el hecho de que no ha estado alimentándose bien y, además, los años ya se le están echando encima. Su cuerpo ya no puede procesar el alcohol tan bien como antes. Pero, aun así, se merece un par de *whiskies* después de una semana de trabajo duro, aunque sea de vez en cuando, ¿no?

Niklas termina comiendo de más. Huevos benedictinos bañados en salsa holandesa y crepes con jarabe de arce. En realidad, no tiene mucha hambre, y siente más náuseas que otra cosa, pero necesita atenuar los efectos de la resaca hasta donde le sea posible. Actuar como un humano funcional un día como hoy, ser el padre feliz y mantener a Bea de buen humor requiere mucha energía. Y sus esfuerzos empiezan a dar frutos. La sonrisa de Bea ya ha asomado en varias ocasiones. Su mirada triste se va tornando más cálida y alegre. Su actitud se va suavizando.

—Ha sido un desayuno muy rico —dice ella, al tiempo que acaricia el brazo de Niklas—. Pero tenemos que irnos ya si queremos llegar a tiempo a Bromma. Gracias a ti tendremos el gran placer de viajar en transporte público —añade con un guiño en son de mofa.

O sea que los planes no se han cancelado, sino que solo se han modificado. Niklas levanta la mano con desgana para llamar la atención del camarero, que alza una ceja y asiente con la cabeza para hacerle saber que ha entendido la señal.

Bea se pone de pie y dice:

—Mejor pedimos que nos lo añadan a la cuenta, para que lleguemos allí cuando abran. Probablemente va a haber mucha gente hoy.

—¿La cuenta?

Bea pone los ojos en blanco.

—Justo lo que le decía ayer a Lillis: de verdad que eres un despistado.

Niklas solo confirma sus sospechas, pues parece tener dibujado un signo de interrogación en el rostro. Bea tiene que explicarse.

—Tenemos una cuenta con ellos porque somos clientes frecuentes, pedimos muy a menudo comida para llevar a casa. Así es más fácil para las chicas. ¿En serio no te habías dado cuenta?

Bea se ríe del gesto de confusión de la cara de su marido.

Niklas no sabe si se debe a la resaca o al hecho de que por fin entiende lo que pasa, pero, por la razón que sea, vuelve a entrarle un sudor frío. ¿«Clientes frecuentes»? ¿«Comida para llevar»? Ciertamente el Broms no es el restaurante más caro de Östermalm, pero tampoco se puede decir que sea el más barato.

—Pero si fue idea tuya —le dice Bea— que pidiéramos comida para llevar más a menudo mientras la cocina siga hecha un caos por la reforma.

Esto es algo que Niklas no recuerda en absoluto.

—Bueno, eso dice mucho del tiempo que pasas en casa —masculla Bea, con un tono triunfal en la voz.

Cuando el camarero se acerca, ella le sonríe con esa afabilidad destinada a las personas conocidas.

—Añádelo a nuestra cuenta, por favor.

El camarero le da las gracias a Bea, asiente con la cabeza hacia ella y se va a la caja registradora, sin preguntarle nada. Niklas comprende lo que esto significa: el personal del restaurante sabe muy bien a qué cuenta se refería su mujer, y tanto ella como las chicas son clientes muy muy frecuentes. Un instante después la familia ya está en la acera.

—Tengo que volver al baño —dice Niklas—. Id adelantándoos; yo os alcanzo.

Bea apunta a su reloj de pulsera con un gesto bastante elocuente y se encamina hacia la estación del metro de Karlaplan, flanqueada por sus hijas.

Niklas asiente con la cabeza y regresa al interior del restaurante. El camarero está ocupado atendiendo otra mesa, pero su jefe está junto a la caja registradora, echándole un vistazo a las reservas del día.

—Hola, perdone la molestia, acabamos de añadir a nuestra cuenta lo que hemos consumido hoy, pero quisiera saber cuánto les debemos en total.

—Claro, ¿a nombre de quién está la cuenta?

—De Niklas Stjerne. O también podría estar a nombre de mi esposa, Beatrice Stjerne.

Tras una búsqueda rápida en los registros, la cara del *maître* se ilumina.

—Sí, ya la he encontrado… Así es, a nombre de Beatrice Stjerne. El importe total de la cuenta asciende a 13 543 coronas. ¿Quiere abonarlo ahora?

Niklas tarda unos segundos en asimilar esa cifra.

—No, basta con un comprobante, gracias.

—Claro, no hay problema.

Niklas se da la vuelta y camina a toda prisa hacia el baño, pues la náusea se va apoderando de su cuerpo. Los huevos benedictinos, el jarabe de arce y el café, todo quiere salir al mismo tiempo.

Al principio estaba reticente y además va a tener que conducir hasta muy entrada la noche para poder presentarse en el trabajo por la mañana, pero Niklas está contento de llevar a Alexia a la ciudad de Vänersborg, donde se está rodando su película. Le gusta la idea de pasar tiempo juntos en el viaje, aunque todavía está cansado, después de la competición de equitación de Alma y Emmy, y la peregrinación de ayer en busca de la isla para la cocina de Bea.

Niklas no ha bebido una sola gota de alcohol desde el viernes, pero aún le quedan restos de la resaca. Lo más probable es que sean los efectos de la falta de sueño. Recuerda haberle echado un vistazo al reloj a las tres y media de la madrugada. A esa hora seguía sin poder dormir, y se preguntaba si debía tocar el dinero que había apartado para el viaje de vacaciones de su familia, el gran regalo de Navidad, porque, sin importar cuántas veces haga las operaciones en su mente, no le salen las cuentas. Hay días en los que envidia las finanzas de Calle y Charlotte, pues los dos ganan bastante y se reparten los gastos a partes iguales. Y eso es muy diferente a tener que hacerte responsable de casi todas las cargas económicas de la familia tú solo. Al mismo tiempo, Niklas es consciente de que es muy importante que Bea esté bien y se dedique a algo con lo que se sienta a gusto, pero a veces tiene la sensación de que las presiones financieras que lo aquejan le van a provocar una úlcera de estómago.

Trata de desconectar su cerebro y estar presente en el momento, de disfrutar la forma en la que el coche va devorando el asfalto en su camino hacia la costa occidental, en compañía de su hija. Apenas son las tres de la tarde, pero el crepúsculo ya ha comenzado a cernirse sobre ellos, y el interior del Volvo se queda a oscuras. El móvil de Alexia le ilumina el rostro.

—¿Qué haces? —pregunta él.

—Estoy jugando.

—¿Es ese jueguecito de los dulces?

—Mm-jmm, el *Candy Crush*.

—¿Y de qué trata?

—¿De qué trata el *Candy Crush*? —dice Alexia mirando a su padre de reojo.

—Sí, ¿qué hay que hacer?

—Tienes que alinear dulces para superar cada nivel. O sea, es superadictivo. Como fumar *crack*.

—¿Y tú cómo lo sabes? ¿Es que lo has probado, o qué?

—Sí, Freddie me dio un poco. ¿Por?

Alexia lo mira con un semblante completamente serio, pero entonces su cara se abre en una sonrisa. Te lo has creído.

Niklas se echa a reír. Ella y yo compartimos el mismo humor negro, piensa él, a diferencia de Bea y Alma, que no aprecian la ironía del mismo modo que ellos dos. Alexia vuelve a concentrarse en su juego, que sigue emitiendo ruiditos mientras Niklas rebasa un coche tras otro. Ella eleva la vista cuando él adelanta a toda velocidad un camión.

—Se te ha olvidado usar los intermitentes, papá.

—Caray, qué tonto estoy. Pero qué bien que lo hayas notado… ¿Quieres conducir?

—¿Ahora?

—También es bueno que practiques en la autopista. Y además estoy un poco cansado. Solo necesitamos encontrar un sitio que sea seguro para detenernos.

Alexia guarda su móvil y empieza a buscar un lugar donde puedan salirse de la carretera.

—Te he echado mucho de menos —dice ella de repente.

Sus palabras son como un gancho al hígado de su padre. Alexia también ha estado bastante tiempo fuera de casa durante el otoño a causa del rodaje, pero Niklas apenas ha hecho acto de presencia en su hogar. En el transcurso de los últimos meses ha pasado demasiadas horas en el Sophiahemmet.

—Lo siento… Pero las cosas van a mejorar. Es solo que todavía sigo adaptándome a mi trabajo. Hay muchas cosas nuevas con las que tengo que lidiar.

—Eso fue lo que dijiste hace unos meses. Y mamá está muy estresada por culpa de esa maldita cocina. No habla de otra cosa.

—Lo sé, pero ya verás lo genial que va a quedar.

—Pero si solo es una cocina.

—Así es. Solo es una cocina.

Niklas siente que no le está siendo del todo leal a Bea, pero también es un alivio para él darse cuenta de que no es el único que piensa que una cocina no es más que una cocina.

—Hay una estación de servicio a quinientos metros, papá. Y esta vez que no se te olvide poner el intermitente.

* * *

Llegan a Vänersborg a las ocho de la noche. Alexia ha conducido bastante por debajo del límite de velocidad de la autopista, pero el retraso ha valido la pena con tal de verla ganar confianza al volante y de oírla gritar de alegría cuando ha rebasado su primer camión con remolque.

Niklas está de pie, a la entrada de la habitación del hotel donde su hija va a hospedarse durante el rodaje.

—Freddie me ha dicho que llega mañana. Pero me siento raro dejándote aquí.

—No te preocupes, estaré bien.

—¿Estás segura?

—Segura, papá.

Él le da un fuerte abrazo, conmovido de una forma a la que no está acostumbrado.

—Gracias por traerme. Sé que en realidad no querías hacerlo.

Niklas tiene la sensación de que su hija lo ha descubierto, pero no tiene tiempo de decir nada, pues Alexia continúa hablando:

—Pero me alegro de que mamá te haya obligado.

—Yo también me alegro. Aunque no me ha obligado a hacer nada, Alexia. Yo quería traerte.

—Sí, claro. Como todas las otras cosas que haces porque quieres, ¿verdad? Adiós, papá. Nos vemos pronto.

Alexia cierra la puerta con una sonrisa triste. Niklas se queda solo en el pasillo. ¿«Sí, claro»? ¿«Como todas las otras cosas que haces porque quieres»? No está seguro de qué es lo que ha querido decir Alexia, pero aun así tiene la desagradable sensación de que ella está en lo cierto. De que él solo está actuando.

ÖSTERMALM, ESTOCOLMO

Noviembre de 2015

No es muy común que se reúnan lejos de un hospital, sin sus batas blancas y sus obligaciones diarias como telón de fondo. La última vez que Niklas estuvo con Per Alvén fue el pasado junio, cuando el equipo del pabellón de Pediatría le organizó una fiesta de despedida con tarta y todo y una botella de Glenfiddich, pero, cuando entra en el restaurante Samurai, su antiguo colega está como siempre. La misma mirada juvenil y la misma sonrisa provocadora, eternamente joven, sin importar que vaya envejeciendo físicamente. Niklas se pone de pie. Tras un par de segundos de titubeo en los que deciden cómo van a saludarse, Per extiende la mano y le da una ligera palmada en el hombro. Después de todo, podría decirse que son más colegas que amigos.

—Veo que vas a la moda —dice Per, y señala la cabeza de Niklas con la suya—. Erika de Radiología también ha empezado a teñirse el cabello de gris.

—Con un nuevo empleo, dos hijas adolescentes y la cocina de mi casa en obras, no hace falta ir al estilista. Bea me llama «el Zorro Plateado».

—Si lo dejas crecer un poco más, podrías empezar a llamarte «Gandalf el Gris».

Per se ríe con ganas de su mal chiste, y Niklas no puede evitar reírse también. Echaba de menos el sentido del humor infantil de su colega.

Unos hombres vestidos de traje se giran para mirarlos. De pronto, Niklas recuerda con cariño el comedor de empleados del Hospital de Sollentuna, donde Per y él solían comer a diario. Parecía una cafetería escolar bastante ruidosa, aunque llena de batas blancas, zuecos que tamborileaban contra el suelo y guisos aguados. Con todo, lo recuerda como un lugar mucho más acogedor que el restaurante donde han quedado.

Una vez que han pedido su *sushi,* repasan todo lo que ha sucedido desde la última vez que se vieron. Además del cambio de *look* de Erika de Radiología, Bibbi se ha pasado horneando tantas cosas durante el otoño que el departamento entero ha cogido peso. Tove y Lena han puesto en marcha un club de ejercicio durante la hora del almuerzo, en la que salen a correr alrededor de la bahía de Edsviken y hacen entrenamiento de fuerza en el gimnasio al aire libre. Per tiene pensado resistirse a unírseles tanto tiempo como le sea posible, aunque Niklas puede percibir en él un poco de envidia. Joar va a hacer efectivo su permiso de paternidad a partir del próximo año. Y el reemplazo de Niklas por fin ha llegado al hospital: un médico joven pero muy capaz, que parece agradarle a todo el mundo. La vida en el Hospital de Sollentuna ha seguido su curso más o menos como de costumbre.

—Aunque todos te echamos de menos, obviamente.

Niklas asiente con la cabeza. Por lo visto el sentimiento es mutuo. En ese momento, decide armarse de valor y entonces suelta la pregunta.

—Per, ¿qué te parecería trabajar conmigo de nuevo, en la ciudad?

A decir verdad, la idea era plantear el tema de una manera un poco más estratégica. Empezar hablando del Sophiahemmet, de la nueva sala de maternidad y de los planes para el pabellón de Pediatría. Hablar de la enorme inversión y de todos los beneficios. Del equipo nuevo, con lo último en tecnología; un ambiente agradable y con mucha luz por todas partes. Nada de pasillos que parecen un viaje a la década de los setenta, ni de consultorios desaliñados.

Pero Niklas se siente como un vendedor de aspiradoras deshonesto, pues, si bien es cierto que la nueva sala es fabulosa, todavía falta mucho para que esté cien por cien terminada. Además, el departamento ya se ha excedido del presupuesto desde hace varios meses, y tienen una seria escasez de personal.

Lo que más motiva a Niklas es que echa de menos a su amigo y colega. Extraña las conversaciones diarias y la responsabilidad compartida. No importa que tenga una enorme y encantadora oficina con vistas al parque Lill-Jansskogen. Se siente muy solo en el Sophiahemmet.

—Es una oferta muy halagadora, desde luego —responde Per, al tiempo que trata de coger una pieza de *sushi* con sus palillos—, pero tú me conoces bien. Sabes que no me gustan los cambios.

—Pero yo sigo siendo el mismo colega de toda la vida —dice Niklas para intentar convencerlo—. Y el sueldo y las prestaciones son muy buenos: te dan siete semanas de vacaciones y con lo que ganes te alcanzaría para comprarte una casita de campo para veranear, un bote o una autocaravana; cualquier cosa que se te antoje. Además, recibirías una pensión mucho mejor. ¿No crees que ya es hora de probar algo nuevo? ¿De que progreses un poco, en lugar de conformarte con quedarte estancado en el Hospital de Sollentuna?

Niklas se oye a sí mismo y suena como Bea, y eso es lo que menos le gusta, pero, aun así, no puede evitar echar mano de los argumentos de su mujer, a pesar de que es consciente de que a Per no lo mueven ni el dinero ni las ansias de ascender en su profesión. Sin embargo, lo cierto es que Niklas necesita a su viejo cómplice, más de lo que podría haberse imaginado, y por eso sigue hablando:

—Estoy seguro de que podríamos lograr algo grande si trabajamos juntos; podríamos moldear nuestro departamento como queramos, sin que ningún burócrata de la Administración regional de servicios públicos se entrometa.

—Como he dicho, es muy halagador, pero las canas no me van bien. —Per se ríe de nuevo entre dientes, señalando con la cabeza las sienes de Niklas.

Y Niklas le sonríe a Per, pero siente que se le tensa el rostro.

—No te voy a mentir. De momento hay mucho trabajo, pero la situación va a mejorar, sobre todo cuando podamos contratar el personal que necesitamos. Ya sabes que estas cosas llevan su tiempo, pero encontraremos la manera. Por favor, Per, te necesito.

¿En serio le ha dicho «por favor»? ¿De verdad le está rogando a su antiguo colega? Al parecer, así es. Niklas puede oír un tono de desesperación en su propia voz.

En ese momento, Per se pone serio.

—Lo siento, amigo, pero no necesito esa clase de estrés en mi vida. Gano lo suficiente para arreglármelas, y mi libertad es muy importante para mí, siempre lo ha sido.

Niklas también lo siente, más de lo que Per pudiera imaginarse. La idea de reclutar a su viejo compañero le había dado cierta esperanza durante el otoño, un destello en medio de la oscuridad. Si hubiera logrado llevárselo al Sophiahemmet, las cosas en el trabajo habrían sido más llevaderas. Incluso hasta más divertidas.

También había imaginado que entre los dos podrían convencer a los demás de que se fueran a trabajar con ellos. Bibbi y Tove, Lena y Joar. Bueno, desde luego que no a todos, pero al menos a uno o dos miembros de la vieja pandilla. Juntos eran como una máquina bien engrasada, y, aunque las cargas laborales seguirían siendo bastante pesadas, entre todos podrían hacer que las cosas funcionaran. Contratarían más personal y, con el tiempo, transformarían la nueva sala en un buen lugar para trabajar, un lugar del que la gente no quisiera salir huyendo. Ahora, Niklas se da cuenta de que eso jamás va a suceder y, aunque hubiera conseguido traerlos a su hospital, no sería lo mismo que antes.

Se siente como si hubiera abandonado tierra firme, como si hubiera zarpado para terminar atrapado en una tormenta en medio del mar, solo y sin chaleco salvavidas. Los demás se han quedado a salvo en la playa, pero ya no hay forma de rescatarlo a él. Incluso si las cosas se tranquilizaran en el Sophiahemmet, sigue siendo una empresa privada, con exigencias y métodos de trabajo completamente distintos de los de un hospital público. Está atrapado en una rueda de hámster.

Per por fin consigue sujetar el *sushi* con los palillos.

—Uf, esto está muy bueno. Un poquito distinto de la comida de la vieja cafetería, ¿no crees? Casi como para hacerte querer cambiar de empleo nada más que por el *sushi* —añade, seguido de otra risita entre dientes.

Niklas trata de sonreír y deja sus palillos sobre la mesa. Definitivamente es distinto, pero de cualquier manera ha perdido el apetito.

HOGREPS, GOTLANDIA

Diciembre de 2015

Ha nevado tanto que Hogreps parece estar cubierto por una gruesa capa de nata. El jardín está iluminado por las antorchas que Tore coloca con gran solemnidad cada Nochebuena y que enciende todos los días al caer la noche hasta Año Nuevo. Lillis cuelga panes de jengibre con forma de corazón en la ventana de la cocina. Todas las Navidades los hornea y luego los decora con «amor azucarado», como le gusta decir. En cada corazón están escritos los nombres de los miembros de la familia, con letras glaseadas llenas de florituras. Niklas y Bea, Alma y Alexia, Henrik y Sus, Olle y Hedda, Lillis y Tore, Hampus y Jacob.

A Niklas siempre le ha parecido que el último corazón es un poco macabro, pero Bea se emocionó mucho la primera vez que Lillis le dio a su hermano un lugar entre los corazones de Hogreps, y desde entonces ese detalle se ha vuelto parte de la tradición. Hampus siempre afirma que se siente honrado de poder compartir su corazón con Jacob. A los demás les extraña la reticencia de Niklas, teniendo en cuenta que el hermano de Bea era su mejor amigo. Sin embargo, para él no es más que un doloroso recordatorio de la muerte de Jacob, aunque por razones obvias no puede expresarlo en voz alta.

A fin de cuentas, el duelo le corresponde a su mujer, no a él. No es posible comparar la pérdida de un amigo con la de un hermano. No importa que Lillis diga todo el tiempo que Jacob se hizo parte de su familia cuando los chicos crecían juntos, del mismo modo que Bea terminó siendo una hija más para ella.

Niklas baja la mirada hacia las viejas botas de piel de Tore. Las ha cogido prestadas para salir a fumarse un cigarro entre las ruinas. Es probable que las botas tengan la misma edad que el propio Niklas. Hasta donde puede recordar, esas viejas botas tan seguras siempre han tenido su lugar designado en el vestíbulo. Niklas suelta una nube de humo y mira a Hogreps desde lejos. Parece una casa de muñecas, con sus ventanas iluminadas por dentro. Alcanza a ver la estufa cerámica pintada a mano, y el abeto frondoso que ayer taló junto con Tore y que hoy ya está decorado con oropeles y bolas de varios colores, los ángeles que Lillis hizo en su taller y los adornos navideños caseros que se han ido acumulando durante generaciones.

Las ruinas están a oscuras y, aunque Niklas tiene frío, siente como si fueran su refugio. El cigarro se consume demasiado deprisa. Mete a la fuerza la colilla apagada detrás de un par de rocas y enciende otro, con la esperanza de que nadie empiece a preguntarse dónde estará.

Puede ver a su familia, que conversa y gesticula dentro de la casa, mientras esperan a que llegue la hora de abrir los regalos. Aunque es invisible, inmerso en la oscuridad, se pone en cuclillas de todos modos y le da una profunda calada a su cigarro. Tiene miedo de que alguien lo vea fumar y es consciente de lo patético que es eso; él es un adulto y puede hacer lo que quiera con su cuerpo. Sin embargo, va en contra de todo lo que él mismo representa como médico. Sabe bien el daño que le causa, y a pesar de ello ha terminado aquí. Ya ha decidido que este nuevo hábito solo es temporal, nada más unos pocos cigarros al día, pero en verdad debe dejarlo tan pronto como las cosas se calmen. Si sus rodillas no le hubieran impedido correr durante este otoño e invierno tan pesados, jamás de los jamases habría empezado a fumar.

Al reflexionar sobre el año que está a punto de acabar, ha llegado a unas cuantas conclusiones, de las cuales está bastante seguro.

Cambiar de trabajo no le ha resultado de ayuda, y la muerte de Lovisa todavía lo persigue por las noches. Sus padres ya han hablado con la prensa, que nunca parece hartarse de este tipo de historias trágicas.

Por otro lado, estar a cargo de la conformación de una nueva sala de maternidad no lo ha hecho sentirse tan realizado como esperaba. Extrañamente, su vida es igual que cuando estaba en el Hospital de Sollentuna, solo que diez veces más estresante. A pesar de que contrató a dos médicos más para su plantilla, nunca tiene tiempo de darse un respiro. Los problemas se van apilando y cada vez lo agobian más y más.

El dinero simplemente no alcanza, y en poco tiempo se ha dado cuenta de que la clínica no estaba tan bien equipada como él creía cuando empezó a trabajar allí. Ya ha tenido que enviar varias cesáreas de emergencia a otros hospitales, y las aterradoras experiencias de las mujeres al dar a luz podrían convertirse en preocupantes titulares de prensa. Es verdad que ahora Niklas está recibiendo un salario más cuantioso, pero las tasas de interés también se han elevado y, con los pagos de la hipoteca, su presupuesto sigue casi tan apretado como antes.

Suecia podría ir camino de una recesión. Nadie lo sabe con certeza, pero la situación económica en el mundo es muy inestable. El único rayo de luz que ilumina la vida de Niklas es que ha conseguido apartar suficiente dinero para el regalo de Navidad que lleva en el bolsillo de su chaqueta; saber que está ahí le alegra el corazón. Pensar en él le hace sentir que tal vez el trabajo duro, las horas extras y el estrés merecen la pena, después de todo.

Este podría ser el inicio de una nueva aventura para su pequeña familia. En lugar de ir a Hogreps, como cada año, podrían explorar nuevos países, antes de que Alexia y Alma sean demasiado mayores para seguir queriendo ir de vacaciones con sus padres. Niklas ha soñado con volver a Vietnam desde que Lillis y Tore lo llevaron cuando apenas era un niño. Esa odisea lo marcó profundamente. Quizá sea algo ingenuo por su parte, pero quiere recrear esa experiencia y enseñarles a las chicas ese país tan fabuloso, una tierra en la que el dinero no abunda, pero que es muy rica en muchos otros sentidos.

Niklas puede visualizar los paseos en barca saltando de una isla paradisiaca a otra, y los crepes vietnamitas en medio del hervidero de gente en las calles de Hanói. El viaje los llenará de recuerdos que les durarán toda la vida, algo mucho más valioso que un iPad, un ordenador portátil o un brazalete más que Bea no necesita. ¿Y si esta clase de obsequios se convirtiera en una nueva tradición familiar? Vivir experiencias juntos, en lugar de regalarse cosas envueltas que tal vez no les hacen mucha falta.

La puerta del porche se abre. Niklas deja que su cigarro caiga al suelo y lo apaga rápidamente de un pisotón con la bota de Tore.

—¿Papá?

Es la voz de Alma. Su silueta se dibuja contra la luz de las antorchas. Niklas sale de su escondite en la oscuridad de las ruinas.

—Ya voy, ya voy.

—Ya vamos a abrir los regalos.

Niklas se lleva la mano al bolsillo una última vez, para asegurarse de que su obsequio de Navidad sigue ahí dentro.

Ha estado observando a su mujer toda la noche, tratando de confirmar sus sospechas. Bea afirma que está contenta por lo del viaje. Muy contenta. Pero sus ojos dicen otra cosa muy distinta. Al igual que sus labios fruncidos.

Ahora está acostada en la cama, con la novela que Lillis le ha regalado. Finge que no se da cuenta de que él la está mirando fijamente.

—¿Estás bien? —pregunta Niklas.

—Mm.

—¿Seguro?

—Solo estoy cansada.

Sus brazos están tensos, y sus manos agarran el libro con fuerza. Sus ojos están clavados en la página, pero no se mueven, como si se hubiera atascado en medio de una frase.

Niklas se incorpora hasta quedar medio sentado en la cama. Sabe bien que debería permanecer callado, al menos por el momento, pero al final no puede evitar abrir la boca.

—No tenemos que ir a Vietnam si tú no quieres. Puedo cancelar el viaje.

—No, ya has comprado los billetes.

—Solo pensé que sería algo divertido que podríamos hacer juntos los cuatro. Nos dejaría recuerdos para toda la vida.

—Bueno, has tenido una idea muy bonita…

—¿Pero…?

Bea deja el libro sobre su pecho y se vuelve hacia él.

—Llevas queriendo viajar allí desde que nos hicimos novios, así que podríamos ir. Es solo que me parece un poco egoísta por tu parte.

Niklas se queda sin palabras. Quiere defenderse de esa acusación, pero antes tiene que recobrar la compostura. Bea vuelve a coger el libro y finge seguir leyendo. Del ático llegan risas esporádicas y las voces estridentes de alguna película navideña. Lo más seguro es que se trate de *Solo en casa* o de *La jungla de cristal*.

—¿Estoy siendo egoísta solo porque también pienso que será algo divertido? —pregunta él al final.

—No, ya te he dicho que es una idea muy bonita.

—Pues parece que piensas otra cosa…

Bea suelta el libro de nuevo y lo mira a los ojos.

—Creo que habría sido un buen detalle que me preguntaras primero. Ahora nos vamos a perder el verano completo en Hogreps.

—Pero si siempre venimos aquí. ¿No crees que sería emocionante ir a conocer algún lugar nuevo?

—Sí, pero tal vez podrían ser las últimas vacaciones de verano que las chicas pasen aquí. Dentro de poco ya serán lo bastante mayores como para irse por su cuenta y hacer lo que ellas quieran.

—A mí me ha parecido que a ellas les ha entusiasmado el via-je, ¿no crees?

—Estaba claro que no querían desilusionarte. ¿Qué esperabas que te dijeran?

Niklas trata de reflexionar. ¿De verdad conoce tan poco a sus propias hijas que no se ha dado cuenta de que se habían decepcio-nado? ¿Solo han fingido estar contentas para no hacerle daño? No quisiera creerlo, pero... ¿y si Bea tiene razón?

—Además, debe de haberte costado bastante —prosigue Bea—. ¿Realmente nos alcanza para algo así?

—La reforma de la cocina nos ha costado mucho más que eso.

—Puede ser, pero eso sí lo hablamos primero. Entre los dos to-mamos la decisión de invertir en nuestro hogar. Pero, en este caso, tú has decidido solo a dónde vamos a ir de vacaciones, aunque in-tentas hacerlo pasar por un regalo de Navidad.

Las palabras de su esposa lo dejan sin aliento.

—Solo creí que sería divertido hacer un plan familiar nuevo —dice él con cansancio en la voz—. Pero parece que me he equi-vocado.

Niklas se deja caer en la almohada y cierra los ojos. Siente que le arden debajo de los párpados. Tal vez Bea tenga razón. No es más que un egoísta que ha comprado un regalo de Navidad para él mis-mo. ¿O no? Él solo quiere vivir nuevas experiencias con sus hijas. Con su familia. Hacer algo distinto, en lugar de estar atascado en la misma rutina predecible de todos los años.

—Ha sido muy bonito que pensaras en ello. Lo digo en serio —dice Bea con una voz que ahora suena más amable—. Y, cuando las chicas se hayan ido de casa, creo que sería un viaje perfecto para nosotros, porque ya tendremos toda la libertad del mundo para ha-cer lo que se nos antoje. Pero, si quieres que te sea sincera, no me parece que este sea el momento adecuado para algo así.

Niklas debe hacerse a la idea de que no tiene sentido tratar de hacer cosas como las que tenía planeadas. Hay que esperar hasta que sus hijas se hagan mayores, hasta cuando Bea y él sean más viejos. Y él tiene que adaptarse a las circunstancias actuales. Hacer lo que la familia quiera. Cancelar el viaje. Todo lo que Bea dice suena completamente razonable, pero de todos modos no puede evitar sentir una tristeza y una impotencia insondables.

—¿Te ha gustado el suéter? —le pregunta ella de repente.

—¿Cómo?

—Tu regalo de Navidad.

Niklas asiente con la cabeza, aunque no recuerda muy bien cómo era.

—Sí, es muy bonito.

—Si quieres puedes cambiarlo por uno de otro color, o por una talla más pequeña. Pero pensé que preferirías uno con el que pudieras moverte más libremente.

—Bien pensado. Muchas gracias.

Niklas se da la vuelta para acostarse de lado, dándole la espalda a Bea.

—¿Te has enfadado? —pregunta ella.

—No, solo estoy cansado.

Eso es verdad. Niklas está exhausto. A través del edredón puede percibir que ella está cambiando de postura. Bea se acurruca junto a la lámpara y pasa la página del libro que ha recibido como regalo de Navidad de parte de Lillis.

ESTOCOLMO

Nochevieja de 2015

Niklas intenta convencerse de que hacer algo diferente por una vez en la vida será positivo para él, aunque es probable que esta fiesta de Nochevieja no se encuentre en lo más alto de su lista de deseos, ni tampoco tener que volver mañana a Gotlandia, un plan con el que Bea lo sorprendió hace apenas un par de días.

—Sé que va a ser un poco estresante, pero creo que será bueno estar en la misma fiesta que las chicas para poder echarles un ojo.

Niklas sospecha que sus hijas preferirían estar de juerga sin el ojo avizor de sus padres encima de ellas, pero mejor no dice nada al respecto. Él ya arrió la bandera y ahora solo le sigue la corriente a su mujer. En su momento, le preguntó si realmente tenían que regresar ellos también a Estocolmo, pero ya entonces sabía que Bea no tenía intención alguna de discutir el tema, y lo mismo pasó cuando él trató de sugerir otra opción: ¿de verdad tienen que volver a Hogreps el día de Año Nuevo? ¿No sería más fácil simplemente quedarse en la ciudad?

Bea ya reservó el viaje de regreso a Gotlandia, y sería muy desconsiderado por su parte si avisaran de que no van a ir a la fiesta con tan poco tiempo de antelación. Ella tiene razón, desde luego. ¿Por qué habrían de desperdiciar los billetes? Además, no tienen por qué actuar de forma descortés. Así pues, en lugar de discutir con su mujer, Niklas se concentra en jugar al *Candy Crush*, que ha resultado ser una distracción mucho mejor de lo que pudo imaginar cuando Alexia lo ayudó a descargarse la aplicación. Es incluso más efectiva que uno de sus analgésicos más fuertes. Cuando está tratando de superar un nivel, no puede dejar de pensar en otra cosa.

—¡Oye! Por favor, ¿podrías dejar el teléfono un momento?

Niklas levanta la mirada del juego justo cuando logra alinear cinco dulces en una sola hilera, a pesar de que Bea no ha parado de hablar. Él sabe que esa no es manera de tratar a una persona. Es consciente de lo mucho que le duele cuando ella le hace lo mismo: fingir que lo está escuchando cuando le cuenta sus problemas en el trabajo, cuando le habla de los nuevos compañeros que lo irritan y de lo solo que se siente en el hospital a veces.

No es que él esté tratando de desquitarse; al contrario, quiere escucharla como solía, demostrar tanto interés por ella como antes. Pero su cerebro está demasiado exhausto. Está cansado hasta los huesos, hasta tal punto que ya no puede asimilar más información. Jugar al *Candy Crush* es lo único con lo que su mente puede lidiar.

—No entiendo cómo puedes desperdiciar tanto tiempo con esa cosa —dice Bea, apuntando con la cabeza hacia el móvil de su marido.

—Está bien no tener que pensar en nada por un rato.

—Sí, pero ¿cómo crees que te sentirás en tu lecho de muerte? ¿Vas a decir: «Caray, estoy tan feliz de haber podido dedicar dos horas al día a jugar al *Candy Crush* porque no tenía que pensar en nada…»?

Niklas se ve obligado a reconocer que algo de razón tiene.

Bea se pone frente a él para llamar su atención.

—¿Qué opinas?

Da una vuelta para mostrarle su vestido verde oscuro, atado con un cinturón.

—Te queda muy bien —dice él, y trata de sonreír para enfatizar su respuesta.

—Pero ¿crees que es apropiado para la ocasión? ¿Para celebrar la Nochevieja?

—Sí, creo que sí.

—¿Lo crees?

—Quiero decir que… sí, sí es apropiado para una fiesta de Nochevieja.

Niklas tiene que esforzarse para no sonar irritado.

Es como si Bea siempre prefiriera malinterpretarlo cuando se trata de su apariencia. Si le dice que está guapa, ella quiere saber por qué no le parece preciosa. Si le dice que está preciosa, ella duda de si él lo dice en serio.

—Y tú ¿qué te vas a poner? —pregunta ella.

—Una chaqueta o algo por el estilo.

—En la invitación dice que hay que ir de esmoquin.

—Bueno, supongo que entonces me pondré un esmoquin.

—Ay, Niklas, por favor…, ¿no podrías mostrar, aunque sea, un poquito más de interés?

Bea parece triste y de nuevo hace un gesto con la cabeza en dirección al teléfono de su marido. Entonces regresa al armario y sigue buscando un vestido que sea lo suficientemente apropiado para celebrar la Nochevieja y que además vaya bien con el esmoquin que Niklas tendrá que ponerse pronto, y con la sonrisa amable que él tendrá que llevar en la cara como accesorio.

Niklas deja el teléfono para complacer a su mujer. Tiene razón, es ridículo que un señor de cincuenta y dos años se obsesione con un jueguecito descerebrado como el *Candy Crush*. Aun así, no puede evitar sentirse como si le hubieran quitado un salvavidas.

Jonas y Maria Axelsson viven justo a la vuelta, en Wittstocksgatan. Niklas nunca había estado dentro de su apartamento. Solo había entrado hasta el vestíbulo para recoger a Alma o dejar a Emmy después de una competición ecuestre. Según Bea, ya estuvieron una vez en casa de los Axelsson en una convivencia de padres de familia que organizó la escuela, con bebidas de por medio, aunque él no recuerda nada de eso.

A Niklas le parece que la organización del evento es un poco rara. Una fiesta de Nochevieja que se celebrará de forma paralela a otra fiesta para los adolescentes, que estarán en las zonas comunes del sótano del edificio. Con todo, él está de buen humor, pues las chicas parecen entusiasmadas con el festejo, a pesar de que, a efectos prácticos, sus padres van a asistir a la misma reunión que ellas.

Bea saca a relucir el lado sociable de su persona de forma inmediata. Lleva un vestido cruzado negro y un collar de perlas que Lillis le dio como regalo de bodas, una reliquia familiar que ha ido pasando de generación en generación. A Niklas siempre le ha fascinado la habilidad de Bea para hablar con quien sea. Al parecer, le resulta muy fácil relacionarse con gente desconocida, mientras que él termina encerrándose en sí mismo ante situaciones similares..., y con el paso de los años esa tendencia no ha hecho otra cosa que empeorar, sobre todo en el contexto de su vida privada. En el trabajo le ocurre lo mismo, pero al menos en ese ambiente puede asumir su papel de médico y hablar sobre temas que él domina. En cambio, en situaciones como esta no puede evitar sentirse paralizado e incómodo.

El enorme apartamento ya está lleno de gente, y en su interior se oye un gran bullicio. Los anfitriones van de aquí para allá saludando a los invitados, y los camareros llevan bandejas con copas de champán de bienvenida. Bea coge a su marido de la mano y lo lleva así agarrado, lo que hace que él se sienta como un niño.

—... solemos pasar la Nochevieja con la familia en Gotlandia, pero hemos pensado que sería divertido hacer algo diferente para variar y venir a una fiesta tan fabulosa como esta. ¿Verdad, cariño?

Niklas asiente con la cabeza cuando ella le da un ligero codazo en el costado. Bea le indica con esa señal que es momento de que él empiece a hablar, de que se involucre en la conversación. Él se acuerda muy bien de la última vez que los invitaron a cenar a una casa particular, porque, cuando regresaron al apartamento al finalizar la velada, su mujer lo regañó.

—Todo el mundo cree que eres un gruñón, ¿sabes?

—Hago lo que puedo, pero…

—Tómate las cosas con más calma. Solo tienes que ser tú mismo.

Por extraño que parezca, ese es precisamente el problema. Ser él mismo. Él sabe cómo debe comportarse, siempre que esté ejerciendo un rol bien definido: el de médico, el de marido, el de padre. Las funciones de cada uno de esos papeles pueden variar, pero al menos tiene claro qué se espera de él, y eso le da más seguridad. Por el contrario, cuando se trata de otros contextos, todo se vuelve incierto para él y se siente como un pez fuera del agua. Dicho en pocas palabras, Niklas es tímido, y eso le da tanta vergüenza que le cuesta mucho admitirlo, sobre todo teniendo en cuenta que ya tiene más de cincuenta años, que es un médico de prestigio y que es padre de dos hijas.

Ante sus ojos desfila una cara tras otra a gran velocidad. Lo presentan a varias personas, y él trata de presentarse a otras tantas. Sin embargo, la verdadera catástrofe ocurre cuando termina sentado en el comedor junto a la anfitriona, Maria Axelsson, lo que significa que él va a ser el responsable de dar el discurso de agradecimiento. Sinceramente preferiría que le sacaran una muela sin anestesia a tener que ponerse de pie para dar las gracias a los Axelsson por el filete de venado que, al parecer, ellos mismos cazaron. Mientras todos cenan, tiene que preparar lo que va a decir y cómo ha de decirlo, y eso lo angustia de una forma tal que consume todas sus fuerzas. Por suerte para él, a Maria no parece importarle que Niklas sea un mal conversador. Salvo por un breve intercambio acerca de la afición por los caballos que sus hijas comparten, la anfitriona ha estado ocupada charlando con el hombre que está sentado a su otro lado.

Justo después del plato principal, Niklas se dirige a toda prisa al baño. Para su gran alivio, en un bolsillo de la chaqueta del esmoquin encuentra un betabloqueante. Debió de dejarlo allí olvidado cuando, en el congreso de medicina de Mombasa, tuvo que dar un discurso en un banquete.

Cuando Niklas ocupa su asiento de nuevo, se da cuenta de que Bea gesticula con las manos muy entusiasmada al otro lado del comedor. Está inmersa en una conversación bastante animada con su vecino en la mesa, un hombre que le resulta vagamente familiar. Tal vez sea otro padre de familia, de la misma clase de las chicas. De repente, Niklas oye que Maria le pregunta:

—¿En serio es tan difícil?

Él se gira para mirarla, desconcertado.

—Tener que sentarse al lado de la anfitriona.

—No, no, por supuesto que es un honor.

Ella sonríe.

—Estás muy pálido.

Niklas siente de inmediato que toda la sangre se le va a los pies. Parece que su cuerpo lo ha secuestrado, y él se avergüenza de la manera en la que ha reaccionado. Está seguro de que, diga lo que diga, Maria puede leerle el pensamiento.

—Es un placer estar sentado a tu lado —dice él en voz baja—, pero la verdad es que no se me da muy bien eso de los discursos.

Ya está hecho. Ha puesto las cartas sobre la mesa y ya se lo ha advertido. En la rifa de los oradores, Maria ha sacado un billete no premiado, y el discurso de su invitado no va a ser muy memorable que digamos.

—Yo ni siquiera preparé la cena —dice Maria—. Si me preguntas a mí, tú tampoco tienes que dar un discurso.

—¿No crees que la gente espera que diga algo? —pregunta él, sorprendido.

Ella se echa a reír con ganas, haciendo que las ondas de su cabello castaño claro se mezan de un lado a otro.

—Por Dios, si esto no es ningún banquete real. ¿Quieres que te sea sincera? Me importa una mierda lo que la gente espere.

Maria le quita un enorme peso de encima con sus palabras. Niklas endereza la espalda y por fin vuelve a respirar con libertad; puede olvidarse de tener que ponerse de pie, hacer sonar su copa con un tenedor para llamar la atención de los demás y tratar de pensar en algo que decir, que de todos modos solo terminaría sonando rebuscado y poco natural.

La música empieza a sonar en cuanto la cena termina. El bar del salón se pone en marcha, y los invitados comienzan a bailar. Niklas está esperando a que le sirvan un *gin-tonic* cuando alguien le da un leve empujón en el costado. Es Bea.

—¿Te has divertido? —pregunta ella.

—Eh, ha estado bien. ¿Y tú?

—Terminé junto a Sten Lewen. ¿Te acuerdas de él? Íbamos juntos al instituto.

—La verdad es que no.

—Supongo que no coincidiste con él; ya estarías en el bachillerato en aquel entonces. Vivió en Luxemburgo durante muchos años y volvió a casa en verano. Al parecer, su hijo tiene la misma edad que las chicas.

Niklas asiente con la cabeza, distraído. Bea se queda callada un instante, mira a su alrededor y entonces sigue hablando.

—Fue un poquito raro que no dijeras nada en el comedor. Al menos, podrías haber dado las gracias por la cena con unas pocas palabras, ¿no?

—¿Realmente tenía que hacerlo? No se trataba de un banquete real.

Ella se queda mirándolo, sorprendida.

—Pues no, pero era una cena de Nochevieja. Tal vez fuiste un poquito descortés con la anfitriona.

—Ella no quería que dijera nada. Le pregunté.

Bea tiene una expresión de fastidio en el rostro.

—Seguramente le dijiste que te cuesta trabajo hablar en público.

—No… Solo le dije que no se me da bien.

Ella pone los ojos en blanco.

—Entonces está claro que solo lo dijo para ser amable.

Parece que Bea siente vergüenza ajena de él, y Niklas se da cuenta de que tal vez ella tenga razón. Es posible que Maria simplemente haya leído las señales que él le mandaba. ¿Habrá notado que estaba nervioso? ¿Se habrá compadecido de él y habrá querido facilitarle la vida?

Lo único que sabe es que, a diferencia de Calle y Freddie, a él siempre se le han dado fatal estas cosas. Esos dos parecen haber nacido con un catálogo de discursos preparados para cada ocasión bajo el brazo, discursos que, además, siempre son graciosos y están llenos de ingenio.

—¿Has visto a Alma y Alexia? —pregunta Bea.

—No, pero supongo que estarán en el sótano.

—Voy a bajar para asegurarme de que todo esté bien. ¿Me acompañas?

—Estoy esperando mi *gin-tonic*...

Bea se encoge de hombros y sale de la habitación. Niklas se queda donde estaba, con la sensación de haberle sido desleal a su mujer por no haber ido con ella. El barman le pone un vaso delante y Niklas bebe un par de largos sorbos. Ojalá se hubiese quedado en Hogreps, a pesar de que está harto de tener que pasar todas las malditas vacaciones con su familia.

Hasta eso sería preferible a esta fiesta, que solo lo estresa cada vez más.

Por un instante contempla la posibilidad de coger el ascensor e irse a su casa, pero pronto llega a la conclusión de que eso es imposible. Uno no hace esas cosas, punto. En su lugar, se aleja del jaleo del bar casero y de la pista de baile por un pasillo de servicio que pasa por delante de una cocina y un baño. El apartamento es más amplio de lo que creía. Detrás de una puerta entreabierta descubre algo que parece ser una oficina, con un escritorio y todo y una librería en la que ya no cabe nada más. Una pequeña sonrisa burlona se le dibuja en la cara al ver que la habitación está decorada con una temática de animales: un pequeño tigre dorado como pisapapeles, sujetalibros con forma de cabezas de perros y un sillón de lectura atiborrado de cojines con estampados de cebras y leopardos. Se deja caer en él, se reclina contra los animales de la sabana y le da otro sorbo a su bebida. En una de las paredes hay un cartel enmarcado de una película de los años treinta del pasado siglo. En él se ve a un King Kong lleno de furia que aplasta un avión con su puño derecho y al mismo tiempo sostiene a una mujer vestida de blanco con la mano izquierda. Un candelabro antiguo de techo de la misma época que el póster ilumina la habitación con una luz suave y apacible.

Niklas se gira para mirar por la ventana. Al otro lado del patio alcanza a divisar el brillo de la estrella de Navidad que adorna su propia cocina. Siente como si se hubiera despegado un poco de la realidad; es casi como si estuviera espiándose a sí mismo.

—¡Oh, ¿qué tal?!

Niklas se sobresalta. No ha oído cuando Maria ha entrado en la habitación, y de inmediato siente que lo han pillado con las manos en la masa.

—Perdón —se disculpa él—, solo necesitaba descansar un poco los oídos.

—Te entiendo. Me has tenido a mí como anfitriona, después de todo.

—No he querido decir eso. Te lo juro.

En ese momento, Niklas se da cuenta de que la ropa de Maria combina con la decoración del cuarto. En la cena estaba tan nervioso que ni siquiera notó que ella llevaba un vestido con estampado de leopardo. Ahora que se fija, le parece que le queda muy bien y, por alguna extraña razón, le resulta ligeramente conmovedor; esto lo hace sentir un poco confundido.

—Si prefieres estar solo, puedo irme —dice ella.

La verdad es que es lo que a Niklas le gustaría. Pero ¿cómo va a decirle algo así?

—Aunque, si quisieras estar solo, ¿cómo ibas a decírmelo? —añade Maria.

Es como si le hubiera leído la mente. Niklas se echa a reír.

—Exacto.

—Solo dame un minuto y me voy.

—Esta es tu casa.

—Así es.

Niklas le da un sorbo más a su *gin-tonic* y de nuevo empieza a sentirse incómodo. Trata de encontrar algo que decir.

—Tu cartel de King Kong está genial. ¿Es original de la época?

—Ni idea. Lo compré en un mercadillo de Nueva York cuando vivía allí.

—Oh, guau. Qué genial.

¿En serio acaba de decir «genial» otra vez? ¿Tan mal se le dan las conversaciones casuales? Y es todavía peor cuando Bea no está ahí para suplir sus carencias.

—¿Qué hay de tus propósitos de Año Nuevo? —dice él, aunque se arrepiente de inmediato de haber abierto la boca. Qué pregunta tan tonta.

—La verdad es que ya no pienso en eso. De todos modos, nunca tengo las fuerzas suficientes para concretarlos. ¿Y tú?

—Puf, estoy en la misma situación. No sé por qué te lo he preguntado.

—¿Qué más puede preguntar uno en Nochevieja?

—Creo que eso es más o menos lo que estaba pensando.

—En lugar de hacerme propósitos, trato de ir cambiando las cosas en el día a día —dice ella—. Pero no es tan fácil, como podrás imaginar.

Él se reclina otra vez en el sillón y trata de concentrarse en escucharla, en vez de estar pensando en sus propias torpezas.

—¿A qué clase de cambios te refieres?

Maria parece reflexionar.

—Depende de las circunstancias. Pero supongo que simplemente no quiero terminar en la típica rueda del hámster, corriendo en el mismo lugar siempre, sin poder avanzar.

Niklas asiente con la cabeza, dándole a entender que está de acuerdo con ella.

—Trabajas y trabajas y no haces más que desgastarte, pero no hay escapatoria. Te quedas atascado ahí.

Maria levanta una ceja.

—Más bien me refería a que quiero tener tiempo para pensar cuál será mi siguiente paso. Así puedo estar segura de que voy a sentirme satisfecha con lo que sea que esté haciendo. Y también quiero tener tiempo para disfrutar del camino. Pero lo que acabas de decir no suena muy agradable. ¿En qué te sientes atascado?

Niklas no está seguro de por qué, quizá es el alcohol, que ya está surtiendo efecto, pero de repente se abre y las palabras empiezan a brotar de él.

—En mi trabajo. En todo. Ya nada me resulta divertido. Solo hago las cosas porque tengo que hacerlas. Supongo que estoy algo hastiado de la vida. Probablemente sea cosa de la edad.

Se echa a reír para que su confesión no suene tan dramática.

—Eres pediatra, ¿verdad? —pregunta Maria.

Niklas asiente con la cabeza.

—Debe de ser una profesión apasionante, ¿no?

—Sí, debería serlo, pero a mí no me lo parece.

Él mismo se sorprende un poco de su respuesta.

—Entonces, ¿por qué te dedicas a eso?

—Porque es mi trabajo. ¿Qué más podría hacer?

—Bueno, podrías dedicarte a otra cosa, por ejemplo.

Niklas se ríe de nuevo, pero Maria parece estar hablando muy en serio.

—En teoría, es una idea genial —dice él, aunque no sabe si realmente lo cree, o si solo está tratando de ser cortés—, pero tengo una familia que mantener. Cuentas que pagar.

—Nada es imposible, si lo deseas de verdad.

—Tal vez si eres millonario.

Él sabe que Jonas, el esposo de Maria, invirtió durante «la burbuja puntocom» en los años noventa, y supo vender sus acciones justo a tiempo. Pero también es consciente de cómo debe de haber sonado lo que acaba de decir, y teme haberla ofendido.

—No lo digo con mala intención, desde luego.

Maria niega con la cabeza.

—Entiendo a qué te refieres, pero hay decisiones que son difíciles de tomar, sin importar cuánto dinero tengas. Por ejemplo, yo estoy en el proceso de separarme de mi marido. Aunque él todavía no lo sabe.

Niklas no puede evitar estremecerse, un poco sorprendido por la franqueza de Maria.

—Oh… Lo siento mucho.

Ha sido una respuesta insulsa y él lo sabe, pero no se le ocurre nada mejor que decir, así que le extiende su *gin-tonic*. Ella coge el vaso y se bebe lo que quedaba de un solo trago.

—Es algo sobre lo que llevo reflexionando bastante tiempo —dice ella—. Pero, como hemos dicho antes, lo más fácil es continuar corriendo en la rueda del hámster, aunque no llegues a ninguna parte, seguir viviendo tu vida diaria. Y, por cierto, el millonario es él, no yo. Tenemos un acuerdo prematrimonial.

Niklas se siente como un tonto por haber dado por sentado que ella ya tenía la vida resuelta.

—¿Y qué hay de vosotros dos? —pregunta Maria.

Niklas niega con la cabeza.

—No tenemos un acuerdo de esos.

—No, me refería a cómo os va en la relación —aclara ella entre risas.

—Ah… ja ja… Sí, bueno, estamos bien, supongo. Bea y yo nos conocimos cuando éramos muy jóvenes… A efectos prácticos, nos conocemos de toda la vida.

—¿Sí? ¿Cómo es eso?

—Su hermano era mi mejor amigo. Nos hicimos pareja cuando él falleció.

—Uf, me imagino que debéis de tener una conexión muy especial. Ese tipo de cosas suele unir a las personas con lazos muy estrechos.

—Sí, creo que podría decirse que ella y yo compartimos un trauma.

—¿Fue un accidente?

—No, suicidio.

—Qué horror. Debe de ser una de las peores experiencias que una persona puede vivir.

—Para Bea fue muy muy difícil.

—¿Y cómo fue para ti?

Niklas trata de reflexionar. Maria le devuelve el vaso vacío y agrega:

—Teniendo en cuenta que él era tu mejor amigo…

—Quizá no era el mejor momento para detenerme a pensar en ello. En cierta forma, tal vez fue bueno para mí, pues tenía que cuidar y consolar a Bea. Ya ves que dicen que la mejor forma de ayudarse a uno mismo es ayudar a los demás.

Maria lo mira fijamente, con una ligera expresión de duda en el rostro.

—¿No podría haber sido también una excusa para no detenerte a pensar en lo que pasó?

Niklas traga saliva y se lleva el vaso a los labios. Sacude las últimas gotas que quedaban de la bebida. Se siente extrañamente conmovido. Justo está pensando en que necesita otra copa cuando oye que Jonas llama a Maria a voces desde el pasillo de servicio.

—Ya van a dar las doce —dice ella—. Pero puedes quedarte aquí si quieres.

Niklas asiente con la cabeza, agradecido. Aún no está listo para volver con los demás de nuevo.

Maria le dedica una sonrisa llena de calidez.

—No eres un esclavo, ¿lo sabías? Puedes renunciar si no eres feliz en tu trabajo, aunque tengas familia y cuentas que pagar.

Maria cierra la puerta al salir y Niklas se queda solo en la oficina, entre todos los animales. Se siente aliviado, incluso un poco más contento. Poder hablar con alguien de esta forma ha sido revitalizante y liberador. Y completamente inesperado.

Maria solo había pasado por su radar como un personaje secundario, en el papel de madre de Emmy. Sin embargo, durante su breve conversación ha logrado acercarse emocionalmente a él, y encima lo ha sorprendido con una reflexión a la que él mismo jamás se había atrevido a aproximarse siquiera. Ni de broma había pensado en la posibilidad de dejar de ser médico.

Nunca había puesto sobre la mesa otras opciones, y, la verdad sea dicha, la idea de ser libre y hacer lo que quiera con su vida, de cambiar de rumbo de un día para otro, le parece una absoluta y completa locura. Ese pensamiento prohibido lo hace sentirse eufórico, casi como si estuviera borracho, aunque eso también podría deberse al alcohol.

Se levanta del sillón, se acerca a la ventana y mira la terraza de su casa, al otro lado del patio. Le llevó siete años llegar a ser un pediatra titulado. En su momento, lo había discutido con Bea, y ella lo alentó a perseguir esa carrera, a pesar de que le iba a llevar mucho tiempo e iba a requerir un gran esfuerzo por su parte, por no hablar del hecho de que le tenía miedo a las agujas.

Conversaron acerca de todo el bien que él podría hacer, de cómo el ser pediatra le abriría un mundo de posibilidades, pues eso le permitiría trabajar en cualquier parte del mundo. Médicos Sin Fronteras y todas las investigaciones innovadoras a las que podría dedicarse. Podía superar su miedo a las agujas si se lo proponía.

Y ella tuvo razón, desde luego. Niklas halló un buen empleo en el pabellón de Pediatría del Hospital de Sollentuna, con la pequeña familia que formó allí; se sentía contento trabajando en aquel entorno. Pero ¿de verdad disfruta siendo médico? ¿Le resulta emocionante? ¿O más bien es una vida de tedio, combinada con el miedo constante de cometer un error fatal y cargar en la conciencia con la muerte de alguien? Un miedo que se ha convertido en realidad en más de una ocasión; no obstante, la pérdida de Lovisa es la que más lo atormenta de todas. En su nuevo empleo en el Sophiahemmet, Niklas está atrapado en un infierno desgastante de estrés y responsabilidades, donde nunca podrá ponerse al día, sin importar lo rápido que corra de aquí para allá, o con cuánto ahínco trabaje. Es cierto que hay días más tranquilos que otros, pero no mucho más.

Sin embargo, las palabras de Maria han abierto una ventana en su interior. ¿Y si existe una salida a todo esto? ¿Y si realmente pudiera hacer algo distinto con su vida? De ser así, ¿qué podría ser? ¿Cómo se sentiría? En su estómago revolotean varias mariposas, pero no es por culpa de la ansiedad; es más bien una sensación de vértigo. Una brisa de esperanza que trae consigo el recuerdo de algo distante, de cuando él todavía era joven y estaba lleno de curiosidad. De cuando sentía que se podía comer el mundo. ¿De verdad puede hacer algo solo porque él quiera, para darse gusto a sí mismo? El solo hecho de pensar en ello es tan alucinante y va tan en contra de las reglas con las que ha regido su vida que se echa a reír.

Entonces, desde el salón se oyen las notas de «The Final Countdown», seguidas de varias explosiones apagadas provenientes del exterior. Niklas abre la ventana y se asoma. Un despliegue de fuegos artificiales estalla en lo alto del cielo estrellado, mientras que abajo, en el patio, los adolescentes han empezado a salir en tropel del sótano. Alcanza a ver a sus hijas, que están con Emmy y un enorme grupo de amigos.

En la terraza del salón se ha reunido un grupo de invitados que levantan sus copas de champán. En algún punto de esa pequeña multitud puede distinguir a Bea, que ríe con Sten Lewen, su antiguo compañero de clase. Y, en medio de todas esas personas, también distingue una mano que se agita en el aire. Una lluvia de luz rosa ilumina el rostro de Maria, que se inclina sobre la barandilla y le hace señas a Niklas con la mano. Él se estira y le devuelve el gesto, mientras todos los demás empiezan la cuenta atrás, hasta que el último segundo del viejo año se transforma en el primer segundo del nuevo año.

—¡Feliz… Año… Nuevo! —grita ella. Su cabello rizado ondea en el viento.

—¡Feliz año 2016! —le responde Niklas, también a voces; levanta su vaso a la salud de Maria y sonríe.

No lo hace por cortesía o para quedar bien con ella, sino porque está feliz pues, a pesar de que se halla al otro lado del apartamento, lejos de todos los demás, no se siente solo en lo más mínimo. Aunque ella esté en el extremo opuesto a él, ahora tiene a Maria, que sabe algo acerca de Niklas que él no ha compartido con nadie más. Y él se promete a sí mismo que, esta vez, no va a formular ningún estúpido propósito de Año Nuevo. No va a dejar de jugar al *Candy Crush*. Va a hacer cambios en su día a día. Cambios de verdad.

BANÉRGATAN, ESTOCOLMO

Día de Año Nuevo de 2016

Cuando Niklas despierta a la mañana siguiente, ese sentimiento todavía persiste en su ser, a pesar de que el alcohol ya ha abandonado su cuerpo. Darse cuenta de ello le devuelve la alegría y la euforia que había experimentado el día anterior. Es un hombre libre. Si así lo desea, puede renunciar a su trabajo. Puede dejar de ser médico y volver a empezar en algo completamente diferente. En un abrir y cerrar de ojos y de forma inesperada, el año que acaba de comenzar le parece radiante y lleno de esperanza. Se pone la ropa de deporte y sale a la calle. Al correr por Valhallavägen en dirección a Gärdet se siente tan ligero como una pluma, a pesar de que tiene resaca y de que la rodilla le molesta. Las endorfinas que su cuerpo produce al hacer un esprint final subiendo por la colina que lleva a Borgen refuerzan esa euforia con la que ha amanecido. En el camino de vuelta a casa se detiene en la panadería Valhalla para comprar pan de nueces y cruasanes.

Sube los cinco pisos de escaleras que lo llevan a su apartamento con paso ligero, y por primera vez en bastante tiempo se da una larga ducha; disfruta de la frescura del agua y deja que el chorro le masajee los hombros. Es como si el primer día del año le hubiera agregado un nuevo ingrediente a su vida, algo que le habría hecho falta durante el año anterior. Ni siquiera le fastidia tener que viajar de regreso a Hogreps, en coche y en el ferri; por el contrario, pensar en ello le resulta agradable y reconfortante.

Bea abre despacio los ojos, al mismo tiempo que él entra en la habitación cargado con una bandeja repleta de cruasanes y café recién hecho.

Ella rueda sobre la cama y emite uno de esos inconfundibles gruñidos propios de alguien que ha bebido demasiado la noche anterior. Niklas se siente agradecido y un poco sorprendido por el hecho de que él mismo se sienta mejor de lo que podría esperarse.

—¿Qué haces? —murmura Bea, a la vez que se restriega los ojos.

—Desayuno de Año Nuevo. He despertado al panadero por ti.

El gesto de sufrimiento de la cara de Bea se transforma en una sonrisa de sorpresa.

—Qué mono eres, amor.

Ella se incorpora para darle un beso, y hunde sus dedos en el cabello húmedo de su marido.

—¿Has ido a correr?

—Solo hasta Gärdet y de vuelta.

—Que tengas energías para algo así…

—Me siento bastante activo, por extraño que parezca.

Bea se sienta y le da un sorbo a su café.

—¿Dónde andabas anoche?

—Terminé hablando con Maria. De hecho, fue una conversación interesante.

—¿Maria Axelsson?

Niklas asiente con la cabeza.

—Por Dios, ¿viste cómo estaba con ese vestido de leopardo?

—Le quedaba bien, ¿no?

—Mmm, no sé. Apuesto a que combinaba con ese tatuaje tribal tan vulgar que lleva en la parte baja de la espalda.

Bea se echa a reír y le da un bocado a un cruasán.

A Niklas no le gusta el tono con el que ella se refiere a Maria y de pronto le dan ganas de defenderla. Quizá tenga que ver con cómo se siente esta mañana, con ese entusiasmo que persiste desde ayer y al cual quiere aferrarse con desesperación. Cuando Bea insulta a Maria y su vestido, es como si al mismo tiempo estuviera insultando los sentimientos de Niklas.

—Estoy pensando en hacer algo diferente este año —dice él—, en cambiar de trabajo.

Simplemente lo suelta, sin haber reflexionado primero. Bea se queda paralizada, con el cruasán en la boca.

—Pero si lo has hecho hace poco.

—Sí, lo sé, pero siento que es un buen momento.

—¿No crees que deberías tomarte tu tiempo? ¿Aclimatarte bien, antes de ponerte a buscar un nuevo empleo otra vez?

—Llevo veinte años haciendo esto y creo que ya estoy lo suficientemente aclimatado. Lo que necesito es dedicarme a otra cosa.

Bea parece perpleja.

—¿A qué te refieres? ¿Quieres cambiar de especialidad? ¿Ya no quieres trabajar con niños?

—No, ya no quiero trabajar de médico. Quiero probar algo nuevo.

Decir esas palabras en voz alta le hace despegar un poco los pies de la realidad, pero también se siente bien. De alguna forma, le resulta liberador. Tiene la corazonada de que es lo correcto.

—No sigas, Niklas. No le veo la gracia.

—Estoy hablando en serio.

Bea deja la taza de forma tan enérgica que el café se derrama sobre su mesita de noche. Las crujientes migajas del cruasán llueven como confeti sobre su camisón.

—Aunque haya estudiado para ser médico, eso no significa que tenga que seguir siéndolo el resto de mi vida. Con mayor razón si trabajar en eso me hace sentir como si estuviera en una cárcel.

Bea posa la mano en su brazo.

—¿Cuándo vas a dejar de castigarte? Eres un médico excelente.

—No se trata de eso —responde él, y se agarra el brazo para hacer que ella lo suelte—. Hace mucho tiempo que me siento así. Tal vez desde que empecé mi carrera.

—¿Me estás diciendo que llevas veinte años trabajando en algo con lo que no te sientes a gusto?

—Así es.

Bea estalla en risas. Niklas se siente confundido y pregunta:

—¿Te parece gracioso?

—Justamente el otro día Charlotte y yo nos preguntábamos cuándo te llegaría la crisis de la mediana edad. Qué coincidencia, ¿no crees?

Niklas siente que se le acelera el pulso. Endereza la espalda y trata de respirar con calma.

—Llámalo como quieras, pero así es como me siento.

—Un colega de Charlotte fue a un curso de meditación durante un retiro de fin de semana, y al volver a su casa decidió que quería divorciarse. Dos semanas después ya se estaba arrepintiendo.

—No es lo mismo.

Bea lo mira divertida y le da un buen bocado a su cruasán. Parece haber recuperado el apetito, pero a Niklas lo ha abandonado por completo.

—Vale. Digamos que dejas de trabajar como médico —dice ella entre bocados—. ¿Nos alcanzaría para seguir viviendo aquí? ¿Qué pasaría con las clases de equitación de Alma? ¿Qué pasaría con el coche? ¿Y con los viajes a Vietnam o a donde sea que tengas ganas de ir ahora?

—Si lo queremos y nos lo proponemos, estoy seguro de que podríamos encontrar una solución.

—Sí, pero no es como si tuviéramos varios millones guardados por ahí. Debemos ser realistas.

—No lo sé, tiene que haber alguna forma. No puedo vivir como un esclavo. Tal vez podrías encontrar otro trabajo, ¿no?

—Entonces, ¿tendría yo que renunciar a la Cruz Roja solo porque se te ha ocurrido que ya no quieres ser médico? Y, en todo caso, acuérdate de que yo no tengo título universitario. Ese era nuestro acuerdo.

—Bueno, aún no es tarde para que estudies y te saques uno.

—Desde luego que no, pero, si voy a hacer eso, entonces podemos retomar esta discusión dentro de unos cinco años, cuando haya terminado de estudiar para conseguir mi nuevo empleo como profesional, con un sueldo fabuloso. ¿Y sabes qué? No me gusta la forma en la que estás menospreciando mi trabajo actual.

Bea se estira para alcanzar su teléfono, visiblemente dolida. Empieza a toquetear la pantalla para darle a entender a su marido que esta discusión ya se ha terminado.

Niklas se pone de pie, pero la sensación de ligereza que se había apoderado de su cuerpo ha desaparecido, al igual que ese sentimiento de que todo era posible. Naturalmente, Bea tiene razón. Él debe poner los pies en la tierra. Incluso si ella volviera a las aulas y luego tratara de encontrar un empleo mejor pagado, les llevaría varios años alcanzar esa meta.

¿En verdad va a obligar a su familia a cambiarse de casa solo porque de pronto ha tenido la ilusión de dejar de ser médico? ¿Va a forzar a su hija a abandonar la equitación por perseguir él ese sueño? Además, incluso aunque vendieran el apartamento, de todos modos tendrían que endeudarse, pues en algún lugar tendrían que vivir. No, Niklas ya eligió; ha elegido infinidad de veces. Cuando inició sus estudios para ser médico, cuando se casó y tuvo a sus hijas. Cuando compraron el apartamento. Cuando reformaron el baño y luego la cocina. Cuando adquirieron su Volvo, un vehículo seguro y ecológico, aunque nada barato.

Cada elección que ha ido tomando hace que cada vez le resulte más difícil quitarse la bata blanca. Desde luego que no es un hombre libre. Eso fue un espejismo, una fantasía fabricada por el *gin-tonic* en medio de la niebla de la Nochevieja. No es más que un esclavo.

Bea parece haber recobrado la calma y deja su teléfono a un lado.

—¿Ya se te olvidó tu primer año en Sollentuna? Odiabas trabajar allí, a diario llegabas a casa y decías que querías renunciar.

Pero luego la situación cambió. Estoy segura de que en el Sophia-hemmet va a pasar lo mismo. Y, aunque creas que no tiene nada que ver, ese condenado caso de tu paciente fallecida ha estado afectándote todo el año, y…

La voz de Bea se desvanece cuando Niklas sale de la habitación. Seguramente ella tenga toda la razón, pero en este momento él no encuentra fuerzas para seguir escuchándola. Siente como si algo se hubiera apagado dentro de él.

CLUB DE EQUITACIÓN DE DJURGÅRDEN

Febrero de 2016

El enorme animal lo mira con ojos suplicantes. Obviamente es solo su imaginación, pero parece como si el caballo estuviera pidiéndole ayuda. Sálvame. Déjame ser libre. Niklas se pone a pensar en lo que pasaría si lo hiciera. Le quitaría el cabestro, abriría el corral y, con una fuerte palmada en las ancas, enviaría al alazán fuera de aquí a todo galope. La bestia probablemente disfrutaría de unas cuantas horas de libertad en Djurgården antes de que la atraparan. O de que un coche la atropellara en el camino de Hunduddsvägen. Es una muy mala idea, sin lugar a dudas. Pero hay algo en la mirada de ese caballo que a Niklas le resulta dolorosamente familiar.

—¿Podrías traerme la silla de montar, papá?

Alma suelta la pesada pata trasera del caballo y se yergue. En una mano sostiene un limpiacascos.

—Y la brida también, por favor.

Niklas levanta el pulgar y se dirige al cuarto de arreos. Allí dentro, percibe un aroma agradable que flota en el ambiente; huele a cuero y al jabón que se usa para limpiar las sillas de montar. Junto a cada silla —con su respectiva brida— hay una pequeña placa con un nombre grabado, tal y como se acostumbra a hacer en las guarderías, para que todo el mundo sepa de quién es cada cosa:

Kilmore

Mi Bella Dama

WALTHER

FÍGARO

ESTRELLA DE LA SUERTE

STELLA

AVATAR

MORRIS

—Creía que eras alérgico.

Niklas se da la vuelta, y ahí está la madre de Emmy. Maria, la de la fiesta de Nochevieja.

—Bueno, eso pensé porque nunca te vemos por aquí —explica ella, sin poder evitar una leve sonrisa al ver la mirada confundida en el rostro de Niklas.

—Ah, no, normalmente yo solo soy el chófer —dice él, y le devuelve la sonrisa, un poco abochornado.

—¿Vas a quedarte a verlo? —pregunta Maria.

Ese no era el plan original, pues Bea le había pedido que hiciera varios recados mientras Alma practicaba sus ejercicios de equitación. Pero está contento de haberse encontrado con Maria y ahora quiere quedarse en el club.

—Eso tenía pensado —responde él—. Al menos, un rato.

—Muy bien, entonces nos vemos en las gradas.

Hace frío en la arena, pero Maria ya ha conseguido un par de mantas y le hace señas a Niklas con la mano desde uno de los bancos, en lo más alto de las gradas. Abajo, en el picadero, los jinetes se mueven por todas partes a la espera de su instructor. Alma y Emmy charlan mientras sus caballos caminan uno junto a otro.

—La próxima tendré que ponerme mi traje de esquí —dice Niklas tiritando, mientras se sienta y se sopla los dedos congelados para tratar de darles algo de calor.

—Yo traigo dos capas térmicas; de lo contrario, estaría muriéndome de frío —dice Maria.

Niklas debería estar al tanto de cosas como esa, después de todos estos años en los que Alma se ha dedicado a la equitación. Se avergüenza de no haber venido con mayor frecuencia. De saber tan poco de este mundo. En comparación con él, Maria es toda una experta y trae un termo con café y todo. Le extiende una taza a Niklas.

—Muchas gracias.

—Si no bebes puede que corras el riesgo de congelarte.

—Me imagino… Oye, quería darte las gracias por todo lo que nos ayudas llevando a las chicas a las competiciones y demás. Bea no conduce, y yo tengo que trabajar a menudo por la noche y los fines de semana; por eso ha sido complicado…

—Entonces, ¿todavía trabajas en el mismo lugar?

—Sí, así es, en el Sophiahemmet.

—¿Sigue siendo igual de terrible?

Niklas no esperaba que lo sometieran a un interrogatorio, pero parece que Maria no quiere desperdiciar ni un segundo en charlas triviales.

—Quizá exageré un poco la última vez que hablamos —dice él—. Estas cosas van y vienen; a veces uno se encuentra bien, y a veces no…

Maria lo escruta con su mirada de rayos X, y Niklas siente como si tuviera que defenderse. ¿Quién es ella para juzgarlo?

—Y a ti, ¿cómo te va con el divorcio? —pregunta Niklas, pero de inmediato se arrepiente de haberse expresado de esa forma.

Sus palabras deben de haber sonado muy bruscas y mezquinas, como si hubiera querido resarcirse de alguna forma.

—Perdóname —añade a toda prisa—. No era mi intención…

—¿No?

Niklas se queda perplejo por un instante, pero entonces ella esboza una sonrisa encantadora.

—No te preocupes. Es un poco triste, pero sobre todo me siento aliviada. Y también emocionada: es como el inicio de algo nuevo.

—Oh, ¿eso significa que ya…?

—Sí, pero estas cosas llevan su tiempo. En estos días he estado yendo a ver apartamentos. Jonas también. Todos tenemos que adaptarnos a las nuevas circunstancias.

Han pasado menos de dos meses desde la fiesta de Nochevieja, pero Maria ya ha puesto sus planes en marcha. Ya ha hecho cambios radicales en su vida. ¿Y qué ha hecho él? Resignarse a su destino en el Sophiahemmet. Asumir las consecuencias de las decisiones que ha tomado a lo largo de los años. Niklas se encuentra atascado, deja que el tiempo siga su curso en lugar de lanzarse a lo desconocido, como Maria.

—¿No sentiste miedo al dar ese paso? —pregunta él.

—La verdad, sí, pero la idea de no hacerlo era todavía más aterradora.

Las palabras de Maria van calando poco a poco en él. Niklas no sabe si es el tono esperanzador que impregna todo lo que dice, el calor de la manta que por fin ha empezado a descongelarle las extremidades o el delicioso café del termo, pero hay algo en toda esta situación que le ha levantado el ánimo, y a la vez lo hace sentirse extrañamente frustrado.

RUDDAMMEN, ESTOCOLMO

Mayo de 2016

El nuevo apartamento de Maria se encuentra en la calle Körsbärsvägen, a tiro de piedra de la Estación Oriental de Estocolmo, en el barrio de Ruddammen. Es un lugar tranquilo, aunque a Niklas siempre le ha parecido un poco deprimente. Cuando era niño, iba a clases de piano en un edificio muy parecido a un búnker, situado en una de las callejuelas empinadas por las que están pasando en la furgoneta de Freddie.

—Ha sido muy amable de tu parte que consiguieras este coche —dice Maria—, aunque yo misma podría haber alquilado algo, si hubiera hecho falta.

—¿Para qué? Si de cualquier manera solo estaba acumulando polvo en Frihamnen.

Eso no es del todo cierto. De hecho, le ha costado bastante conseguir que Freddie le dejara la furgoneta, pues la estaba usando en una producción que se está rodando en las afueras de la ciudad. Niklas tuvo que convencer a su amigo de que le permitiera ir a por ella a la localidad de Ekerö, a altas horas de la noche del viernes, con la condición de que la devolviera a más tardar a las ocho de la mañana del lunes, que es cuando piensan reanudar el rodaje.

Desde que se encontraron en el club de equitación, Maria y Niklas han intercambiado mensajes de texto de manera ocasional, más que nada para ponerse de acuerdo en quién va a llevar a Emmy

y a Alma a sus compromisos ecuestres, pero cada cierto tiempo, él
ha aprovechado esos intercambios para preguntarle a Maria cómo
se encuentra y si necesita ayuda en algo. Cuando ella le contó lo de
la mudanza, Niklas se acordó inmediatamente de la furgoneta blanca que Freddie le ha prestado en varias ocasiones para que Bea y él
pudieran transportar objetos voluminosos. Niklas se ofreció a averiguar si la furgoneta estaría disponible en la fecha planeada para la
mudanza, pero se le olvidó mencionar que también le tocaba estar
de guardia en el Sophiahemmet ese mismo día. Lo que quiere decir que lo pueden llamar de emergencia para que acuda al hospital
en cualquier momento. Ahora está angustiado por la posibilidad de
que lo necesiten en dos lugares al mismo tiempo, y tiene que lidiar
con ese estrés él solo, pues no ha querido contárselo a Maria para
no preocuparla de forma innecesaria. Encima de todo, se siente culpable por haberse ofrecido a encargarse de un turno más en el hospital, pues así fue como se libró de tener que ir a Hogreps durante
el fin de semana largo con el resto de su familia.

El nuevo apartamento de Maria se halla dentro de un edificio
de la década de los cuarenta que no se encuentra en muy buenas
condiciones. El revoque, pintado de un amarillo que se ha ensucia-
do con el tiempo, ya se está desprendiendo de la fachada. Sin embargo, el interior tiene un aspecto un poco más vivo. La construcción
tiene tantas ventanas que el lugar está bañado de luz natural, por
no hablar de las vistas, que abarcan toda el área de Roslagstull.
   —¿Verdad que es bonito? —le pregunta Maria.
   —Muy bonito —miente él—. ¿Dónde quieres que las ponga?
   Maria apunta en dirección al salón, y Niklas deja ahí un par de
cajas antes de salir corriendo a por más cosas. Su móvil empieza a
sonar justo cuando está bajando las escaleras. Era de esperar. El deber le llama, y tiene que moverse todavía más rápido para subir lo
que queda de la mudanza.

Cuando vuelve al apartamento, sosteniendo su pesada carga con brazos temblorosos, Maria está de pie en medio de un laberinto de cajas abiertas.

—Estoy buscando las copas de champán para hacer un pequeño brindis —dice ella—, pero me estoy dando cuenta de que habría sido buena idea anotar qué había en cada caja.

—Qué bonito detalle lo del brindis, y me encantaría quedarme, pero... tengo que ir a trabajar.

Niklas se siente como un tonto por no haberle contado lo de su doble compromiso. Y ahora tiene que abandonarla en medio de todo el caos de la mudanza.

—Olvidé decírtelo —prosigue él—, pero se supone que hoy estoy de guardia, así que... Pero puedo volver más tarde para seguir ayudándote. Solo tengo que ir a atender a una paciente.

—Ya me las arreglo yo sola. Pero gracias por todo tu apoyo.

Maria se abre camino para salir del laberinto de cajas y le da un abrazo a Niklas. El aroma que ella desprende, a sudor y perfume, lo hace querer enterrar la nariz en su cabello.

—Vuelvo más tarde —insiste él, todavía entre sus brazos.

—No hace falta, en serio.

—Está bien, no tardo. Déjame lo que más pese a mí.

Maria lo deja ir y lo mira a la cara.

—No te preocupes. No quiero que regreses.

—Perdón... Entiendo si estás decepcionada...

—Por favor, Niklas, no digas más.

—Sé que debería haberte dicho que estoy de guardia, y de verdad quisiera ayudarte con lo que falta, pero...

Ella lo interrumpe con una carcajada.

—Solo quiero desempaquetar mis cosas en mi nuevo hogar con toda la tranquilidad del mundo, y quiero disfrutar de eso a solas. De todos modos, iba a pedirte amablemente que te marcharas.

Al ver la reacción de Maria, Niklas se siente aliviado, pero también confundido, y todavía sigue cargando con esa sensación de culpa. Su teléfono vibra en su bolsillo de nuevo. Lo necesitan en el hospital, pero no puede quitarse de la cabeza la idea de que ha defraudado a Maria.

—Bueno, avísame si me necesitas; puedo venir a ayudarte cuando haya terminado con lo que tengo que hacer…

—Gracias, no creo que sea necesario. Pero cualquier tarde que te apetezca puedes venir a tomar algo. Yo seré tu anfitriona, y tú mi invitado. O, ahora que lo pienso, ¿no será que tienes alguna clase de fetiche? ¿Que necesitas ayudar a otras personas para sentirte bien contigo mismo?

Niklas se echa a reír, pero esa risa se le atora en la garganta. ¿Será que ayuda a otros por el bien de esas personas, o lo hace por su propio bien? Al llegar a la calle, se sube de un salto a la furgoneta de Freddie, conduce a toda velocidad por Valhallavägen y entra derrapando en el aparcamiento del personal. Dentro del hospital se encuentra con una mujer desesperada, que realmente lo necesita. Niklas se siente estresado y odia estar de guardia, pero en todo caso está cumpliendo una función. Su vida tiene un propósito.

BANÉRGATAN, ESTOCOLMO

Junio de 2016

Tras dejar a Bea y a las chicas en la terminal del ferri de Nynäs-hamn, Niklas conduce de regreso a Banérgatan, aparca en el gara-je y coge el ascensor que lo lleva al apartamento. Es la primera vez que viene en dos semanas, y es la primera vez en mucho tiempo que tiene el lugar para él solo.

Una de las chicas ha dejado olvidado un tazón de cereales en el salón, y en la cocina reina el caos propio de un desayuno. Bea no suele dejar las cosas tan desordenadas. Quizá le está mandando una especie de mensaje. O quizá no se siente muy bien. Niklas es cons-ciente de todo el sufrimiento que le está causando, y una parte de él solo quiere rendirse. Dejar de ser una fuente de dolor, por el bien de todos. Reconfortar a su esposa como suele hacer. Tal vez esa se-ría la opción más sencilla. Coger el primer ferri que salga a Gotlan-dia y reunirse con su familia en Hogreps. Dejar que todo vuelva a la normalidad y simplemente continuar por el mismo camino. Pero parece haber llegado a un punto en el que ya no hay vuelta atrás, aunque no tiene ni idea de cómo seguir avanzando.

A excepción del ruido de las tuberías cuando algún vecino tira de la cadena del inodoro o abre una llave de agua, Banérgatan está su-mergido en un silencio absoluto. El ambiente en el apartamento es so-focante, por lo que Niklas va de cuarto en cuarto abriendo las ventanas. La mirada acusadora de Bea lo sigue por doquier. Desde la fotografía tomada en la sala de maternidad justo después de que nacieran sus hijas hasta la foto de los cuatro en Costa Rica. Por todas partes hay retratos enmarcados de él, Bea, Alma y Alexia. Las paredes están tapizadas con imágenes de la felicidad de su familia. Nunca antes se había detenido a pensar en las fotografías; siempre han sido una parte más de la decoración, como todas las demás cosas que Bea ha traído para hacer de su hogar un sitio lo más cálido y acogedor posible. Pero ahora es como si estuviera contemplándolas por primera vez. Esos ojos, que lo juzgan y exigen tanto de él, parecen vigilarlo.

A pesar de las corrientes de aire, apenas si se puede respirar en este horno de apartamento. Niklas va al dormitorio para acostarse un rato y reunir fuerzas, pero al entrar ve que hay una nota sobre la cama.

«Vuelve pronto. Te queremos <3 Bea».

Al leer esas dos líneas tan breves, de pronto todo está muy claro para él. Tan claro como el agua. Simplemente no puede estar a la altura de las expectativas que se esconden tras esas palabras, no puede estar a la altura del amor de Bea, de su hogar, de su vida juntos. Tiene que salir de aquí.

Niklas vaga sin rumbo fijo en medio del calor vespertino y, aunque no está seguro de cómo ha llegado allí, al final termina en Ruddammen. El barrio ya no le parece tan deprimente como antes, a pesar de que apenas ha cambiado desde que ayudó a Maria a mudarse. El cambió sucedió más bien en el interior de Niklas. Los recuerdos infantiles de las clases de piano en el búnker fueron sustituidos por nuevas experiencias. Sus hombros se relajan con cada paso que da por la calle Körsbärsvägen, y se descubre a sí mismo sonriendo cuando alza la vista hacia el cuarto piso del viejo edificio amarillo. Allí arriba hay una luz encendida, un destello de alegría que no había sentido en mucho mucho tiempo.

No tenían planeado verse hoy, y él no la ha llamado para avisarle de que iba a venir, pero, aun así, Maria lo recibe con los brazos abiertos, sin reservas y sin hacerle ni una sola pregunta. Ni él mismo sabe muy bien por qué está aquí, pero es como si se hubiera dejado llevar por una especie de brújula interior que lo ha traído hasta ella. Cuelga su chaqueta de lino en la cabeza de elefante hecha de latón que Maria montó en la pared; sus colmillos funcionan a la perfección como ganchos.

—Discúlpame si hoy no vengo muy parlanchín —logra decir él después de unos instantes.

—Basta con que quieras hacerme compañía —responde ella—. Emmy y Lukas se han ido al campo con Jonas un par de semanas, así que hay suficiente espacio si quieres un poco de paz y tranquilidad.

Niklas la sigue hasta el salón. El piso está atestado de sobres acolchados, papel de seda rosa, velas de distintos colores y fundas de cojines estampadas. Una brisa agradable entra por una ventana abierta de par en par, y el aire veraniego se mezcla con un suave aroma a perfume y cera.

—Mi tienda ya está vendiendo por internet, y no sabes la cantidad de pedidos que me han llegado. Supongo que la gente tiene que matar el tiempo con algo mientras están en sus casitas de veraneo —explica Maria entre risas, y luego apunta a un rincón y añade—: Si te apetece, puedes sentarte ahí. Solo te pido un poco de paciencia. Tengo que trabajar en los pedidos de hoy, y eso probablemente me lleve un rato.

Niklas mueve un par de cajas, encuentra un cojín de suelo hecho de piel y se sienta encima con las piernas cruzadas. Se da cuenta de que no tiene demasiadas ganas de ayudar, lo cual es raro en él, pero de hecho le parece bien conformarse con estar sentado en silencio, al otro lado de la habitación.

No ha venido a echarle una mano; no está aquí para resolver ni arreglar nada, ni para reconfortar o ponerse al servicio de otra persona. Ha venido porque necesita a Maria. Quiere estar allí donde ella esté.

RUDDAMMEN, ESTOCOLMO

Agosto de 2016

Para cuando Niklas se despierta, Maria ya se ha levantado de la cama, a pesar de que llegó a casa bien entrada la noche después de haber dejado a sus hijos con Jonas. La semana pasada ella estuvo en Milán con Emmy y Lukas, en un viaje tanto de ocio como de trabajo, que incluyó una visita a una feria de decoración de interiores. Mientras tanto, Niklas tuvo el apartamento para él solo. Escucha atento los sonidos provenientes de la cocina, y olfatea el aroma del café que llega hasta la habitación. No está acostumbrado a oír a otra persona activa por las mañanas, pues él siempre se despertaba antes que Bea. Cuando llega al salón, se encuentra a Maria tirada en el sofá de terciopelo; originalmente era todo de color azul oscuro, pero una de las mitades se ha aclarado tras pasar seis meses junto a la ventana de la tienda. Ella tiene un bloc de notas en el regazo y deja que el lápiz de su mano izquierda baile sobre la hoja con una gran concentración. El cuerpo de Niklas se contrae, casi como en un espasmo de deseo. Si bien durante la ausencia de Maria en el apartamento de Körsbärsvägen sentía un extraño vacío, a Niklas esos días le sentaron sorprendentemente bien. Es como si la energía relajada de Maria estuviera impregnada en las paredes, y a su vez él se hubiera contagiado de ella. Sin embargo, no se atrevería a decir lo que piensa en voz alta, pues de por sí ya suena ridículo en su mente.

El hecho de que él se sienta mejor también ha ayudado a que las conversaciones con sus hijas fluyan con mayor facilidad, tanto cuando las llamaba por teléfono a Gotlandia como desde que regresaron a la ciudad hace una semana. A pesar de que no han estado viviendo bajo el mismo techo, es probable que nunca se haya sentido tan relajado al pasar tiempo con ellas. Ahora, cuando se ven, puede ser él mismo, si bien de una forma distinta a la de antes, incluso aunque Alma le guarda fidelidad a Bea y de vez en cuando ataca a su padre con preguntas que también son una forma de criticarlo, preguntas que él no siempre puede responder. Niklas nunca había tenido tan poco control sobre lo que pasa en su vida, pero, aun así, está tranquilo y es optimista acerca de su futuro, por extraño que parezca.

Se acurruca en el sofá al lado de Maria y aspira la esencia de su cabello de forma tan discreta como le es posible, para no distraerla.

—¿Qué opinas?

Ella gira su bloc para que él pueda ver lo que hay en la página, mientras sigue bosquejando. El papel se va llenando poco a poco de un patrón abstracto.

—Genial.

Ha sido una respuesta algo pobre, así que trata de pensar algo más que decir; quiere dejarle claro que, a sus ojos, ella tiene mucho talento:

—Picasso también era zurdo. Al igual que Van Gogh.

—Y Vincent se cortó una oreja y se pegó un tiro —responde Maria con toda la seriedad del mundo, y entonces se echa a reír con tantas ganas que todo su pecho se sacude.

Niklas hace un nuevo intento con otro cumplido.

—Quedaría muy bien en un cojín.

—Gracias. Aunque, en realidad, va a ser mi nuevo tatuaje.

Maria ya tiene tres. Uno de ellos es un diseño tribal en la parte baja de la espalda, y ella misma no tiene ningún problema en burlarse de él, aunque no se ha arrepentido lo suficiente de habérselo hecho como para quitárselo. Además, en las muñecas lleva los nombres de Emmy y Lukas, escritos con elegante letra cursiva. Y, por último, tiene la imagen de un leopardo plasmada en el antebrazo. Si Niklas tuviera que ser honesto, diría que ese es el único rasgo de Maria que no comprende del todo.

—¿Por qué te vas a hacer otro tatuaje? —pregunta él con auténtica curiosidad.

—Es un símbolo del divorcio, de mi libertad.

—¿No te basta con el documento del juzgado?

Ella deja a un lado el bloc de notas y lo mira divertida.

—Crees que es feo, ¿verdad?

—No, no, es decir… Supongo que no es lo mío.

—¿No lo es?

—No sé… Me parece que es un poquito…

—¿Vulgar? —dice Maria para completar la frase.

Niklas se siente abochornado, pero eso es justo lo que él piensa. Cree que es algo de mal gusto. Sin embargo, no quiere ofender a Maria, y, justo en ese instante, un recuerdo aflora en su mente, algo que permaneció en hibernación durante muchos años, enterrado debajo de todas esas cosas que eran demasiado dolorosas como para pensar o hablar de ellas. En otras circunstancias, tal vez se habría olvidado del asunto, pero ahora quiere ser abierto y franco con Maria, y, además, quiere mostrarle que quizá tienen más en común de lo que ella pudiera esperar.

—¿Sabes? Hace mucho tiempo me planteé hacerme un tatuaje.

—¿En serio?

—Jacob y yo lo estábamos planeando como algo entre amigos, pero luego todo se fue a la mierda…

Niklas puede imaginarse a Jacob frente a él. Se acuerda de esa vez en la que ambos intentaron trazar un dibujo en el brazo del otro con un bolígrafo, con resultados bastante torpes. Y todavía puede oír en su cabeza el tono despectivo de Lillis cuando vio su tatuaje falso.

«Si vas a pintarrajearte la piel, al menos podría ser algo que sea bonito, ¿no?».

Una terrible ola de vergüenza impregna todo su ser.

—¿Qué habías pensado tatuarte? Anda, cuéntame —lo exhorta Maria.

—Nah, es un poquito… No sé…

Tiene que hacerse el fuerte. El solo hecho de pensar en el dibujo del tatuaje es tan doloroso como recordar esa sensación de derrota que experimentó cuando sus padres se negaron a firmar el permiso que necesitaba por ser menor de edad.

—Vamos, no seas gallina —insiste Maria, mientras lo mira de forma provocadora—. ¿Qué podría ser peor que mi leopardo?

—Una rama de olivo —suelta Niklas de forma precipitada, al mismo tiempo que se ríe y agita una mano en el aire como si quisiera ahuyentar ese recuerdo—. Se suponía que era un símbolo de valor, de victoria, de amistad… —No puede evitar reírse de nuevo por la vergüenza y luego concluye su explicación—: Pero bueno, nuestros padres no nos dejaron. Tal vez tuve suerte, después de todo. Bea habría odiado mi tatuaje. Le parecen vulgares.

Al escucharse a sí mismo decir esas palabras, Niklas se da cuenta de una cosa: es Bea la que piensa que los tatuajes son vulgares, no él. Esa no es su opinión; solo es el eco de la de otra persona.

Maria le dirige una sonrisa cálida, pasa la página de su bloc y empieza a dibujar. En la hoja en blanco empieza a crecer lentamente una rama de olivo.

SKANSTULL, ESTOCOLMO

Niklas está reclinado en el sillón de piel, con el torso desnudo. Su espalda ya está pegajosa y empapada de sudor, a pesar de que el tatuador ni siquiera ha empezado su trabajo. Todo el mes de agosto ha sido una interminable ola de calor, pero el aire es todavía más sofocante el día de hoy, si es que eso es posible. O tal vez son los nervios los que lo hacen transpirar. Aún está a tiempo de arrepentirse. El boceto de su antebrazo solo es la plantilla que Maria le dibujó; todavía no le han inyectado una sola gota de tinta bajo la piel. Hasta el final ha estado cuestionándose sus motivos; incluso hasta hace un momento, cuando Maria y él estaban en la calle, fuera del local de tatuajes. ¿Estará tratando de exorcizar sus sentimientos de culpa por la separación? ¿O será que está en medio de una crisis de la mediana edad, y ya ha entrado en caída libre? No obstante, aquí, sentado en la silla, decide seguir el consejo de Maria: mientras sea honesto consigo mismo, no tiene por qué preocuparse de lo que los demás opinen de sus acciones. Si de repente Niklas quiere tatuarse, que lo haga. ¿Qué importa lo que la gente piense o diga? ¿Qué importa si es vulgar, o si es típico de un hombre que atraviesa la crisis de los cincuenta? Sabe que se trata de él y de nadie más. Maria tiene la capacidad de hacer que todo esto parezca una gran verdad, pero, cuando Niklas se repite a sí mismo estas palabras, más bien parecen un consejo banal de autoayuda sacado de una revista de moda.

No necesita explicarle a nadie que este tatuaje es mucho más que un mero símbolo, y mucho menos a las personas que lo van a juzgar; ya sea su mujer, sus padres, sus hermanos, sus pacientes o sus colegas. Hace esto para defender la persona que es, la esencia de su ser que aún conserva en su interior.

Niklas solo quiere encontrarse a sí mismo. ¿Qué más siente? ¿Qué le gusta? ¿Qué le desagrada? Ha pasado tanto tiempo desde que realmente hizo un alto para reflexionar acerca de estas cosas que desconoce las respuestas. ¿Cuál es su comida favorita? ¿Cuál es su estilo personal? No obstante, más que ninguna otra cosa, lo que quiere es armarse de valor para poder ir en contra de las expectativas que otras personas tienen de él. Dejar de preocuparse por quién debería ser y por todas aquellas cosas y situaciones en las que ha intentado estar a la altura de lo que se espera de él. Es como le dice Maria: «Solo es un poco de tinta. No es como si te fueran a cortar el brazo ni nada por el estilo».

Quizá también por eso le haya pedido que espere fuera del salón. Para poder estar seguro de que no lo hace por ella.

Ya es la hora. El tatuador coloca el antebrazo de Niklas en la posición ideal y deja que la máquina se pose en su piel. Niklas ya no tiene ningún interés en dar marcha atrás. Quiere romper sus cadenas. La aguja hace que le arda la delicada piel, y los ojos se le humedecen por el dolor y la emoción del momento. Una rama de olivo que representa su libertad.

TERCERA PARTE

Bea

BANÉRGATAN, ESTOCOLMO

Noviembre de 2016

Las chicas están en la escuela, y el apartamento está envuelto en un agradable silencio. Sentada en la mesa de la cocina, Bea mira a su alrededor. Todo ha quedado exactamente como lo había imaginado. Incluso mejor. El color verde musgo con acabado mate de los armarios de cocina pintados a mano —«Atelier Mossa»— es tal y como el catálogo lo describe: «Artístico y natural, auténtico y exquisito». Los electrodomésticos que no cumplían con sus estándares estéticos se hallan escondidos detrás de las puertas de una alacena. La isla que terminaron eligiendo se encuentra en el lugar de honor, con estantes abiertos del mismo tono intenso que los cajones. En el centro del mueble destaca una resistente cocina de gas. La vitrina empotrada parece flotar por encima del rodapié, justo como ella lo había visualizado, la guinda del pastel.

La cocina es perfecta. Pero ahora tiene que abandonarla. Y todo porque Niklas la ha abandonado a ella.

Bea se dedicó en cuerpo y alma a este proyecto, y pagó por ello con su vida. De forma literal. Niklas ha dicho que la reforma es una de las razones por las que quiere divorciarse, una explicación parcial, algo que a Bea le parece un poco extraño, teniendo en cuenta el poco tiempo que él estuvo en casa durante toda la primavera, y además no tuvo nada que ver con las remodelaciones.

Bea siempre fue el motor detrás de todo esto. Si en contadas ocasiones le pidió ayuda a Niklas —para que la llevara a una ferretería o a un salón de exposición, o para tomar una decisión respecto de algún color o material—, fue para que él sintiera que ella lo estaba teniendo en cuenta, y que él estaba participando en el proceso. Además, siempre es más divertido trabajar juntos, y, si bien es cierto que fue ella la que impulsó los trabajos de las reformas, naturalmente quería tener a Niklas a su lado, apoyándola.

En el suelo junto a ella hay una caja de mudanza que contiene una sartén de hierro fundido y una batidora Smeg. Eso ha sido lo único que ha podido guardar antes de dejarse caer en una silla. Esto no está bien. No hay una sola parte de su ser que esté de acuerdo con que Niklas y ella se repartan las cosas de la cocina; simplemente es inconcebible. Los objetos que hay aquí forman un todo y deberían ser inseparables. Tal y como Niklas, sus hijas y ella deberían ser inseparables. Su familia.

Toda la historia que han vivido juntos se encuentra concentrada en este lugar. Los tazones para yogur de color amarillo limón que compraron en Brasil cuando visitaron a Henke y Sus. Las cacerolas Le Creuset naranjas que han ido coleccionando en el transcurso de los años. La vajilla de porcelana de su boda, que Lillis fabricó con sus propias manos. Doce platos planos, doce platitos, doce platos hondos. ¿Se supone que ahora cada uno de ellos debe coger la mitad de esa vajilla y quedarse con un juego incompleto? Su hogar se está derrumbando; se cae a pedazos, igual que su propia familia.

Al reflexionar sobre todo esto, Bea no puede evitar sentirse un poco avergonzada. A fin de cuentas, solo se trata de un apartamento. De una estúpida cocina. Perder a Niklas es mil veces peor. Pero, para Bea, la cocina y el apartamento también son el epicentro de todo lo que ella quiere, de todo lo que ha tratado de construir. Constituyen el punto de encuentro de la familia, su base, lo que más contribuye a que Niklas, las chicas y ella se sientan seguros. Y ahora se lo están arrancando de las manos.

¿Niklas seguiría aquí si hubieran conservado la cocina vieja? ¿Lo habrá presionado Bea de más? ¿O será que la reforma solo es un pretexto más para abandonarla? Él le ha dado varias explicaciones que no han sido muy claras, y todo para no tener que reconocer una cosa que está clarísima: Niklas se encuentra en una típica crisis de la mediana edad, y está proyectando todas sus desilusiones en Bea. En la cocina. En su trabajo. En todo lo que no tenga que ver con él mismo y con «el incidente».

Bea se pone de pie y hace un nuevo intento; esta vez empieza a revisar las tazas. En un estante se encuentra la que dice «El mejor papá del mundo», y tiene una imagen de Homer Simpson; fue un regalo para Niklas por el día del padre, de parte de Alma y Alexia. La taza es fea, pero tiene mucho valor sentimental para su marido, que bebía todos los días en ella el té matutino. Un poco más atrás, Bea halla las dos tacitas que sus hijas elaboraron junto con Lillis cuando eran pequeñas. Ellas mismas las decoraron y luego Lillis las puso a cocer en su horno.

Alexia pintó en su taza una figura desgarbada de un pie que salía de una cabeza, mientras que Alma dibujó algo que se suponía que representaba unas flores y el sol. Esas dos piezas tienen un valor sentimental todavía mayor.

Bea coloca las tazas sobre la encimera y de nuevo se deja caer en la silla. No tiene ganas de guardarlas; de hecho, no tiene ganas de guardar nada de nada. Sus brazos y sus piernas se han vuelto tan pesados como si estuvieran hechos de hormigón. Es como si se hubiera encadenado a sí misma a la mesa de madera y se negara a salir del apartamento, en forma de protesta.

Su memoria corporal le dice a gritos que está sucediendo de nuevo. Una pérdida incomprensible y repentina, alguien está desapareciendo de su vida de forma cruel, sin una advertencia previa y sin explicación alguna. Como le pasó con Jacob.

Tiene que obligarse a sí misma a seguir adelante. El camión de mudanzas llegará dentro de un par de horas para llevarse su mitad de todas las cosas que había en Banérgatan al nuevo apartamento en Örby, un suburbio al suroeste de Estocolmo. Todo va a salir bien. Tiene que convencerse de que así será, aunque su vida no haya resultado como ella creía o esperaba.

Era obvio que el dinero no le iba a alcanzar para vivir en ningún lugar cerca de Banérgatan; eso no debería haberla sorprendido. Sin embargo, Inger se extrañó todavía más cuando Bea le contó que «nada más» se había quedado con dos millones de coronas, que fue la cantidad por la que Niklas le compró su parte del apartamento; el asombro no fue por la suma en sí, sino por la actitud ingrata de Bea, a pesar de tener una cantidad de dinero con la que la mayoría de las personas solo podría soñar. Además, Inger se quedó atónita al darse cuenta de que Bea tenía «un control tan malo de sus finanzas» que no estaba al tanto de las deudas que tenían ni de cuánto dinero le correspondería después de un divorcio.

Bea se siente avergonzada, pues ahora sabe que debería haber estado más agradecida por tener con qué sobrevivir, y le mortifica el no haberse interesado en saber más de la situación económica de su matrimonio. Al parecer Niklas hipotecó el apartamento por segunda vez, sin haber ofrecido garantía alguna, de manera que, si llegaran a venderlo, prácticamente todo el dinero iría directo al banco. Además, había hecho todos esos cálculos antes de que el mercado inmobiliario comenzara a tambalearse. ¿Cómo pudo ser ella tan ingenua?

Niklas siempre había sido el principal responsable de la economía familiar, de las entradas y salidas de dinero; parecía lógico, teniendo en cuenta que él ganaba más, y en especial durante las épocas más difíciles, cuando Bea estaba deprimida y no tenía ánimos para trabajar. Niklas siempre le dijo que él la comprendía. Que estaba ahí para apoyarla y que podía confiar en él. Ella no lo obligó a asumir tal responsabilidad.

A Bea no le interesa saber cómo ha conseguido Niklas los dos millones para comprarle su parte de Banérgatan, a pesar de que ya no podía pedirle prestado más dinero al banco. En lo que a ella concierne, ahora le corresponde bajar sus expectativas, aunque habría preferido seguir viviendo en la zona donde creció y vivió toda su vida adulta. Quizá sea bueno para ella y para las chicas salir de ahí y conocer algo nuevo. Además, esto no es nada comparado con las catástrofes humanitarias que ocurren a cada instante en todas partes del mundo, catástrofes de las cuales está al tanto por su trabajo; a diario se entera del trágico destino de infinidad de personas. A la luz de todo esto, Bea agradece tener un techo sobre su cabeza. Al menos sus hijas y ella no tienen que salir huyendo de su país, tratando de cruzar un mar desconocido a bordo de un bote inflable...; aunque... hay ocasiones en las que casi se siente así. Tiene que reprenderse a sí misma y acordarse de que está en una posición privilegiada. Y, en todo caso, las miradas que Inger le lanza de vez en cuando la ayudan a reaccionar y dominar sus emociones.

Los bloques de hormigón que Bea sentía alrededor de los pies se aligeran, y ya puede levantarse. Coge las tazas de las chicas. Esas se van con ella.

Niklas

KAPTENSGATAN, ESTOCOLMO

Tore está sentado en el diván de la oficina de su apartamento, en la calle Kaptensgatan. Parece confundido. Hasta donde Niklas puede recordar, su padre siempre se ha echado una siesta en la tumbona verde después de comer. Es estrecha y dura, increíblemente incómoda para dormir, pero Tore prefiere tener «algo firme» bajo su espalda, sobre todo ahora que le duele tanto.

—Haz como si estuvieras haciendo una reverencia —lo exhorta Niklas.

—¿Para qué? —pregunta Tore de mal humor.

—Solo quiero ver cómo queda. Venga, inténtalo.

A regañadientes, Tore se pone de pie e inclina su cuerpo con un movimiento rápido. De inmediato le duele. Se le nota por la mueca de la cara.

—¿Cuánto peso has perdido?

Tore finge que no lo ha oído.

—¿Cuántos kilos desde el verano?

—Yo nunca me peso.

Niklas lo mira con severidad.

—Tal vez he avanzado un par de agujeros del cinturón. Pero a mi edad eso es bueno, ¿no? Por el colesterol y todas esas cosas.

Niklas esboza una sonrisa desdibujada y sigue con su interrogatorio.

—Entiendo. ¿Todo normal cuando vas al baño?

—Qué pregunta la tuya…

—Papá…

El propio Niklas se sorprende de haber usado esa palabra; desde que aprendió a hablar, ha llamado a sus padres por sus nombres, siguiendo uno de los lemas clásicos que Lillis y Tore predican desde la década de los setenta: los niños y los adultos valen lo mismo como individuos. «Papá» suena muy raro, más aún en este momento en el que Niklas está metido en su papel de médico.

—… Me lleva mucho tiempo orinar, supongo. Y eso, si es que sale algo, por más que esté a reventar —mascula Tore.

—También está cansado todo el tiempo —interviene Lillis, que se asoma por la puerta.

No puede evitar inmiscuirse, aunque Tore la fulmina con la mirada.

—Eso no es tan raro cuando uno ya tiene setenta y seis.

—¿Cansado? ¿Cansado cómo? —pregunta Niklas.

A Tore se le ve molesto, pero de todos modos responde, aunque sea de mala gana.

—Débil, en cierta forma. No tengo fuerzas ni para cortar el césped.

Niklas se aclara la garganta.

—¿Por qué no me habías dicho nada?

—Pff, últimamente no te hemos visto el pelo.

Niklas se muerde la lengua, y Tore se da cuenta de que se ha pasado de la raya.

—No lo he dicho con esa intención. Es solo que, bueno, ya sabes…

Niklas lo sabe, pero no tiene fuerzas para abordar esa conversación.

—Vamos a empezar con unos análisis de sangre, y luego quiero que te hagas una resonancia magnética.

—Nunca en la vida. Prefiero morirme antes que meterme en uno de esos tubos.

Ahora es Niklas quien finge que no lo ha oído.

—Voy a darte una orden de referencia.

—Ajá. ¿Y eso qué quiere decir?

Tore se sienta de nuevo en la vieja y desgastada tumbona. Parece un niño, con sus enormes ojos curiosos y sus piernas que se balancean.

—Que un médico capaz y bien preparado que no es tu hijo va a examinarte de forma un poco más minuciosa.

—¿Eso es normal con un dolor de espalda?

—Dolor de espalda o hernia discal, pero esas dolencias normalmente no duran tanto tiempo. Ya veremos qué dicen. Mientras tanto puedo recetarte más analgésicos.

—En ese caso, quiero algo potente.

Tore sigue gruñendo. Niklas se saca del bolsillo media caja de paracetamol con codeína y se la entrega a su padre. Entonces guarda su tensiómetro y luego sigue a Lillis hasta la cocina, donde un estofado hierve a borbotones sobre uno de los fogones, a la espera de que lleguen las chicas, que ya vienen de camino.

Si bien no hay una relación clara entre ambas cosas, los padres de Niklas vienen a Estocolmo con mayor frecuencia desde que a Tore empezó a dolerle tanto la espalda y el proceso de divorcio entre Niklas y Bea se puso en marcha.

—¿Una copa de vino? —pregunta Lillis—. Hecho con uvas de Hogreps. Trajimos una caja entera. Puedo darte una botella cuando te vayas.

Niklas asiente con la cabeza y observa cómo su madre abre y cierra los mugrientos armarios blancos y saca las viejas copas de vino de la abuela, que están cubiertas de una fina capa de polvo. Lillis las enjuaga bajo el chorro del antiquísimo grifo del fregadero, que probablemente sea tan viejo como el propio apartamento, construido a finales del siglo XIX.

—Entonces, ¿qué opinas? —pregunta ella.

—Tenemos que empezar con los análisis, y luego…

—Solo di las cosas como son.

Lillis le extiende una delicada copa con un vino amarillo.

—Soy médico, no adivino. Aún no podemos saberlo con certeza.

—Pero hacer suposiciones basadas en tus conocimientos y experiencia es parte de tu trabajo, ¿no?

La mano de Lillis tiembla, y Niklas se da cuenta de que tiene que seguir comportándose como un profesional para que no se le note lo preocupado que está. Él es la columna vertebral de la familia, su pilar, el hijo que siempre da un paso al frente. El que vive a la vuelta de la esquina y viene a ayudar siempre que lo necesitan, el que coge un avión a Gotlandia esa misma tarde si el deber le llama. El que tiene que llenar el vacío que dejó Henke cuando decidió que quería ser un expatriado en la otra punta del mundo, y el que deja Hampus al haber abrazado su papel de bebé de la familia, con un estilo de vida libre de responsabilidades, lleno de diversión, pero también de problemas.

Así que Niklas se contiene de nuevo. No puede compartir sus temores con su madre, sino que tiene que hacerle la vida más fácil, como hijo y como médico.

—Todo va a salir bien, te lo prometo.

Aunque dice esto, lo cierto es que el dolor de espalda de Tore, su cansancio y su drástica pérdida de peso forman una combinación de síntomas que enciende todas las alarmas en la cabeza de Niklas. Está claro que algo no está bien.

—Estoy muy preocupada —solloza Lillis, al tiempo que lo abraza—. He estado llamándole la atención todo el tiempo desde el verano, pero simplemente no me escucha. Tienes que ayudarlo. Prométeme que vas a estar pendiente de él.

Niklas le devuelve el abrazo e intenta tranquilizar a su madre, angustiada.

—Y luego está todo ese asunto entre Bea y tú —dice ella—. No puedo dormir por las noches.

Niklas se tensa al oír esto, pero Lillis sigue hablando:

—Tienes que abrirte a ella para que podáis resolver vuestros problemas juntos.

Su madre es igual que su mujer. No lo escucha. No le interesa saber lo que él quiere. Se niega a aceptar que ya ha presentado su solicitud de divorcio, que se encuentran en el proceso de dividir su patrimonio y que Bea se está mudando a un nuevo apartamento justo ese día. Niklas mete la mano en el bolsillo, pero entonces se acuerda de que ya le ha dado los analgésicos que le quedaban a Tore. Es tentador sustituirlos por una copa más de vino, pero al final decide que mejor no. Tiene que conducir después de la cena.

—Nos vamos a divorciar; eso ya lo sabes —dice él con aspereza.

—Pero tienes seis meses para reconsiderarlo. Podéis hablar de ello y escucharos el uno al otro.

—La verdad es que siento que a mí nadie me escucha.

—Te entiendo. Pero creo que puedes comprender por qué nos preguntamos si eres consciente de lo que estás haciendo. Todo está sucediendo muy rápido. Y si tenemos en cuenta el pasado de Bea… No te olvides de eso. Un divorcio sería especialmente traumático para ella. Ya sabes que eres la persona más importante de su vida.

Como si él pudiera olvidarlo. A diario tiene presente su responsabilidad hacia Bea, y no solo por los constantes recordatorios de Lillis. El inicio de todo está grabado en su memoria, tan claro como si hubiese sido ayer.

Narvavägen. El recorrido por la escalera le resulta familiar y la puerta es la de siempre. Todo está como de costumbre, como desde el primer día en que Niklas acompañó a Jacob a su casa después de la escuela, cuando iban a primero. Jugaban en casa de uno o de otro, aunque iban más veces a la de Niklas, en Kaptensgatan. No porque se encontrara más cerca del colegio, sino porque era más agradable estar ahí. Siempre había muchos tentempiés para picar, y a Lillis y Tore les gustaba que sus hijos trajeran a sus amigos a casa. En el apartamento de Jacob, uno siempre tenía la sensación de que sus padres querían que los dejaran en paz. De que, como mucho, toleraban la presencia de Niklas.

Esta vez, es Bea quien lo deja entrar. No se ve a sus padres por ningún lado. Tal vez ni siquiera sepan que ella lo ha invitado a venir. La habitación de Jacob está diferente. Él hizo lo que hizo en su cama, y ahora la cama ya no está. Su ausencia hace que el cuarto vacío parezca más siniestro que si la hubieran dejado allí.

La habitación se halla extrañamente aseada y ordenada; no está para nada como él la recuerda. Aunque ya ha transcurrido mucho tiempo desde la época en que Jacob y él solían pasar el rato allí dentro.

Bea está muy delgada. Casi invisible. No como antes, cuando tenía un poquito de sobrepeso. Ahora, es como si no quedara nada de ella. Le dice a Niklas que se alegra de verlo, aunque parece como si estuviera a punto de derrumbarse.

Ella ha acomodado unos cuantos objetos en hilera sobre el escritorio de Jacob. El reloj Casio de su hermano. Su vieja cartera de piel, deformada después de haber pasado tanto tiempo en el bolsillo trasero de su pantalón. El pañuelo de colores que siempre llevaba a todas partes. El cinturón que compró junto con su cazadora del Ejército en una tienda de excedentes; Niklas lo había acompañado ese día.

Bea señala con la cabeza hacia el escritorio. Niklas puede coger algo, como recuerdo de Jacob. Pero a él no le parece justo. No solo para Jacob, sino para Bea y sus padres.

La traición.

Niklas se siente cobarde, pues no se atreve a decirle que, al final, Jacob y él ya no eran el mejor amigo el uno del otro en absoluto. Ni siquiera podría decirse que fueran amigos. Además, tiene miedo de que Bea se rompa en mil pedazos si se

257

niega a coger uno de los tesoros que ella le ofrece. Tiene que escoger algo, por ella y por Jacob; es lo menos que puede hacer, ahora que ya es demasiado tarde para intentar cualquier otra cosa. Niklas pasea la mirada, hasta que se detiene en el reloj. Puede ver en su mente la muñeca tensa de Jacob, sus manos, que se torcían por los nervios.

Los ojos suplicantes de Bea. Niklas coge el reloj y asegura la correa metálica con un clic.

—Jacob habría querido que tú te lo quedaras —dice ella.

Una leve sonrisa le ilumina el rostro, y él siente que la presión del pecho se le aligera por un instante.

Cuando Niklas vuelve a casa, la familia celebra una cena de despedida para Henke, pues ha conseguido unas prácticas en una empresa naviera con sede en Copenhague. Lillis ha preparado filetes de cordero en salsa de coñac, acompañados de patatas Hasselback. Es el plato favorito de Niklas, pero no puede comer ni un bocado.

Hampus se sube a su regazo y juguetea con el reloj. Lillis dice que es bonito que ahora siempre lleve un pedacito de Jacob con él a todas partes, y que ha sido un bonito detalle de Bea haberle regalado una de las posesiones más preciadas de su hermano. ¿Por qué no la invita a cenar un día de la semana que viene? Es importante mantener el contacto con ella, teniendo en cuenta lo fríos y distantes que son sus padres. Al fin y al cabo, ¿a quién más tiene en este mundo?

Niklas se tensa. Su mente no había llegado tan lejos como la de su madre. Si Bea ya no tiene a Jacob, es como si no tuviera ya a nadie. En cuanto esa reflexión cruza por su mente, vuelve a sentir la presión en el pecho.

—¡Hola! ¿Hay alguien ahí? ¿Me oyes?

Lillis le tiende la botella de vino mientras lo mira extrañada. Niklas rechaza la oferta con un gesto de la cabeza.

—No, gracias. Después de la cena tengo que coger el coche para llevar a las chicas con Bea.

Lillis parece afligirse al oír eso.

—Así que ¿las chicas van a tener que viajar de un lado a otro de la ciudad? ¿Por lo menos llega el metro hasta allí? ¿Hasta…, dónde era…, hasta Örby?

De repente, Niklas pierde los estribos.

—¿Acaso no te interesa cómo me siento yo? ¿Las únicas que importan son Bea y las chicas? ¿Crees que verlas una semana sí y una no va a ser fácil para mí?

—Obviamente quiero que estés bien, Niklas. Por eso me entrometo. De hecho, no parece que hayas pensado muy bien las cosas, ni este asunto que tienes con la madre de la amiga de Alma.

Niklas considera por un instante la posibilidad de dejar el coche y coger un taxi, pues de pronto parece imposible sobrevivir a esta cena dominical sin ingerir grandes cantidades de alcohol.

—¿Te refieres a Maria? —dice él en tono desafiante—. Sabes muy bien cómo se llama.

—Sí, sí, es solo que esta situación no ha sido nada fácil para Alma. Hasta donde sé, se ha distanciado de su amiguita de los caballos por culpa de todo esto.

Esas palabras duelen, porque Niklas sabe que es verdad. Una sensación repentina de impotencia se apodera de él. Es evidente que en su ser se albergan los sentimientos equivocados. Nadie los aprueba. No son válidos.

—Lo siento —dice él—, pero no es algo que yo haya planeado o hecho solo para causar problemas. Lo único que sé es que Maria es mi mejor amiga y que la quiero.

Nunca antes lo había expresado de esa forma, ni a él mismo ni a nadie más, pero, cuando lo dice en voz alta, se da cuenta de que es algo genuino e innegable. Algo que le nace del corazón.

—Caray —dice Lillis con tono mordaz—, ¿después solo de unas pocas semanas?

—Ya van a ser seis meses, en realidad.

—Sabes bien que lo que una persona siente cuando está enamorada se extingue con el tiempo.

—Y el amor se muere.

Lillis se estremece y frunce los labios.

Maria ya está marcada, y en esa marca dice «infidelidad» y «traición» escrito con enormes letras rojas. Así la ven los ojos de Lillis y los de todos los demás, aquellos que creen que Maria y él se fueron a la cama en cuanto tuvieron oportunidad. Nada más lejos de la verdad. Más que nada, Niklas ha sido infiel en un sentido emocional, a pesar de que nunca esperó sentir nada por ella. Nunca se le había pasado por la cabeza la idea de que ellos dos pudieran tener algo en común.

Él no está con Maria porque deba hacerlo ni porque necesite hacerla feliz. Está con Maria porque ella lo hace feliz. Porque ella renueva sus ganas de vivir.

Empezar a querer a otra persona... ¿Habrá alguien que sepa de verdad cómo ocurre algo así? Haciendo a un lado los procesos químicos del cuerpo, la única explicación con la que cuenta es la más obvia. Probablemente tenga que ver el hecho de que se hayan encontrado cuando se encontraron, así como la manera singular que tiene Maria de ver el mundo, que le ha dado a Niklas una nueva perspectiva de lo que puede hacer, de lo que se atreve a hacer y de lo que se le permite hacer. De las obligaciones que tiene consigo mismo y con los demás.

De alguna forma, ella ha liberado su mente. Le ha quitado de encima una piedra de cien kilos que le aplastaba el pecho. A veces se pregunta qué habría sucedido si se hubieran conocido antes. ¿Podría haber evitado todo esto? Tal vez habría tardado menos en perdonarse a sí mismo, al darse cuenta de que no es responsable de otras personas —más que de sus hijas, obviamente—. O, en todo caso, no de una forma que lo convierta a él en el esclavo de otra persona.

La culpa le pesa. No quiere hacer daño a nadie; aun así, esa es la consecuencia inevitable de haber puesto en primer lugar su propia vida, el amor y a sí mismo. ¿Es él una mala persona por haber atendido sus propias necesidades por una vez en la vida? Quizá la respuesta es que sí, pero no tiene otra alternativa.

—Sé que no debería meterme en esto —dice Lillis—, pero no puedo quedarme callada mientras veo cómo pones en riesgo a toda tu familia. ¿Cómo puedes estar tan seguro de que vas a seguir sintiendo lo mismo dentro de un año o dos?

—No sé qué es lo que voy a sentir dentro de un año. Ni siquiera tengo claro lo que voy a sentir dentro de una semana. ¿Tú sí? Solo hay una cosa de la que estoy seguro: de cómo me he sentido viviendo con Bea estos últimos años.

Justo en ese instante suena el timbre del apartamento, y Tore sale de la habitación arrastrando los pies para abrir la puerta. Por casualidad alcanza a oír las últimas palabras de Niklas, y mira a su hijo de una forma que es difícil de interpretar. ¿Lo que hay en sus ojos será dolor o decepción? ¿O las dos cosas? Como sea, su tono de voz es cortante y áspero:

—Ya están aquí las chicas. Dejad ya ese tema. Dejad a esas pobres criaturas volver a la normalidad, aunque sea por unas horas, maldita sea.

Alma se sube al asiento trasero e intenta mandar un mensaje, mientras que Alexia se sienta delante, al lado de Niklas.

—¿Puedo conducir?

—Preferiría que no; al menos, no esta noche. Hay un poco de hielo en las calles.

—Pero has tomado vino —dice Alma, con un tono que tiene algo de burlón, tratando de argumentar en favor de su hermana.

—Media copa, hace dos horas —dice Niklas, al tiempo que echa un vistazo por el retrovisor.

Alma aprieta los labios, tal y como acostumbra a hacer Bea cuando está enfadada con él.

—Si queréis, podéis pasar la noche en Banérgatan. No tenemos que...

—Mejor acabemos con esto de una vez —dice Alma.

—¿Crees que podrás encontrar la forma de salir del gueto, papá? —le pregunta Alexia para fastidiarlo.

—Me parece que más bien es un barrio residencial.

—Está en medio de Bandhagen y Östberga, así que es lo más parecido a un gueto en lo que habrás estado en toda tu vida.

—Tal vez tengas razón. Tú sí estás a la moda, hija.

Alexia se retuerce de vergüenza ajena, mientras que Niklas se ríe de lo ridículo que ha sonado lo que acaba de decir. Mira de nuevo por el retrovisor. Ninguna reacción por parte de Alma.

Alexia conecta su teléfono y pone una canción de Kanye West.

Bam bam 'ey 'ey 'ey 'ey 'ey
Bam bam 'ey 'ey 'ey
I just wanted you to know
I loved you better than your own kin did
From the very start
I don't blame you much for wanting to be free.

El sugestivo estribillo y el ritmo vibrante del bajo hacen que Niklas sienta como si volara sobre la carretera. Alexia y él mueven la cabeza en sincronía con el compás de la música, mientras pasan por el casco antiguo de Gamla Stan y la avenida Skeppsbron. Sigue conduciendo hacia la zona de Slussen y entra en el túnel que pasa por debajo del barrio de Södermalm. Al tiempo que se aproximan a la plaza de Gullmarsplan, el móvil de Alma empieza a sonar, y Niklas baja el volumen. La expresión del rostro de su hija se suaviza cuando coge la llamada, y lo mismo sucede con su voz.

—Hola, mamá... Sí... Vamos en el coche... Por Söder... Vale... Sí, nosotros nos encargamos... Hasta luego. Besos.

Una mirada más al retrovisor.

—¿Era tu madre?

—Tenemos que volver.

En un momento, el tono de Alma se ha vuelto más frío. Niklas hace lo posible por que eso no le afecte. Ella tiene todo el derecho del mundo a estar enfadada y sentirse decepcionada.

—¿Le has dicho que ya estábamos llegando?

—Quiere que vayamos a por la tele y la máquina de café.

—Pero ella ya se quedó con la televisión grande y la Nespresso…

—Bueno, me ha dicho que necesita esas cosas.

Niklas tiene ganas de protestar, de decir que ya habían hablado de eso. Que Bea pudo escoger todo lo que quería. Que estuvieron de acuerdo en que cada uno se quedara con una televisión, y ella eligió la máquina de Nespresso porque era más fácil de usar. Pero, al final, decide quedarse callado. Solo son una televisión y una maldita cafetera. No vale la pena discutir por ellas.

—Mañana se las llevo.

—Mamá quiere que vayamos a por ellas ahora.

—Ya es un poco tarde, corazón. Además, ya vamos a llegar.

—¿Estás hablando en serio? ¿Tanto te cuesta? Y eso que tú no has tenido que mudarte ni nada.

A pesar de la oscuridad que reina en el asiento trasero del coche, Niklas puede ver un destello en los ojos de Alma. Una ira que la tiene al borde de las lágrimas. Él siente como si le clavaran un puñal en el corazón.

—Muy bien, volvamos a la casa.

Alexia suspira con fuerza.

—Ay, por favor…

—No tardaremos —dice Niklas—. Alma tiene razón.

—Mamá tiene razón —lo corrige Alma.

Niklas asiente con la cabeza.

—Vale, mamá tiene razón.

Da la vuelta en la glorieta que hay en la plaza Gullmarsplan y conduce de vuelta por el puente Skanstullsbron. En realidad, lo único que quiere es parar el coche. O el mundo. O el tiempo. Poder reprogramarse. Ojalá no hubiera conocido nunca a Maria, aunque, por otra parte, es lo mejor que le ha pasado en la vida, después de las chicas. Pero ¿realmente merece la pena? ¿A pesar del dolor que sus hijas están sintiendo? ¿Cómo puede justificarlo?

Alexia se inclina hacia delante y sube la música de nuevo.

Man it's way too late, it's way too late.
It's way too late you can't fuck with us
'Ey 'ey 'ey
Bam bam, 'ey 'ey 'ey.

Bea

ÖRBY SLOTT, ESTOCOLMO

Es un apartamentito muy cuco de dos habitaciones. Conserva unos cuantos detalles originales de la década de los cuarenta del pasado siglo, como sus hermosos alféizares de mármol de Kolmård en tono verde grisáceo, las puertas acristaladas de contrachapado de madera y el parqué de espiga de la sala de estar. Alguien debió de desinstalar la cocina original hace varios años; es una pena, pues las alacenas blancas de plástico han empezado a amarillear y a pelarse por los bordes. Sin embargo, Bea puede olvidarse de reformar su nueva casa. Una vez que se haya puesto al día con las cuentas, su sueldo a duras penas va a alcanzarle para pintar las paredes y algunas cositas más. Antes que nada, Bea tiene que arreglar las habitaciones de Alma y de Alexia. Se siente satisfecha de haber encontrado por fin un apartamento lo bastante grande para ella y las chicas. O casi lo bastante grande, pues ella tendrá que dormir en el sofá cama de la sala, aunque eso no le supone ningún problema. Lo importante es que cada una de sus hijas tenga su propia habitación y que puedan vivir no muy lejos del centro de Estocolmo.

Bea desempaqueta sus cosas con frenesí. Ni siquiera hace una pausa para comer. Todo debe quedar en su lugar, y las cajas tienen que desaparecer. Intenta hacer del apartamento un sitio más acogedor colocando una alfombra hecha de retazos sobre el suelo de linóleo gris y alegrando la cocina con las coloridas cerámicas de Lillis. Objetos de su antigua vida que ayuden a crear una sensación de estabilidad en esta etapa que comienza. Sin embargo, por mucho que cambie de lugar las cosas, nada le parece que quede bien en su nuevo hogar.

Le lleva varias horas vaciar las cajas de la mudanza, pero aun así lo ha hecho demasiado rápido. Cuando termina, no sabe qué hacer. Se queda parada en la cocina, y un enorme vacío surge en su interior, un agujero negro lleno de soledad. Como lo que sucede justo después de un embarazo; se trataba de poder aguantar hasta el momento del parto. O, en este caso, de la mudanza. Pero eso ya ha quedado atrás, y ahora se encuentra a solas con su bebé nuevo y tiene miedo de lo que le depare el futuro.

Bea no sabe qué hacer, ni cómo van a ser las cosas de ahora en adelante. Su vida le parece vagamente familiar y a la vez algo por completo desconocido. Jamás había vivido sola. Cuando se mudó de la casa de sus padres fue para irse a vivir con Niklas, y desde entonces habían estado juntos. Todo había girado en torno a su hogar y su familia. Y ahora está soltera contra su voluntad, viviendo sola en el primer apartamento que puede decir que es solo suyo. Lo único que le queda es el sobrio anillo de bodas que sigue llevando en el dedo, como un recordatorio de Niklas y de su antigua vida. Al quitárselo siente algo muy parecido a un dolor fantasma, como el que sufre alguien después de una amputación. Tiene el hábito de darle vueltas con el meñique y el pulgar; y, siempre que se lo saca del dedo anular, se descubre a sí misma palpando la piel desnuda allí donde debería estar el anillo. Tenerlo puesto también la hace sufrir, pues le hace acordarse de Niklas. Tiene ganas de quitárselo, pero una parte de ella también desea dejarlo en su lugar. No quiere transformar ese cambio en su vida en algo definitivo y permanente.

En ese momento oye el ruido del agua que circula por una de las tuberías del piso de arriba y luego baja por algún lugar de su apartamento. Esto le recuerda los ruidos a los que estaba acostumbrada en Banérgatan. Trata de aferrarse al pequeño consuelo que esos sonidos le brindan.

Es consciente de que debe tratar de aceptar su nueva realidad. Ya había hablado con Charlotte de ello, y se lo confió a Inger en la oficina, pero en esas charlas siempre era algo futuro. Algo que iba a suceder tarde o temprano, por lo que iba a tener que pasar en algún momento. Sin embargo, este es el presente, y la situación que está viviendo ahora no se parece en nada a lo que había imaginado. Aunque quiere mantener una actitud positiva, cuando el camión de la mudanza se ha marchado, ha sido como si todo esto le estuviera sucediendo a otra persona. Como si ella solo hubiera acompañado al conductor en un viaje que la alejaba más y más del mundo que conocía y ahora ya no sabe dónde está.

No solo le han arrancado de las manos su hogar y su vida con Niklas. También le han quitado toda su infancia con Jacob. Desde que tiene memoria, recuerda haber caminado entre Narvavägen y la escuela primaria de Östermalm, y haber jugado al fútbol en el parque Gustav Adolf. Ya de adulta, empujaba el cochecito doble de las mellizas por esas mismas calles. Se conoce como la palma de la mano cada fachada y cada rincón de las manzanas que rodean Karlaplan. Ahí fue donde vivió los mayores amores de su vida; primero, por su hermano, y luego, por su marido. Y también sus pérdidas más grandes, cuando esos mismos hombres la abandonaron.

Tanto de niña como de adulta, ya con sus hijas, compraba dulces en la tienda Karlafrukt, y árboles de Navidad en el puesto que hay junto a la fuente de Karlaplan; iba de pícnic a Gärdet y comía helado mientras contemplaba las barcas en el canal de Djurgården. En cierta forma, Östermalm es como una pequeña ciudad dentro de otra ciudad. Y lo mismo ocurre con el barrio de Örby slott, una pequeña zona residencial que cuenta con varios edificios del siglo xv y donde alguna vez hubo una tienda, un matadero, una barbería y un centro comunitario. Pero hace mucho tiempo que todo eso desapareció.

En Örby slott no hay edificios altos, sino más bien casas con jardines y bloques de apartamentos construidos con ladrillo y cemento; todo ello encajonado entre la avenida Huddingevägen y los barrios de Östberga y Stureby. En las cercanías se halla el parque Årstafältet, y, según el folleto del agente inmobiliario, en medio de los barrios de Gamla Enskede y Svedmyra hay un bosquecito muy agradable para ir a caminar. Sin embargo, en los alrededores no hay ninguno de esos hermosos canales que uno puede hallar en otras partes de Estocolmo, y el lago más cercano está a unos doce kilómetros.

Quizá lo que Bea necesite sea tiempo para acostumbrarse, lo que seguramente habría sido más fácil si hubiera hecho este cambio por elección propia. Porque sigue siendo un hecho que ella no quiere vivir aquí. Para esto le alcanzó el dinero. Aunque, por otro lado, ¿cuántas personas en el mundo pueden vivir donde quieren? En todo caso, ni uno solo de los millones de desplazados que hay en el planeta. Por ironías de la vida, algunos de ellos han sido ubicados no muy lejos de su nuevo apartamento, según una nota de protesta que alguien ha dejado en la escalera. Las autoridades han construido varias casas prefabricadas en el aparcamiento del centro de convenciones del barrio de Älvsjö, donde se alojan alrededor de unos cien refugiados que acaban de llegar al país. Como suele ocurrirle últimamente, Bea se avergüenza de sus sentimientos egoístas, de esa sensación de tener derecho a todo. Ella es una mujer del primer mundo con problemas del primer mundo, como suele decir Inger cada vez que alguien se atreve a quejarse de las trivialidades cotidianas, como de que se te rompa la lavadora o de que te haga mal tiempo en vacaciones. Inger tiene razón. Bea necesita tranquilizarse y recomponerse.

Necesita hallar la manera de sentirse como en casa aquí, en su nuevo apartamento, por el bien de las chicas. Necesita encontrar un punto de apoyo. Algo a lo que aferrarse. Puede hornear pan o cocinar algo. Eso siempre la tranquiliza cuando está estresada. Hacer *scones* con la receta de Lillis. Empezar a elaborar un pan de masa madre, amasarlo durante horas antes de meterlo en el horno. O poner algo en la olla de cocción lenta, como la carne de cordero en salsa de eneldo que le encanta a toda la familia. Dejar que los aromas impregnen las paredes. Darse a sí misma un propósito, una dirección. Sin embargo, cuando se pone de pie y abre la despensa, se da cuenta de que le faltan varios ingredientes, y no hay supermercados cerca.

Así pues, en lugar de hacer uso de su nueva cocina, empieza a vagar inquieta por el apartamento, entra en la habitación de Alma y luego en la de Alexia. Ya no falta tanto para que lleguen, y Bea siente que no está lista, que no ha logrado hacer que este lugar sea lo suficientemente acogedor. No como su casa, su casa de verdad. ¿Por qué iban a querer venir a quedarse con ella? Si todo lo que ella desea está en Banérgatan, ¿por qué sus hijas iban a pensar de manera distinta?

Un miedo repentino se apodera de ella. ¿Y si las chicas también la abandonan? La sola idea le corta la respiración, pero, cuando regresa a la cocina a por una taza de café, se le ocurre una idea. Mira la hora y busca su teléfono. ¿Ya estarán de camino? Niklas no contesta, como de costumbre, pero Alma responde al primer tono.

Bea oye un ruido que proviene del exterior, el rugido de un motor que le resulta bastante conocido. Se asoma por la ventana que todavía está desprovista de cortinas y ve el coche de la familia —o, mejor dicho, el coche de Niklas— cuando se detiene frente a la puerta principal de su edificio. Justo acaba de hacer las camas de sus hijas, y de cargar con la máquina de Nespresso y la televisión y llevarlas al cuarto de Alma. En cuestión de minutos, Alexia también tendrá su propia pantalla y su propia cafetera. Más o menos, será como si cada una tuviera su propia habitación en un hotel de lujo. Rinconcitos acogedores dignos de dos adolescentes que pronto cumplirán diecisiete años, que puedan hacer que se sientan casi como adultas. Bea anhela con todo el corazón ofrecerles algo que Niklas no pueda darles.

Bea ha podido oír cómo Niklas refunfuñaba mientras ella hablaba con Alma por teléfono. Si tiene tantas ganas de tomar café, bien puede comprar una cafetera nueva, o largarse a casa de Maria. Él gana más del doble que Bea, y ella no se avergüenza de exigir cosas como esta, que puedan hacer de su nuevo hogar un sitio más cómodo para las chicas.

El timbre electrónico que suena encima de la puerta emite un sonido suave y agradable, nada que ver con el ruido estrepitoso del timbre de latón de Banérgatan. Aun así, Bea se sobresalta cuando lo oye y se sorprende de lo nerviosa que está. Respira hondo y les abre la puerta a sus primeros huéspedes. Su marido y sus hijas. Ahí están, de pie en la entrada, sosteniendo un par de maletas, la máquina de café y la pantalla de televisión. Toda esta situación es muy extraña e incómoda.

El umbral de la puerta parece separarlos de una forma tan clara como si estuvieran en lados distintos del océano Atlántico. Hace tan solo unos meses eran una familia unida y armoniosa, pero ahora solo son cuatro personas que deben acostumbrarse a una situación nueva y desconocida. Bea siente de nuevo que nada de esto es real. Intercambian un breve saludo y se quedan de pie en silencio, hasta que Alexia dice lo que todos están pensando.

—Qué raro es esto, ¿no?

—Sí, un poquito diferente a lo normal —dice Niklas de forma atropellada.

«¿Un poquito?», piensa Bea, pero se aguanta las ganas de expresarlo en voz alta.

Alma da un paso rápido al frente y atraviesa el umbral, como si estuviera cruzando una frontera invisible. Se para junto a su madre en el vestíbulo. Esto reconforta a Bea, pues ahora se siente un poco menos sola de este lado de la puerta. El lado equivocado del

Atlántico. Alexia sigue el ejemplo de su hermana y luego se gira a mirar a su padre y le pregunta:

—¿Quieres entrar a echar un vistazo?

Niklas mira a Bea de forma vacilante.

—¿No te importa que lo haga?

—Tal vez cuando hayamos arreglado un poco más el apartamento.

Él asiente con la cabeza.

—Claro, claro. Por cierto, esta es una bonita zona de la ciudad. Cuando hemos recorrido el barrio en coche de camino aquí parecía un lugar agradable.

De forma instantánea, Bea empieza a hervir de rabia por dentro.

«No, no es una zona bonita. ¿No te has fijado en la barrera acústica que hay al salir de Huddingevägen? Pero aquí es donde nos has obligado a vivir a tus hijas y a mí».

Niklas insiste en seguir dando conversación:

—Por aquí hay un edificio que se llama «Örby slott», ¿no? ¿Por eso se llama así el barrio?

—Creo que actualmente es una embajada —responde Bea con un tono de voz distante—. No sé por qué se llama así, pero supongo que de ahí vendrá el nombre del barrio.

Bea trata de ocultar la irritación que le produce el hecho de que Niklas finja tener algún interés en esta parte de la ciudad. Se dice a sí misma que es mejor sonreír y aguantarse. Eso es lo único que importa ahora: debe mantener la compostura delante de sus hijas.

Cuando por fin le ha cerrado la puerta a Niklas en la cara, mientras él se despedía con un gesto torpe, Bea se vuelve hacia sus hijas.

—¡Venid, quiero enseñaros una cosa!

Ahora solo están Bea, Alma y Alexia en el pequeño vestíbulo del apartamento en la calle Vibyholmsvägen, y, por lo que sea, esto le resulta todavía más extraño que cuando estaba sola. Está empezando a arrepentirse de haber insistido en que vinieran esta misma noche.

Ahora que les está mostrando el lugar, al tiempo que trata de disimular todos sus defectos, puede ver el apartamento con los ojos de sus hijas, y el contraste con Banérgatan se hace cada vez más evidente.

—La cocina no tiene nada de especial, pero el suelo de la sala de estar es de parqué. ¿Y habéis visto los alféizares de mármol? Muy bonitos, ¿verdad? Es un apartamento muy práctico, y las puertas acristaladas me parecen absolutamente encantadoras...

Bea es consciente de que su voz suena chillona y poco natural. Nota temor e inseguridad en ella. Se da cuenta de que Alma y Alexia tratan de mostrar una actitud positiva para no herirla, pero en sus ojos puede ver lo que sienten en realidad.

—... obviamente quedan cosas por hacer, pero creo que tiene potencial.

—Por supuesto —dice Alma en voz baja.

—¿Cuál es mi habitación? —pregunta Alexia, sin decir una sola palabra acerca de lo que opina sobre el apartamento.

—Hay una que es más grande que la otra —dice Bea—, pero he pensado que más adelante podríais intercambiároslas. Así sería justo para las dos...

—Yo me quedo con la más pequeña, no hay problema —interviene Alma de inmediato. Como siempre, sacrificándose por los demás.

—Entonces, tengo una sorpresa para ti... Bueno, más bien es una sorpresa para las dos. ¡Seguidme!

Bea entra primero en la habitación más pequeña, donde hay una cama individual estrecha de IKEA pegada a una pared. La cama está cubierta con la colcha de retazos que Hampus cosió hace muchos años. En el alféizar de la ventana hay un árbol de jade, que creció de un brote que los padres de Niklas le regalaron a Bea antes de que sus hijas nacieran, y, encima de la cómoda que está a los pies de la cama —cómoda descubierta en un mercadillo de Gotlandia—, Bea ha puesto la televisión y la máquina de Nespresso, junto con unas cuantas tazas de Lillis.

Sus hijas la miran intrigadas.

—He pensado que debíais tener cada una vuestro propio cuarto, para que disfrutéis de un poco de privacidad cuando invitéis a vuestros amigos. Así no os sentiréis incómodas conmigo en la sala de estar. Yo dormiré en el sofá cama que está ahí, pero solo por las noches, claro. Por lo demás, podéis pasar todo el tiempo que queráis en la sala.

Alexia intenta esbozar una sonrisa de agradecimiento.

—Podemos poner la máquina de café y la pantalla más grande en la habitación de Alexia —prosigue Bea—; hay más espacio ahí para esas cosas.

—Yo veo casi todo en mi ordenador —responde Alexia con tono reservado—, y seguramente papá aprovecharía más la máquina de café. Pero gracias, de todos modos.

Entonces, Alexia da media vuelta y sale de la habitación, con Bea pisándole los talones.

—Tienes que pensar en ti misma ahora, corazón. Papá puede comprarse una nueva. Estoy segura de que él preferiría que la tuvieras tú.

—Ya ni tomo café.

Bea se pregunta si lo dice por solidaridad con Niklas, pero no quiere insistir para no discutir con ella.

—Muy bien, la pondremos en la cocina entonces. Si cambias de opinión solo tienes que decirlo, ¿vale?

—¿Aquí es donde voy a dormir? —pregunta Alexia, al tiempo que se asoma a la habitación más grande, que tiene una ventana con vistas al patio.

—Así es. Como dije, todavía tiene unos detallitos que hay que arreglar, pero al menos te he hecho la cama.

Su hija asiente con la cabeza y entra en su cuarto, mira a su alrededor y deja caer la maleta al suelo.

—¿Alguien quiere salir a dar una vuelta? —pregunta Bea—. Explorar los alrededores podría ser divertido.

Ella misma puede percibir lo forzada que suena, pero es imposible comportarse de manera normal cuando nada parece estar bien, cuando todo parece demasiado extraño. Esta fachada artificial y superpositiva es lo único que evita que se derrumbe.

—Estoy muy cansada —dice Alexia—. A lo mejor otro día.

—O podríamos ver una película juntas, si encontramos el modo de conectar los cables…

—Yo también estoy cansada —dice Alma, que parece sentirse culpable—. Podríamos dejarlo para mañana, sin falta. Perdón…

—No, no, está bien. Tal vez sea mejor dejarlo para otra ocasión —le asegura Bea de inmediato—. Parece que las tres estamos agotadas.

Las chicas cierran la puerta de sus habitaciones, y su madre se queda sola en el pasillo. De algún modo, se siente más sola aquí que cuando las chicas se encerraban en sus cuartos en Banérgatan. En aquel entonces, casi podría decirse que era más cómodo para todos cuando ellas querían que las dejaran en paz. Este nuevo apartamento podrá ser más pequeño, pero el vacío que queda parece más grande.

Niklas

BANÉRGATAN, ESTOCOLMO

Ha pasado mucho tiempo desde la última vez que estuvo en el apartamento, pues se ha estado quedando en casa de Maria en Ruddammen, cuando ella está sola, y en la oficina de Freddie, cuando ella está con sus hijos. Volver a Banérgatan es como visitar un museo donde se exhiben los vestigios de lo que una vez fue su hogar. Una colección de objetos pertenecientes a una vida que cada vez parece más lejana e irreal. ¿Cómo podría vivir aquí de nuevo? ¿Es eso lo que quiere? Sin embargo, sabe que no tiene otra opción, por el bien de sus hijas. Maria echa un vistazo a su alrededor con curiosidad.

—Creo que nunca había venido a casa de tu familia. Es bonita.

—Sí, Bea hizo un buen trabajo decorándola.

El suelo de parqué cruje cuando caminan por la sala.

—Buen espacio… Techos altos…

—Aunque hacen falta más muebles, como puedes ver.

Niklas se echa a reír, a pesar de que más bien está triste.

Dejar a sus hijas en el nuevo apartamento de Bea fue una experiencia extraña, pero también le resulta raro ver a Maria recorrer la que fue su propia casa y de Bea tantos años.

Maria se acerca al sofá, se deja caer en él y se acurruca tal y como Bea suele hacerlo cuando se pone a leer. De repente, Niklas siente náuseas.

—Tengo que ir al baño.

Llega al retrete de porcelana justo a tiempo, y oye que Maria viene siguiéndolo por el pasillo. Por suerte, sus pasos suenan distintos a los de Bea.

Sin decir una sola palabra, Maria llena un vaso de agua y se lo extiende. Entonces se agacha y le pasa el brazo por los hombros.

—Huelo muy mal.

—Te sigo queriendo, aun así.

Un extraño sonido emerge del interior de Niklas. Es como una especie de lamento por todo lo que lo aflige. El divorcio, la enfermedad de Tore, su autodesprecio, su cargo de conciencia. Entonces, una sensación de cansancio indescriptible se apodera de él.

—Discúlpame, no creo que esto sea muy divertido para ti —logra decir.

—Si los chismes de los demás padres son de fiar, soy una psicópata narcisista. Así que no tienes de qué preocuparte —dice Maria, y se echa a reír a carcajadas.

Niklas la mira sorprendido.

—¿Qué es lo que tiene tanta gracia?

—O sea... ¿Qué debería hacer? ¿Ser infeliz el resto de mi vida para que las otras madres de la clase me acepten? Si de todos modos van a encontrar otra cosa que criticar.

Maria no puede dejar de reír y estalla en un ataque de histeria que no hace sino crecer y resonar contra los azulejos del baño. Los ojos se le llenan de lágrimas, y el rímel le corre por las mejillas. A Niklas se le contagian las carcajadas y al final no sabe de qué se ríen. De todo este caos. De lo jodidamente difícil que puede ser la vida. Se ríe de lo imperfecto que es él... y, al mismo tiempo, siente una vertiginosa sensación de alivio por haberse atrevido a dar ese paso. Por haber saltado de cabeza desde la plataforma de diez metros, cogido de la mano de Maria. Ha terminado siendo una panzada épica, que duele como un demonio, pero al menos tuvo el valor de hacerlo. A pesar de todo, ha sobrevivido y puede volver a sobrevivir.

* * *

Una vez que se les pasa la risa, Niklas se da una ducha y se cambia de ropa. Está en casa de nuevo, a pesar de que el apartamento parezca más bien un cascarón vacío. No es solo el hecho de que la mitad de los muebles ya no estén; también faltan las personas.

En la cocina, Maria echa agua hirviendo a través de un filtro de café improvisado hecho con una servilleta de papel. En realidad, Niklas tiene ganas de tomarse un vino, pero no dice nada. Tal vez no sea buena idea beber alcohol en este momento. Además, el café de la servilleta sabe mejor de lo que esperaba.

—Todo va a ser más fácil cuando las chicas vuelvan —dice Maria—. O al menos ese fue mi caso, aunque ya no viva en mi antigua casa.

—Tal vez debería buscar otro lugar donde vivir…

—Quizá no importe dónde vivas al principio. Como sea, va a ser complicado. Tiene que pasar un poco de tiempo antes de que puedas sentir alivio.

Niklas pasea la mirada por la cocina de Bea. Por los tazones y las cacerolas. Las fotos y los adornos. Hay un trapo junto a la pila de fregar, donde antes estaba la máquina de café. Niklas se siente tan estrujado por la vida como ese pedazo de tela. En ese momento se da cuenta de una cosa.

—Todo esto es de Bea. Ella escogió cada cosa que ves aquí. Excepto la máquina de café. Es lo único que realmente quería tener, una buena máquina para prepararme un café. Pero la otra noche se la llevé a su casa. Aquí ya no queda nada mío.

—Ese lo hizo tu madre, ¿verdad?

Maria señala un tazón amarillo limón que hay sobre la encimera. En la vitrina verde hay más piezas de cerámica, de distintas formas y colores.

Niklas asiente con la cabeza.

—Aunque, si te soy sincero, las cosas de mi madre no me gustan tanto.

—¿Y tus cosas? ¿Dónde están? —pregunta Maria.

Les lleva un rato encontrar el almacén correcto en la buhardilla, y Niklas se abochorna porque ni siquiera sabe cuál es la combinación del candado, que al final resulta ser la fecha de nacimiento de sus hijas.

No importa que sea medianoche, ni que tenga que ir a trabajar por la mañana; una vez que Niklas se pone manos a la obra, no puede parar. Con la ayuda de Maria, se dedica a llenar varias cajas con cosas que a él nunca le gustaron, o que le recuerdan demasiado a Bea.

En una caja polvorienta que estaba en la buhardilla encuentra sus antiguos anuarios de la escuela y sus fotografías de cuando era adolescente. Le enseña a Maria una versión de sí mismo con la cara llena de acné y sigue hurgando entre todos sus recuerdos hasta que se topa con el viejo reloj Casio de Jacob.

—Esos están de moda otra vez —dice Maria—. Podrías preguntarles a tus hijas si alguna de ellas lo quiere.

—No creo que siga funcionando —responde él, y de inmediato lo deja donde estaba sin siquiera comprobarlo.

Maria se lo queda mirando un poco desconcertada, pero Niklas no tiene ánimos para dar explicaciones. No quiere ni pensar ni hablar del pasado, así que mejor emplea todas sus fuerzas en bajar por las escaleras un viejo sillón de piel que a Bea nunca le gustó.

Entre los dos empujan el sofá hasta dejarlo pegado a otra pared e intercambian la cómoda del recibidor con la que estaba en la habitación. Niklas jamás se había puesto a pensar en la forma en la que estaba amueblado el apartamento, pero, por extraño que parezca, está empezando a disfrutar esto de cambiar las cosas de lugar, lo que hace que el apartamento tenga una atmósfera diferente, y para bien. Sin embargo, de pronto lo asalta la duda:

—Oye, ¿todo esto no será injusto con las chicas? —pregunta él.

—No estás tirando nada —responde Maria—. Además, pueden ayudarte a ordenar y arreglar el apartamento cuando vengan la semana que viene. Y, quién sabe, a lo mejor a ellas también les gustaría hacer algunos cambios.

—¿Y si no están de acuerdo?

—Bueno, lo peor que podría pasar es que tengas que dejar todo como estaba. Todo lo que no esté en casa de Bea, por supuesto...

Niklas espera que Maria esté en lo correcto, pues siente que lo que está haciendo casi podría considerarse ilegal. Mover cosas que Bea puso en su lugar después de pensar con mucho cuidado en dónde debía colocarlas. Guardar objetos que ella compró y a los que les dio el visto bueno. Quitar las cosas que ella quiere y poner las que ella odia. Y no es porque él quiera molestarla. Solo está tratando de encontrarse a sí mismo.

Los dos suben a la buhardilla una vez más para ver qué otras cosas podrían bajar al apartamento. ¿Qué aspecto quiere Niklas que tenga su casa? ¿Tiene al menos un estilo propio? Ni idea, pero siente una extraña curiosidad por saber cómo podría ser ese estilo. Quizá entre él y las chicas sean capaces de idear algo juntos.

Su rostro se parte en una sonrisa.

—Creo que acabo de sentirlo —dice él.

—¿Qué cosa?

—Esa sensación de alivio de la que estabas hablando hace un rato.

Al tiempo que las palabras salen de su boca, el temporizador de las lámparas de la buhardilla las apaga de forma automática, y entonces ambos notan un pálido fulgor azul que se cuela a través de la ventana del techo. Levantan la mirada y la ven al mismo tiempo: la luna que los alumbra como si fuera una especie de suave reflector. Los dos se abrazan bajo su luz y, por un breve instante, Niklas siente que todo ha merecido la pena.

Bea

ÖRBY SLOTT, ESTOCOLMO

La primera nevada ha caído durante la noche, y todavía permanece como una capa de nata fuera de su apartamento cuando Bea corre hacia la parada de autobús. Aunque lo ha estado
buscando por todas partes, parece que su cálido anorak de plu-
mas debió de desaparecer durante la mudanza. Llega a la conclusión de que tendrá que arreglárselas sin él y ahora trata de
conservar el calor pisoteando el suelo, en lo que espera a que llegue el autobús. Enfrente de la parada hay un kiosco y una tintorería que ocupan sendos locales en la planta baja de un edificio
de apartamentos, y un poco más a lo lejos se encuentra una clínica dental.

El autobús número 165 en dirección al barrio de Liljeholmen
ya viene repleto cuando por fin gira desde Huddingevägen, y Bea
apenas puede subir. El recorrido serpentea por la zona, donde abun-
dan las casas con jardines y los adosados. Los nombres de las calles
parecen tener alguna especie de conexión con la fiesta decembrina
del día de Santa Lucía, lo que parece bastante apropiado para esta
época del año.

El suelo de las calles resbala un poco, y el autobús está lleno de
personas cansadas y apretujadas como sardinas en lata. Se giran hacia el techo con la mirada vacía mientras sueñan con poder tele-
transportarse a otro lugar. El autobús pasa por delante de la iglesia
de Brännkyrka y deja atrás el nuevo barrio de Bea, entra en la zona

industrial de Västberga y luego continúa por la avenida Södertälje-vägen, donde el tráfico se vuelve más lento, antes de tomar la salida hacia Liljeholmen y la estación de metro.

«El nuevo barrio de Bea». Eso es lo que es. Aun así, todo esto parece bastante surrealista, como si estuviera visitando una tierra muy lejana durante unos días.

Cuando sale de la estación de Karlaplan, cuarenta y cinco minutos después, Bea siente que por fin puede relajarse. Como si hubiera vuelto a su hogar después de un largo viaje al extranjero. Si el clima lo permitiera y no llegara tarde, se sentaría en uno de los bancos que hay junto a la fuente y disfrutaría de la sensación de estar en casa. Cada uno de los edificios que tiene alrededor es como un viejo amigo. Hasta el centro comercial Fältöversten, esa enorme monstruosidad erigida en los años setenta, parece darle la bienvenida con los brazos abiertos y una expresión amistosa.

Bea echa un vistazo hacia Narvavägen. Se pregunta si sus padres todavía estarán en Estocolmo, o si ya se habrán ido a Mjölby antes de que llegue la Navidad. Desde que se jubilaron, pasan cada vez más tiempo en su casa de campo en medio del bosque. Se han vuelto todavía más inaccesibles y distantes. En ese momento, Bea cae en la cuenta de que ni siquiera les ha contado lo del divorcio ni lo de su mudanza. Casi no habla con ellos, pero sabe con exactitud cómo van a reaccionar. Su madre se las apañará para hacer ver que el divorcio es por causa de Bea y se centrará en lo triste que es, y su padre se asegurará de que Bea entienda que ellos no tienen recursos económicos suficientes para ayudarla.

Empieza a caminar por Karlavägen hacia la oficina de la Cruz Roja, que está en Garnisonen. Se va acercando al cruce con Banérgatan, a su antiguo hogar. Este podría ser un día como cualquier otro, como si acabara de salir de su casa y fuera de camino al trabajo. Si se sintiera de buen humor, tal vez se desviaría hasta la panadería Valhalla y compraría panecillos dulces para Inger y los demás, y un *latte* para ella. También aprovecharía para comprar ese pan de nueces que a Niklas le gusta tanto. Luego tomaría un atajo por el parque Gustav Adolf, y pasaría por la iglesia y el área de juegos donde siempre llevaban a sus hijas cuando eran pequeñas.

Lo que más quisiera es llamar a la oficina y decir que hoy no se va a presentar a trabajar, y luego irse a su casa. A su casa de verdad. Anhela coger el ascensor hasta el quinto piso y acostarse en la mullida cama de matrimonio, junto a la ventana que da al patio. Que Niklas entre en la habitación y se acurruque junto a ella. Oliendo a la loción que usa después de afeitarse. Sus mejillas están suaves y tersas. Sus labios, tibios y deliciosos. La sostiene hasta que se queda dormida en sus brazos. Hasta que se despierta de esta pesadilla.

El semáforo se pone en rojo para los peatones, y Bea se detiene a esperar la luz verde. Al otro lado de la avenida, un grupo de niños va camino de la escuela primaria de Östermalm, tal y como sus hijas hacían en su momento. Mira con nostalgia su viejo edificio, la hermosa fachada roja con sus adornos de color hueso en las ventanas. Las puertas de roble del garaje. Allí, parada en la acera, ve cómo esas puertas se abren y el coche de la familia sale a la calle. Niklas va al volante y, junto a él, en el asiento del acompañante…, Maria. El ensueño de Bea se rompe en mil pedazos. Este no es un día como otro cualquiera, después de todo.

El coche se acerca al cruce, y Bea permanece ahí de pie como si estuviera petrificada, a pesar de que la luz para los peatones ya se ha puesto en verde. Niklas pisa el freno y se detiene. Ellos la ven. Ella los ve. La gente pasa a su alrededor. El semáforo peatonal sigue haciendo tictac, pero Bea es incapaz de moverse.

Ahora Niklas y Maria miran al frente, como si ella fuera invisible. Aunque Bea sabe bien que no ha pasado inadvertida para ellos. Sus piernas se niegan a avanzar, y finalmente el semáforo de los coches cambia a verde. Ella se queda de pie donde estaba, mientras que Niklas arranca de forma brusca y se va.

La luz del semáforo peatonal se pone en verde una vez más y emite el sonido que le indica a Bea que ya puede cruzar la calle. Sabe que debería seguir su camino, ir a su oficina en Garnisonen, presentarse en el trabajo. Tictac, tictac. Pero, en su lugar, gira a la izquierda y empieza a caminar por Banérgatan.

Bea mete la llave en la cerradura. Al entrar al vestíbulo, se detiene a escuchar. Silencio absoluto. No hay nadie en casa, y ella lo sabe. Niklas acaba de salir de allí con Maria. Las chicas siguen en Örby, hoy entran más tarde a la escuela. Pero ella está aquí.

Hace menos de veinticuatro horas esta era su casa, el domicilio donde vivió durante casi veinte años. Entonces, ¿por qué siente que está haciendo algo prohibido? Su apellido sigue en la puerta. Stjerne. No tiene la intención de renunciar a él. Niklas podrá quitarle muchas cosas, pero ella va a conservar el mismo apellido que sus hijas. Así van a ser las cosas.

Bea permanece en el recibidor envuelto en penumbra y aspira la esencia de su hogar. Cierra los ojos un instante. Trata de engañarse a sí misma para empezar a soñar despierta de nuevo. Pero algo no está bien. Aquí no huele a la loción que Niklas usa después de afeitarse, sino al aroma tenue, casi imperceptible, de un perfume de mujer.

Bea abre los ojos y, cuando entra a la sala, se da cuenta de que el aroma que flota en el apartamento no es lo único que ha cambiado. Los muebles no están donde deberían estar. Algunos han desaparecido. El sofá está pegado a otra pared y ahora está mal adornado con un par de cojines horrendos y una manta que no había visto nunca. Deben de ser de Maria.

Bea recorre el apartamento con los ojos como platos y la boca medio abierta. Hay fotos que ya no están en su lugar, y por todas partes encuentra adornos que llevaba años sin ver, colocados de forma desordenada. En un rincón se fija en el horrible sillón de piel que Niklas tenía en su habitación cuando era niño, en Kaptensgatan.

En el dormitorio, alguien —presumiblemente Maria— ha colgado un espantoso espejo con un marco dorado de mal gusto, y hay un neceser en el baño que Bea no reconoce. Olfatea el aire de nuevo. Es el mismo aroma que se percibía en el vestíbulo.

En la maravillosa cocina de Bea, los bellos tazones y jarrones que ella había dejado para las chicas han desaparecido. La vitrina ha sido despojada de todas las cosas bonitas que tenía guardadas dentro, y en su lugar Niklas la ha atiborrado de libros viejos, como si fuera justo eso, una librería.

La mesa de la cocina, que hace juego con los nuevos armarios de color verde musgo, ahora está en el comedor, y alguien le ha colocado encima un mantel bastante insulso. Y, junto a la ventana de la cocina, hay una mesa blanca de plástico que no había visto antes, y todos sus libros de cocina que iban tan bien con la pequeña hornacina empotrada ahora están amontonados en el suelo.

Por el bien de las chicas, Bea había hecho un esfuerzo consciente para que su partida de Banérgatan fuera lo más discreta posible, procurando que ellas siguieran sintiéndose como en casa. Ahora es evidente que todo eso ha sido completamente en vano. Es como si Niklas y Maria hubieran profanado su hogar. Si él le iba a comprar su parte del apartamento, se suponía que era para conservar el espacio seguro de sus hijas tan intacto como fuera posible; eso es lo que dijo el propio Niklas, cuando le explicó a Bea con suma frialdad que ella no tenía suficiente dinero para seguir viviendo aquí. Pero todo eso ha terminado siendo una gran mentira. Por lo visto, estaba impaciente por traer a Maria a este lugar, y la ha dejado devastar todo lo que Bea había creado con tanto amor y dedicación.

A pesar de que le tiemblan las manos, encuentra el número de Niklas en su teléfono. Él le contesta la llamada al segundo tono.

—Estoy a punto de atender a un paciente.

El corazón de Bea golpea tan fuerte que puede sentir los latidos en el cuello. La garganta se le cierra y eso dificulta que le salgan las palabras.

—¿Hola? ¿Bea? ¿Ha pasado algo?

—¿Cómo has podido…? —logra decir ella al final, hablando entre dientes.

—Oye, estoy en el trabajo, tengo pacientes que…

—¡Ella ya se ha mudado a nuestra casa, ya la ha redecorado, ha traído muchas de sus cosas!

—¿Qué? No, no, no, esas cosas son mías…

—No acabo de marcharme y la madre de Emmy ya se ha mudado al que era nuestro hogar. ¿Cómo crees que eso nos hace sentir a mí y a las chicas?

—Maria no se ha mudado al apartamento.

—¡Pero si yo he visto con mis propios ojos todo lo que ha hecho!

—Espera un momento… ¿Has ido a Banérgatan cuando yo no estaba?

—He venido a recoger algunas de mis cosas.

—Pero ya terminamos de repartirlo todo, y te quedaste con más de la mitad.

—Alguien tiene que pensar en nuestras hijas, y parece que eso a ti no te importa. Esto no está nada bien, Niklas.

—Sabes que puedo denunciarte a la policía, ¿verdad? Hazme un favor, no vuelvas a meterte en el apartamento cuando yo no esté ahí. Esas cosas son mías, y…

Bea le cuelga. Tiene dificultades para respirar, siente como si la garganta le fuera a estallar. Quería decir más cosas, pero la rabia le ha impedido pensar con claridad. Además, la actitud de Niklas la ha dejado conmocionada. ¿Denunciarla a la policía? Realmente ha perdido la cabeza por completo. De pronto, Bea siente la necesidad imperiosa de salir de allí lo más rápido posible y no volver jamás. Pero, primero, tiene planeado rescatar lo que se pueda rescatar.

Coge su teléfono para llamar a la oficina y decirles que no va a ir a trabajar porque está enferma. Va a estar muy ocupada con otras cosas.

Niklas

HOSPITAL SOPHIAHEMMET, ESTOCOLMO

Son las ocho y media de la noche. Niklas sale al frío aire de noviembre, ataviado con su ropa para hacer ejercicio. Tiene sentimientos encontrados. La notificación de que el Sophiahemmet va a clausurar la sala de maternidad ha dejado en *shock* a casi todo el personal, y también a él hasta cierto punto, aunque ya había oído rumores acerca de la situación financiera del hospital, tanto en reuniones como en los pasillos. Se decía que era muy extraño que el hospital sufriera de escasez de personal, tuviera demasiados pacientes y, aun así, no fuera un negocio lucrativo. Se hablaba de inversiones que habían sido demasiado grandes desde un principio, de números que no cuadraban. Cuando le dieron la noticia, unas pocas horas antes de la reunión general, Niklas ya no tuvo fuerzas para seguir prestando atención.

Una parte de él se siente aliviada, pero la otra está aterrorizada. Sus finanzas dependen por completo de su trabajo en el hospital. Se había visto forzado a pedir préstamos adicionales para poder comprarle a Bea su parte del apartamento, aunque el banco le advirtió claramente que ya había alcanzado su límite de endeudamiento. Lo que ellos no saben es que Niklas ya ha rebasado ese límite hace mucho tiempo. Que Henrik le prestó dinero para poder completar los dos millones de Bea, con la condición de que Niklas se ciñera al plan de pago que acordaron entre los dos.

Henke no es ningún tacaño; al contrario. Esta es la segunda ocasión en que le presta a Niklas una gran suma de dinero para ayudarlo, sin haberle dicho nada a Sus al respecto, y Niklas es consciente de que debe empezar a pagarle a su hermano lo que le debe. Sin embargo, en estos momentos eso no es tan fácil. Aunque pudiera vender el apartamento de inmediato, existe el riesgo de que lo que obtenga no sea suficiente para cubrir la segunda hipoteca, y mucho menos su deuda con Henke.

Contra todo pronóstico, los precios de las viviendas han caído, al mismo tiempo que las tasas de interés se han elevado. Además, Niklas todavía seguirá comprometido con su contrato de arrendamiento financiero del Volvo dos años más. Al final de ese periodo podría comprarlo, pero ¿con qué dinero? Su única opción es seguir pagando sus deudas de forma constante, con la esperanza de que el mercado repunte.

En cierta medida, la noticia de la clausura ha hecho que la llamada de Bea de esa mañana pasara a un segundo plano, y quizá haya sido lo mejor. Niklas no quiere entrar en conflicto con ella. Lo que lo ha enfurecido no ha sido que ella se haya metido en el apartamento, sino que no lo consultara con él primero; ha sido una falta de respeto que, sin más ni más, irrumpiera en el lugar. Y luego tiene el descaro de quejarse de los cambios que él le ha hecho a su hogar, cuando ella ya había cogido todo lo que quería y más.

El aire frío le atraviesa las mejillas cuando gira en Valhallavägen. La nieve que cayó por la mañana ya se ha derretido y salpica sus pantalones de correr, que terminan tan empapados que empieza a resultarle incómodo. Sin embargo, eso no es lo único que le molesta. Hay algo en la conducta de Bea que está irritándolo a un nivel más profundo. Al principio no puede definir de qué se trata, pero, cuando deja que sus pensamientos fluyan libremente, de pronto se da cuenta de cuál es el problema: la forma en la que Bea se está comportando le recuerda a Lillis. Las palmaditas condescendientes en la cabeza, la manera en que censura las decisiones que ha tomado. Como si él fuera el que está equivocado, el que está mal de la cabeza, cuando solo está tratando de ser sincero consigo mismo. En esencia, Bea le da a entender que los sentimientos de Niklas no importan, y lo mismo sucede con sus decisiones y sus deseos.

Por otro lado, Bea se equivoca al creer que Maria se ha mudado al apartamento y ya se ha apoderado de él. Lo único que ella ha hecho es alentarlo y ayudarlo a cargar cajas. Le ofreció unos cuantos objetos para llenar los huecos que quedaban, hasta que él tuviera tiempo de comprar sus propias cosas. Entre los dos cambiaron los muebles de lugar por la noche y, por primera vez en toda su vida, Niklas disfrutó el tiempo que pasó decorando el apartamento.

El haberse atrevido a probar cosas nuevas hace que se sienta libre y lleno de valor. No hay buenas ni malas elecciones. Para decidir dónde debe estar la mesa de la cocina, no tiene que limitarse por que su color no combine con el de tal o cual mueble; lo que importa es el sitio donde a él se le antoje ponerla y ya está. No hay nada malo en sus gustos. Si Niklas cree que tener libros en la cocina la vuelve bonita y acogedora, pues adelante. Y si las chicas tienen una opinión diferente, desde luego que va a tenerla en cuenta. Pero él tiene derecho a decidir cómo quiere que sea su casa, aunque sea por una sola vez, ¿no es así? ¿O acaso Bea va a seguir decidiendo dónde debe colocar sus malditas tazas y vasos, aunque solo sea su exmujer?

Niklas aumenta su ritmo con cuidado, alejándose más y más del hospital con cada zancada que da por una Valhallavägen casi desierta. Su departamento ya habrá dejado de existir para cuando llegue Año Nuevo. Nadie sabe qué sucederá con él y el resto del personal, ni a dónde irán todas las madres que estén a punto de dar a luz. En la reunión general muchas personas se pusieron a llorar, y otras se enfurecieron y empezaron a levantar la voz. Niklas ya había visto todo esto antes, en su antiguo trabajo, y ahora estaba ocurriendo de nuevo.

A pesar de ello, sus pies van muy ligeros. La clausura de su departamento lo está forzando a dejar un trabajo en el que no era feliz, un empleo que en realidad nunca quiso. Que iba camino de destrozarlo, tanto física como mentalmente. El mero hecho de pensar que ya no tendrá que ir al Sophiahemmet todos los días lo llena de una enorme sensación de libertad, incluso aunque todavía no sepa cómo va a lidiar con la repercusión económica que ello va a tener para él.

Vienen días complicados, pero esto podría ser el inicio de algo nuevo, del mismo modo que separarse de Bea fue doloroso, pero puso en marcha cambios en su interior. Lo que está pasando con Tore es otro tipo de cambio, aunque preferiría no tener que pensar en ello. Es algo demasiado difícil de manejar, tan grande que cuesta trabajo hallarle un espacio entre todas las demás cosas que tiene que afrontar en su vida.

Al dar una zancada mientras corre, termina plantando un pie en un bache; la zapatilla se hunde en un sucio charco de nieve derretida y el pisotón le salpica la cara. Puede visualizar a lo lejos la vasta oscuridad del parque de Gärdet y la torre Käknas, que brilla como un faro en medio de la noche invernal. Se imagina sirviéndose un gran vaso de *whisky* cuando llegue a casa. Luego buscará su vinilo de «A Whiter Shade of Pale» y lo pondrá en el viejo tocadiscos de Tore, y finalmente se meterá en la bañera llena de agua caliente y se relajará mientras escucha la melodía.

Quince minutos más tarde, Niklas está de pie en medio del salón, sudoroso y manchado de fango. Le cuesta trabajo asimilar lo que ven sus ojos. O, mejor dicho, lo que no ven. Todas las fotos que había en las paredes del comedor han desaparecido, al igual que la mesa de la cocina que habían cambiado de lugar anoche y el mantel de Maria que le habían puesto encima. Las sillas de la cocina y los vasos de *whisky* tampoco se ven por ningún lado, al igual que varias alfombras y mesillas. La manta y los cojines que Maria le prestó yacen tirados en el suelo. Hay un *post-it* pegado en la ventana de la cocina, con un saludo de parte de Bea: «Me he llevado algunas cosas que hay que conservar para nuestras hijas. La empresa de mudanzas te enviará la cuenta».

Niklas está demasiado cansado como para enfadarse; más que nada, lo que siente es tristeza y un vacío por dentro. Tal vez esto sea lo mejor. Deshacerse de todos los trastos viejos y volver a empezar de cero. Pero, entonces, surge en su interior una seria sospecha, y se dirige a toda prisa a la biblioteca.

El escritorio y la silla que habían comprado en Svenskt Tenn ya no están, tal y como se esperaba. Sin embargo, en el suelo está lo más importante de todo: el antiguo tocadiscos de Tore y la caja azul llena de elepés. Niklas se sienta a un lado con las piernas cruzadas. Sus pantalones ensucian el parqué, y alrededor de sus deportivas empieza a formarse un pequeño charco. Se pone a buscar entre los discos de la caja y suelta un suspiro de alivio cuando por fin encuentra esa portada en blanco y negro tan desgastada por el uso y por los años. Procol Harum sigue ahí.

Alexia se echa a reír, pero parece que esto a Alma no le hace tanta gracia.

—¡¿Qué has hecho?! —exclama esta última mientras mira a su alrededor con desesperación y a punto de echarse a llorar.

Niklas no sabe qué decirle realmente. En cierta forma, él ya es el villano de la historia; quizá es más fácil seguirle la corriente. Sin embargo, hay una parte de él que quiere defenderse. Explicar que, esta vez, Bea se ha pasado de la raya. Que también es responsabilidad de ella que el apartamento esté así.

—Cambié algunas cosas de sitio, y luego tu madre vino a llevarse otras.

El rostro de Alma se sonroja por la ira.

—¿En serio vas a echarle la culpa de esto?

—¿A qué te refieres con «echarle la culpa»? —le suelta Alexia a su hermana—. Tú quieres que papá sea el único culpable de todo lo que está pasando, ¿verdad?

—¡No fue mamá la que fue infiel con la puta de la madre de Emmy!

Alma empieza a gritar, y Alexia le responde con gritos aún más fuertes. Niklas está parado en medio de las dos, como un árbitro sin agallas que trata de separar a dos boxeadores llenos de adrenalina.

—Eh, chicas... Vamos a... ¿No podríamos...? ¡SILENCIO!

Sus hijas se callan de inmediato y lo miran sorprendidas. Niklas no acostumbra a levantar la voz. Al menos, no de este modo.

—Vale... —dice al final Alexia, al tiempo que levanta las manos. Casi parece divertida.

—Tengo una propuesta —dice Niklas.

Alma se limpia una lágrima con la manga del suéter, y Alexia se cruza de brazos. Las dos lo miran fijamente, a la espera de que siga hablando.

—He pensado que podíamos aprovechar esta situación para hacer algo divertido, ¿qué os parece?

—¿Algo divertido? —responde Alma, como si estuviera escupiendo las palabras; como si Niklas acabara de decirle algo repugnante—. ¿Qué puede tener esto de divertido?

—Me refería a que hay huecos vacíos en el suelo y las paredes. Este lugar es como un lienzo en blanco. Tal vez podríamos tratar de volver a empezar de algún modo, ¿no creéis?

Alma clava los ojos en él con una mirada llena de desprecio. Alexia también parece escéptica. Niklas respira hondo y lo intenta de nuevo.

—Sé muy bien que os he decepcionado. Yo no planeé nada de esto, que vuestra madre y yo nos divorciáramos y que yo me enamorara de otra persona. Y mucho menos que esa persona fuera la madre de tu amiga, Alma. Pero así ha sucedido, y lo siento de verdad. ¿No podríamos... tratar de sacar algo bueno de todo esto? ¿Qué aspecto queréis que tenga el apartamento? Vosotras decidís.

Niklas extiende los brazos a los lados, para señalar las paredes vacías del comedor.

—Quiero que esté como antes —mascula Alma.

—¿Tal vez podríamos pintarlo...? —sugiere Alexia.

—Muy bien —coincide Niklas—, buena idea. Claro que

podemos pintarlo. Y también podríamos conseguir una mesa que nos guste para el salón. ¿Cómo lo veis?

—Podemos buscar en alguna página de internet donde vendan cosas de segunda mano —añade Alexia.

—Excelente. ¿Y tú qué dices, Alma?

Ella se encoge de hombros y responde:

—¿Qué hay de nuestras habitaciones?

—También podemos pintarlas si lo preferís, arreglarlas con muebles nuevos, tirar cosas que ya no os gusten…; lo que queráis.

Alexia levanta la mano para chocar los cinco con Alma, pero su hermana la ignora.

—¿Alma…? Lo siento mucho, mi niña.

Niklas se le acerca para tratar de darle un abrazo, pero ella se aleja de él.

—¿Tú crees que basta con que digas «lo siento» y pintes las paredes para que todo vuelva a estar bien? Mamá se pasa todo el tiempo llorando, mientras que tú y la madre de Emmy… Vosotros… Es que eso es tan jodidamente asqueroso y enfermo…

—Está bien, Alma. No hay problema.

Alma se lo queda mirando estupefacta.

—¿Cómo que está bien?

—Está bien si no te gusta esta situación, y está bien si Maria no te agrada. Yo no pienso obligarte a nada. Por supuesto que puedes estar enfadada conmigo todo el tiempo que quieras. Pero estaría bien si al menos pudiéramos tratar de arreglar este condenado apartamento para que sea un poquito más hogareño y acogedor. ¿Y si compramos pintura de colores alegres? ¿O crees que todo tiene que ser blanco nada más?

Alma medita estas palabras y luego empieza a asentir con la cabeza con lentitud.

Las chicas querían quitar el candelabro de techo de cristal y ahora descansa sobre el parqué; lo han sustituido por una lámpara

293

de papel de arroz que ilumina el comedor con su luz amarilla. La lluvia oscura de noviembre se estrella contra las ventanas de una forma tan rítmica que casi suena como un tambor, al compás de la música procedente del tocadiscos. Hay varias fundas de discos esparcidas por el suelo alrededor de Alexia, que parece haber asumido el papel de DJ, y su selección musical más reciente, un clásico de Pink Floyd, está sonando en este momento. Alma está subida en lo alto de una escalera, lista para pintar la pared de rosa.

—¿Estás seguro? —pregunta ella con un poco de preocupación antes de sumergir el pincel en la barca, como si estuviera cerciorándose de que su padre realmente está en su sano juicio.

—Tú hazlo —responde Niklas—. Haced lo que se os antoje.

Y las chicas en verdad hacen lo que se les antoja. Es posible que sus aportaciones hagan que el apartamento sea más difícil de vender, pero, al ver los murales un poco chiflados de sus hijas en las paredes y su viejo y desgastado sillón de piel en medio de la habitación, Niklas llega a la conclusión de que su casa nunca había estado tan bonita.

Bea

ÖSTERMALMSGATAN, ESTOCOLMO

Ha sido muy considerado por parte de Charlotte y Calle invitarla a su casa a cenar. Las semanas en las que las chicas están con Niklas son difíciles de sobrellevar, y Bea no puede evitar deprimirse y sentirse sola cada vez que tiene que dejar Karlaplan después del trabajo y coger la línea roja de metro hasta Liljeholmen, para luego subirse al autobús número 165, que la deja en Örby slott.

Todavía no ha empezado a llamar a este lugar «su casa». Aún siente que Örby solo es una parada intermedia, pues su objetivo final es poder volver a vivir en su territorio, en el barrio que mejor conoce, quizá cuando las chicas ya hayan volado del nido y Bea pueda arreglárselas con un apartamento más pequeño. Sin embargo, Östermalm le parece más hostil que antes, en buena medida por el temor constante de encontrarse con Niklas o con Maria. Al menos esa es una ventaja de vivir tan lejos del centro de la ciudad: el riesgo de toparse con ellos en la puerta de la tintorería de su barrio es ínfimo.

Calle está de pie junto a los fogones, mezclando los ingredientes de unos espaguetis *alle vongole,* mientras Charlotte sirve el vino. Bea toma asiento en la bonita y acogedora cocina de los Mörner. Es curioso cómo ha cambiado su perspectiva. Siempre había pensado que, de alguna forma, en este apartamento reinaba un ambiente desolador, como si fuera un reflejo de la decisión que tomaron sus dueños de no tener hijos. Un lugar demasiado austero y hasta poco hospitalario. Pero, a la luz de la separación de Bea, el hogar de Calle y Charlotte se ha convertido en un abrazo cálido y reconfortante. Es como si Bea se aferrara con desesperación a cualquier cosa que pueda aliviar la nostalgia que siente por su antigua vida.

—Qué majos sois al invitarme a vuestra casa.

—Pues claro. Te echamos de menos —dice Calle, antes de probar una tira de espagueti para ver si ya está cocida en su punto.

—Parece que Niklas ha perdido la cabeza —añade Charlotte—. Está totalmente irreconocible.

Calle asiente con la cabeza para manifestar que está de acuerdo.

—Da la impresión de que esta versión impulsiva y furibunda de Niklas ha salido a la luz desde que Maria apareció en escena.

Bea le da un sorbo a su vino, que se va asentando con rapidez por todo su cuerpo como si fuera una suave y cálida manta, pero no solo el alcohol está ayudando a que se relaje. Todas las palabras duras y los actos crueles a los que se ha tenido que enfrentar recientemente la han dejado exhausta, y la sensación de estar entre amigos que se preocupan por ella y entienden aquello por lo que está pasando la tranquiliza hasta tal punto que casi podría echarse a llorar de agradecimiento. Lillis ha estado demasiado ocupada estos días atendiendo a Tore, pues los exámenes médicos y las malas noticias absorben casi todo su tiempo, y Bea se siente cada vez más aislada.

—¿Os habéis enterado de la última? —pregunta Bea, y luego bebe otro sorbo de vino.

—No me digas que ha pasado algo más —dice Charlotte—. ¿No tenía bastante ya con hacerse un tatuaje y cambiar las cerraduras?

—Al parecer, ya no se me permite ir a Hogreps.

—¡¿Qué?! —exclaman sus amigos al unísono.

—Así es. Lillis me dice que no le haga caso a Niklas, pero no está bien que te digan algo así.

—Pero… —dice Calle— es la casa de tus suegros, ¿no?

—Sí, pero tarde o temprano Niklas y sus hermanos acabarán heredándola.

—Y también tus hijas —interviene Charlotte, con su voz de abogada superdedicada y esforzada—. Estoy segura de que Alma y Alexia querrán que su madre pueda visitarlas.

—Es una pena que él no quiera hablar con nadie —dice Calle, al tiempo que echa las almejas a la pasta y luego coloca la sartén en un salvamanteles de latón.

—Se niega a hacerlo —señala Bea—. Solo envía largos mensajes de texto acerca de lo indignado que está porque me llevé las fotos y la mesa de la cocina.

Charlotte empieza a servir los espaguetis.

—Desde un punto de vista legal, él tiene la razón, desde luego —dice ella—. Pero es muy mezquino por su parte que no permita que te lleves las cosas que quieras, con mayor razón cuando él es el que se va a quedar con el apartamento de Banérgatan.

Bea asiente con la cabeza de forma enérgica.

—¡Exacto! Yo solo estaba tratando de rescatar unas cuantas cosas para que las chicas las hereden algún día. Están guardadas en mi trastero. Seguramente Maria no dudaría en subastar el lote entero —se lamenta con un tono de aversión.

—Él me dijo que, a efectos prácticos, habías vaciado el apartamento —dice Calle, a la vez que pincha una almeja con el tenedor.

—Ah, sí, eso es lo que le ha estado contando a todo el mundo, para que los demás me vean como una desquiciada, aunque es él quien se ha estado comportando como un loco. Primero compra mi parte del apartamento por el bien de las chicas, según él, y luego cambia todos los muebles de una manera que casi ni reconocerías el lugar. Además, ya subió muchas cosas a la buhardilla, así que no entiendo cuál es su problema, si yo tan solo me llevé una mesa y unas pocas fotos.

—Qué raro —dice Calle, coincidiendo con Bea—. Lamentablemente a mí tampoco me escucha, y mira que he tratado de hablar con él.

—No quiere escuchar a nadie. Solo tenéis que ver lo que me envió Alma.

Bea les enseña en su teléfono una foto del comedor de Banérgatan. Tanto Calle como Charlotte parecen impactados al ver el estuco rosa y los patrones abstractos pintados en las paredes.

—¿Está consumiendo drogas o qué? —se pregunta Calle.

—¿Tú crees? —pregunta Bea con preocupación.

—No lo decía en serio, aunque casi hace que uno empiece a considerar esa posibilidad.

—Bueno, podría decirse que ha empezado a consumir a Maria —dice Charlotte, y luego bebe un sorbo de vino—. He oído que no es la primera vez que ella se lía con un hombre casado.

—¿En serio? —dice Bea con la voz entrecortada.

—No recuerdo quién, pero alguien mencionó en el Broms que ella había estado coqueteando en una fiesta, y que la cosa llegó bastante lejos, creo yo.

Bea deja los cubiertos sobre la mesa. Una sensación de náusea se apodera de ella.

Calle mira de reojo a su esposa con irritación, y Charlotte se sonroja de inmediato.

—Ay, perdóname. Eso ha sido insensible por mi parte.

—Sí, muy insensible —coincide Calle—. Ni siquiera sabemos si eso es verdad, o si solo son rumores.

Bea mueve la cabeza de un lado a otro.

—No tienes por qué disculparte, Charlotte. Es solo que toda esta situación es tan espantosa…

—Quizá sea bueno que te sientas tan furiosa, a pesar de lo difícil que está siendo todo para ti. Así, él no podrá simplemente volver arrastrándose con el rabo entre las piernas cuando haya superado su crisis de la mediana edad.

Al oír esto, Bea mira esperanzada a Charlotte.

—¿Tú crees que lo hará?

Charlotte pone los ojos en blanco.

—¿De verdad aceptarías que volviera después de todo esto? ¿Después de todo lo que ha hecho?

Charlotte trata de exhortar a su amiga con la mirada, para que considere bien sus opciones. Sin embargo, para Bea la elección es muy fácil.

—Yo solo quiero que mi vida vuelva a ser como antes.

Ahora que lo piensa, Bea haría casi cualquier cosa para recuperar a Niklas y todo lo demás que ha perdido.

ÖRBY SLOTT, ESTOCOLMO

Diciembre de 2016

El supermercado más cercano está al otro lado del centro de convenciones, a dos kilómetros de distancia. Bea tiene planeado empezar a ir en bicicleta en cuanto las calles estén un poco menos resbaladizas; aunque, de todos modos, no podría mantener en equilibrio un árbol de Navidad colocado encima del manillar, así que decide tratar de llevárselo hasta su casa arrastrándolo a pie. Esta será la primera Navidad que pase en su nuevo apartamento, y por eso siente que es muy importante tratar de hacer que sea un momento especial. Bea se dice a sí misma que lo está haciendo por las chicas, pero obviamente también es por ella misma por lo que ha horneado panes de jengibre en forma de corazón con sus nombres, tal y como Lillis suele hacer en Hogreps. Nunca había sido tan importante sentir el espíritu de la Navidad como ahora, y, dado que Niklas parece estar haciendo todo lo que puede para cambiar tantas cosas como le sea posible, ella tiene el deber de tratar de conservar las tradiciones, a pesar de que él le esté complicando esa tarea. El árbol está envuelto en una red de plástico para que sea más fácil de transportar, pero aun así pesa bastante y es difícil de manejar, y cuando Bea sale al otro lado del puente peatonal, un poco más adelante del centro de convenciones, tiene que detenerse a descansar. A pesar del discreto rugido del tráfico de la avenida Huddingevägen, se siente aislada del mundo a su alrededor.

Si mira a lo lejos, a la izquierda, ve la iglesia de Brännkyrka, con su apariencia tan idílica, construida en la cima de una pequeña colina desde donde los niños se lanzan en trineo en invierno. De alguna forma, a Bea le parece bonito pensar en esas risas infantiles resonando entre las lápidas del cementerio. Trata de ignorar las calles y carreteras atestadas de vehículos a su alrededor, pero le cuesta trabajo por el bullicio de los coches. Es fácil entrar en comparaciones, a pesar de que sabe que no debería hacerlo, pues es injusto querer equiparar esta zona de la ciudad con la tranquilidad que reina en la iglesia de Gustav Adolf, o en la tumba silenciosa de Jacob en el cementerio de Skogskyrkogården. Sin embargo, le es imposible mantener a raya los pensamientos negativos; constantemente le encuentra el lado malo a todo, en lugar de fijarse en lo positivo.

Por ejemplo, no le parece bien tener que estar arrastrando este árbol hasta su casa ella sola, cuando Niklas, sus hijas y ella deberían estar comprando uno junto a la fuente de Karlaplan, para luego llevárselo a casa cargándolo entre todos. Bea echa de menos eso, así como el poder irse de compras a Fältöversten y llegar allí en cosa de cinco minutos. Vida y movimiento. No como aquí, donde casi todo el mundo parece ir en coche al supermercado para abastecerse, pues lo único que puede encontrar en el kiosco son tarjetas de rasque y gane o polos de hielo.

Las agujas del árbol se abren paso a través de los delgados guantes que Alma tejió en su clase de economía doméstica, y se le clavan en las yemas de los dedos. Bea se maldice a sí misma; debería haber comprado un árbol más pequeño, pero quería uno que pareciera un árbol de Navidad de verdad, y no un simple brote. La pregunta aquí es en qué condiciones estará cuando por fin llegue a su casa.

Bea pasa por el parque de Örby slott y levanta la vista para contemplar el «castillo» que le dio nombre a este barrio, una construcción bastante similar a una mansión campestre que, por ironías de la vida, es la sede de la Embajada de Vietnam; un recordatorio constante del regalo que Niklas quiso hacerle a su familia las pasadas Navidades, ese viaje que al final tuvo que cancelar.

Bea nota que el bolsillo de su abrigo empieza a vibrar. Deja el árbol en el suelo y coge el teléfono. Es una llamada del número que alguna vez tuvo registrado como «Mi amor», pero que hace un par de semanas rebautizó simplemente como «Niklas». Desde que Bea llevó a la compañía de mudanzas a Banérgatan e hizo que se llevaran las cosas para sus hijas, él se ha negado a hablar con ella. El único contacto que han tenido ha sido a través de un mensaje de texto en el que Niklas le advertía de que, si vuelve a meterse en el apartamento cuando él no esté, la denunciará a la policía. Y es muy probable que lo haya dicho en serio, teniendo en cuenta todas las demás cosas que ha hecho en los últimos meses. Como prohibirle que vaya a Hogreps, su lugar favorito en el mundo. Es muy doloroso pensar en ello, pero sabe que esa sensación será todavía peor conforme vayan acercándose las vacaciones de verano de las chicas.

Su móvil sigue vibrando; eso significa que Niklas quiere hablar con ella de verdad. Por lo general, es al revés: es ella quien suele perseguirlo. ¿Les habrá pasado algo a Alma o a Alexia? Se pone bastante nerviosa y al final decide quitarse el guante y coger la llamada.

—¿Qué tal? ¿Cómo estás? —dice él.

«¿Qué tal? ¿Cómo estás?». Como si Niklas estuviera hablando con un conocido lejano.

—Acabo de comprar un árbol de Navidad.

—Ah, de acuerdo… Es que, ¿sabes?, de hecho, quería hablar contigo justo de eso, de la Navidad.

—Ya habíamos decidido cómo íbamos a organizarnos, ¿no?

—Sí, pero necesito hacer un pequeño cambio de planes.

Sabía que no debía haberle contestado. A Bea empiezan a temblarle las piernas.

—Lo que pasa es que Tore está enfermo.

—Eso ya lo sé.

—Los médicos dicen que estas van a ser sus últimas Navidades. El cáncer de huesos se le ha extendido y tiene metástasis por todas partes.

A Bea casi se le doblan las rodillas. Logra dar unos cuantos pasos y se deja caer en un banco helado que hay junto a la fuente repleta de nieve. Está oscureciendo muy rápido, y no hay alumbrado en el parque.

Tore. El abuelo de sus hijas. Su segundo padre. El hombre que ha sido más un padre para ella que el suyo propio. Quien estuvo ahí cuando Jacob murió. Aunque Bea siempre ha sido más cercana a Lillis, siente que Tore no solo es una figura paterna para Niklas, también lo es para ella.

—¿Estás bien?

Bea percibe un tono suave en la voz del otro lado de la línea. Suena como el antiguo Niklas. Su Niklas. A pesar de todo, él sigue ahí. Detrás de todas las amenazas de denunciarla a la policía, del cambio de cerraduras, de las prohibiciones de ir a las reuniones familiares. Bea rompe a llorar.

—Sé que esto también es muy difícil para ti —dice él.

—¿Tú cómo estás? —pregunta ella con mucho esfuerzo, pues los sollozos le dificultan hablar.

—Más o menos, supongo... Pero sería... sería bonito que las chicas pudieran estar conmigo en Navidad. Tore tiene muchas ganas de verlas. Todos van a venir a Hogreps, pues..., bueno..., son las últimas...

Todos. Todos, menos Bea.

—Entiendo. ¿Sabes?, yo podría ir con vosotros...

—Bea...

Ella lo percibe en su voz. Él no quiere que ella esté allí.

Bea traga saliva. No hay nada que pueda decir, nada que pueda hacer. Sabe que él tiene razón, a pesar de que ese era el salvavidas al que ella había estado aferrándose: pasar la Navidad con las chicas en su nuevo apartamento, y que las tres juntas lo convirtieran en un

303

auténtico hogar. Ahora tiene que dejar ir esa ilusión, por el bien de sus hijas. Por el de Tore y Lillis. Y, de alguna forma, también por el de Niklas. Va a tener que sacrificarse.

—Entendido.

—Muchas gracias, Bea. Aprecio de veras este gesto de tu parte.

«Aprecio de veras este gesto de tu parte». Qué disonancia entre la voz suave y las palabras tan formales. Niklas le dice que él se encargará de comprar los billetes de las chicas, le pide que se cuide y cuelga. Bea se guarda el móvil en el bolsillo. Tiene la mano rígida y entumecida, como si se hubiera congelado mientras sostenía el teléfono. El árbol de Navidad todavía yace en el suelo junto a ella, envuelto en su red de nailon. Bea se pone de pie y se marcha. Deja el árbol donde está, tirado en medio del parque.

Niklas

HOGREPS, GOTLANDIA

Navidad de 2016

A pesar de que está cansado por el viaje, Niklas ha pasado un par de horas acostado en la cama sin poder conciliar el sueño. Hace frío en la habitación. Las ventanas están cubiertas de escarcha. Fuera solo hay oscuridad. Debería levantarse y echar más leña a la estufa cerámica, pero, por extraño que parezca, Maria duerme a pierna suelta. No entiende cómo puede estar tan tranquila y apacible, teniendo en cuenta el mal ambiente que hay en la casa, algo que los dos notaron en cuanto llegaron a Hogreps.

En cierta forma, está arrepentido de haberle pedido a Maria que viniera con él. Quizá fue «egoísta» por su parte, tal y como le dijeron Lillis y Henrik. Son las últimas Navidades de Tore con la familia, y Niklas trae a rastras junto con él a esta nueva pareja que no le cae bien a nadie, ni siquiera a las chicas. O, al menos, ni siquiera a Alma, que todavía se niega a aceptar que Niklas tenga una relación con la madre de Emmy. Y eso es comprensible, aunque abriga la esperanza de que su hija vaya suavizando su postura con el tiempo.

Traer a Maria a este avispero tampoco ha sido muy justo con ella, aunque ella diga que todo está bien, que quería acompañarlo sin importar lo que pensara el resto de la familia. No tiene idea de en lo que se está metiendo, ni de cómo trata Lillis a la gente que no le agrada. Fría como el hielo, como si la otra persona no existiera. Hasta Otis parece escéptico, pues, cuando llegaron, se limitó a olfatear a Maria con cierta reserva y luego se fue a acostar junto a la estufa.

Tal vez Niklas esté siendo egoísta, pero la presencia de Maria hace que le sea un poco más fácil lidiar con todo esto. Como el momento en el que, de repente, Henke empezó a criticarlo, diciéndole que el haberla traído a Gotlandia solo era una protesta infantil por parte de Niklas. Que nadie quiere que Maria esté aquí. Que la que tendría que haber venido con él habría sido Bea.

Bea.

Al parecer, todo sigue girando alrededor de ella y de su estado emocional. Del hecho de que Niklas la hizo a un lado. Debe demostrarse a sí mismo y a todos los demás que tiene derecho a elegir con quién quiere vivir su vida. Además, Tore ha dicho que le gustaría llegar a conocer a Maria, y es probable que esta sea su última oportunidad. Él les ha dado su bendición, aunque probablemente Niklas fue un ingenuo al pensar que eso bastaría para que los demás hicieran lo mismo.

Esa noche pasa más tiempo cavilando que durmiendo y, al día siguiente, es como si solo funcionara a medio gas hasta que se echa una siesta después del almuerzo, a pesar de las protestas de Lillis. Es el día antes de la Nochebuena, y todos deben ayudar a decorar el árbol, y a preparar el jamón y la cazuela de patatas tradicional de la época. Para cuando Niklas desciende por las escaleras ya ha empezado a oscurecer, y todos excepto Maria trabajan en la cocina.

—Parece que el *jetlag* es peor cuando uno viaja desde Estocolmo que desde Brasil —dice Henke con tono mordaz cuando levanta la vista de la encimera, donde está ocupado quitándole la corteza al jamón.

—Creo que ese comentario ha estado de más —dice Sus—. ¿Quieres un poco de vino especiado, Niklas?

Niklas asiente con la cabeza, agradecido.

—¿Dónde está Maria? —pregunta, al ver que su anorak no está colgado en los ganchos que hay junto a la puerta de la cocina.

—Se ha ido ella sola a pasear con Otis —dice Lillis, haciendo énfasis en la palabra «sola», para dejar claro que le parece raro y hasta sospechoso que alguien quiera salir a caminar sin compañía.

Justo en ese momento, Niklas oye las pisadas de Maria en el porche, y a Otis, que ladra de felicidad. A continuación, ella entra en la cocina con las mejillas sonrosadas, aparentemente sin darse cuenta del ambiente tenso que hay en la habitación. Se acerca a Niklas y le da un abrazo.

—¡Por Dios, qué preciosa estaba la costa! Había trozos enormes de hielo por toda la playa, y no se veía un alma por allí.

Los ojos le brillan y toda su cara irradia energía. Es como si la fría brisa del mar y la belleza árida del paisaje le hubieran dado nuevos bríos.

—¡Y mira lo que he encontrado! —agrega emocionada, y le enseña un guijarro que el mar había pulido hasta darle forma de corazón.

Al ver el entusiasmo de Maria, Niklas casi derrama una lágrima, pero la humedad de sus ojos también se debe a que da la impresión de que ella ignora la pesada atmósfera que envuelve la cocina; es como si su alegre fascinación por las maravillas de la naturaleza bastara para proteger su mundo interior. Aparentemente, tampoco le molesta en lo más mínimo que él haya dormido varias horas por la tarde; al contrario, es como si ella valorara su tiempo a solas. Por un instante, Niklas alberga la esperanza de que los demás también puedan darse cuenta de lo maravillosa que es, y de que el ambiente hostil se disipe.

Como era de esperar, la velada resulta ser todo lo catastrófica que él había temido. Los adolescentes suben al ático a ver una película, mientras que los adultos se reúnen en la cocina para el tradicional empaquetado de regalos, que incluye sellos de cera y una pequeña rima en cada tarjeta.

Todos se esfuerzan de verdad por mostrar su mejor cara, por el bien de Tore. Casi como si fuera cualquier otra Navidad. Todos se comportan de manera cortés con Maria, aunque Niklas se da cuenta de que esa actitud amable solo es una fachada. Tras apenas media hora, Tore tiene tanto dolor que no puede seguir sentado, así que no le queda más remedio que acostarse. Lillis empieza a llorar y poco tiempo después se va a la cama para acompañar a su marido. Entonces, Sus comienza a sentirse incómoda, alega que es por culpa de una migraña y también se marcha de la cocina. Al final, solo quedan Niklas, Henke y Hampus. Y también Maria, que no parece entender del todo lo que está sucediendo, aunque obviamente se da cuenta de que la atmósfera en la habitación está cambiando. La cordialidad se desvanece a medida que los hermanos alternan la cerveza navideña con chupitos de aguardiente.

Al final, es Henke quien dispara primero.

—Solo porque Tore diga que está bien no significa que esté bien, ¿sabes? Solo está siendo amable.

—Yo le pregunté y me dijo que no había problema —dice Niklas—. De hecho, me dijo que estaría encantado de conocerla.

Hampus interviene de inmediato para defender a Henke.

—¿Y qué esperabas que te dijera cuando tú mismo se lo preguntaste?

—Tal vez podríamos hablar de esto luego, ¿no os parece? —Niklas está tratando de proteger a Maria, pero al mirarla se da cuenta de que ya es demasiado tarde.

Ella ya sabe muy bien de qué va todo eso.

—¿Cuándo? ¿En Nochebuena? —dice Henke con un resoplido—. No, tú eres el único responsable de lo que está pasando. Tú has sido el que nos ha puesto a todos en esta situación. Lo siento, Maria, esto no es culpa tuya. Ha sido Niklas el que ha metido la pata.

Henke trata de hacer que sus palabras suenen como si ella le cayera bien, pero Niklas detecta desprecio en su voz. Desprecio e ira.

—¿A qué te refieres con que ha metido la pata? ¿De qué forma? —pregunta Maria, con auténtica curiosidad.

—Creo que es mejor que nos vayamos a dormir ya —dice Niklas, en un intento de dar por zanjado el tema, pero a Henke no le interesa ahorrar municiones.

—¿De qué forma? Nuestro padre se está muriendo y a Niklas se le ocurre traerte aquí cuando ninguno de nosotros te conoce. Lo único que sabemos es que tú eres la causa de su divorcio. Las chicas no son felices, y la pobre Bea, que es tan parte de esta familia como el que más, no puede venir a pasar las últimas Navidades con su suegro. Pero bueno, aparte de eso, todo va de maravilla.

—Entiendo —dice Maria—. Supongo que no es fácil para ninguno de vosotros.

—No mucho, que digamos —responde Henke, con una voz cargada de alcohol y autocompasión.

Maria se excusa y se va, pero Niklas se queda para decirles a sus hermanos lo que piensa en realidad. No recuerda haber discutido jamás de esta forma. Ni siquiera cuando eran pequeños y cada fricción que tenían parecía cosa de vida o muerte. Esto es algo completamente distinto. Ahora son hombres hechos y derechos. Su relación está en juego, y no de forma metafórica. Es como si los tres fueran conscientes de que nada volverá a ser igual después de lo de hoy. Podrán ser hermanos de sangre, pero no de corazón. Niklas se pregunta si querrá mantener contacto con ellos siquiera. Porque no parece que vaya a ser así. Y tampoco parece que vaya a querer regresar nunca a Hogreps. De no ser por las chicas, por Tore y por Lillis, se marcharía de aquí de inmediato.

Cuando Niklas sube a su habitación, Maria está acostada en la cama leyendo. Por muy extraño que parezca, se la ve tranquila, incluso en estas circunstancias.

—¿Cómo te fue? —pregunta ella.

—Más o menos. ¿Tú cómo estás?

—Bien.

—No debí arrastrarte a esta situación. Creí que mi familia sabría comportarse, al menos tratándose de ti. Lo siento mucho.

—No me extraña. Bea prácticamente creció entre vosotros, y tu padre está muy enfermo. Todos están alterados. Uf, deberías haber visto a la familia de Jonas cuando le dije que quería divorciarme. Esto no es nada.

—¿En serio?

—Me odian, a pesar de que Jonas estaba completamente de acuerdo en que cada uno se fuera por su lado. Aunque, bueno, tampoco les caía bien antes de que nos separáramos, así que ya estoy acostumbrada a no ser muy popular.

Maria se echa a reír a carcajadas. Niklas sabe que ese sonido va a traspasar las paredes, y que los demás seguramente van a verlo como una falta de respeto. Pero no le importa; en cierta forma, eso lo hace sentirse bien. No quiere que se queden con la idea de que la han derrotado.

—¿Alguna vez te pones triste o te enfadas? —pregunta él.

—Por supuesto —dice Maria, esta vez completamente en serio—. Pero crecí con padres divorciados que siguen sin poder hablarse de forma civilizada. La gente podrá pelearse todo lo que quiera, pero yo no pienso formar parte de eso.

Niklas siente una repentina oleada de gratitud por el hecho de que Maria esté aquí. Una vez más, es como si ella le hubiera brindado una nueva perspectiva de las cosas, una solución que nunca se le habría ocurrido. No tiene por qué meterse en ningún conflicto. No tiene que discutir con Henke, ni con Hampus, ni con nadie más. Nadie gana nada por gritarse unos a otros.

El silencio se va extendiendo poco a poco por toda la casa y, cuando por fin todos han conciliado el sueño, la nieve empieza a caer sin hacer un solo ruido y se va acumulando en montones prístinos durante toda la noche, cubriendo el campo de batalla con su pálida y suave serenidad. Cuando Niklas se despierta ya es la mañana del día de Nochebuena, y en ese momento se da cuenta de que el mejor regalo navideño que podría haber recibido ya está a su lado, con el cabello como una corona mullida encima de su cabeza. Cuando ella abra los ojos, le dirá la verdad: a pesar de que todo el mundo afirme lo contrario, ella lo hace ser mejor persona.

Bea

ÖRBY SLOTT, ESTOCOLMO

Nochebuena de 2016

Sus padres le preguntaron si quería celebrar la Navidad con ellos en su casa de campo de Mjölby, pero Bea les dijo que tenía que trabajar. De hecho, se ofreció como voluntaria para participar en la «Navidad con la Comunidad», un evento de caridad organizado por autoridades del Gobierno local y la Iglesia de Suecia que se llevará a cabo en el parque Kungsträdgården. Bea se encargará de repartir paquetes de comida y platos de gachas de avena a personas que están solas y sin hogar durante las fiestas navideñas. Eso le atrae mucho más que tres horas en el coche escuchando una nueva retahíla de quejas de su madre, para luego pasar dos días atrapada en esa oscuridad que inevitablemente envuelve cada año a sus padres, al tener que afrontar una Navidad más sin Jacob. Además, ella sabe que sus padres están mejor cuando no tienen que hacerse cargo de los sentimientos de otra persona. Siempre ha sido así, incluso cuando Jacob vivía.

Bea y su hermano fueron el resultado de normas y costumbres sociales, y de las expectativas de la época: la gente debía casarse y tener hijos. Su madre le explicó eso una vez, cuando Bea acusó a sus padres de no mostrar el suficiente interés por sus hijos y nietas.

En lo más profundo de su ser, ella estuvo esperando una invitación para ir a Hogreps hasta el último segundo. El tono de voz suave y amable que Niklas usó cuando le pidió tener a las chicas en Navidad hizo que se encendiera una chispa de esperanza en su interior: quizá podrían empezar de nuevo. Tal vez no como marido y mujer, pero al menos sí como buenos amigos que se han divorciado de forma civilizada y ahora son felices. Que todavía pueden hacer cosas juntos como familia. Sin embargo, cuando ella lo llamó por teléfono y trató de poner el tema sobre la mesa, él le dio el alto de inmediato, y fue como si hubiera bajado una cortina de acero en la cara de Bea. A pesar de que todos querrían que ella estuviera en Gotlandia. Todos, menos Niklas.

Calle y Charlotte van a salir de viaje. De no ser por eso, con gusto la habrían recibido en su casa para que pasara las fiestas con ellos. Por su parte, Inger la invitó a celebrar las Navidades con sus padres y hermanos en la localidad de Bålsta, pero eso tampoco pareció ser una opción para Bea, pues no conoce tanto a Inger, y mucho menos a su familia. En todo caso, trabajar como voluntaria durante las Navidades es mejor que quedarse sola en su apartamento. Al menos, podrá hacer algo de provecho y quizá ser una fuente de ayuda y consuelo para otros.

A pesar de todo, la mañana del día de Nochebuena, Bea se viste y se dirige apesadumbrada a la estación de metro. Revisa constantemente su reloj y se imagina qué actividades de la agenda navideña de todos los años ya habrá llevado a cabo la familia en Hogreps. Las gachas de almendras de Lillis para desayunar, juegos de mesa en la cocina, preparativos para el almuerzo e ir a dar un paseo junto al mar a las once. Tore coloca las antorchas cuando empieza a caer el crepúsculo. Ponche de huevo y comida a la una, antes de sentarse a ver los clásicos programas navideños en la televisión.

Para cuando el tren de Bea llega a la estación de Slussen, el resto de la familia debe de estar caminando por el sendero de grava que lleva a la playa de Grynge. Los imagina con los brazos entrelazados, enfundados en sus cálidos abrigos. Visualiza su aliento, que forma nubecillas en el aire frío del ambiente, por el vaho que se escapa de sus bocas en pequeños resoplidos cuando hablan y se ríen. Lillis y Tore lideran el tradicional villancico que entonan de cara al mar. Lillis y Tore. Henke y Sus. Alma y Alexia. Niklas y… Parece que el corazón de Bea va a estallar en mil pedazos. No debe pensar más en ellos. Solo puede quedarse sentada en su vagón de la línea roja del metro. A solas, en un ruidoso convoy que se dirige a la estación central. En el día de Nochebuena.

No es hasta que llega a Kungsträdgården y sus ojos avistan la iglesia de Sankt Jacob cuando toma conciencia real de ese nombre. La iglesia de Jacob. Bea no se considera una persona religiosa, pero le encantan las iglesias. Su belleza, su atmósfera. De pronto, un sentimiento la embarga. Jacob la acompaña el día de hoy. No está sola, después de todo. Un letrero apunta al salón parroquial, que se encuentra justo al lado: NAVIDAD CON LA COMUNIDAD. ¡BIENVENIDOS!

Sin embargo, antes de entrar al salón, decide visitar la iglesia, aunque sea por unos instantes. La iglesia de Jacob. Se sienta en uno de los bancos y cierra los ojos. En la mano sostiene el pañuelo de colores de Jacob que hoy llevaba en el bolsillo. Tal y como acostumbra a hacer cada Navidad. Como en la última Navidad que pasaron juntos.

Su pañuelo ondea al viento mientras caminan por Karlavägen. Lleva un trozo de cinta plateada pegado a la manga de su anorak Moncler azul para tapar el oscuro cráter que le ha hecho Freddie cuando apagó su cigarro en la tela de nailon. Según Jacob, solo ha sido una broma, pero Bea puede ver la tristeza en los ojos de su hermano. Ella responde que ha sido una broma horrible. Querría decirle algo más, pero no se le ocurre nada.

La cartera ha desgastado el bolsillo posterior de los vaqueros de Jacob hasta crear un agujero, y parece que se le va a caer en cualquier momento. Aunque ya son adolescentes, de todos modos se dirigen al parque de Nobel para lanzarse en trineo. Obviamente ha sido idea de Jacob. Para huir de su casa, donde sus padres están muy ocupados quejándose de todo el estrés y las tensiones que les provoca la Navidad.

Jacob tira del trineo con Bea a bordo porque él quiere, no porque ella se lo haya pedido, hasta el agotamiento, y su hermano es la única persona que no la va a juzgar por intentar atrapar copos de nieve con la lengua, como cuando eran niños. Bea zigzaguea con el pequeño volante de plástico, y Jacob no se queja ni una sola vez de que ella sea muy pesada o gruñona o desagradable. Todo lo contrario. Al llegar al parque, que se encuentra vacío y cubierto por una capa intacta de nieve, Jacob le dice que, si no fuera por ella, ya se habría rendido hace mucho.

Bea le pregunta que a qué se refiere, y él solo le contesta: «Bah, no te preocupes por eso». Y entonces, Jacob se sube de un salto al trineo detrás de ella y coge el volante. Por un breve instante se balancean en la cima de la colina, y luego se lanzan cuesta abajo por la pendiente.

Bea abre los ojos y se da cuenta de que sus mejillas están húmedas. La sensación de pérdida sigue siendo tan grande como siempre, al igual que el sentimiento de culpa. Debió de haber comprendido a qué se refería su hermano.

Antes de salir de la iglesia enciende una pequeña vela por Jacob y susurra perdóname y feliz Navidad y te quiero mucho. Pero, de repente, este ritual y todas las velas que parpadean en el lampadario parecen no tener ningún sentido. La presencia que ha sentido hace unos minutos ha desaparecido, y el vacío que deja tras de sí es más grande y profundo que nunca. La soledad y la nostalgia. No solo por Jacob, sino también por las chicas, por Niklas y por Hogreps. Por el consuelo que hallaba en la casa de Lillis y Tore. Todo lo que lleva a cuestas parece haberse vuelto aún más difícil de sobrellevar.

Poco tiempo después, Bea está ocupada repartiendo comida y regalos navideños. Esto es bueno para ella: la obliga a pensar en otras cosas. Un flujo constante de gente va entrando por las puertas. Personas sin hogar. Personas que están solas. Personas pobres. Familias con hijos pequeños. Las gachas de avena se agotan enseguida y hay que preparar más paquetes de comida y regalos. El tiempo pasa volando y, por primera vez en mucho tiempo, Bea siente que la necesitan y casi podría decirse que se pone de buen humor porque está haciendo algo útil.

Su trabajo en la Cruz Roja es importante, pero no le brinda este tipo de contacto cercano con otras personas. Su labor como editora de contenido web es más técnica que emocional; en cambio, servir como voluntaria le permite conocer a la gente realmente desfavorecida, justo aquí y ahora. Además, trabajar con las manos la ayuda a no pensar en lo que estará pasando en Gotlandia.

Bea avista a una mujer al otro lado del salón que le resulta vagamente familiar. Hay algo en sus ojos... o en su cabello... ¿Será la madre de alguna amiga de sus hijas? ¿Una antigua colega? ¿O tal vez una vecina?

La mujer se sitúa en la fila de la mesa de Bea y, cuando es su turno, Bea le entrega una bolsa con comida antes de que algún otro voluntario tenga tiempo de hacerlo.

—Feliz Navidad —le dice a la mujer.

—Gracias.

—En la fila de al lado hay gachas de avena, por si te apetece.

La mujer asiente con la cabeza, pero luego baja la mirada de inmediato y se dirige deprisa a la salida con su paquete. Bea vacila por un instante mientras la sigue con la mirada y entonces va detrás de ella y la alcanza justo cuando la mujer está atravesando las puertas del salón.

—¡Oye, disculpa!

La mujer se vuelve.

—Perdón —dice Bea—, no sé... Solo quería decirte que aquí dentro tenemos mesas, por si quieres quedarte a comer... También podemos ayudarte si necesitas un lugar para pasar la noche...

La mujer la mira de soslayo con timidez. Se le nota la vergüenza en los ojos.

—Voy a estar bien, pero gracias de todos modos…, Bea.

Entonces la mujer da media vuelta y se va, mientras Bea se queda ahí, junto a las puertas, completamente atónita. ¿Cómo ha sabido…? Entonces, se acuerda de quién era esa mujer, y ahora es Bea la que se siente avergonzada. Se trataba de Frida, la empleada del Skin Care de Linnégatan. ¿Cómo es que Bea no la ha reconocido? La última vez que trató de conseguir una cita con ella fue hace unos seis meses, pero se enteró de que se había divorciado y había tenido que mudarse de su casa. En su lugar, le dieron una cita con Josephine, y resultó que a esta también se le daba bien lo suyo, pero no tanto como a Frida. Josephine no paraba de hablar mientras atendía a Bea y le contó que el exmarido de Frida fue un cabrón que la obligó a firmar un acuerdo prematrimonial, y luego la dejó por otra mujer y la echó de su apartamento, a pesar de que tienen tres hijos pequeños.

¿Qué habrá pasado desde entonces que ha hecho que Frida ahora tenga que hacer cola para recibir una bolsa de comida navideña, con la vista clavada en el suelo por la vergüenza?

—¡Hola, mamá! ¡Feliz Navidad!

Bea se tapa el otro oído para poder oír la voz de Alma en medio de todo el ruido que hay en el metro en su viaje de vuelta a casa.

—¡Hola, corazón! ¿Cómo estáis?

—Bien, ¿y tú?

—He estado todo el día repartiendo comida para la gente que está sola o no tiene hogar. Ha sido bonito ayudar a otros, pero también fue un poco triste ver a tantas personas que no tienen a nadie.

—Pero… ¿no vas a celebrar la Navidad?

—No te preocupes por mí. Lo importante es que vosotras lo paséis bien.

—Bueno, sí, pero… te echo de menos.

Bea añora tanto estar con sus hijas en este momento que se le forma un nudo en la garganta. Por más que se haya sentido bien al hacer algo que ha ayudado a los demás, también ha sido un día pesado y deprimente. Todas las personas que ha conocido hoy le transmitieron su gratitud y su afecto, pero también hubo muchos momentos dolorosos.

—¿Ya os habéis dado los regalos? —pregunta Bea.

—Sí, ya lo hicimos…

La voz de su hija suena un poco apagada, aunque tal vez no es tan extraño que Alma se sienta triste, igual que Bea; es la primera Navidad que no van a pasar juntas.

—¿Y te han dado algo bonito?

—Un ordenador portátil, de parte de papá… y de Maria.

—¿Maria?

—Sí…

Bea hace un esfuerzo por mantener un tono de voz tranquilo, pero le cuesta mucho.

—¿Ella está en Hogreps?

—Sí, aunque se van a ir de aquí mañana.

—¿Qué?

—Es como un regalo que ella le ha hecho a papá, una estancia en un hotel de la isla de Furillen, o algo así.

—¿Se va a ir justo el día de Navidad? ¿Mientras todos vosotros estáis en Hogreps?

—Eso parece…

La voz de Alma se va apagando. Casi suena como si estuviera a punto de echarse a llorar. Bea se pone de pie. No puede seguir sentada. Camina de un lado a otro por el vagón, que va casi vacío cuando el tren está llegando a Liljeholmen, donde ella tiene que coger el autobús.

—¿Alexia y tú vais a ir con ellos?

—No, solo es para papá y Maria…

—Ajá. ¿Y cómo te sientes? ¿Qué dice Alexia? ¿Y tus abuelos?

Las puertas del metro se abren, Bea sale al andén y camina hacia la terminal de autobuses para esperar el 165, que lleva a Örby.

—No sé —dice Alma—. No parecen estar muy contentos con todo esto...

El cerebro de Bea hace cortocircuito, y se da cuenta de que tiene que despedirse de su hija y colgar antes de perder el control por completo. Así que Niklas ha llevado a Maria a Hogreps. Eso ha sido una total falta de respeto hacia sus hijas, hacia Lillis y Tore, y hacia todos los que están allí celebrando la última Navidad con el patriarca de la familia. Por lo visto, Bea no tiene permitido estar con ellos, pero, si se trata de la nueva novia de Niklas, entonces no hay problema. ¿Y encima se va a largar a unas minivacaciones románticas en Furillen el día de Navidad? ¿Va a abandonar a las chicas, a pesar de que supuestamente tenía tantas ganas de llevárselas a Gotlandia con él, mientras que Bea tiene que quedarse sola en su casa y festejar la Navidad en Estocolmo con la gente sin hogar?

Una oleada de impotencia, rabia y desesperación invade todo su ser. Tal y como le pasó a Frida, ha terminado siendo abandonada por un auténtico cabrón. Un sinvergüenza egoísta que solo piensa en sí mismo y en su pito. Bea tiene ganas de llorar y de vomitar al mismo tiempo.

Al final, logra serenarse lo suficiente para poder llamar a Lillis. En parte, para desearle una feliz Navidad, pero también quiere averiguar qué ha sucedido en Gotlandia. Su exsuegra trata de guardar las apariencias, pero ya no puede contenerse más cuando Bea le pregunta sin rodeos qué está pasando.

—No quería decirte nada. Pensé que todo esto iba a hacer que te sintieras peor. Y Niklas se niega a escucharme.

Lillis apenas puede hablar cuando le cuenta a Bea que esta Navidad es muy importante para Tore y que el hecho de que sus hijas estén atrapadas en medio de todo esto es algo lamentable.

—Todo el mundo ha tratado de hablar con él, pero siempre termina enfureciéndose, sin importar lo que le digamos. Simplemente no puedo entender a Niklas, Bea; no puedo entender todo lo que está haciendo.

Lo único que Lillis quiere es que las cosas vuelvan a la normalidad, pero todo se ha vuelto un caos. Tore ha pasado la mayor parte de las fiestas en la cama y siente demasiado dolor como para unirse a los demás en la celebración. No ayuda mucho el hecho de que la tal Maria esté pasando las festividades con la familia, a pesar de que en realidad nadie la conoce; y, para rematar, Niklas y ella se van a ir de Hogreps para hospedarse en algún hotel el mismo día de Navidad.

Las chicas parecen decepcionadas. Henrik está furioso y Hampus se siente casi tan indignado como su hermano mayor. Los únicos que siguen poniendo buena cara ante esta situación son Sus y los primos, esos adolescentes tan alegres que han estado tratando de crear un poco de ambiente navideño, a pesar de las circunstancias tan poco usuales.

Bea escucha con atención hasta que Lillis tiene que colgar. Se gira a mirar el tablero de la sala de espera de la estación y se da cuenta de que han cancelado la siguiente salida de su autobús. La próxima será dentro de cuarenta minutos.

Ya es Nochebuena, y Bea está atrapada en la terminal de autobuses de Liljeholmen. Sin sus queridas hijas. Sin su querida familia, sin Lillis ni Tore. Expulsada de la vida que llevaba. Esto no es justo. Y no es justo que Niklas se esté saliendo con la suya, que pueda seguir descarriándose de esta manera. A expensas de los demás. Bea tiene que hacer algo al respecto.

Niklas

FURILLEN, GOTLANDIA

Navidad de 2016

Niklas se encuentra en una especie de semiletargo entre el sueño y la vigilia. Su cabeza reposa contra la ventanilla del lado del acompañante. De vez en cuando levanta sus pesados párpados y entonces puede ver el paisaje que vuela ante sus ojos. Bosques cubiertos de nieve que se alternan con llanuras congeladas.

Maria va en el asiento del conductor junto a él. Le resulta extraño no ir al volante, pero también es placentero. Niklas deja que su mente fluya entre pensamientos inconexos y fragmentos de recuerdos. Los caminos de grava le hacen recordar su infancia, el viaje anual plagado de baches para poder contemplar la columna de roca conocida como Hoburgsgubben los días entre Navidad y Año Nuevo, pues era la ocasión ideal para verla cubierta de nieve. Tore y Lillis iban delante, Niklas y Henke en el asiento trasero del *jeep*, todo esto antes de que Hampus hiciera su aparición.

Niklas recuerda la ocasión en la que él y su hermano mayor discutieron acerca del chocolate Marabou que Henke quería cobrar como pago —con intereses y todo— por los dulces que le había dado a Niklas la semana anterior, dulces por los que Niklas había prometido compensarle. Tore les dijo a voces desde el asiento delantero: «¡Dejad ya de comportaros como cerdos capitalistas, maldita sea!», y les prohibió que se hicieran préstamos; aunque siempre ha sido Henke el que ha prestado a Niklas, y nunca al revés.

Ya han pasado más de cuarenta años desde entonces, pero muy pocas cosas han cambiado. Ahora, Henke le presta dinero en lugar de dulces, y parece creer que tiene derecho de veto sobre lo que pasa en la vida de su hermano. Y Niklas se odia a sí mismo por haber terminado atrapado en esta situación de estar en deuda con Henke. Por depender de él para alcanzar un estilo de vida que tal vez nunca quiso tener en realidad.

Todavía está atormentado por todo lo que sucedió ayer. Lo atormenta el hecho de que las chicas se hayan quedado en Hogreps, que Maria y él vayan camino de Furillen, a pesar de que muy probablemente esta será la última Navidad de Tore. Esto no está bien. Una vez más se está complicando la vida con tal de complacer a todo el mundo, solo para acabar envuelto en más líos. Una súbita ola de ansiedad le espanta el sueño que le quedaba y se endereza en su asiento.

Maria le echa un vistazo rápido y vuelve a centrar su atención en el camino.

—Todavía falta para llegar, duérmete.

—No puedo.

—Si te agobias, podemos regresar cuando quieras.

—Pues… sí me estoy sintiendo un poco mal.

—¿Doy media vuelta?

—Puede ser… La verdad, no lo sé.

Niklas coge su teléfono y busca el número de Alexia.

—Hola, papá.

—¿Cómo estáis?

—Bien. Aquí, jugando a las cartas con Hedda y Hampus.

—Vale. ¿Alma está ahí?

—Ha ido a dar un paseo con la abuela.

—¿Y el abuelo?

—Acostado, descansando.

Niklas trata de analizar el tono de voz de su hija. ¿Estará bien?

—Bueno… Solo he llamado para decirte que podemos regresar si tú…, si tú y tu hermana queréis que volvamos.

—Mmm… ¿y por qué?

—A lo mejor es un poco injusto que me haya ido de Hogreps y os haya dejado allí.

—Pero si Alma y yo no teníamos ganas de ir.

Alexia suena sinceramente confundida.

—Es verdad, pero tal vez no quisisteis venir porque…

—¿Por Maria?

Niklas mira de reojo a Maria. Ella se gira a mirarlo y sonríe. Quizá puede oír lo que Alexia le dice por teléfono.

—Exacto —responde Niklas.

—Supongo que Alma está enfadada —dice Alexia—. Yo solo quería quedarme aquí. Ya he visto eso antes.

—Pero no en invierno.

—Ya. Furillen cubierto de nieve. ¿Y luego? Ja, ja.

Niklas duda un momento. Sabe que no debería abrumar a su hija por el remordimiento de conciencia con el que él está cargando. De todos modos, eso es justo lo que hace.

—¿Tú crees que el abuelo… se habrá molestado porque nos fuimos?

—Si le preguntas a la abuela, sí; si le preguntas al abuelo, te diría que no. Está refunfuñando como de costumbre, aunque más que nada porque no tiene fuerzas para jugar a las cartas con nosotros, según él.

Niklas puede oír la sonrisa en su voz. Y no puede evitar sonreír también.

—De acuerdo, entonces nos vemos pronto. Llámame si necesitáis algo, o si queréis que regresemos. Solo estamos a un par de horas de distancia.

—Sí, vale. Adiós.

Las voces de Hedda y Hampus suenan de fondo. Hablan de quién ha echado la última carta y a quién le toca.

Maria y él viajan siguiendo el camino de la costa. La reserva natural azotada por el viento se extiende frente a ellos. El fuerte aire barre la nieve que cae antes de que llegue a posarse sobre el suelo. Alexia tenía razón: este lugar está tan árido como siempre, solo que más frío.

—¿Te sientes un poco mejor? —pregunta Maria.

Niklas responde que sí con un movimiento de cabeza. La sensación de culpa todavía le incomoda, pero es un alivio poder escapar un día. Alejarse y descansar un poco de todas las discusiones y de ese ambiente tan tenso.

—Pensé que sería genial hacer esto con las chicas entre Navidad y Año Nuevo —dice Maria—, algo que fuera distinto. Pero creo que estaba equivocada.

—No, no, no ha sido mala idea. Es solo que mi familia es demasiado tradicional, y nunca pueden hacer algo distinto de aquello a lo que están acostumbrados. Todo tiene que ser como siempre ha sido; de lo contrario, se arma un gran alboroto.

Maria le sonríe a modo de disculpa.

—Por lo visto le di una patada al avispero otra vez. Lo siento.

—Si no fuera por Tore, probablemente no me remordería tanto la conciencia. Y por Alma, desde luego. Pero al mismo tiempo… el ambiente allí es tan sofocante y… Sí, creo que es bueno alejarse de todo eso.

—¿Sabes? —dice Maria—, cuando volvamos todavía nos quedará otra semana en Hogreps. ¿No crees que de todos modos tendrás bastante tiempo para convivir con los demás?

—Sí, pero irme por mi cuenta en Navidad… ¿estará bien hacer cosas como esa?

—Definitivamente creo que está bien tratar de ser feliz y hacer algo que a ti te haga pasar un buen rato, aunque sea en Navidad.

Niklas se echa a reír cuando oye lo absurdo que suena eso y baja la ventanilla. Ya están a punto de llegar. A través de la neblina y de la nieve se vislumbra el edificio de la fábrica, con su estilo brutalista, a un lado de la antigua cantera de piedra caliza. La brisa helada huele a sal y a libertad.

Bea

EL FERRI A GOTLANDIA

De repente, todo le parece tan simple y tan obvio. Tras meses y meses plagados de dudas y temores, se siente bien por haber llegado hasta este punto. Bea por fin ha dejado ir a Niklas. Ya no sabe quién es él, ni en qué se ha convertido. Tal vez solo había estado actuando durante todos estos años. Pero esta vez ha ido demasiado lejos. No solo ha defraudado a Bea, sino también a sus hijas, a Tore, a Lillis y a todos a su alrededor. Ya nadie puede entenderlo. A Bea sinceramente ya no le importa si él está pasando por una crisis de la mediana edad o no. Una cosa sería si eso solo estuviera afectándolo a él, si durara unos meses, pero Niklas se ha comportado de una forma tan desquiciada que todo lo que ella llegó a sentir por él se ha extinguido. Su marido ha desaparecido, y Bea no tiene ningún interés en que ese hombre vuelva a ser parte de su vida. Quizá podría haberle perdonado su infidelidad, pero lo que está haciendo ahora es simple y llanamente cruel. Y lo más probable es que Maria lo haya alentado a ello, Maria, esa mujer que abandonó a su marido y a sus hijos para largarse a una especie de vacaciones de lujo en Furillen el día de Navidad.

En cierto modo, esto es un alivio para Bea. Ahora ya no tiene que preocuparse de lo que él piense. Ya no necesita mantener la esperanza de que esto se pueda solucionar, ni tiene que pensar en jugar bien sus cartas. Puede hacer lo que quiera. Por sus hijas. Por su familia. Pues, aunque Niklas y ella estén en proceso de separarse,

Bea no se ha divorciado de Tore ni de Lillis. Ni de Henrik, Hampus y Sus. Y, lo que es más importante aún, no se va a divorciar de sus hijas.

Cuando el ferri nocturno llega al puerto de Visby la mañana del día de Navidad, Bea se siente de buen humor y llena de esperanza. Nadie sabe que va de camino a Hogreps. Su llegada será una especie de regalo sorpresa de Navidad. Desde que salió de Estocolmo ha estado visualizando el momento en el que se baje del autobús en Gammelgarn y luego camine por la senda cubierta de nieve hasta encontrarse con la casa de piedra blanca y el brillo cálido y acogedor de las lámparas del porche y las antorchas de Tore.

Lillis saldrá por la puerta principal y su rostro se partirá en una enorme sonrisa, tal vez incluso soltará un pequeño grito de alegría. Las chicas vendrán corriendo a recibirla, seguidas del resto de la familia. Las imágenes en su mente hacen que los ojos se le llenen de lágrimas y, al mismo tiempo que coge el pañuelo de Jacob, el ferri atraca por fin en el puerto con una leve sacudida.

El estrés del viaje y la ira por el comportamiento de Niklas. Todo ello se desvanece en cuanto ve la casa desde la parada de autobús que está delante de la iglesia de Gammelgarn. Como si fuera el escenario de un cuento de hadas, Hogreps está cubierto por un manto de nieve y tan navideño como se lo había imaginado en el ferri. La mochila que Bea lleva en los hombros no pesa. Casi no ha tenido que guardar nada, ni una muda de ropa siquiera, pues ya tiene muchas prendas aquí, tanto de verano como de invierno; y, si fuera necesario, Lillis o las chicas podrían prestarle lo que necesite.

La nieve cruje bajo sus botas al caminar y, con cada paso que da, está cada vez más segura de que ha tomado la decisión correcta al venir. La perspectiva de sorprender a su familia la hace sentir inquieta, pero de una forma positiva. Son los nervios de la expectativa.

Ya casi ha llegado. Solo unos cuantos metros más a la vuelta de la esquina. Para alivio de Bea, fuera de la casa solo se hallan estacionados el *jeep* y el BMW de Henrik, y ni rastro del Volvo. Aunque sabe que Niklas está en Furillen, de todos modos, esa confirmación no está de más.

Al ver que la luz del taller está encendida, Bea siente una ola de calidez que arropa su cuerpo. Lillis.

—¡Hola! ¡He venido!

Las palabras brotan de forma espontánea, y Bea no puede evitar sonreír. Una señal más de que ha hecho lo correcto al venir a Gotlandia. Pertenece a este lugar. Hogreps es tan suyo como de Niklas, si no más. Ese hombre ni siquiera tiene el suficiente sentido común como para poder apreciarlo.

Bea se dirige a toda prisa hacia la puerta del taller, y por poco no la arranca de un tirón.

Lo primero que ve es la cara de Lillis, que refleja más sorpresa que alegría. Bea siente una punzada de decepción, pero la aparta de su mente de inmediato. No es raro que Lillis esté desconcertada y casi conmocionada al verla. A fin de cuentas, ha aparecido sin previo aviso.

—Pero, querida… Qué sorpresa… ¿Qué haces aquí?

Bea se acerca a ella y le da un largo abrazo.

—Feliz Navidad, Lillis. Solo he querido venir a celebrar las fiestas con vosotros, a pesar de todo.

Lillis asiente con la cabeza y sonríe. Entonces se agacha para recoger del suelo unas cuantas tazas rotas.

—Perdón, se me han caído… Solo tengo que… Bienvenida, corazón.

Henrik, Sus y Hampus están tirados en los sillones que hay alrededor del fuego, comiendo nueces y leyendo los libros que les han regalado en Navidad, cuando Bea y Lillis entran al salón. La misma reacción de sorpresa y conmoción, aunque Sus va corriendo de inmediato a la cocina a por una botella de vino para celebrarlo, y Otis empieza a brincar alrededor de las piernas de Bea. Henke y Hampus le dan un abrazo y le dicen que la han echado mucho de menos. Tore es el único que está demasiado cansado para salir a recibirla. Lillis menciona que ha estado acostado en la cama todo el día.

—La Nochebuena lo dejó agotado. A todos nosotros.

Bea asiente con la cabeza. Entiende a qué se refiere.

—¿Y dónde están las chicas?

—¿Dónde crees? —responde Henke con una sonrisa socarrona.

Bea se lleva un dedo extendido a los labios.

—Chsss... Quiero que sea una sorpresa...

Bea sube por las escaleras que dan al ático, asoma la cabeza por la cortina que hay al final de los escalones y grita:

—¡Feliz Navidad!

Alma se sobresalta, y a Hedda se le escapa un chillido, mientras que Alexia solo se queda mirando fijamente a su madre, como si no pudiera creer lo que ven sus ojos.

Bea no puede contenerse, corre hacia sus hijas y les da un fuerte abrazo, y luego hace lo mismo con Hedda y Olle, que estaban jugando con el móvil. El ambiente en la habitación está inusualmente apagado, pero Bea supone que es cosa de la edad en la que están los chicos.

—¿Os desvelasteis anoche? —pregunta ella, al tiempo que se acurruca en el sofá entre sus hijas y les pasa el brazo por encima de los hombros.

Alma le responde que sí con un gesto de la cabeza y, después de titubear un instante, le pregunta:

—¿Qué haces aquí...?

—Pensé que sería un buen detalle que al menos uno de vuestros padres estuviera aquí con vosotras en Navidad.

—Sí, pero… —empieza a decir Alma, aunque Bea la interrumpe.

—Vuestro padre está en Furillen, lo sé. Solo voy a quedarme un par de días.

—¿Él sabe que estás aquí? —pregunta Alexia, con su mordacidad habitual.

Bea nota entonces que las chicas no parecen haberse alegrado mucho al verla, y esto la hace sentirse un poquito decepcionada. Se da cuenta de que no debió haber llegado con expectativas tan altas. No obstante, es posible que lo que suceda solo sea que sus hijas se han quedado demasiado sorprendidas, como todos los demás, y que necesitan un poco de tiempo para asimilar la aparición repentina de su madre.

—No, pero todo va a ir bien —dice Bea, convencida—. Vuestros abuelos saben que estoy aquí, y vosotras también.

—Pero papá dijo que no podías venir, ¿no?

Las palabras de Alexia suenan más duras que antes, y eso incomoda un poco a Bea. Es casi como si Niklas le hubiera lavado el cerebro, al menos en ese aspecto. Aun así, Bea debe tratar de mantener la calma; a fin de cuentas, no es culpa de Alexia.

—Yo puedo venir a Hogreps. Eso no le toca decidirlo a tu padre. Es la casa de tus abuelos, y ellos han dicho que les gusta que esté aquí.

Alexia se pone de pie y se va sin decir nada más. Hedda y Olle también se escabullen, con la excusa de que los dos tienen que ir al baño. Alma es la única que se queda en el ático, aunque con una expresión de desilusión en el rostro.

—¿No te alegras de que esté aquí, aunque sea un poquito? —pregunta Bea.

—Claro que sí.

Alma le da un abrazo, aunque parece que lo hace un poco por obligación y no es tan sincero como el que le da su madre para corresponderle. Bea trata de sacudirse de encima la sensación de incomodidad que le han dejado las palabras de Alexia acerca de que no podía venir aquí, pero esto ha plantado una semilla de desazón en su interior, y nada parece ser como de costumbre aquí, en Gotlandia.

Niklas

FURILLEN, GOTLANDIA

Los enormes montones de grava parecen montañas cubiertas de nieve, y el árido paisaje es todavía más inhóspito y desolado de lo normal, ahora que el clima está tan gélido y en la zona no hay turistas ni excursionistas. El hotel de Furillen es propiedad de un amigo de Maria, pero está cerrado por la temporada invernal. Niklas y ella cogieron prestada una de las cabañas, lo que significa que son las únicas personas que hay allí.

Las olas del mar se estrellan contra el muelle cuando caminan por el rompeolas de hormigón.

—Creo que podría vivir en un lugar como este —dice Niklas, contemplando el horizonte cubierto por la niebla—. Sería fabuloso, caray. Nadie con quien discutir en kilómetros a la redonda.

Maria asiente con la cabeza mientras su cabello ensortijado baila con el viento, que se lo alborota todavía más.

—Si tú y yo no nos hubiéramos divorciado, probablemente tendríamos suficiente dinero para algo así.

—Tú, en todo caso —dice Niklas con una sonrisa—. Creo que a mí solo me alcanzaría para la choza de un ermitaño.

—No creo que a Jonas le hubiera gustado tanto aislamiento y soledad. Él prefiere socializar y viajar en grupo.

—Entonces, Hogreps sería perfecto para él. Tal vez deberíamos presentarle a Bea y a Lillis, ¿no crees?

Niklas se echa a reír, aunque con un poco de amargura. Maria se queda mirándolo con una mirada de curiosidad.

331

—¿Qué hay de la relación entre ellas dos? ¿Qué fue lo que dijo tu madre ayer…? Ah, ya recuerdo: que Bea y ella eran uña y carne.

—Perdón por eso —dice Niklas, abochornado—. Si te sirve de consuelo, Bea tiene prioridad hasta por encima de mí. A veces parece que en Hogreps solo soy el encargado de mantenimiento y el médico.

—¿Cómo eran las cosas antes de que llegara Bea? ¿Lillis se comportaba igual con tus otras novias?

—No tuve muchas novias antes de Bea, pero no. La relación entre ellas es muy especial. Creo que en parte se debe al fallecimiento del hermano de Bea. Tal vez mi madre sintió una responsabilidad hacia ella mayor de lo normal porque los padres de Bea nunca han sido muy… Bueno, hasta cierto punto son personas «emocionalmente inaccesibles», o como quiera que se diga.

—Por suerte para Bea, tus padres estuvieron ahí para apoyarla. Y tú también.

Niklas asiente con la cabeza. Nota el frío empezando a colarse a través de su ropa.

—¿Cómo era él? —pregunta Maria—. Me refiero al hermano de Bea, tu amigo.

—En realidad, no lo conocía tan bien.

—Creía que era tu mejor amigo.

—Bueno, sí, un tiempo lo fue, pero al final nos distanciamos… Oye, ¿no sientes que ya hace demasiado frío? ¿Qué te parece si volvemos?

—Bien.

Comienzan a caminar de vuelta hacia la costa en silencio.

—Perdón —dice Niklas después de unos instantes—. Es solo que no estoy muy acostumbrado a hablar de él.

Maria parece un poco sorprendida.

—¿En serio? Si parece que sigue teniendo un papel central en vuestras vidas. Por ejemplo, ahí tienes los panes en forma de corazón de la ventana…

—Sí, lo sé, pero eso es más por Bea y los demás, que no quieren que nos olvidemos de él. Obviamente yo tampoco quiero olvidarlo, pero… me cuesta un poco pensar en las cosas que tienen que ver con él.

Se crea un momento de silencio y Niklas se queda contemplando el mar.

—De hecho, una vez vinimos aquí en un viaje escolar, cuando íbamos al instituto —dice él al final.

—¿Aquí, a Furillen?

Niklas asiente con la cabeza.

—El plan era pasear en bicicleta y acampar, pero el viaje se convirtió en una auténtica pesadilla. Llovió la semana entera y todo terminó empapado. Yo compartí tienda de campaña con Jacob y Freddie. Creo que estaba por allí… —Al decir esto, apunta al otro lado de la bahía de Lergravsviken, y continúa—: A pesar de que en ese entonces esta era una zona exclusiva del Ejército, una noche se nos ocurrió tratar de infiltrarnos. Nos retábamos entre nosotros a hacerlo, aunque teníamos mucho miedo de que nos dispararan…

—Y entonces, ¿qué pasó? ¿Lograsteis meteros?

—Había una valla, y cuando Jacob trató de treparla recibió una descarga eléctrica fortísima.

—¡Ay, qué horror!

Niklas hace un gesto de asentimiento.

—Se salvó de milagro. Y, bueno, ninguno de nosotros habría podido imaginarse que este lugar terminaría convirtiéndose en un hotel de lujo…

—En cuanto a lo del lujo, no estoy muy segura —dice Maria mientras empiezan a caminar de nuevo rumbo a su sencilla cabaña.

Tras unos instantes, ella se detiene y se vuelve hacia él:

—Niklas, si no quieres contármelo, no hay problema, pero me preguntaba… ¿por qué se quitó la vida?

El Establo. El parque infantil de la calle Styrmansgatan que por las noches también sirve como centro recreativo juvenil no oficial. Es difícil imaginar que alguna vez hubo establos para caballos en las antiguas barracas donde ahora hay un club extraescolar.

Niklas está sentado en el borde de un cajón de arena azul. Jacob saca una petaca que le ha cogido a su padre y se la ofrece a Niklas, pero luego se la aparta cuando este está a punto de agarrarla. Niklas suspira. Jacob está acabando con su paciencia; le cuesta trabajo reconocer a la persona de la que se hizo amigo hace tantos años. Últimamente se ha vuelto muy pesado y todo el tiempo actúa como un idiota.

Promete que ya no se va a burlar de él y le extiende la petaca de nuevo. Niklas se estira para alcanzarla, pero, justo cuando está a punto de cogerla, Jacob se la aleja de nuevo y se echa a reír. Niklas se rinde. Se baja del cajón de un salto para irse.

Por favor.

Lo siento.

Vuelve.

Jacob le promete dejar de hacer el tonto. Cumple su palabra y le entrega la petaca. Niklas bebe un trago. Luego otro. La garganta le arde, pero al final merece la pena, pues una sensación de tranquilidad comienza a esparcirse por todo su cuerpo. Un trago más. Puede quedársela si quiere, le dice Jacob. Como recuerdo. Niklas lo mira fijamente. Qué palabras tan extrañas ha elegido. No entiende a qué se refiere. ¿Un recuerdo de qué?

Están sentados uno al lado del otro en el borde del cajón de arena cuando, de repente, Jacob se inclina hacia él y lo besa, de forma rápida pero intensa. Mal aliento y el sabor del whisky en su lengua. El pañuelo que lleva alrededor del cuello huele a humo.

«Te quiero», le susurra. Niklas le da un empujón para alejarlo y le pregunta qué cojones cree que está haciendo. ¿Está borracho o algo así? No tiene ni pizca de gracia. Pero no estoy bromeando, dice Jacob. Te lo juro por mi vida. Eso es lo que siento. Niklas se baja del cajón. «Estás mal de la cabeza», se oye decir a sí mismo. Nunca más volvieron a cruzar una sola palabra.

—Uf —dice Maria, después de un instante de silencio—, qué experiencia tan difícil y complicada. Y muy muy triste. Ahora entiendo por qué te resulta tan doloroso pensar en todo aquello.

Niklas asiente con la cabeza.

—Nunca se lo había contado a nadie. Ni siquiera a Bea.

«Mucho menos a ella», piensa Niklas.

Llegan a la cabaña, y Maria abre la puerta. Le echan más leña al fuego, preparan café y se sirven un vaso de *whisky* cada uno, antes de acurrucarse juntos en el pequeño sofá.

—Suena como a que él ya había tomado una decisión —dice Maria, una vez que los dos han entrado en calor y ella ha tenido tiempo de procesar el relato de Niklas—. Como que él ya sabía lo que iba a hacer.

—Puede ser. Pero lo último que sintió de mi parte fue desprecio, y lo peor es que todo ese último año Jacob solo me pareció un fastidio. Al final, ni siquiera me caía bien, y creo que él lo notaba…

La voz se le quiebra a Niklas y rompe a llorar. Casi se sorprende él mismo de su reacción pues, hasta donde recuerda, nunca antes había llorado por Jacob.

—Discúlpame, sé que en este momento no soy la persona más divertida del mundo —dice él, una vez que ha conseguido tranquilizarse.

Maria lo envuelve en sus brazos.

—No estoy contigo porque seas una persona divertida.

—Entonces, ¿por qué estás conmigo? —pregunta él, con curiosidad genuina.

—Creo que es bueno que seas de segunda mano —responde Maria sin rodeos—. Ya tuviste tiempo de cometer tus peores errores, y quieres hacer cambios en tu vida. Además, eres un hombre valiente, que trata de ser honesto consigo mismo.

Niklas la sonríe, y luego, a través de la puerta semiabierta de la pequeña habitación que está al lado de la suya, ve dos camas hechas e intactas. La idea era que Alma y Alexia pasaran la noche en ellas. Echa tanto de menos a sus hijas que siente una punzada en el corazón.

—¿Te parece bien si volvemos? No es que no quiera estar contigo, o que me hayan prohibido venir aquí. Es solo que quisiera estar con las chicas y con Tore. Eso es lo que siento que quiero.

Su cuerpo se tensa levemente, anticipando, por la costumbre, una reacción de desilusión y que ella se enfade porque él quiera dar por terminadas estas minivacaciones antes de lo previsto.

—¿Por qué no me iba a parecer bien? —pregunta Maria a la vez que se encoge de hombros—. Anda, vístete y volvamos al campo de batalla.

Niklas la mira vacilante.

—¿Seguro?

—Por supuesto. Yo echo de menos a Emmy y Lukas tanto como tú extrañas a las chicas, aunque yo sé que ellos están pasándoselo bien con su padre en las montañas. Y, a veces, una tiene que poder admitir que un regalo de Navidad ha resultado ser un poco inapropiado. Simplemente, así son las cosas.

Niklas empieza a llorar de nuevo, esta vez de agradecimiento. Porque ella lo escucha. Porque no ignora ni minimiza sus necesidades; ni siquiera se irrita porque él quiera algo diferente de lo que ella quiere. Pero también son lágrimas de felicidad, porque él mismo está empezando a pensar más en sus propias necesidades, en lugar de simplemente quedarse callado para complacer a Maria o a otra persona. Y, aunque una parte de Niklas desearía quedarse aquí con ella, seguir huyendo del pésimo ambiente que hay en Hogreps, una parte más grande de él quiere estar con sus hijas y con Tore.

Bea

HOGREPS, GOTLANDIA

—Había una atmósfera muy especial en el salón, con todos los voluntarios y la gente que acudió. Todos estaban muy agradecidos por las gachas navideñas, y cada uno se llevó una bolsa con comida. Realmente podías notar lo mucho que eso significaba para ellos... —Bea está sentada en su lugar de siempre en la mesa del comedor. Les está contando a los demás su experiencia en la «Navidad con la Comunidad», aderezando su narración con gestos animados—. Debería hacerlo todos los años, en serio —prosigue ella—. Sienta muy bien hacer algo por los demás en Nochebuena, en lugar de andar pensando solo en uno mismo.

—¿Algo así como salir a correr antes del almuerzo navideño para no sentirse tan culpable? —bromea Henke, llevándose a la boca una rodaja de *gravlax*.

—Henrik... —le advierte Sus con una mirada de reproche.

—¿Qué? No irás a decirme que ella también lo hizo por la gente sin hogar.

—No toda la gente es como tú, papá —dice Hedda, al parecer un poquito abochornada por los comentarios sarcásticos de Henrik—. Hay personas que sí tienen corazón.

—Bueno, Hedda —empieza a decir Bea—, si hay alguien aquí que tiene corazón, ese es tu padre. No como su hermano...

Pero entonces, Bea se topa con la mirada de Alexia y decide que es mejor dejar la frase sin terminar. Ya es demasiado tarde para retractarse, así que trata de establecer contacto visual con Lillis, buscando algo de apoyo, pero su suegra se obstina en mirar fijamente su plato en la mesa. En el asiento de al lado, Tore se retuerce con incomodidad. Hasta Sus parece inquieta.

—No quise que sonara así —alega Bea, tratando de limar asperezas—. Solo era una broma.

—¿En serio? —pregunta Alexia con frialdad.

Ha estado comportándose distante desde que Bea llegó a Hogreps, y esto difícilmente va a tender un puente entre ellas. Pero entonces, Alma llega al rescate:

—¡Deja ya de meterte con mamá todo el tiempo!

—Entonces, ¿ella sí puede hablar mal de papá todo lo que quiera?

—No era mi intención, Alexia —interviene Bea—. Solo ha sido un mal chiste.

—Muy malo.

—¿Alguien quiere postre? —pregunta Lillis, en un intento de apaciguar los ánimos—. Y luego podríamos ver una buena película juntos, ¿qué os parece?

—Nada de televisión, por favor. No quiero ver la caja tonta en Navidad —masculla Tore.

Por un instante, Bea siente que todo parece haber vuelto a la normalidad. O casi. Si no fuera por ese algo intangible que flota en el ambiente. En las miradas amables y bienintencionadas. Debajo de ellas parece haber algo más, otro sentimiento que todos están tratando de disimular, y Bea no puede dilucidar de qué se trata.

—¿Un poco más de vino? —pregunta Henke, y le sirve generosamente.

Bea está bebiendo más de lo usual. Y también los demás.

De pronto, se oye un ladrido que proviene del sofá. Otis había estado durmiendo allí, pero ahora sube la cabeza y levanta las orejas.

—¿Viene alguien? —pregunta Olle, con su voz ronca de adolescente.

—¿Qué? —dice Tore, y se gira para mirar a la puerta.

—Me ha parecido oír un coche —coincide Hedda.

Todos guardan silencio y escuchan con atención. Hedda estaba en lo cierto. El ruido de un motor se aproxima y un vehículo entra lentamente en el patio. Oyen que alguien cierra la puerta del coche con fuerza y luego suena una voz.

Una voz familiar.

Pasos en la escalera del porche. Dos pares de pasos, de hecho, y luego abren la puerta y entran sin llamar.

Niklas y Maria aparecen en la entrada del comedor. Silencio y dos rostros sorprendidos. Parecen el reflejo de la misma expresión que los demás tenían en la cara cuando Bea se presentó en Hogreps.

—¿Ya habéis vuelto? —logra decir Lillis después de unos instantes—. Creíamos que ibais a estar fuera un par de días.

—Cambié de opinión —mascula Niklas, al tiempo que Maria lo coge de la mano y se la aprieta ligeramente, como gesto de apoyo.

Niklas se gira a mirar a Maria, y es como si mil cuchillos se clavaran en el pecho de Bea. Ella reconoce esos ojos. Así es como él solía mirarla hace mucho tiempo. Entonces Niklas se vuelve hacia las chicas, como si quisiera disculparse por lo que está a punto de suceder.

—Perdonadme, pero esto no está bien, y lo digo por todos los presentes. Te has pasado de la maldita raya, Bea. Y, en cuanto a vosotros dos… —dice clavando la mirada en Lillis y Henrik—, ¿a qué creéis que estáis jugando? Todo el tiempo parloteando acerca de la familia y de que uno debe estar dispuesto a ayudar a los demás, pero por lo visto solo puede ser con vuestras condiciones y cuando os conviene. ¡Yo también tengo derecho a ser feliz!

—¿A expensas de los demás? —estalla Bea— ¿Tú tienes que ser feliz a costa de lo que sea, aunque nuestras hijas sean desgraciadas? ¡Ya nadie sabe quién eres, Niklas! ¡Toda tu familia siente como si te hubieran trasplantado el cerebro y tú ni siquiera te hayas dado cuenta!

—¡Bueno, entonces tal vez deberías casarte mejor con mi familia! Porque de eso se trata, ¿verdad, Bea? ¡Eso es lo que quieres! —exclama Niklas a gritos, con un gesto que abarca toda la habitación—. ¡Yo no te intereso en realidad!

Hay un momento de silencio, seguido de un golpe sordo bastante fuerte. Todos se giran para mirar qué ha causado ese ruido, y entonces se dan cuenta de que Tore yace inmóvil en el suelo junto a su silla.

Bea está de pie en el patio, viendo cómo la ambulancia se aleja por el camino principal con Tore a bordo. Otis está junto a ella, gimiendo con desesperación. Lillis y Niklas acompañan a Tore, y el BMW de Henrik va justo detrás de ellos, con Sus en el asiento del acompañante y Hampus y los primos en la parte de atrás.

—¡Tenemos que ir también! —dice Alexia a voces, mientras agarra la cazadora de Bea—. ¡Venga, mamá! ¡Vámonos!

—Tal vez sea mejor que nos quedemos aquí, corazón. De todos modos, no podemos hacer nada por él en este momento.

Bea trata de dominar el caos desatado en su interior, pero puede oír en su propia voz que está fracasando en su intento, pues suena aguda y estridente. Alexia la mira fijamente, como si fuera una loca desconocida.

De repente, Bea nota la presencia de Maria, que da un paso al frente.

—Yo puedo llevaros si queréis —dice ella, con una sonrisa cargada de buenas intenciones.

Su generosidad es como un puñetazo en el estómago de Bea, que al instante se vuelve hacia Alexia de nuevo.

—Quizá lo mejor sea que esperemos aquí, cariño. Tu abuelo está recibiendo toda la ayuda que necesita, y…

—¡Vamos a ir y punto! —grita Alexia mientras se dirige al interior de la casa con Otis en brazos. Un instante después sale corriendo a toda prisa y prácticamente se sube de un salto al asiento delantero del Volvo—. ¡Ven, Maria, vámonos ya!

—¿Mamá?

Alma mira a Bea con ojos suplicantes y llenos de desesperación.

Bea traga saliva. Se da cuenta de que la han vencido, pero, aun así, la sola idea de subir en el mismo coche que Maria literalmente le provoca náuseas. La madre de Emmy, la mujer con quien alguna vez charló en las caballerizas, con quien se encontraba en las reuniones de padres de familia y en las fiestas de Año Nuevo, la que llevaba a su hija a las competiciones de equitación, ahora va a llevar a Bea al hospital en el que solía ser su coche. Simplemente no hay forma de que eso pase. Podría dejar que sus hijas se vayan y quedarse sola aquí. Aunque, pensándolo bien, ver a Maria marcharse en el coche con sus hijas sería todavía peor.

Sin decir una sola palabra, coge a Alma de la mano, camina hacia el Volvo y se sube.

Delante de ella, en el asiento del conductor que Niklas suele ocupar, ve el cabello alborotado de Maria. Alexia está sentada en el antiguo lugar de Bea, el asiento del acompañante, mientras que ella ha terminado en el asiento trasero junto a Alma, como si fuera una niña, con las mejillas ardiéndole por la humillación. Maria se gira por encima del hombro.

—Poneos el cinturón de seguridad, por favor.

Cuarenta kilómetros es un trayecto muy largo. En todo caso, lo es cuando estás encerrada en un coche con la mujer por la que tu marido te ha abandonado. En el interior del Volvo reina el silencio. Un silencio bastante incómodo. Alma no puede evitar sollozar de vez en cuando, y Bea busca a tientas su mano para reconfortarla.

Maria parece lidiar con la situación fingiendo que todo está bien. Como si todavía fueran esas madres de familia y amigas que se apoyan una a otra, de camino a otro torneo de equitación con sus hijas. Pero, al final, la charla trivial se convierte en una especie de disculpa.

—De verdad, lo siento, Bea…

«¿Lo siento?». Eso es lo que dices cuando rompes un vaso sin querer. O cuando le contagias a alguien un resfriado. No cuando has destrozado la vida de otra persona. Con ojos cargados de ira, Bea mira fijamente la oscuridad que las rodea, mientras sujeta la mano de Alma con firmeza.

—Sé cómo te sientes —prosigue Maria—. Cuando tu suegro…

—Vas a tener que disculparme —la interrumpe Bea—, pero realmente no tengo ganas de hablar en este momento.

No, Maria no tiene ni idea de cómo se siente. Y Tore es más que un simple suegro para Bea. Es como un padre.

—Claro. Perdón… —dice Maria, que entonces enciende la radio y justo sintoniza la emisora en la que está sonando «Some Die Young», de Laleh.

Efectivamente, algunas personas mueren jóvenes.

—Por favor, ¿podrías cambiar…? —empieza a decir Bea, pero Alexia la interrumpe.

—No, déjala. A mí me gusta.

I will tell your story if you die.
I will tell your story and keep you alive.

Hace unos años, cuando la canción acababa de estrenarse, le recordaba siempre a Jacob. Era como si se la hubieran dedicado a él. Y a Bea. Para conservar vivo el recuerdo de su hermano. Del mismo modo en el que Tore y Lillis han mantenido vivo a Jacob, al seguir hablando de él. Al colocar los corazones de pan de jengibre con su nombre en la ventana de la cocina de Hogreps. Al decorar su casa de Gotlandia y su apartamento de Kaptensgatan con fotos de Jacob y Niklas, y de Bea con su hermano mayor. «El tío Jacob», como Tore siempre se refería a él cuando hablaba con sus nietas, cuando eran más pequeñas.

Tore. Aunque su cuerpo es el de una persona mayor, siempre pensó en él como un joven. Quizá porque fue una parte muy importante de la juventud de Bea. Junto con Lillis, las dos mitades del espacio seguro que representaban para ella.

But you better hold on.
So many things I need to say to you.
Please don't, don't let me go.

La música sigue, y las chicas empiezan a sollozar. ¿Por qué no apaga la radio Maria? ¿No se da cuenta de lo doloroso que es oír a alguien cantar sobre cosas que quedaron pendientes de decir, sobre gente que no se quiere despedir?

Bea trata con todas sus fuerzas de apartar de su mente la música y la letra. Ya no quiere pensar en Tore ni en Jacob. No quiere llorar delante de Maria. No quiere perder el control delante de sus hijas. Si abre esa puerta, puede pasar cualquier cosa.

HOSPITAL DE VISBY, GOTLANDIA

Bea trata de evitar los hospitales siempre que puede, aunque hubo ocasiones, en el transcurso de los años, en las que acompañó a Niklas a su trabajo. Antes de que las chicas nacieran, creía que era importante tratar de reprogramar su mente, aprender a asociar los hospitales con otra cosa que no fuera la muerte de Jacob. O el recuerdo de Jacob en la cama del hospital, después del intento de suicidio que no resultó conforme él lo había previsto. El disparo con el rifle de caza de su padre lo dejó con muerte cerebral, pero su cuerpo seguía vivo. Pasaron varios días antes de que finalmente lo desconectaran de las máquinas. Bea permaneció a su lado, junto con sus padres. Niklas también estuvo ahí. Freddie y Calle los visitaron alguna vez. Una época distinta, un hospital distinto. Pero el olor siempre es el mismo. El olor a muerte. Bea lo percibe en cuanto pone un pie dentro del Hospital de Visby. Está presente en la sala de espera, donde se encuentran sentados los demás. Niklas, Henrik y Hampus hablan en voz baja junto a la máquina de café. Por el rabillo del ojo, Bea ve que Maria va hacia donde están ellos y coge a Niklas de la mano. Las chicas la siguen. Alguien dice algo acerca de que a Tore lo han metido al quirófano. Un problema del corazón. No ha sido el cáncer, como habían creído.

Lillis está sentada en un banco junto a Sus. Parece muy pequeña y muy frágil. Bea nunca la había percibido así. Es como si hubiera encogido en solo unas horas. Lillis, esa mujer tan fuerte y serena, la madre y la abuela de todos. Ahora necesita que la dejen ser débil; necesita el apoyo de los demás.

Bea se sienta a su lado, le coge la mano y se la presiona muy ligeramente, tratando de darle algún consuelo. Pero Lillis se estremece y aparta la mano con brusquedad, como si Bea le hubiera dado una descarga eléctrica.

—Perdóname, por favor, yo… —trata de decir Bea, pero su voz se desvanece cuando Lillis la mira a la cara.

Los ojos de su antigua suegra están llenos de tristeza, pero también hay algo más. Algo que nunca antes había visto, algo que es casi como una súplica.

—Tal vez lo mejor sea que te vayas, Beatrice.

«Beatrice». Nadie la llama así. Ni siquiera sus propios padres.

Confundida, Bea se gira para mirar a Sus, pero su concuñada solo la mira con compasión. Entonces, Sus posa la mano en el brazo de Lillis y repite lo que esta última acaba de decir.

—Tal vez sea lo mejor.

Lillis está extrañamente distante y ausente, pero, cuando Alma y Alexia vienen hacia ella, les abre los brazos como siempre acostumbra a hacer. Necesita a sus nietas. Pero no a Bea.

Bea se pone de pie, mareada, y camina tambaleándose hasta la máquina de café donde están Niklas, Maria y los demás. Tiene que hablar con Niklas. A solas. Se detiene a una corta distancia de ellos y busca el contacto visual, pero él se da la vuelta para mirar a otro lado. Finge que no se ha dado cuenta de que ella está ahí, y los demás hacen lo mismo, excepto Hampus, que le dedica una mirada fugaz y llena de tristeza.

—Niklas, ¿podemos hablar?

Finalmente se vuelve hacia ella, pero no hace ningún esfuerzo por acercarse.

—¿Podríamos…? —intenta de nuevo Bea, a la vez que asiente con la cabeza de forma discreta moviéndola hacia un lado, pero él solo la mira de forma inexpresiva.

—Por favor… —susurra ella, y por fin él se separa del grupo y da un par de pasos hacia Bea.

—¿Sí?

—¿Cómo está Tore?

—Grave.

Bea traga saliva. Las palabras se le atascan en la garganta. Está a punto de echarse a llorar. No puede lidiar sola con todo esto.

—Lillis quiere que me vaya… Parece como si estuviera conmocionada, pero de verdad quisiera quedarme, por si Tore…

—Yo también creo que sería mejor que te marcharas, Bea.

Niklas se la queda mirando con esa nueva mirada que ha tenido desde que empezó todo este asunto del divorcio. Esa dureza a la que ella nunca se ha podido acostumbrar.

—Por favor… —susurra ella con voz temblorosa.

Necesita quedarse aquí con los demás, puede permanecer sentada en silencio en un rincón si eso es lo que hace falta, pero tiene que estar aquí, o de lo contrario se derrumbará. Mira a Niklas con ojos desesperados. Patita, la garrapatita pesada que se aferra a él y que está dispuesta a hacer cualquier cosa para poder estar con los demás.

—Ahora vas a tener que cuidarte sola, Bea —dice él mientras niega con la cabeza con tristeza.

Bea no puede evitar sollozar cuando las lágrimas brotan de su ser. ¿A dónde se supone que debe ir? La han expulsado de todo lo que era suyo, y la gente que siempre había sido su refugio más seguro ahora la rechaza. Cuando Niklas le da la espalda y vuelve a donde está la máquina de café, siente como si el suelo debajo de ella se partiera en dos, como si cayera a ese abismo de cabeza. Se queda inmóvil en el sitio, completamente sola, tratando de mirar a su alrededor a través de una niebla de lágrimas.

Lillis, las chicas y Sus permanecen sentadas en el banco, abrazadas. Hedda y Olle están en cuclillas, con los ojos cerrados y la cabeza apoyada contra la pared de color rosa, como si trataran de dormir. Maria y los hermanos siguen al lado de Niklas, sin que nadie de ese grupo se dé la vuelta para mirar a Bea. Ella desaparece de la sala, tan invisible como el aire.

Un poco más tarde, Niklas está sentado en uno de los sillones de vinilo azul, inclinado hacia delante y con la cabeza entre las manos, cuando Alma se le acerca.

—¿Dónde está mamá?

—Se ha ido.

Alma se lo queda mirando fijamente, con una mirada de desesperación.

—¿Qué? ¿Por qué?

—Todos estamos afligidos, corazón.

—¿Le has dicho que se fuera?

No quiere mentirle a Alma, pero al mismo tiempo no sabe cómo decirle la verdad sin que suene mal.

—Las cosas se salieron un poco de control, y ahora todos estamos tristes… y creo que todo el mundo siente…, incluida tu madre …, que ahora necesitamos un poco de paz y tranquilidad para que podamos cuidarnos unos a otros.

—Pero ¿qué hay de mamá? ¿Por qué tiene que quedarse sola?

—Ella tiene a otras personas…, como tus abuelos maternos.

—Eso no es verdad, y tú lo sabes. ¡Nosotros somos las únicas personas que tiene en el mundo!

Niklas siente que algo se rompe en su interior. No solo porque es consciente de que Tore va a morir pronto, sino también porque se está viendo a sí mismo reflejado en Alma. Él siempre había pensado que Alexia era quien más se parecía a él. Pero ahora se da cuenta de que es justo al revés.

—Eso no es responsabilidad tuya, Alma. Tu madre es adulta. Superará esto y estará bien. Te lo prometo.

Esas son palabras huecas, y ni siquiera sabe por qué las está diciendo. No puede prometer que Bea vaya a estar bien en absoluto y puede ver la decepción en los ojos de Alma antes de que ella se vaya corriendo a toda prisa hacia la salida. Debería ir tras ella, intentar convencerla de que se quede. Sin embargo, justo en ese momento el cirujano entra en la sala de espera junto con el psicólogo, y Niklas ya sabe qué van a decir.

CINE RIGOLETTO, ESTOCOLMO

Febrero de 2017

Bea está en la fila, fuera del cine. No puede evitar sentirse nervio-sa, a pesar de que Alma está a su lado, sosteniendo su mano. Protegién-dola. A veces siente que su hija asume demasiadas responsabilidades, pero al mismo tiempo no sabe cómo podría arreglárselas sin ella. Des-de que Alexia decidió que quería vivir a tiempo completo con Niklas y Maria, Bea y Alma están solas en el apartamento de Örby.

Bea le ha dicho que puede quedarse con Niklas todo el tiempo que quiera, que debe de ser agotador tener que ir y venir a la escue-la y a las caballerizas de Djurgården. Sin embargo, Alma se ha ne-gado tercamente a quedarse alguna noche en Banérgatan desde que Alexia se mudó a Östermalm de forma definitiva. Parece que Ma-ria también vive allí de forma más o menos permanente. Y, a pesar de que le remuerde la conciencia, Bea no puede evitar sentirse agra-decida por la lealtad de Alma. Con mayor razón en ocasiones como la de esta noche. El funeral de Tore, que tuvo lugar hace casi un mes, fue una absoluta pesadilla. Bea tuvo que sentarse al fondo, le-jos de los demás. No estaba segura de si debía ir o no, pero las chi-cas la convencieron en el último instante.

En la reunión posterior al funeral, Sus le contó que, en opinión de Lillis, Bea había acortado la vida de Tore, a pesar de que ya es-taba luchando contra el cáncer que se había extendido por todo su cuerpo. Era como si Lillis también hubiera muerto esa noche. Bea nunca se había sentido tan sola y apartada del mundo.

Cuando Niklas le anunció que quería divorciarse, al menos contaba con el apoyo y el amor del resto de la familia. Pero, después del infarto que sufrió Tore, eso también se acabó. No es algo que quiera reprocharles, pero le sigue doliendo tanto que hay días en los que le cuesta muchísimo funcionar como persona; es como si la mitad de su ser se hubiera desvanecido.

Poco a poco van acercándose a la entrada del cine. Allí dentro pueden ver a Alexia, que sonríe para una multitud de fotógrafos, con Niklas y Maria a su lado. Lillis y Hampus se encuentran un poco más atrás. Se nota que se sienten tan fuera de lugar como la propia Bea, que de pronto tiene muchas ganas de ir a hablar con ellos, pero, justo en ese instante, Niklas y Maria se le adelantan, antes de que Bea tenga la oportunidad de acercárseles siquiera. Alexia sigue posando frente a los fotógrafos, aunque ahora está flanqueada por Freddie y una mujer que Bea supone que debe de ser la directora.

—¡Oiga! ¿Va a entrar o no? —pregunta alguien en la cola, detrás de ellas.

Hay un hueco delante de Bea. Alma ya se ha adelantado. Se vuelve y extiende la mano, como si pudiera percibir la reacción de Bea.

—No pasa nada, mamá.

Ni Bea ni Alma desfilan por la alfombra roja. Entran a hurtadillas por detrás de los fotógrafos mientras esperan a que Alexia termine de posar. Alexia las saluda brevemente, aunque se nota que se alegra de verlas, y luego se va a toda prisa para alcanzar a Niklas y a Maria. Emmy también está con ellos, al igual que Lukas, su hermano menor. La nueva familia.

Cuando entran al vestíbulo, Bea puede ver a Calle y a Charlotte, que beben champán y observan el cartel de la película. Es un alivio descubrir un par de rostros conocidos, y se dirige rápidamente hacia ellos, al mismo tiempo que Alma se va por su lado para saludar a Lillis y al resto de la familia.

Calle y Charlotte le dan un abrazo y, por un instante, Bea piensa que tal vez pueda sobrevivir esta noche, después de todo, que todavía pertenece a este entorno.

—Vosotros dos tenéis una hija con mucho talento, ¿eh? —dice Charlotte.

Bea sonríe por primera vez en la noche. El solo hecho de oír a su amiga decir «vosotros dos» para referirse a ella y Niklas la llena de una agradable sensación de calidez.

—Yo no la he visto en acción aún, pero Freddie dice que es muy buena.

—Si Freddie dice que es muy buena, entonces su actuación debe de ser jodidamente fenomenal —dice Calle entre risas—. Ya sabes que ese hombre es difícil de complacer.

Bea también se echa a reír y se deja llevar por la emoción del momento. Y todo va bien, hasta que ve a Maria y a Niklas de nuevo, que ríen y charlan tal y como ella lo estaba haciendo hasta hace un instante. Tiene que contener las ganas de llorar, que se apoderan de ella de inmediato. Bea siente las miradas compasivas de sus amigos, y Calle posa la mano sobre su brazo.

—Sé que esto es algo que tal vez no quieres oír —dice él—, pero, en realidad, ella parece buena gente.

Bea empieza a ponerse tensa, y Charlotte se suma al coro de halagos.

—Al principio yo también era escéptica, pero creo que deberías darle una oportunidad. Es una persona estupenda. La otra noche vinieron a cenar a casa, y pasamos un rato excelente.

Al oír esto, a Bea se le seca la garganta. Sabe que sus amigos tienen buenas intenciones. Solo están intentando alegrarla y darle ánimos, pero por desgracia sus palabras tienen el efecto contrario. Trata de responderles con una sonrisa, pero sabe que sus labios deben de estar torciéndose para formar una mueca no muy agradable.

Calle y Charlotte se miran entre ellos, como si estuvieran

buscando el apoyo el uno del otro y les pareciera extraño que a Bea le cueste tanto seguir con su vida.

Bea se oye a sí misma decir que tiene que ir a por algo de beber y, mientras se va de allí, puede ver de reojo que sus amigos ahora se dirigen hacia donde están Lillis, Niklas y Maria.

Calle y Charlotte. Hace tan solo unos meses opinaban que el comportamiento de Niklas era inaceptable. Que estaba pasando por una crisis de la mediana edad, y que su personalidad había cambiado por completo. Sin embargo, ahora los invitan a él y a Maria a una cena de parejas. Bea ha sido reemplazada. Eso no tiene nada de raro. Tiene que aprender a normalizar todas estas cosas. Lo que a ella todavía le causa un dolor tan insoportable que puede romper a llorar en cualquier momento y sin previo aviso para los demás es simplemente parte de su vida cotidiana.

Es un alivio para Bea poder desplomarse en la butaca, en medio de la oscuridad de la sala, un par de minutos después. Como era de esperar, justo cuando estaban a punto de ocupar sus asientos, se toparon con Niklas y los demás, que se dirigían a la zona VIP. Bea tuvo que echar mano de todas sus fuerzas para ser capaz de saludar a Lillis, quien le respondió asintiendo con un gesto muy reservado, mientras caminaba en medio de Maria y Hampus. Gracias a Alma Bea pudo ponerse una máscara de valentía y actuar como si nada la perturbara, a pesar de que esa situación le parecía absurda. Recordar la ocasión en la que conversaron acerca de este día hace menos de un año, cuando todo era como de costumbre, le provoca una sensación de vértigo. En aquel entonces, mencionaron el gran estreno de la película de Alexia, en el que todos desfilarían por la alfombra roja juntos, como una familia. Lo decían en son de broma, desde luego, pero muy muy en el fondo también hablaban un poquito en serio.

Por fin empieza la película, y Bea se gira para mirar la pantalla.

Da las gracias por tener otra cosa en la que concentrarse distinta del caos que vive en la vida real, aunque sea por un ratito.

Alexia.

Nacida dos minutos antes que su melliza. Es ella la que está allá arriba. Y a la vez no. En la película interpreta el papel de una adolescente que pertenece a otra familia y que se ve involucrada en un drama distinto al de Bea y los demás, pero que es tan poderoso que una oleada de dolor la sacude de pies a cabeza. A Bea le absorbe tanto lo que le pasa a la joven en la pantalla que tiene que sujetarse a los reposabrazos con las dos manos. Se ríe. También llora. Alexia sabe actuar. ¿Cuándo ha aprendido? ¿Cuándo se ha convertido su hija —tan grande y tan lista, pero que a pesar de todo tan solo tiene dieciséis años— en una actriz con tanto talento que parece que lleva dedicándose a esto y solo a esto toda la vida?

La cámara se acerca al rostro de Alexia. Bea nota el gusto salado en sus labios. Por el rabillo del ojo se da cuenta de que Alma la mira con preocupación.

—Estoy bien, en serio —susurra Bea.

Porque no está triste. Son lágrimas de orgullo y melancolía.

Niklas tiene la vejiga a punto de estallar. No debió haber bebido esa última copa de champán para calmar los nervios justo antes de entrar a la sala. Después de cambiar de posición en el asiento por enésima vez, se rinde y se pone de pie. Pasa con dificultades por delante de una hilera de piernas vestidas con elegancia y, a pesar de que se agacha todo lo que puede, es imposible no sentir las miradas de enfado de los demás asistentes a través de la oscuridad. Tiene la esperanza de que Alexia no se haya dado cuenta de que ha tenido que salir a hurtadillas.

Al llegar al vestíbulo, siente como si le hubieran quitado un peso de encima. No solo porque pronto podrá aliviar aquello que lo agobia, sino porque sienta bien alejarse del asfixiante drama familiar que está teniendo lugar en la pantalla. No estaba realmente preparado para el tono tan serio de la película y se da cuenta de que nunca le preguntó a Alexia de qué trataba esta, a pesar de que tuvo bastante tiempo para hacerlo durante el largo periodo de rodaje.

Atrapasueños. Había supuesto que iba a ser una comedia con tintes dramáticos, o una historia romántica. Pero ¿esta oscuridad a lo Lars Norén? Eso no se lo esperaba. Un divorcio, una adolescente que termina en una clínica psiquiátrica por su tendencia a automutilarse. Dios santo.

¿Por qué Alexia nunca le dijo nada? ¿Ni Freddie? En todas esas veces que la llevó a las localizaciones en el transcurso de ese año y le preguntó cómo le había ido, ella no le dijo ni una sola palabra acerca de esas escenas tan desgarradoras. También había bastantes desnudos en la película, tantos que tal vez debería hablar de ello más tarde con Freddie. Aunque obviamente Bea y él debieron haber leído el guion, lo cierto es que los dos estaban hasta arriba con sus propios problemas. El caso es que Niklas se siente culpable por no haberse involucrado más.

—Nuestra hija es fantástica, ¿verdad?

Bea sale del servicio de señoras al mismo tiempo que Niklas entra en el de caballeros. Él se estremece al oír su voz, pero recobra la compostura casi de inmediato, y, aunque no se lo esperaba, siente una oleada de afecto por la mujer que, después de todo, es la madre de sus hijas. Y pensar que juntos han podido criar estas dos maravillosas jovencitas…

—Así es. Qué actuación la suya, ¿eh? —dice él—. Es difícil creer que nuestra pequeña es la persona que aparece en esa pantalla enorme.

Bea asiente con la cabeza. A pesar del maquillaje, se la ve ojerosa y cansada. Desgastada por la vida de una forma tal que él nunca había visto.

—También es bueno ver que hay gente que lo pasa peor —añade él con una sonrisa socarrona, en un intento de relajar el ambiente.

De inmediato nota que la broma no ha caído en gracia. La mirada de Bea se endurece.

—Si me preguntas, creo que se parece demasiado a la realidad. Alma todavía está muy mal por todo esto. Está muy decepcionada contigo y con Maria.

Niklas suelta un resoplido, tanto por el dolor que siente en la vejiga como por la ira. Ya está harto. Harto de proteger a Bea y harto de mantener la promesa que le hizo a Alma de que no iba a revelar nada, a pesar de que él sabe que ella está sufriendo por tener que ser algo así como la manta de seguridad de su exmujer.

—Alma no quiere vivir contigo. Solo lo hace porque tiene miedo de lo que pueda pasar si llegaras a quedarte sola. Cree que no podrías arreglártelas sin ella, pues todo el tiempo estás llorando y dándole vueltas sin parar a la situación. Te felicito, Bea. Ahora haces que tus hijas se sientan culpables para garantizar su lealtad, tal y como hacías conmigo todos estos años.

Bea solo necesita unos segundos para dejar de ser la madre acusadora y convertirse en la niña herida, pero eso es algo que él conoce demasiado bien. Está jugando la carta de hacerse la víctima. Sin embargo, Niklas no piensa contenerse esta vez. Es hora de que ella sepa la verdad.

—Alma ni siquiera se atreve a hablar contigo acerca de cómo se siente. ¿Sabes a quién le cuenta esas cosas? A Maria, ¡la única persona en todo este maldito enredo que también piensa en los demás!

Otra persona pasa junto a ellos en dirección al baño, y los mira con los ojos muy abiertos. Quizá se pregunte si esta es una especie de *performance* relacionada con la película. Al final Niklas se ve obligado a detener su diatriba. Su vejiga ya no aguanta más, y tiene que meterse en el baño a toda prisa.

Bea vuelve a las tinieblas de la sala de cine y se desploma en el asiento junto a Alma, que la mira con nerviosismo en los ojos. «¿Todo bien, mamá?». Bea asiente con la cabeza y trata de sonreír.

«¿Todo bien? ¿Te ayudo con algo? ¿Puedes tú sola?».

Esa es la clase de cosas que los padres deben decirles a sus hijos, no al revés. Alma se vuelve hacia la pantalla, y se le nota en el rostro que de nuevo se ha concentrado en la película, pero Bea se queda mirando fijamente a su hija. ¿Será verdad lo que le ha dicho Niklas? ¿Alma quiere vivir con él, pero no se atreve a decírselo a Bea? La revelación la golpea como un puñetazo en el estómago.

ÖRBY SLOTT, ESTOCOLMO

Bea decidió no ir a la fiesta que se iba a celebrar después de la película. Le dijo a Alma que esa noche tendría que quedarse a dormir en casa de Niklas. Se sentía enferma, tal vez de gripe, y no quería contagiar a nadie. Mucho menos a Alma, que tiene una competición de equitación este fin de semana. Al final, su hija aceptó a regañadientes que Bea se fuera sola a su casa. Ahora, Bea está en su fea y raída cocina blanca, con un paquete de seis cervezas que ha comprado en la tienda del barrio que está junto a la parada del autobús. La cocina que data de 2004, que no puede reformar porque no tiene dinero para hacerlo. La cocina que odia casi tanto como a Maria y a Niklas. ¿Así se siente una cuando toca fondo? ¿Así es como se sintió Jacob? ¿Sentir que es mejor rendirse, que no hay nada ni nadie por quien merezca la pena vivir? Ante la mirada de Alma, Bea supo que Niklas le había dicho la verdad. Su propia hija tenía miedo de dejar que Bea se fuera sola a su casa y al mismo tiempo se sentía aliviada por no tener que acompañarla.

Alexia estaba radiante sobre el escenario, cuando la proyección de la película terminó. Le dieron un ramo de flores y Freddie le levantó el brazo en un gesto de celebración de su triunfo, mientras el público aplaudía. Su hija está abriéndose camino en el mundo de ahí fuera, un camino hacia una vida propia.

Bea quiere que Alma pueda experimentar lo mismo. Que pueda ser libre de arrojarse a los brazos de la vida, que siga sus propios anhelos, sus propias necesidades, sus propios deseos. Aunque eso es justo lo que más le duele: que Alma atienda sus propias necesidades buscando el apoyo de Maria. ¿Qué clase de madre es ella si siente envidia cuando su propia hija habla de las cosas que la agobian? Una madre que no es capaz de dejar atrás los sentimientos de humillación que se apoderan de ella en cuanto se acuerda de Maria. La madrastra perfecta. La mujer a quien acuden sus dos hijas. La mujer que al parecer ya se ha ganado el afecto de sus amigos y de Lillis. Porque, ahora, es un hecho que Maria se ha apoderado de la vida de Bea.

Hogreps.

Lillis.

Sus hijas.

Niklas.

Su hogar.

La cocina de Bea.

En cambio, a Bea solo le queda esto. Otra lata vacía de cerveza. Bea la arroja al fregadero de camino al baño, y puede oír su eco metálico mientras rebota allí dentro. Ni siquiera tiene fuerzas para cerrar la puerta. Se sienta con las bragas por los tobillos y el rímel que le corre por las mejillas, y en ese momento se topa con su propia mirada en el espejo ovalado del pasillo.

¿Quién es esa?

¿En qué demonios se ha convertido?

Bea se limpia y se sube las bragas, se pone de pie y se acerca al espejo. El odio que siente por esa mujer del reflejo que se compadece de sí misma la hace golpear el vidrio con todas sus fuerzas. Un fragmento le corta la palma de la mano, y el dolor es tan intenso que no puede evitar soltar un grito. De pronto, se da cuenta de que ya está harta. Harta de todo esto. Harta de sí misma. De este apartamento. De la cocina. De absolutamente todo.

Rápidamente envuelve su mano ensangrentada con una toalla y se dirige al armario del pasillo, donde guarda la caja de herramientas. La saca, la abre, coge el martillo y se va directo a la cocina.

Con el primer golpe hace un enorme agujero en una de las alacenas y se sorprende de su propia fuerza. Entonces continúa hasta que cada centímetro de la sucia melamina blanca yace destrozado en el suelo. Bea se siente bien al hacer uso de la violencia. Se siente liberada. El sudor le fluye por el rostro y las astillas vuelan por todas partes. Saca los cajones. Despega una de las esquinas del suelo de linóleo y empieza a arrancarlo. Le da igual cómo termine quedando y lo que haya debajo. Simplemente tiene que deshacerse de él. Tiene que hacer cambios. No importa cuánto duela. Ya no puede seguir esperando a que la vida empiece a ser amable o justa con ella. Tiene que empezar a vivir de nuevo.

CINCO MESES DESPUÉS

Julio de 2017

Bea solo lleva puesto un bikini y está acostada en su tumbona de Paola Navone, tan suave que prácticamente se ha hundido en ella. Su apartamento está en uno de los pisos inferiores del edificio, pero la terraza no está expuesta a las miradas de los demás. Si se asoma por encima de la balaustrada y de las canastas colgantes donde crecen sus geranios, puede ver una pequeña franja de césped frente a ella. La terraza que está encima del suyo le brinda la sombra justa para sentarse a leer aquí fuera. Una gota de sudor se desliza por su frente y cae en una página del libro que sostiene en sus manos.

Hoy hace calor, seguramente por encima de los 30 °C. Bea se mete al baño, se da una ducha rápida con agua fría y vuelve a salir para secarse al aire en la tumbona; entonces, su teléfono empieza a sonar.

—¡Hola, mamá!

Es la voz de Alexia, y luego la de Alma:

—¡Estamos en Berlín! Y tú, ¿qué haces?

—Aquí, en casa, sentada en la terraza.

Las chicas se quedan calladas un instante. No tienen nada que decir. De todos modos, puede oír su sentimiento de culpa a través de la línea telefónica.

—Pobrecita —dice Alma con un hilo de voz, como si fuera culpa suya que Bea se haya quedado en el apartamento mientras que ellas se han ido de viaje a explorar el mundo, en busca de aventuras.

—Estoy bien, os lo aseguro —dice Bea—. Estoy leyendo y tomando el sol. Pero contadme, ¿cómo lo estáis pasando?

—Casi todo el tiempo estamos a bordo de un tren. Al menos, tienes suerte de no tener que hacer eso. Mañana viajamos otra vez —dice Alexia.

—Vamos a Francia, y tal vez podamos montar caballos camargueses —añade Alma—. Y aprender a surfear en el Atlántico.

Hay interferencias en la línea, y luego alguien grita.

—Sí… Sí, papá, ya vamos…

Bea puede oír la voz de Niklas de fondo. Luego la de Maria. Y tal vez la de Emmy, o puede que sea Lukas. Más estática en la línea. Alma y Alexia le dicen que ya tienen que ponerse en marcha.

—Seguid pasándolo muy bien y saludad… —empieza a decir Bea, antes de que la llamada se corte.

Deja el teléfono a un lado y hace una pausa para sondear cómo se siente. Más o menos como cuando alguien se cae de la bicicleta y trata de comprobar si todos sus huesos están intactos antes de atreverse a moverse de nuevo. Aunque parezca extraño, estaba hablando en serio cuando dijo esas últimas palabras. Desea que las chicas sigan pasándolo muy bien, y quería que saludaran de su parte a Niklas y a Maria. Quizá no como saludarías a las personas que más quieres, obviamente. Más bien como cuando le dices un cortés «hola» a un conocido. De todos modos, esto representa para Bea un avance real.

Ahora que lo piensa, ese patético tatuaje que Niklas se hizo el verano pasado ya no le molesta, ni tampoco el hecho que Banérgatan esté a la venta, ni que él, de entre todas las personas, haya empezado a estudiar para convertirse en psicólogo. Mientras no tenga que ir a terapia con él, no hay ningún problema.

Bea ya no siente gran cosa cuando piensa en Niklas. No hay ningún hueso roto. Se siente entera. Quizá más entera que nunca.

Quiere que las chicas pasen unos días maravillosos en Europa con Niklas y Maria. Y ni por un segundo le da envidia su viaje en tren, por muy bonito que se vea en las fotos que Maria publica en su cuenta de Instagram. Qué pesadilla debe de ser tener que andar dando tumbos de un lado a otro en trenes abarrotados, por cuatro países, con los chicos. Bea definitivamente prefiere quedarse en casa, haciendo la clase de cosas que le gustan, incluso aunque eche de menos a las chicas. La antigua habitación de Alexia se ha convertido en dormitorio y oficina. La propia Bea se encargó de lijar los suelos, y ahora todo el apartamento huele a madera recién barnizada.

El verano va bastante bien hasta el momento. No ha sido perfecto ni fabuloso, pero va bastante bien. Incluso ha habido ocasiones en las que ha sido agradable. Como si algo se hubiera relajado por fin en su interior. A veces se sorprende por el alivio que siente al no tener que ir ya a Hogreps, pero hay días en los que anhela tanto estar allí que esa nostalgia le causa dolor. Quizá no sea tanto la casa lo que extraña, sino más bien la propia isla. El mar. Los paseos por la playa. Pero obviamente Gotlandia sigue ahí. Puede visitarla cuando quiera. La naturaleza les pertenece a todos, a fin de cuentas.

También echa de menos a su familia, desde luego, lo que su familia fue alguna vez. Lillis y Tore y el ambiente de la casa. El sentimiento de pertenecer a la familia Stjerne. Pero ella ya no es uno de ellos. Incluso ha presentado los documentos necesarios para poder recuperar su antiguo apellido.

La carta que Lillis le escribió la hizo llorar. No porque fuera cruel, sino al contrario. Quien alguna vez fuera su suegra le dijo que lamentaba todo lo que había pasado. Que el dolor por la pérdida de Tore fue un golpe tan duro para ella que simplemente no podía mantener ningún tipo de contacto con Bea. Y eso no fue justo, desde luego. Lillis solo quería que Bea lo supiera. Y que siempre sería bienvenida en Hogreps. Después de todo, ella es parte de la familia.

Bea trata de visualizarlo. Cómo sería regresar allí. Quedarse en la habitación que alguna vez compartió con Niklas. Beber su café matutino en la playa con Lillis y dar un paseo con los brazos entrelazados por la costa. Hacer una parrillada por la noche con Henke, Sus y Hampus, con Olle y Hedda. Sin embargo, a pesar de que sabe que puede hacer todo eso, ya no está segura de si sigue queriendo.

De alguna forma, siente que ese capítulo de su vida ya se ha cerrado. Es un poco triste, pero también es un alivio. Dependía tanto de Niklas y de su familia que creyó que no podría sobrevivir sin ellos, pero ahora sabe que sí puede. Ahora es más fuerte, tiene la seguridad de que puede afrontar prácticamente lo que sea. Al menos, algunos días. Hay otros que son más difíciles de sobrellevar, si ha de ser sincera. Pero es como Inger acostumbra a decir cuando Bea se queja de algo: son problemas del primer mundo, inventados por personas del primer mundo. En eso tiene su parte de razón su querida colega, que últimamente se ha convertido en una especie de amiga, sobre todo desde que celebraron juntas la fiesta del solsticio de verano en Bålsta, de una forma bastante inusual pero muy entretenida.

Bea levanta la cara hacia el sol. Le da vueltas con el meñique y el pulgar al nuevo anillo que se ha comprado. Todavía conserva su anillo de bodas, por si alguna de las chicas quiere tenerlo en el futuro.

Puede oír ese murmullo tan familiar del tráfico que proviene de Huddingevägen. No está segura de cómo o cuándo sucedió, pero, de alguna forma, este sitio se ha convertido en su hogar. Tal vez fue cuando destrozó la cocina y arrancó el suelo. Eso no terminó muy bien en su momento. Pero, al final, ella se encargó de arreglarlo todo. Sin tener que recurrir a Niklas. Sin tener que pedirle ayuda a nadie. Revistió los muros que tenían azulejos, pintó todas las habitaciones y empapeló las paredes focales. Construyó sus propias librerías.

Poco a poco ha ido haciendo suyo este apartamento. No es la casa de sus sueños, ni tampoco la ubicación es la de sus sueños. Pero es su casa, y, si dentro de un año o dos llegara a venderla, probablemente podría obtener una pequeña ganancia. Eso, si es que quiere hacerlo. Su nueva vida la alcanzó de manera sigilosa, y ahora se ha vuelto su refugio seguro, una fuente de confort.

Cuando llega a casa por las noches, después del estrés del trabajo y del trayecto en metro, siempre deja que sus hombros se relajen. Aquí no hay tiendas concurridas. Ni ajetreo. Ni multitudes corriendo a toda prisa para llegar a otro lugar. Solo es un barrio pequeño y apacible lleno de edificios pequeños y apacibles. Casi como un pueblecito. Y, cada vez que Bea echa de menos estar en Gärdet o en el parque Gustav Adolf, se recuerda a sí misma que, tal y como sucede con las dunas de arena de Grynge, siguen estando ahí, y puede ir cuando quiera. Dentro de poco, incluso podrá ir conduciendo.

Bea se reclina en la tumbona y abre el libro de nuevo. *Fundamentos de conducción: el camino a tu carné de conducir.*

Gracias a:

Jennifer Lindström
Mikaela Haglund
Emma Graves
Katarina Lindell
Unn Knape
Marie-Anne Knutas
Per Flink
Kajsa Leander
Ditta Bongenhielm
Kajsa Herngren
Clara Herngren
Tomas Westlund
Otis Rönn